LOUISE PHANEUF

La Dame de Compagnie

LES ÉDITEURS RÉUNIS

Pour ma très chère grand-maman Mary,
qui m'a inspiré le personnage de Géraldine...

Pour mon tendre Émilien,
mon premier lecteur, mon premier critique,
qui n'a pas pu voir la finalisation de ce projet,
mais qui sera toujours à mes côtés...

Chapitre 1

La douleur était terrible. Quand la contraction montait comme une vague, Géraldine se mordait la lèvre jusqu'au sang. Cela faisait maintenant vingt heures que le travail était commencé. Pendant tout ce temps, Mme Wilson, la sage-femme, était restée à ses côtés lui tamponnant le front et plaçant des compresses d'eau très chaude entre les jambes pour aider les tissus à se dilater. Mais au cours de la dernière heure, Géraldine était devenue extrêmement souffrante et s'était mise à saigner.

Mme Wilson avait alors annoncé à la jeune femme qu'elle allait demander à M. Tremblay de quérir le Dr Maxell, tout de suite, le plus vite possible. Géraldine s'était alors redressée dans son lit.

— Non ! Non ! Pas le Dr Maxell !

— Géraldine, le bébé se présente mal, je ne suis plus capable de rien faire. Vous avez besoin d'un médecin, sinon vous allez mourir et votre bébé aussi ! Il ne faut pas perdre de temps, je vais chercher Gaston Tremblay. À cette heure-là, il est déjà rentré à la maison.

Géraldine aurait voulu répondre, mais une autre contraction l'avait prise d'assaut et elle poussa un long cri. Elle saisit le petit médaillon à son cou et le serra très fort dans sa main.

Francis Maxell arriva une quinzaine de minutes plus tard. Il entra dans la maison en coup de vent et se dirigea tout de suite vers la chambre.

— Géraldine ! Je suis là ! Tout va bien aller !

— Je ne veux pas que vous me voyiez comme ça, Francis! Je suis si gênée!

— Chut! Chut! Je suis là pour sauver votre bébé! Mais j'ai besoin de votre aide. Laissez-moi vous examiner.

Sans attendre de réponse, le médecin versa de l'acide carbonique sur ses mains et commença son examen. Comme une nouvelle contraction s'annonçait, il plaça sa main sur le ventre de Géraldine et attendit qu'elle soit passée. Pendant l'accalmie qui suivit, il lui ouvrit les jambes et entra doucement sa main en elle pour évaluer la position du bébé.

La jeune femme détourna la tête en gémissant de honte et de douleur. Avec son autre main, Francis caressait doucement le gros ventre de son amie. Cela dura un moment et il ne sortit sa main que lorsqu'il sentit une nouvelle contraction se former. Il attendit que la douleur s'apaise un peu, puis il expliqua le problème à la jeune maman.

— Géraldine, le bébé est mal placé et le travail n'avance plus. Je dois entrer mes mains en vous pour le replacer. Ce sera douloureux alors je vais vous donner du chloroforme. Le chloroforme bloquera la douleur et comme vous serez plus détendue, votre col se dilatera plus facilement.

— Mais le bébé, Francis, est-ce que c'est dangereux pour le bébé?

— Pas du tout! Je dois vous endormir, Géraldine, car vous êtes tellement souffrante et tendue que je serai incapable de rejoindre le bébé. Faites-moi confiance! Vous savez, la reine Victoria a utilisé du chloroforme pour ses deux derniers accouchements et en a été très satisfaite!

— Je vous fais confiance, Francis, mais je suis si fatiguée, tellement fatiguée!

— Justement, laissez-vous aller et tout va bien se passer!

Pendant qu'il lui parlait, le jeune docteur avait sorti de son sac de cuir un masque de coton blanc entouré d'une ceinture de métal. Il déposa d'abord un long baiser sur le front de la jeune femme, puis il plaça le masque sur le nez et la bouche de Géraldine. Ensuite, il versa du chloroforme liquide sur le coton. La jeune femme ferma les yeux et son dernier souvenir fut la main de Francis qui serrait la sienne.

Chapitre 2

Saint-Jean-d'Iberville, septembre 1862

Anthony, debout devant la commode de sa chambre, regardait avec attention son reflet dans la glace. Un peigne de corne à la main, il essayait de venir à bout de sa tignasse. Il plaça chaque mèche avec attention et quand il fut enfin satisfait du résultat, il fit légèrement pivoter le miroir et recula d'un pas pour juger de l'effet final.

Il avait belle apparence. Déjà dans la trentaine, il avait pourtant gardé un visage d'adolescent. Ses cheveux roux et frisés renforçaient cette impression. Aujourd'hui, il s'était endimanché, ce qui ne lui arrivait pas souvent. Après des mois d'hésitation, il avait enfin pris la décision d'aller voir M. Marchand pour lui demander la main de sa fille Julia. Maintenant que sa décision était prise, il se sentait très agité. M. Marchand n'était pas d'approche facile et puis il faudrait lui parler en français ! Chaque fois qu'il essayait de parler français, Anthony se sentait gauche et ridicule. Les mots ne sortaient jamais comme il l'aurait voulu et il avait l'impression de parler avec des patates chaudes dans la bouche.

Quand il se présentait au magasin général, il faisait toujours l'effort de parler français, mais souvent il avait surpris les sourires amusés de la famille Marchand. Seule Julia ne se moquait jamais de lui. Elle lui souriait gentiment et lui demandait patiemment de répéter si elle n'avait pas compris. Depuis quelques mois, Anthony se rendait souvent au magasin général, de plus en plus souvent. Toutefois, ses conversations avec la jeune fille s'étaient toujours limitées à discuter de la température. Se doutait-elle de quelque chose ? Avait-elle remarqué comme il essayait toujours de se faire servir par elle ?

Quel âge pouvait-elle avoir maintenant ? Dix-huit ou dix-neuf ans ? Anthony la voyait depuis toujours travaillant au magasin de son père. Il se souvenait vaguement de la petite fille timide qu'elle était jadis. Il ne la remarquait pas vraiment alors, mais il se souvenait de ses tresses toujours attachées dans le dos. Il y avait bientôt deux ans, il s'était mis à la regarder différemment.

En vieillissant, elle était devenue très jolie. Peu à peu, lors de ses visites, Anthony avait commencé à remarquer sa nuque si blanche, sa taille svelte, ses petits seins qui arrondissaient son corsage. Son odeur sucrée surtout provoquait chez lui des émois qu'il essayait de cacher tant bien que mal.

En y repensant, il soupira et se dit que ce serait bien dommage si M. Marchand refusait de donner sa fille à un Anglais. Après avoir pris sa casquette, il sortit de la maison et se dirigea vers la jument grise qu'il avait attelée avant d'endosser ses beaux habits. Il monta dans la carriole et quitta sa ferme en direction de la ville. En suivant la rivière Richelieu qui coulait devant chez lui, il y avait environ trois milles pour se rendre jusqu'à Saint-Jean-d'Iberville. La famille Marchand habitait sur la rue Longueuil presque en face de l'église. Une bonne demi-heure et il y serait. Pour la centième fois, le jeune homme se demanda comment il allait présenter sa demande, puis il laissa son esprit vagabonder en regardant défiler le paysage. Une longue barge tirée par deux chevaux remontait l'étroit canal qui ceinturait la rivière. Elle était chargée de billots de bois.

En regardant le canal, l'image de son père lui revint soudainement à l'esprit. Le vieil homme était mort quelques années auparavant, au printemps, alors que sa charrette et son cheval avaient glissé dans le canal à la suite d'un effondrement de la route. L'eau était glaciale et il ne savait pas nager. Il avait rapidement perdu connaissance et avait coulé à pic. Anthony essaya de chasser cette image, car elle lui était désagréable. Il n'aurait pas voulu penser à son père aujourd'hui. Il savait trop bien que le vieux se retournerait dans sa tombe s'il savait qu'un de ses fils voulait épouser une catholique et en plus une catholique qui ne parlait que le français !

Le vieux M. Grant était en effet très conservateur. Loyaliste et fervent sujet de Sa Majesté, il avait fui la révolution américaine pour venir s'installer au Bas-Canada. Il était arrivé très jeune et sans un sou en poche, mais bien déterminé à s'enrichir. Le gouvernement britannique ayant voté de généreuses indemnités pour l'installation des loyalistes dans leur nouvelle patrie, Grant, après des débuts difficiles, était rapidement devenu un citoyen prospère.

Se voyant vieillir sans descendance, il s'était marié sur le tard à la jeune Sarah Nothing qui, en cinq ans de mariage, lui avait donné trois fils. Ayant contracté les fièvres puerpérales, elle était morte quelques jours après la naissance d'Anthony. Par la suite, la mère de Sarah, la vieille Ruth, avait élevé les trois garçons comme ses propres enfants pendant que Grant se consacrait corps et âme à ses affaires. À sa mort, le vieux avait laissé sa ferme à Charles son fils aîné, ses propriétés en ville à William et à Anthony une somme rondelette pour lui permettre de s'établir.

Avec cet argent, Anthony avait acheté la propriété de Paul-Émile Latour dont la maison et une partie des dépendances avaient brûlé l'hiver précédent. M. Latour avait une bonne terre, mais il se faisait vieux et ses deux fils étaient morts plusieurs années auparavant pendant l'épidémie de typhus. Seul, il ne se sentait plus la force de rebâtir. Pour Anthony Grant, c'était une occasion unique, étant donné que les bonnes terres devenaient rares dans la région.

On voyait rarement des fermes mises en vente, car les familles conservaient jalousement leur bien. Beaucoup de jeunes gens avaient dû s'expatrier vers les terres de colonisation ou vers les

États-Unis pour trouver du travail. Le jeune Grant, avec l'aide de ses frères, avait passé plusieurs mois à se bâtir une maison. Espérant se reconstituer une famille, il y construisit plusieurs chambres et une très grande cuisine. Il dépensa ce qu'il lui restait de l'héritage de son père pour acheter des meubles, des outils et quelques animaux. Il était maintenant installé et prêt à prendre épouse.

Au loin, il voyait déjà le clocher de l'église à travers les arbres. Il ralentit son cheval en entrant dans la ville. C'était un beau dimanche après-midi et beaucoup de gens déambulaient tranquillement sur les trottoirs de bois. Le jeune homme les saluait au passage, un peu gêné comme s'ils avaient pu voir sur son visage le but de sa visite. Les feuilles n'étaient pas encore vraiment tombées et les arbres étaient magnifiques.

On voyait partout de belles taches rouges, jaunes ou orangées et il y avait dans l'air l'odeur épicée des feuilles séchées. Le jeune homme arriva bientôt devant la maison des Marchand. Il fut un peu surpris de trouver Aurèle Marchand qui fumait sa pipe sur la grande galerie qui ceinturait la maison. Il était seul, digérant son repas dominical pendant que les femmes s'affairaient à la vaisselle. Sans mot dire, il regarda Anthony attacher son cheval et s'approcher lentement.

— Bonjour, monsieur Marchand, *sir*.

— Tiens, si c'est pas le jeune Grant. C'est-tu le beau temps qui te fait sortir? Ben viens t'asseoir, je manquais justement de compagnie.

Anthony lui sourit, mal à l'aise.

— Oui, vous êtes bien vrai monsieur Marchand, c'est une belle journée d'automne.

Du coin de l'œil, le jeune homme vit bouger le rideau de la fenêtre derrière lui. Il devina qu'une des filles, piquée par la curiosité, venait voir avec qui son père conversait.

— Est-ce que tu veux une bonne pipée? C'est du tabac du jardin de ma femme Marie-Jeanne. Et c'est du bon!

Le vieux tira avec contentement une longue bouffée de sa pipe.

— Oh non merci, *sir*, répondit Anthony en tournant nerveusement sa casquette entre ses mains.

Il sentait que Marchand l'étudiait calmement et, intimidé, il baissa les yeux. En ville, le vieux Marchand avait une réputation de fin renard. Il était respecté de tous, autant par les Canadiens que par les Anglais. Des passants, curieux de les voir en conversation tous les deux, les saluaient au passage en les dévisageant quelques secondes. Demain, les rumeurs iraient bon train!

Aurèle lui demanda, d'un air innocent :

— Est-ce que tu passais par icitte ou ben t'avais affaire à me parler de quelque chose?

— Je voulais te parler, monsieur Marchand.

Il hésita un moment.

— J'ai terminé mon maison, *you know*. Peut-être que vous l'avez vue? C'est un grand maison et mon terre est bonne… Anthony prit une grande respiration. *Mister* Marchand *sir*, moi veux épouser ton fille Julia.

Aurèle tira une longue bouffée de sa pipe de plâtre.

— Es-tu bien sûr de ton affaire, mon jeune?

— Oui! Oh oui! Je n'ai pas de doute, *sir*!

— Bon ben, viens avec moi, répondit Aurèle Marchand en quittant son siège, on va discuter de ça dans le privé.

Le mariage fut bientôt décidé. Malgré les scrupules de sa femme, Aurèle n'hésita pas longtemps. Anthony était un bon parti. Sans avoir une grosse fortune, il possédait une des terres les mieux situées de la vallée du Richelieu. Il avait des relations avec beaucoup de commerçants et d'hommes d'affaires anglophones et son père, le vieux Grant, avait été un ami personnel du maire Nelson Mott. Aurèle Marchand avait toujours été intéressé par la politique et il voyait d'un bon œil d'avoir un Anglais dans la famille. D'ailleurs, comme il le disait à sa femme :

— C'est ben moins pire que ceux qui s'en vont rester aux États ! Moi je reste icitte, mais il faut qu'on apprenne à vivre avec les Anglais.

Le plus difficile avait été de convaincre le curé Dionne de célébrer le mariage. L'Église catholique acceptait maintenant les mariages mixtes et les futurs mariés auraient pu se passer de sa permission. Mais si le curé ne bénissait pas leur mariage, toute la ville leur jetterait la pierre et ils devraient trouver un autre prêtre de toute façon. La première réaction du saint homme fut de crier au sacrilège.

Ce n'est qu'après force discussions et promesses que finalement l'homme d'Église donna son consentement. Les époux seraient mariés à l'Église catholique seulement. Leurs enfants seraient catholiques et Anthony payerait la dîme tous les ans ainsi qu'un banc à l'église. Finalement, conseillé par son futur beau-père, Anthony Grant avait aussi fait don à la paroisse d'un harmonium qu'il tenait de son père.

Julia ne fut consultée que pour la forme, mais l'idée de devenir la femme d'Anthony ne lui déplaisait pas. Elle le trouvait plutôt beau garçon. On le disait travaillant et honnête. Elle aimait la timide gentillesse qu'il lui témoignait et en même temps elle était impressionnée par cette lueur passionnée qui s'allumait parfois dans le regard du jeune homme. Il n'était pas comme les autres. De toute façon, le temps était venu pour elle de quitter la maison paternelle. Le jour de la Sainte-Catherine, elle se faisait déjà taquiner. La plupart de ses amies étaient déjà mariées. Certaines avaient même des enfants.

Le mariage fut fixé pour le début janvier. Le curé ne voulait pas de longues fiançailles dans sa paroisse. Il trouvait les jeunes fiancés trop vulnérables au péché de la chair. Comme il fallait attendre après la période de l'avent, Aurèle suggéra de laisser passer les fêtes, ce qui donnerait un peu de temps à Julia pour terminer son trousseau. Les bans ne furent pas publiés. Étant donné les circonstances, le curé Dionne préférait que l'on en parle le moins possible.

On en parla quand même beaucoup. Autant dans la communauté anglophone que chez les Canadiens français, on critiqua ce mariage, mais à voix basse surtout, car Aurèle était un homme influent dans la petite ville. Le seul qui protesta ouvertement fut le révérend O'Cain, le pasteur anglican. Anthony le rassura de son mieux, mais rien ne calma l'ecclésiastique. La cérémonie fut célébrée un mardi matin comme c'était la coutume. Elle eut lieu à l'église Saint-Jean l'Évangéliste. Le pasteur O'Cain avait craint un moment qu'Anthony ne se convertisse au catholicisme. Pour éviter le pire, il consentit finalement au mariage. Certains invités ne se présentèrent pas sous de mauvais prétextes, mais il y eut tout de même beaucoup de monde.

Pour Julia, ce fut le début d'une existence nouvelle à laquelle elle était mal préparée. Sa vie de jeune citadine ne lui avait jamais permis d'imaginer l'existence qui l'attendait sur la ferme. Sa nuit de noces fut sa première désillusion. Elle connaissait Anthony comme un garçon doux et prévenant. Il l'avait embrassée quelques fois depuis leurs fiançailles au cours des rares moments où ils étaient restés seuls au salon. Ses baisers étaient fébriles, mais Julia avait aimé ce qu'ils réveillaient en elle, et quand Anthony avait descendu ses lèvres le long de son cou pour embrasser sa gorge, elle avait senti son cœur battre à tout rompre.

Mais après la longue journée des noces, la tension de l'attente et le désir qu'il refoulait depuis des mois rendirent Anthony brusque et impatient. À peine avaient-ils passé la porte de leur maison qu'il adossa Julia contre le mur de la cuisine et se mit à l'embrasser avec une passion débridée. Il la serrait si fort qu'elle respirait difficilement. Dans sa fougue, il déchira sa robe en la déshabillant. Bientôt, apeurée et rougissante, elle se retrouva à demi nue dans ses bras. Il l'embrassait presque avec brutalité en basculant sa tête en arrière.

Puis, il la fit coucher sur le plancher froid et, lui ouvrant les jambes, il la pénétra sans attendre. Julia, effrayée et dégoûtée à la fois, ressentit alors une brûlure qui lui arracha un cri. Pourquoi est-ce que cela faisait si mal ? Malheureusement, la douleur et la gêne de ce moment marquèrent pour toujours les relations entre Julia et son mari. Par la suite, elle lui en voulut en silence chaque fois qu'il s'approchait pour la toucher.

Au printemps, elle sut qu'elle attendait un enfant. Elle eut d'abord des nausées continuelles. Cela dura de longs mois et la jeune femme, qui faisait l'apprentissage des travaux des champs, se mit à regretter amèrement sa vie au magasin. Anthony, lui, semblait très heureux. Il attendait un fils avec fierté et l'idée d'avoir une fille ne lui effleurait même pas l'esprit. Si la mine taciturne de sa femme l'inquiétait parfois, il se disait qu'une fois l'enfant au monde, elle retrouverait son sourire. Un soir, alors que Julia était à tisser de la catalogne, le pasteur O'Cain leur fit une visite impromptue. Depuis le mariage, Anthony avait évité de le rencontrer. Leurs relations étaient restées tendues et le jeune homme préférait laisser le temps arranger les choses.

Les deux hommes eurent une longue conversation en anglais. Julia ne comprit que quelques mots, mais elle sut qu'il était question de l'enfant. Le pasteur était hors de lui. Il venait d'apprendre qu'Anthony avait promis au curé Dionne que leurs enfants seraient catholiques.

— Tu trahis ta foi et celle de tes ancêtres! C'est toi le chef de famille et tu laisses ton beau-père et son curé décider à ta place, tempêta le révérend. L'enfant qui va naître portera le nom des Grant, pourquoi devrait-il pratiquer la religion des Marchand? Les enfants Grant devraient être anglicans comme leur père et comme leur grand-père, paix à son âme, lança O'Cain en insistant sur la fin de sa phrase.

Anthony écoutait avec inconfort et il détourna la tête quand le révérend fit allusion à son père.

— J'ai donné ma parole, répondit-il en se tordant les mains.

— On ne marchande pas sa foi, répondit O'Cain en français à l'intention de Julia qui rougit en baissant les yeux!

Anthony avait toujours été un homme de parole, droit et fier, mais son pasteur avait réussi à ébranler sa tranquille assurance. Il réfléchit pendant deux jours à la conversation qu'il avait eue avec O'Cain. Le religieux avait réussi à lui gâcher sa joie et à lui donner mauvaise conscience. Il pensait à son père si pieux, à ses deux frères qu'il ne voyait presque plus. Il avait vécu un peu à l'écart, tout à la joie d'avoir enfin une terre à lui, une femme qu'il aimait, une famille en devenir.

Depuis son mariage, il ne fréquentait plus que sa belle-famille. Mais des remords commençaient à le hanter. Finalement, un soir après le souper, il annonça à sa femme qu'il avait pris une décision. Leur premier enfant serait anglican, le deuxième catholique et ainsi de suite. Il pourrait ainsi transmettre lui aussi sa foi. Julia indignée essaya de protester.

— Mais Anthony, tu avais promis! cria la jeune femme.

Anthony lui lança un regard dur. À sa mine sombre, elle comprit qu'il n'y avait pas de discussion possible. Il était son mari, et elle devait se plier à sa décision. Elle appréhendait ce que diraient sa famille et son curé, mais, la mort dans l'âme, elle se rangea derrière son homme.

L'enfant, un gros garçon qu'on appela Henri, naquit en décembre par une nuit de neige. L'accouchement long et difficile laissa à Anthony un très mauvais souvenir. Il fut secoué par les cris stridents de Julia, qui habituellement, ne se plaignait jamais. Toute la nuit, il attendit dans la cuisine. Sa belle-mère lui avait dit que les accouchements étaient une affaire de femmes et il savait très bien que Julia n'aurait pas voulu qu'il la voie ainsi toute ouverte. Après un an de mariage, jamais encore il n'avait vu sa femme complètement nue.

Quand le bébé fut enfin expulsé de son corps meurtri, il fallut quelques minutes avant que Julia ne s'inquiète de lui. Sa première pensée fut que c'était enfin fini et qu'elle n'aurait pas pu tenir encore longtemps. Anthony, alarmé par le silence, attendit le cœur battant n'osant pas encore entrer. Il savait que Mme Rossiter, la sage-femme, viendrait le chercher quand Julia voudrait le voir. Quand il entra enfin dans la chambre, c'est d'abord vers Julia qu'il se dirigea. Ses joues étaient encore rouges d'avoir tant poussé. Les yeux très cernés, elle était épuisée et semblait endormie. En la voyant ainsi, Anthony ressentit une grande tendresse, mais se sentit aussi vaguement coupable.

À cause de lui, à cause du désir incessant que sa femme lui inspirait, elle avait souffert pendant presque deux jours entiers. C'était injuste, d'autant plus qu'il savait bien que, pour Julia, l'amour conjugal représentait un devoir et une corvée. La jeune femme ouvrit les yeux et vit les larmes dans ceux d'Anthony. Elle en fut émue et doucement lui sourit.

— Tu ne vas pas voir ton fils ? lui demanda-t-elle d'une voix faible.

— Oui ! Oui ! Dans une minute, lui répondit-il en la regardant tendrement.

— Il pleure ! Va le voir, Anthony !

Anthony prit son fils dans ses bras et fut surpris par sa figure toute chiffonnée. Il pleurait à chaudes larmes et ses petits bras tremblaient sous l'effort. Son père le serra contre son cœur et sentit tout à coup une grande affection pour ce petit être sans défense.

Au cours des premières semaines, les nouveaux parents reçurent beaucoup de visiteurs. Plusieurs firent discrètement allusion au baptême et finalement Anthony déclara ouvertement que le bébé, premier-né de la famille Grant, serait de religion anglicane. Julia eut à subir les sous-entendus ironiques des mauvaises langues et la fureur du curé Dionne. Heureusement, après quelques semaines, tout le monde oublia un peu. Dionne lui-même décida malgré tout de rester en bons termes avec la jeune famille se disant qu'il finirait bien par tous les convertir. Ce serait son missionnariat à lui ! Les commères ayant épuisé le sujet, elles parlèrent d'autres choses et la vie suivit son cours.

Julia continua à se rendre à la messe et à la confession, seule. Bientôt, elle sut qu'elle était de nouveau enceinte. Après une grossesse assez difficile, en janvier de l'année suivante, un autre garçon vint au monde, le petit Gustave maigre et chétif.

Né avant terme, il resta longtemps couché dans la porte du poêle, emmailloté dans ses langes. Presque toutes les heures, Julia devait lui donner le sein, car il buvait en très petites quantités. Mais alors que, de jour en jour, on s'attendait à le voir mourir, il finit par prendre des forces pour devenir plus vigoureux. Après sa grossesse et des relevailles qui, à cause de la fatigue d'un allaitement très assidu, avaient dépassé les quarante jours habituels, Julia dut accepter les avances de son mari presque tous les soirs. Les mauvaises déchirures survenues lors des accouchements rendaient la pénétration encore plus douloureuse. Julia ne se plaignait pas, de toute façon on ne parlait jamais de ces choses-là, mais Anthony la sentait tendue et récalcitrante. Cela le désolait, car son désir venait d'abord de son amour pour elle.

Quelques mois plus tard, le ventre de la jeune femme recommença à grossir. Cette fois les nausées ne cessèrent pas après les premiers mois de grossesse. Julia mangeait très peu, car elle ne gardait presque rien. Gustave et Henri étaient encore tout petits, et elle ne pouvait se permettre de garder le lit. Vers la fin, pour lui permettre de se reposer un peu, Anthony demanda à sa belle-mère de venir s'occuper des enfants. Julia lui en fut reconnaissante, elle réussirait peut-être à reprendre un peu de mieux avant l'accouchement.

Couchée dans le grand lit de fer, elle passait des heures, les yeux dans le vide à regarder par la fenêtre. Pendant la journée, elle entendait les petits pleurer, mais elle se sentait étrangement détachée, comme si ces enfants n'étaient pas les siens, comme si elle ne faisait plus partie de cette maison. À l'extérieur, le printemps s'installait peu à peu. Le vieux noyer noueux et tordu qui poussait au bord du chemin commençait à faire des bourgeons. Très tôt un matin, dans le ciel rose, Julia vit un voilier d'oies sauvages qu'elle suivit des yeux aussi longtemps que possible. Et puis, avec le temps plus doux, les barges chargées de bois ou de foin recommencèrent à circuler sur le canal devant la maison.

Les enfants jouaient dehors presque tous les jours. Un bon après-midi, Henri entra doucement dans la chambre. Il tenait dans une main un petit bouquet de pissenlits et dans l'autre, la main de son frère qui essayait de le suivre en vacillant sur ses petites jambes. Dans l'embrasure de la porte, Marie-Jeanne regardait ses petits-enfants en souriant. Henri avait l'air si fier de lui que Julia se sentit à la fois émue et honteuse d'avoir si peu pensé à eux ces derniers temps. Elle prit les fleurs et embrassa ses enfants en les serrant dans ses bras.

Quand elle fut de nouveau seule, elle regarda la chambre autour d'elle. On pouvait y voir un bel ameublement en chêne pâle. D'un côté du lit, la commode de l'homme, haute et étroite avec son miroir pivotant, de l'autre la commode de la femme plus large avec trois tiroirs légèrement bombés et une petite table de nuit de chaque côté du lit. Chacun des meubles était recouvert de napperons de dentelle que les sœurs de Julia avaient crochetés pour elle avant son mariage.

De jolis rideaux s'harmonisaient avec les napperons. Sur une des tables de nuit se trouvait une poterie d'aisance. Sur l'autre, un chapelet et un missel. En face du lit, devant elle, était placée leur photo de mariage, prise par un photographe ambulant trois semaines après la cérémonie et une image de la Sainte Vierge avec le Sauveur-enfant dans les bras. Quand elle était venue vivre dans cette maison, Julia aimait beaucoup cette chambre. Elle la trouvait très agréable. Elle eut soudain honte de s'être laissé décourager. Elle caressa son ventre presque tendrement en pensant au petit qui n'avait pas demandé à vivre. Probablement qu'il souffrait lui aussi, car il bougeait très peu. Julia en avait parlé à la sage-femme.

— Y en a pas deux pareils, peut-être que tu vas avoir un petit ben tranquille, lui avait répondu Mme Rossiter toujours optimiste.

Quelques jours plus tard, Julia épuisée par un long travail mit au monde une petite fille mort-née. La sage-femme se dépêcha d'envelopper le bébé dans une toile de lin, mais Julia cria de toutes ses forces qu'elle voulait la voir. On lui montra le petit corps fripé et exsangue. C'était bien une fille. Ses minces lèvres bleutées formaient une petite moue qui toucha Julia jusqu'au fond du cœur. Parfois au cours des longs mois d'hiver où elle se sentait si malade, Julia avait secrètement souhaité que ce bébé disparaisse. En la regardant toute petite et pitoyable, Julia se sentit très mauvaise d'avoir eu des pensées si peu chrétiennes. Le Bon Dieu la punissait et elle l'avait mérité.

Pour lui faire plaisir, Anthony demanda au curé de venir bénir la petite morte et de réconforter Julia. C'est l'abbé Savoie qui leur fit une visite dans l'après-midi. Il baptisa la petite du nom de Félicité et confessa sa mère. Après avoir parlé au prêtre, la jeune femme se sentit un peu plus sereine, mais vidée de toute émotion. L'enfant fut enterrée sans autre cérémonie étant donné son âge. Deux jours plus tard, Julia était debout et commençait à préparer son jardin pour les semis. Son mari voulut la sortir pour lui changer les idées, l'amener veiller chez son père, mais elle rétorqua qu'elle avait beaucoup trop de choses à faire. Elle se remit au travail avec énergie et détermination en essayant de penser le moins possible à la petite Félicité. Quand elle le faisait, c'était pour se dire qu'elle était mieux morte plutôt que d'avoir à vivre une vie de femme.

Une année passa. La ferme Grant prospérait. Anthony avait acheté un autre cheval, quelques poules de plus et trois autres vaches. Il ne gardait qu'un couple de porcs pour la reproduction et tuait les autres pour la viande, chaque année au début de l'hiver. Il produisait du lait qu'il apportait à la fromagerie et du foin qu'un grossiste revendait à des marchands de Montréal et des États-Unis.

L'été, les surplus du jardin étaient offerts au marché avec les œufs. Anthony fournissait aussi du lait, des œufs et des légumes à Edmund Macdonald un de ses amis, propriétaire d'une auberge sur la rue Front. Il allait lui-même faire la livraison et en profitait toujours pour boire une chopine de bière avec les amis, malgré la mine scandalisée de sa femme à son retour quand elle sentait son haleine chargée d'alcool.

Au cours de la belle saison, on bâtit une cuisine d'été attenante à la maison. Le jour de la corvée, les voisins et les amis étaient venus prêter main-forte à Anthony. Julia, de son côté, avait préparé à manger pour tout le monde. Sa bonne humeur était évidente. Cette construction venait briser la monotonie de son quotidien. La maison était pleine de monde, ses sœurs étaient là avec leurs enfants et la journée était magnifique. Et puis, ce serait bien agréable d'avoir cet ajout à la maison. Il faisait si chaud l'été dans la cuisine surchauffée par la cuisson des aliments.

Anthony regardait avec plaisir sa femme qui s'activait joyeusement ses deux petits pendus à ses jupes et il fut touché de la voir heureuse. À la fin de la journée, le travail était déjà très avancé. Avec la charpente érigée et le toit fermé, Anthony pouvait terminer la construction seul en quelques jours. Le soir venu, les hommes firent un grand feu de joie et tout le monde s'assit à la belle étoile. Anthony sortit son harmonica, William son violon et la soirée se termina en musique et en chansons.

La bonne humeur de Julia ne dura pas. En septembre, elle sut à ses nausées persistantes qu'elle était de nouveau enceinte. Après l'amertume des premiers jours, elle se résigna sachant que cela devait arriver un jour. Avec le temps qui passait, elle regardait avec un peu de dégoût ce ventre rond qui rendait son état de plus en plus évident. À la fin de ses grossesses, elle restait au fond de l'église le dimanche ne voulant pas que tout le monde voie cette rondeur un peu indécente. Elle essayait le plus longtemps possible de cacher son ventre sous de larges jupes, mais à chaque enfant cela devenait plus difficile.

Après un long hiver, une petite fille vint au monde chez les Grant en mai 1867. Elle était forte et en santé et ressemblait beaucoup à Anthony. Une touffe de cheveux roux encadrait son mignon petit visage. Le père fut très heureux d'avoir enfin une fille, la mère fut surtout soulagée que cela soit enfin terminé. On lui donna le nom de Géraldine parce que c'est un nom qui se disait aussi bien en français qu'en anglais et comme cela se devait, elle devint anglicane comme son père.

Chapitre 3

Montréal, juin 1873, Rosegarden Court

Amelia cligna des yeux, éblouie par la lumière vive. Nanny Beth toujours énergique venait d'ouvrir bruyamment les rideaux de sa chambre.

— Debout, mademoiselle Amelia! Vous n'allez tout de même pas passer la journée de votre fête à dormir, lui lança la vieille demoiselle d'un air taquin.

La petite fille s'étira, encore engourdie par le sommeil. Elle fit le tour de la chambre du regard. Tout y était calme et rassurant. La décoration où dominait une teinte de rose très tendre adoucissait la lumière et la rendait plus diffuse. Les murs, couverts d'une tapisserie au motif très fin où se mêlaient le blanc, le vert et le rose, étaient percés de larges fenêtres du côté sud. Devant le lit, un crucifix et une photographie d'Amelia dans les bras de sa mère, signée par le photographe Notman, ornaient le mur. Les meubles, une vanité et deux petites commodes, étaient faits d'un bois blanc. Le long des pattes et sur le devant des tiroirs, on retrouvait des feuilles et des fleurs joliment sculptées. Finalement, un petit lit fait du même bois, une chaise berçante et un miroir sur pied complétaient le mobilier.

L'enfant regardait sa *nanny* qui s'affairait dans la chambre, mais contrairement à son habitude, elle avait de la difficulté à trouver l'énergie nécessaire pour sauter du lit. La veille, l'excitation l'avait tenue éveillée et elle avait eu beaucoup de difficultés à s'endormir. Elle avait passé la soirée à anticiper les événements du lendemain avec un mélange d'excitation et d'appréhension. Aujourd'hui était le jour de ses sept ans et, cet après-midi, ses parents donnaient une grande fête en son honneur.

Tous les amis de ses parents seraient là avec leurs enfants. Les voisins étaient aussi invités ainsi que le pasteur O'Hara, le Dr Maxell et mammy bien sûr. Amelia sentit soudain un petit nœud dans sa gorge. Elle, qui était habituellement ouverte et confiante, se sentait impressionnée par l'ampleur de la cérémonie.

La vieille servante s'approcha du lit et, d'un grand geste, retira les couvertures.

— Allez, venez mademoiselle! Nous allons vous refaire une beauté!

Après une toilette élaborée, Nanny Beth aida sa petite protégée à enfiler une belle robe neuve comme il était de mise pour un jour de fête.

— Que vous êtes jolie ce matin, s'exclama Nanny! Le bleu de votre robe fait ressortir le bleu de vos yeux. Venez vous asseoir devant votre coiffeuse, je vais peigner vos cheveux et y mettre un ruban de la même couleur que votre robe.

Énergiquement, la vieille domestique commença à brosser les longs cheveux blonds de la fillette qui la regardait gravement dans le miroir. La vieille dame, bien qu'un peu brusque parfois, adorait Amelia. Elle avait été la *nanny* de sa mère et de ses oncles bien avant sa naissance et elle n'avait jamais quitté la famille. Où serait-elle allée de toute façon? Il y avait maintenant trente ans, Beth Davis était venue de la mère patrie, l'Angleterre, pour travailler comme *nanny* chez les McTavish. Elle avait élevé les trois enfants – John, Adrien et Gloria – et avait partagé les joies et les peines de la famille. Les enfants devenus grands, elle était restée au service de Gloria, la plus jeune et la seule fille, en espérant qu'un jour il y aurait de nouveau des enfants dans la maison. Quand Amelia était venue au monde, elle s'était sentie revivre !

Comme toutes les *nanny* anglaises, Beth prônait la discipline et la fermeté, mais alors que certaines menaient la *nursery* comme un camp militaire, Nanny Beth utilisait plus de douceurs que de punitions. Et il était facile d'être patient avec Amelia ! Enfant unique, elle avait pourtant développé une grande générosité de cœur. Toujours gaie et un peu moqueuse, elle rendait bien l'amour que tous lui prodiguaient. La vieille Nanny regardait du coin de l'œil sa petite protégée tout en peignant ses beaux cheveux dorés. Elle repensait au poupon chétif encore tout couvert de sang que Mme Gloria lui avait confié il y avait sept ans aujourd'hui.

— Vous êtes pâle ce matin, mademoiselle, vous ne vous sentez pas bien ? interrogea Nanny Beth, un peu inquiète.

Depuis sa naissance, Amelia avait été une enfant fragile, souvent malade et Nanny Beth restait toujours aux aguets. Dans ce pays au climat difficile, la maladie faisait partie de la vie quotidienne.

— Je suis un peu fatiguée, Nanny, mais j'ai très hâte de voir papa et maman, répondit la fillette les yeux brillants.

— Je pense qu'ils ont un cadeau bien spécial pour vous, lui répondit Nanny en se laissant gagner par l'excitation de l'enfant.

— Nanny ! Qu'est-ce que c'est ? Vous le savez ? demanda la fillette en se retournant vers elle.

— J'ai déjà trop parlé, mademoiselle Amelia. Venez, vous allez pouvoir le savoir bientôt, lui dit Beth Davis en souriant.

Ce matin, exceptionnellement, Amelia prendrait son petit déjeuner dans la salle à manger avec ses parents. Habituellement, elle prenait ce repas seule à la *nursery* avec Nanny Beth et ne voyait son père et sa mère qu'à l'heure du thé.

Elle entra un peu cérémonieusement dans la salle à manger. Ses parents étaient déjà attablés et finissaient leur thé. D'ordinaire, ils se faisaient apporter cette première tasse de thé dans leur chambre et la buvaient au réveil, mais ce matin ils s'étaient empressés de descendre pour embrasser leur fille unique. La petite fille regarda ses parents en souriant et se dit qu'ils formaient un couple très élégant. Charles Robertson portait une redingote et un pantalon gris. Une épingle en or fixait le long col de sa chemise et formait une cravate. Sa barbe bien taillée, ses cheveux courts séparés sur le côté et son nez très droit lui donnaient un air faussement hautain.

Gloria Robertson, elle, paraissait plus jeune que ses vingt-sept ans. Ses cheveux châtains remontés en chignon signalaient à tous qu'elle était mariée, mais son teint rosé, ses yeux très bleus et son nez légèrement retroussé lui donnaient des airs de jeune adolescente. Elle avait enfilé une robe d'été en mousseline blanche recouverte de motifs floraux dans un camaïeu de vert. La robe, cintrée à la taille prenait une certaine ampleur dans le bas du dos. Les manches étaient larges et bouffantes, mais se resserraient aux poignets. Une petite pèlerine bordée sur toute sa longueur d'un ruban de satin vert recouvrait les épaules de la jeune femme. Amelia la trouva ravissante.

— Voici l'héroïne du jour, lança joyeusement son père.

La fillette s'avança pour embrasser sa mère d'abord, puis son père.

— Bon anniversaire, ma chère petite, lui chuchota sa maman en la serrant contre son cœur. Que cette année t'apporte beaucoup de bonheur.

— Tu es particulièrement jolie ce matin, déclara Robertson à l'intention de sa fille.

— Merci, répondit l'enfant en s'inclinant légèrement.

Des yeux, elle fit le tour de la pièce se demandant où était le cadeau très spécial dont avait parlé Nanny. La pièce était vaste, encombrée de meubles massifs et sombres. Une grande table en acajou occupait le milieu de la pièce alors que, sur le mur du fond, un large vaisselier aux portes de verre biseauté laissait voir une somptueuse verrerie de cristal. En dessous de la fenêtre, sur un bahut, lui aussi en acajou, on pouvait voir une immense gerbe de fleurs dans un vase de porcelaine bleu et blanc.

Sur un des murs, une peinture à l'huile représentait une scène biblique et un peu plus loin, dans de petits médaillons, se trouvaient deux miniatures de Charles et de son frère Arthur enfants. De lourdes draperies brodées dissimulaient presque complètement les deux fenêtres donnant sur la rue Drummond. Le couvert était mis pour trois personnes et dans un coin, sur une desserte de verre dépoli, des plats recouverts de bols en argent attendaient déjà les convives. Amelia termina son examen des lieux et ne vit rien qui puisse ressembler à un cadeau. Son père la surveillait d'un air amusé.

— Veux-tu avoir ton cadeau maintenant ou après le repas ? lui demanda Charles avec un sourire attendri.

— J'ai si hâte, père. J'aimerais bien l'avoir maintenant, répondit la petite en rougissant.

— Soit, nous mangerons plus tard.

Robertson prit la clochette posée devant lui et l'agita. Une jeune soubrette apparut promptement.

— Demandez au majordome qu'il apporte les paquets pour Mlle Amelia, somma Robertson sans regarder la domestique.

— Bien, monsieur! Tout de suite, monsieur! murmura la petite servante intimidée.

Le majordome, Jonathan Martin, arriva bientôt dans la salle à manger, toujours élégant dans son uniforme. Il portait une énorme boîte entourée d'un large ruban rouge qu'il déposa aux pieds d'Amelia avant de quitter la pièce. La fillette se leva d'un bond.

— Tut! Tut! Pas encore, ma chérie. Il y en a un autre, déclara Charles à sa fille.

Quelques instants plus tard, Jonathan revint portant une boîte beaucoup plus petite. Il la posa à côté de la première et sourit à sa petite maîtresse.

— Bon anniversaire, mademoiselle, lui dit-il en s'inclinant légèrement.

La petite fille ne répondit pas, tout absorbée par la contemplation de ses paquets. Quand le majordome se fut retiré, Gloria lui dit en souriant:

— Allez, tu peux les ouvrir maintenant, Amelia.

Méticuleusement, la fillette commença à défaire le ruban du plus petit paquet. Curieusement, elle eut l'impression que quelque chose bougeait à l'intérieur. Sous les yeux de ses parents, elle se hâta un peu plus. En ouvrant la boîte, elle ne put réprimer un cri de surprise. À l'intérieur, un chiot, un petit terrier écossais tout blanc et bien brossé, la regardait un peu apeuré.

— Oh! Papa, maman, je suis contente, je suis tellement contente! s'écria la petite Amelia en prenant dans ses bras le chiot qui s'empressa de lui lécher le visage. Il y a si longtemps que je voulais un chien à moi! Mais je croyais que le Dr Maxell ne voulait pas d'animaux dans notre maison! s'étonna la fillette en grattant le petit animal derrière l'oreille.

— C'est vrai, mais comme ta santé est meilleure, le Dr Maxell est d'accord pour que tu aies un chien à condition qu'il n'entre jamais dans ta chambre. Est-ce que c'est bien convenu? lui demanda son père.

— Je pourrais lui installer un panier dans la *nursery*? supplia la fillette.

Gloria regarda son époux, un peu hésitante. C'est Charles qui répondit:

— Ma chérie, tu pourras l'amener dans la *nursery* pendant la journée, mais tu devras lui installer un panier à l'office pour la nuit, sinon à la première occasion, il entrera dans ta chambre, il pleurera et t'empêchera de dormir.

Amelia eut l'air un peu déçue.

— Amelia, tu n'ouvres pas ton deuxième cadeau? Donne-moi ce petit coquin et ouvre-le vite, lui dit sa mère pour la distraire.

Amelia s'empressa de s'exécuter, mais son père dut lui prêter main-forte pour sortir de sa boîte une superbe maison de poupée victorienne. Elle était énorme. Plus grande qu'Amelia. Deux portes permettaient d'ouvrir complètement la devanture de la maison et laissaient voir cinq pièces complètement meublées et habitées de petits personnages. Les fenêtres étaient garnies de rideaux de dentelle, les murs étaient recouverts de tapisserie et de petits lustres pendaient des plafonds.

La fillette en resta bouche bée. Après quelques secondes de surprise, elle embrassa de nouveau ses parents, folle de joie. Elle aurait bien voulu commencer tout de suite à explorer sa nouvelle maison de poupée, mais Charles Robertson demanda qu'on la transporte à la *nursery* et qu'on serve le petit déjeuner sur-le-champ.

— Tu joueras plus tard, ma colombe, dit Gloria en s'adressant à sa fille.

— Nous avons une grosse journée devant nous et il ne faut pas flâner trop longtemps, renchérit Charles. Je dois me rendre à la banque pour rencontrer un client important et ta mère doit voir aux préparatifs de la fête. As-tu oublié que nous donnons une réception en ton honneur ?

— Non, bien sûr papa, répondit docilement Amelia.

Le déjeuner fut très agréable, mais la petite fille ne mangea pas beaucoup. L'excitation lui coupait l'appétit et le petit chien, qu'on nomma Scott, passa une bonne partie du repas à lui mordiller les pieds. Quand son père quitta la maison pour s'occuper de ses affaires, Amelia demanda à se retirer dans la *nursery*.

Elle passa la matinée à jouer avec Scott et à prendre possession de sa nouvelle maison de poupée. Assise par terre, à côté de Nanny qui tricotait dans la chaise berçante, Amelia examina un par un chacun des petits meubles d'un œil attentif. Heureusement, c'était jour de fête et la gouvernante n'insista pas pour qu'elles fassent leur promenade quotidienne. La fillette aimait bien aller au parc, mais elle trouvait excessif l'acharnement de Nanny à faire une longue marche tous les jours, beau temps, mauvais temps. La vieille femme n'en démordait pas, on devait chaque jour s'aérer les humeurs et s'endurcir un peu en faisant des exercices physiques vigoureux.

Vers le milieu de l'après-midi, il fallut se préparer pour la fête, car les invités devaient arriver à l'heure du thé. Nanny Beth, après avoir légèrement mouillé les cheveux de la fillette les sépara en petites mèches qu'elle tortilla autour de papillotes de tissu. Amelia avait habituellement les cheveux très raides et sa mère aimait bien la voir frisée lors de grandes occasions. Elle resta donc assise, habillée seulement d'un jupon avec Scott couché sur ses genoux en attendant que sèchent les frisettes. Comme elle s'ennuyait un peu, elle demanda à Nanny de lui raconter une histoire. Pour la centième fois, sa gouvernante lui raconta l'histoire du Chat botté et la petite fille rêva que son petit chien pouvait parler et jouer avec elle comme le chat de l'histoire.

Avant d'enlever les papillotes, Nanny aida Amelia à revêtir sa plus belle robe. C'était une robe à manches courtes de couleur pêche qui s'arrêtait à mi-jambe. Une grosse boucle, faite d'un large ruban, descendait en arrière de la taille jusqu'au bas de la robe. En dessous, une crinoline de même couleur s'harmonisait avec la robe. Nanny peigna les longs cheveux en boucles souples, puis elle attacha deux petites mèches de cheveux sur le dessus de la tête et y glissa de délicates fleurs de soie un peu plus foncées que la robe.

Quand elle fut prête, Amelia descendit au jardin rejoindre sa mère pour accueillir les invités. Nanny reconduisit Scott à l'office et remonta ensuite à sa chambre pour mettre son uniforme. Maintenant qu'elle était plus vieille et qu'elle faisait partie de la famille, elle ne portait son uniforme que lors d'occasions spéciales. Quand elle eut enfilé la tunique bleu pâle aux larges poignets blancs, sa coiffe et son tablier blancs, elle descendit à son tour au jardin pour recevoir les enfants de tout âge qui devaient assister à la fête.

Pour l'occasion, on avait disposé un grand nombre de tables rondes pouvant accueillir quatre ou cinq convives à l'arrière de la maison, près des massifs de fleurs. Sur chacune, on retrouvait une nappe brodée et un petit vase dans lequel on avait disposé des primevères fraîches. Les tables étaient placées en demi-cercle. Au centre était installé un petit orchestre composé de quatre violonistes, d'un violoncelliste et de deux flûtistes. Les musiciens, tous des hommes d'un certain âge assis devant des lutrins de cuivre semblaient totalement absorbés par leur musique. Ils jouaient des airs traditionnels écossais et irlandais. Sur les pelouses, un peu à l'écart, on avait disposé des jeux de croquets et d'autres jeux destinés aux enfants.

C'était une journée idéale pour prendre le thé au grand air. Le ciel était sans nuages et un vent très doux venait à peine agiter les feuilles des grands arbres au fond du jardin. En cas de pluie ou de grands vents, il aurait fallu utiliser la salle de bal, mais il y faisait souvent chaud et les enfants se seraient sentis à l'étroit. Quand Amelia vint rejoindre ses parents, quelques personnes étaient déjà arrivées. Les domestiques circulaient avec des plateaux. Les convives se voyaient offrir de petits sandwichs en forme de cœur, de trèfle ou de demi-lune, des choux à la crème, des mokas, des tartelettes et une foule d'autres victuailles tout aussi délicieuses. La fillette était rose de plaisir et de gêne quand les invités se rassemblèrent autour d'elle pour l'embrasser et lui transmettre leurs vœux.

Quand tous furent arrivés, les grandes personnes s'assirent par petits groupes pour manger et discuter. Amelia se retrouva à une table avec trois autres enfants : Ruth Allan, dont le père était un des associés de Charles Robertson ; Margaret, la fille de Vincent et Edith Alexander, des voisins et amis de longue date ; et Francis Maxell, le fils du Dr Maxell. Bien qu'il soit beaucoup plus âgé qu'elle, Amelia aimait bien Francis. À quinze ans, il avait déjà la générosité et l'humour de son père.

D'ailleurs, il le suivait souvent au cours de ses visites médicales et était bien décidé à devenir médecin lui aussi. Margaret, âgée de sept ans, était une bonne amie d'Amelia. Les deux fillettes et leurs *nannys* se retrouvaient presque tous les jours au parc et elles s'aimaient comme des sœurs. Avec Ruth Allan, c'était très différent et Amelia la trouvait tout à fait désagréable. Du haut de ses huit ans, Ruth regardait le monde d'un air dédaigneux, exigeant continuellement d'être le centre de l'attention. Amelia restait toujours polie, mais elle essayait autant que possible d'éviter de la côtoyer.

— Ta robe est bien courte, Amelia, cela fait un peu bébé, tu ne trouves pas ? déclara Ruth en prenant une gorgée de sa limonade.

— Sa robe est parfaite, Ruth ! C'est la tienne qui est trop longue, on dirait que tu as quinze ans, répondit Francis avec un clin d'œil moqueur à Amelia.

— Francis a bien raison, Ruth ! Regarde les invités, il n'y a que les dames qui ont des robes aussi longues, acquiesça Margaret.

Ruth haussa les épaules et leur dit :

— Si vous lisiez le *Englishwoman's Domestic Magazine,* vous verriez que les jupes se portent beaucoup plus longues à Londres cette année, même pour les jeunes filles. Mais c'est vrai que vous savez à peine lire toutes les deux.

— Que tu es bête ! riposta Amelia.

Elle se tourna résolument vers Margaret et commença à lui parler de ses cadeaux. Francis avala son dernier sandwich, puis s'excusa auprès des deux fillettes qu'il trouvait un peu jeunes pour lui. Il se dirigea vers un groupe de garçons qui finissaient une partie de croquet. Ruth de son côté se mit à fixer l'orchestre d'un air hautain.

La vieille Mme McTavish, qui venait d'arriver, se dirigea bientôt vers la table de sa petite-fille. Amelia la vit venir du coin de l'œil toujours très droite et très digne dans une robe de satin rose complètement recouverte de dentelle noire. Elle se leva et courut à sa rencontre.

— Mammy, ma chère mammy, comme je suis contente de te voir ! lui dit-elle en lui prenant les mains.

Amelia tutoyait sa grand-mère, ce qui n'était pas la norme dans la bonne société, mais c'est la vieille Mary elle-même qui l'avait exigé !

— Chère petite, laisse-moi t'embrasser maintenant que tu as sept ans. Es-tu heureuse ?

— Oh oui, mammy, je suis si gâtée. Il faut que tu viennes avec moi voir Scott. C'est mon chien, il est magnifique, annonça Amelia en la tirant par le bras.

— Non, non, ma chérie, pense à tes invités ! Nous irons le voir ensemble après le thé, je te le promets. Et puis cette fête est si belle, profitons un peu du jardin, ajouta mammy.

La vieille dame regarda autour d'elle d'un œil admiratif. Amelia leva aussi les yeux pour contempler la fête dans son ensemble. L'arrière-cour était magnifique. Les parterres étaient parsemés d'iris mauves ou blancs, de roses et de souffle de gypsophiles. Des pelouses bien taillées entourant les massifs de fleurs formaient de larges bordures vertes. Attablées dans leurs belles toilettes ou déambulant sous leur ombrelle, les dames ajoutaient des touches de couleurs estivales à ce tableau. Et, elles étaient toutes gantées de blanc comme il se doit en société.

De leur côté, les messieurs discutaient entre eux. Ils fumaient le cigare appuyés sur leur canne ou un bras plié derrière le dos. Les musiciens, toujours impassibles, jouaient de la musique douce et en arrière-plan de très jeunes enfants couraient et riaient surveillés par Nanny.

— Veux-tu que nous fassions le tour du jardin ensemble ? Il y a plusieurs jours que nous n'avons pas bavardé, toutes les deux, déclara la vieille dame en repoussant une mèche de cheveux sur le front de sa petite-fille.

— Mais bien sûr, mammy, je suis si bien avec toi, affirma la fillette en glissant sa main dans la main gantée de Mme McTavish.

Elles firent une promenade ensemble à travers le jardin animé, s'arrêtant parfois pour regarder les joueurs de croquet ou les rondes des enfants.

Mary McTavish, veuve depuis plusieurs années, prenait toujours plaisir à observer les gens. Toutefois, elle ne se laissait pas aller aux commérages. Elle était une femme de principes et elle considérait qu'il fallait respecter l'intimité de son prochain. Son époux, Thomas McTavish, un homme bon, mais distant, l'avait quittée depuis maintenant dix ans lui laissant une fortune considérable. Elle avait donc organisé sa vie pour faire le bien autour d'elle et combler sa solitude.

Passer du temps avec ses petits-enfants était pour elle un grand plaisir. Stanley et Andrew, les enfants de son fils John, aujourd'hui âgés de dix-neuf et vingt ans étudiaient tous deux en Angleterre. Son fils cadet, Adrien, n'avait pas eu d'enfants. Après deux ans de mariage, sa femme était décédée le laissant sans descendance. Depuis, il vivait seul. La petite Amelia recevait donc toute l'attention de sa grand-mère. Elle l'amenait souvent avec elle lors de ses voyages, ou quand elle s'occupait de ses œuvres de charité.

Lorsque ses propres enfants étaient petits, elle avait été très absorbée par la vie mondaine, se reposant presque totalement sur Nanny Beth pour l'éducation des enfants. Elle ne les avait pas vus grandir, mais n'en avait pris conscience que beaucoup plus tard. Maintenant, elle prenait le temps de voir passer le temps et elle s'estimait privilégiée d'avoir eu une seconde chance avec ses petits-enfants.

— T'ai-je donné ton cadeau, chère petite ? demanda la vieille dame avec un air malicieux.

— Mais non, mammy ! Je me demandais bien d'ailleurs ce que tu m'avais apporté cette fois, rétorqua la fillette spontanément.

Mary regarda sa petite-fille en riant.

— Ah ! Il faut que tu devines, ma chérie !

— Hum ! Est-ce une poupée ? Des livres d'images peut-être ? demanda Amelia.

— Non et non, ni l'un ni l'autre. Devine encore, dit la grand-mère en arrêtant de marcher.

— Je ne sais plus, mammy ! Ne me fais pas languir !

— Bon d'accord, écoute. Tu devais partir dans quelques jours passer l'été à Murray Bay avec ta mère et les domestiques, n'est-ce pas ?

La fillette hocha la tête attendant la suite.

— Eh bien ! Tu ne partiras pas !

Amelia écarquilla les yeux.

— Dans une semaine, nous prendrons un grand bateau ensemble et nous irons rejoindre Stanley et Andrew à Londres.

Amelia ne comprit pas tout de suite, puis lentement elle réalisa ce que sa grand-mère avait dit.

— Mammy, je pars avec toi pour Londres ?

— C'est tout à fait ça, Amelia ! Es-tu contente ? questionna Mme McTavish qui connaissait la réponse.

— Je suis folle de joie, mammy, j'ai si hâte de voir enfin l'Angleterre. Oh ! comme c'est merveilleux d'avoir sept ans, affirma la petite fille en serrant la main de la vieille dame, le visage illuminé d'un grand sourire.

Chapitre 4

Saint-Jean-d'Iberville, décembre 1879

Les joues rouges comme des pommes bien mûres, Géraldine revenait de l'école tenant par la main sa sœur Emma de trois ans sa cadette. Laura, deux ans plus âgée qu'Emma, suivait un peu en arrière, le souffle court derrière le foulard qui lui recouvrait le nez. Toutes les trois se hâtaient autant que leurs petites jambes le leur permettaient. Ce soir, elles devaient aider leur mère à préparer les croquignoles pour le réveillon de Noël. La confection de ce délicieux dessert qu'on faisait en famille coïncidait dans l'esprit des enfants avec le véritable début de la période des fêtes.

Tout le monde devait participer. C'était un rituel maintenant familier et les enfants étaient très fiers de leur participation. Les garçons et leur père entretiendraient le feu, ni trop fort ni trop doux. Maman aura préparé un énorme bol de pâte dans l'après-midi. Emma et Laura couperaient la pâte et la rouleraient entre leurs doigts. Géraldine elle, s'occuperait de plonger les croquignoles dans le saindoux bouillant alors que sa mère les sortirait un à un quand ils seraient à point. Enfin, Constance du haut de ses six ans aurait la tâche ultime de placer les croquantes petites bouchées une fois refroidies dans de nombreux plats qu'on placerait dans la cuisine d'été jusqu'à Noël.

C'est ainsi qu'après un souper pris en vitesse, Géraldine fut chargée de mettre au lit les jumeaux Alexandre et Alexis ainsi que la petite Rosa pendant que ses sœurs faisaient la vaisselle. Julia pour sa part, donnait le sein à Mathieu, le nouveau bébé que les sauvages avaient apporté quelques semaines auparavant. À peine couchée dans son petit lit de bois, Rosa mit son pouce dans sa bouche et ferma les yeux en souriant. Elle qui ne disait encore que quelques mots avait très vite appris à dire le nom de sa grande sœur.

— *Tata dine*, murmura-t-elle, déjà gagnée par le sommeil.

Sa sœur lui donna un tendre baiser sur le front et quitta la pièce. Avec les jumeaux ce fut plus difficile. Frustrés de ne pas participer à la soirée, ils attendaient, assis sur leur lit, encore tout habillés. Après tout, ils avaient presque quatre ans et on les couchait en même temps que Rosa qui n'avait pas encore deux ans. Ce n'est qu'après leur avoir promis de leur raconter à chacun une histoire que Géraldine réussit à les convaincre de mettre leurs chemises de nuit et de se glisser sous les draps.

Tel que promis, elle commença la première histoire, celle des trois Rois mages. Mais avant même que les mages n'arrivent à Bethléem, les deux petits garçons dormaient déjà à poings fermés.

La cérémonie des croquignoles se déroula selon la tradition. Anthony laissa Gustave et Henri nourrir le feu et s'assit dans la chaise berçante, les bras croisés et la pipe au bec. Bientôt, il se mit à chanter en anglais de douces chansons de Noël qui remontaient du fond de son enfance. Géraldine arrêta un moment sa besogne et l'écouta gravement. La belle voix profonde résonnait dans la maison comme dans une église et tous s'étaient tus pour l'écouter.

À la fin de la chanson, Anthony sourit à ses enfants, regarda Géraldine et lui fit un clin d'œil complice en lui montrant le chaudron du nez. La fillette se dépêcha de reprendre son travail là où elle l'avait laissé. Puis Julia, sans lever les yeux de sa besogne, commença à chanter à son tour en français. Son mari la regarda tendrement. Il savait que ce temps de l'année correspondait pour Julia à ce qui se rapprochait le plus du bonheur. Bientôt, les enfants entonnèrent avec leur mère un air qu'ils connaissaient tous. Géraldine chanta avec cœur. Elle aurait voulu que cette soirée ne finisse jamais.

Le lendemain, la fillette se leva très tôt. Après avoir enfilé son manteau de laine par-dessus sa chemise de nuit, elle sortit de la maison sans se faire remarquer. Elle se rendit à l'étable où elle savait qu'elle trouverait Anthony occupé à faire le train. Une fois dehors, un froid mordant lui brûla tout de suite le visage. Il faisait toujours noir, mais le ciel commençait à pâlir au-dessus de la rivière. Géraldine serra son écharpe autour de son cou et marcha rapidement vers l'étable. Elle referma la porte bruyamment derrière elle. Tout de suite, l'odeur du fumier et du foin lui monta aux narines. Dans un premier temps, elle ne distingua que peu de choses. Puis ses yeux s'habituèrent à la noirceur et peu à peu elle reconnut l'environnement qui lui était familier. À l'autre extrémité du bâtiment, elle remarqua une petite lueur scintillante qui devait provenir de la lampe de son père. Elle s'approcha avec précaution dans la demi-obscurité et le découvrit assis sur un petit banc à trois pattes en train de traire une des vaches.

— Tu es debout bien tôt ce matin, ma petite fée, lui lança son père en se retournant vers elle.

Géraldine lui sourit. Elle aimait bien quand son père l'appelait « ma petite fée ».

— Bonjour, père, déclara gaiement l'enfant !

Grant n'était pas bavard, Géraldine non plus. Il y avait comme un rituel entre eux, Anthony lui parlait toujours en anglais et, bien qu'elle parlât très bien cette langue, sa fille lui répondait en français. Ils ne se posaient pas de questions, pour l'un comme pour l'autre, c'était devenu un automatisme. Géraldine ressemblait à son père. Elle avait hérité de la beauté de sa mère, mais elle avait gardé les cheveux roux des Grant et la nature tranquille et introvertie de son père. C'est probablement pourquoi elle le comprenait à demi-mot. Ils étaient bien ensemble et, la majorité du temps, ils ne ressentaient pas vraiment le besoin de parler. Cette complicité avait d'ailleurs souvent irrité Julia qui avait toujours eu de la difficulté à les comprendre.

— Tu aurais dû dormir un peu plus ! Ce soir, c'est Noël et tu seras fatiguée !

— Oui, je sais, mais j'étais toute réveillée. Je pensais à quelque chose.

La fillette hésita un peu. Elle n'était pas de nature à demander. Étant l'aînée des filles, elle avait rapidement appris à s'oublier et à se dévouer pour les autres. Mais ceci avait trop d'importance à ses yeux.

— Qu'est-ce qui te préoccupe ? lui demanda son père, les yeux rivés sur le seau de lait à moitié rempli.

Elle hésita encore.

— Papa, la maîtresse a dit que j'étais bonne en classe et que si je continuais je pourrais devenir maîtresse d'école comme elle.

Anthony regarda sa fille un peu surpris.

— Mais tu es une des plus vieilles de ta classe ! Il te faudra quitter l'école bientôt chère petite !

L'homme à la tête déjà blanche attendit la réponse de sa fille qui tortillait une mèche de ses cheveux nerveusement.

— Papa, pour devenir maîtresse d'école, il faudrait que j'aille au couvent des sœurs, finit-elle par dire à voix basse.

Anthony n'avait pas l'air de comprendre.

— Mais tu sais bien que, pour aller au couvent, tu devrais devenir catholique !

— Je sais bien, papa, avoua Géraldine tête baissée.

— Est-ce que c'est vraiment ce que tu veux ? questionna Anthony.

— Je ne sais pas, soupira la fillette, mais papa, j'aimerais tellement continuer à aller à l'école et devenir savante comme mademoiselle !

À mesure que Géraldine parlait, des larmes perlaient au bord de ses paupières.

— Et tu sais que ça coûte cher ! Nous ne sommes pas assez riches ! Dans notre famille, il y a tellement de bouches à nourrir, lui confia-t-il tristement, ému par la peine de sa petite fille habituellement si gaie.

Géraldine connaissait bien la situation et son père savait qu'il n'avait pas à lui faire la leçon. Il savait aussi qu'elle se montrait toujours raisonnable et studieuse et il aurait vraiment aimé lui faire plaisir. Mais l'idée qu'elle devienne catholique l'attristait. Il aimait bien l'amener avec lui à l'office du dimanche après avoir laissé sa femme à l'église avec l'autre moitié de la famille. Le couvent coûtait cher pour un fermier comme lui toujours à la merci d'une mauvaise année. De plus, sa femme n'aurait pas manqué de lui souligner qu'il faisait des préférences pour Géraldine.

La fillette ne parlait plus, elle avait le cœur gros, mais elle comprenait son père. Tout était si compliqué dans leur famille.

— Ne sois pas triste, ma petite fée ! C'est Noël ! N'y pense plus pour l'instant. Je vais y réfléchir et nous en discuterons à nouveau un peu plus tard !

Doucement, le père qui s'était levé passa sa main rude sur la joue de sa fille, puis rougit un peu. Géraldine aurait aimé l'embrasser, mais elle pensa qu'il pourrait trouver cela inconvenant. Émue par le geste de son père habituellement si réservé quand il s'agissait de ses sentiments, Géraldine lui sourit gentiment. Elle savait bien qu'il les aimait énormément. C'était un bon père. Il travaillait très fort pour eux et ne brutalisait jamais sa femme ou ses enfants comme le faisaient beaucoup d'hommes au village.

On ne parlait pas beaucoup de ces choses-là, mais tout le monde connaissait la vie de ses voisins. On savait bien que Mme Carreau ne s'était pas cassé le bras en tombant sur la glace, c'était plutôt son mari qui l'avait rossée un soir où il avait bu. Et le jeune Paquette qui souffrait du grand mal était devenu malade après avoir été battu à coups de bâton par son père. Géraldine, songeuse, salua son père et sortit de l'étable pour préparer le déjeuner des petits.

* * *

Toute la famille était emmitouflée dans des couvertures de laine. Les chevaux tiraient la carriole surchargée dans une neige humide et avançaient péniblement. Le dégel des derniers jours rendait la circulation plus difficile, mais le tintement des grelots donnait tout de même une illusion de facilité. Chacun des aînés tenait un petit sur ses genoux. Julia serrait contre son sein le petit dernier qui souriait aux anges et les jumeaux fiers comme Artaban s'étaient assis sur le siège du conducteur de chaque côté de leur père.

Un soleil radieux en ce jour de l'an de l'année 1880 ajoutait à la gaieté de la journée. Dès leurs levers, tôt le matin, chacun des enfants avait reçu leurs étrennes : un petit paquet de bonbons et de sucre d'orge enveloppé dans un tissu de couleur vive et entouré de rubans. Pour fêter la nouvelle année, Héléna, la sœur de Julia, et son mari Jean-Baptiste Dion les avaient invités pour le dîner familial.

Depuis peu, ils habitaient Iberville, la petite ville juste de l'autre côté du Richelieu. Jean-Baptiste était potier à la fabrique Farrar de Saint-Jean. Peu de temps après le grand feu de la rue Principale, la Poterie avait brûlé à son tour. Iberville avait offert à la famille Farrar une exemption de taxe de dix ans et la poterie était reconstruite de l'autre côté de la rivière. Jean-Baptiste aurait pu continuer à vivre à Saint-Jean et traverser le pont tous les matins et tous les soirs. Mais les droits de passage du pont Jones, même s'ils n'étaient pas si élevés, auraient fini par coûter trop cher. L'hiver, il y avait le pont de glace, mais le reste de l'année il fallait payer à chaque passage. Bien sûr, la ville d'Iberville aurait bien aimé acheter le pont. Mais il faudrait probablement attendre la mort du vieux Jones qui ne voulait rien entendre. Héléna et son mari s'étaient donc installés à Iberville comme beaucoup d'ouvriers de la poterie Farrar.

On approchait justement du pont tout peint en blanc. Il se confondait avec la neige, mais on voyait de loin la grande affiche de bois suspendue à l'entrée où l'on pouvait lire les tarifs : 25 cents pour une charrette à 4 roues et son conducteur, 4 cents par bête à cornes, 2 cents pour un veau, un cochon ou un piéton. Julia, un peu irritée, surveillait son homme du coin de l'œil. Ce matin de bonne heure, il avait fait la tournée de leurs voisins pour leur souhaiter la bonne année. À chaque maison, on l'avait reçu à bras ouverts et on lui avait offert le petit verre de l'amitié. Il était revenu chez lui en titubant et maintenant, si ce n'était du babil incessant des jumeaux, il aurait bien fait une petite sieste.

On arriva enfin chez la tante Héléna et l'oncle Jean-Baptiste. Géraldine fut sincèrement heureuse de les voir. Son oncle et sa tante portaient tous deux une attention très spéciale aux enfants. Eux-mêmes n'en avaient jamais eu et c'était leur grand chagrin. Bien sûr, cela avait fait jaser au village. On disait qu'Héléna avait eu les fièvres typhoïdes dans sa jeunesse et que c'était probablement pourquoi elle ne pouvait pas enfanter.

Le dîner fut délicieux. Julia et ses filles goûtèrent plus particulièrement un repas qu'elles n'avaient pas eu à préparer. Quel plaisir
de manger assises sans se lever continuellement pour servir les
autres! Bien sûr, il fallait veiller sur les petits, couper la viande dans
leur assiette, essuyer une tache de sauce sur une chemise, mais
Géraldine le faisait avec plaisir, tout en suivant les conversations
des adultes.

Un peu plus tard, le reste de la famille Marchand viendrait se
joindre à eux. En soirée, il y aurait la veillée avec les cousins, les
cousines, les oncles et les tantes. On chanterait, on danserait et les
petits assis sur les genoux des adultes s'endormiraient devant le
feu. Ce serait bien agréable de passer la soirée tous ensemble, car
les Grant étaient toujours restés un peu à l'écart de la famille de
Julia. On oubliait difficilement que la moitié d'entre eux ne venait
jamais à la messe de minuit.

À la fin du repas, les femmes s'activèrent à desservir en vitesse
pendant que les hommes fumaient au salon. Une partie des enfants
sortirent faire des bonshommes pour profiter de cette neige bien
collante. Bientôt, les autres sœurs Marchand arrivèrent avec leur
famille. Rosalie arriva la première avec son chapelet d'enfants. Elle
était veuve depuis maintenant deux ans et elle portait encore le
noir. Jusqu'à sa mort, son mari fut maître de poste à Chambly.
C'était un homme maigre et plaintif qui avait toujours eu une
santé fragile. Un soir, il avait fait une indigestion et le lendemain
après une nuit agitée, il s'était réveillé avec la peau complètement
jaune. Le médecin avait prescrit des potions, mais deux semaines
plus tard il décédait. Rosalie était alors allée vivre avec sa mère qui
tenait seule le magasin général depuis la mort de son mari.

Avec l'aide d'un homme engagé et des deux plus vieux de Rosalie,
elles réussissaient assez bien à faire marcher la boutique. La vieille
Mme Marchand se présenta un peu plus tard avec sa fille Marie-
Thérèse chez qui elle était en visite pour les fêtes. Finalement,

Aurore arriva avec sa famille elle aussi. Il ne manquait que Victoire et sa famille qui s'amèneraient le lendemain par le train. Elle vivait avec son mari et ses huit enfants dans les nouveaux quartiers qu'on avait ouverts près du canal Lachine. Elle et son mari étaient montés en ville il y avait maintenant une dizaine d'années. Ils travaillaient tous les deux ainsi que leurs trois aînés dans une manufacture de cigares.

L'atmosphère s'animait peu à peu. Tout le monde s'embrassait et échangeait de bons vœux. Géraldine après avoir salué la parenté, sortit dans la cour pour se rendre «à la Catherine». De loin, elle vit les bonshommes de neige des enfants qui souriaient de toutes leurs dents en charbon. Elle traversa la cour pour entrer dans les latrines. Malgré le dégel des derniers jours, le vent était froid et s'infiltrait à travers les planches des murs. S'il n'y avait pas eu tant de monde dans la maison, elle aurait bien préféré un pot de chambre. Quand elle eut terminé, elle sortit sans rattacher son manteau, pressée de se retrouver à la chaleur. En ouvrant la porte, elle arriva nez à nez avec Amédée, le mari d'Aurore. Elle lui fit un petit sourire un peu gêné, mais avant qu'elle n'ait pu lui adresser la parole, il l'avait agrippé par la taille et de son autre main fouillait dans sa robe pour rejoindre la peau.

Géraldine fut d'abord tellement surprise qu'elle ne réagit pas, mais quand il se mit à la palper avec frénésie en lui soufflant dans le cou, elle le poussa violemment avec toute sa peur et toute sa colère. Amédée ne s'attendait pas à une telle force. Déjà déséquilibré par la quantité importante d'alcool qu'il avait consommée depuis le matin, il fut projeté en arrière et tomba les fesses dans la neige. Géraldine profita de sa surprise pour se précipiter dans la maison.

Elle entra en courant, essoufflée, ses vêtements en bataille. À l'intérieur, la fête continuait de plus belle. Comme elle aurait voulu se retrouver seule pour pouvoir laisser sortir les sanglots de rage et de honte qui lui nouaient la gorge. Mais rien ne devait paraître, personne ne devait savoir. Pour se calmer un peu, la jeune fille essaya de se mêler au jeu des petits. Elle s'aperçut bien vite que les jumeaux étaient introuvables. En questionnant les autres, elle apprit qu'Alexandre et Alexis étaient restés dehors. Inquiète, Géraldine remit son manteau en vitesse et partit à leur recherche.

Après avoir fini leurs bonshommes de neige, les jumeaux s'étaient mis à se lancer des boules de neige en riant et en se bousculant.

— Alexis, arrête, tu m'as lancé de la neige dans le cou. C'est froid! se plaignit Alexandre.

— Les autres sont rentrés, est-ce qu'on rentre nous aussi? demanda son frère.

— Oh non! Si on rentre, Géraldine va vouloir nous faire faire une sieste, déclara Alexandre en grimaçant.

— J'ai une bonne idée, rétorqua le petit garçon en secouant la neige de son manteau. Si on allait jeter des roches dans la rivière, la glace est cassée!

— Oui! Oui! Allons-y!

Les deux enfants se rendirent à la rivière qui coulait non loin de là. À cet endroit, le courant était assez fort et l'eau ne gelait jamais complètement. Chacun leur tour, les garçons lancèrent des galets dans le courant, mais une ceinture de glace d'une vingtaine de pieds rendait la chose difficile. À mesure qu'ils se laissaient prendre par leur jeu, les jumeaux s'avançaient de plus en plus sur la glace. Puis soudain, la glace se fractionna sous leur poids. Alexis prit peur et s'agrippa à son frère.

— Au secours! Maman! Géraldine! Au secours! cria l'enfant en pleurs.

En quelques secondes, la glace craqua de nouveau et les deux enfants tombèrent à l'eau. Toujours agrippés l'un à l'autre, ils furent emportés par le courant, criant et pleurant sans que personne ne soit témoin de la scène. Dans les maisons du voisinage, on s'embrassait, on chantait des chansons à répondre et on écoutait les conteurs au coin du feu.

Géraldine avait cherché partout. Elle avait même frappé chez les voisins pour retrouver la trace des jumeaux. Son inquiétude grandissante frôlait maintenant la panique. La jeune fille décida enfin d'aller chercher de l'aide. Elle retourna chez son oncle et sa tante. En entrant dans la maison bruyante et surchauffée, elle chercha son père des yeux. Anthony la vit le premier et voyant ses larmes se dirigea vers elle.

— Papa! Papa! Les jumeaux sont perdus, ils sont perdus, cria la fillette en éclatant en sanglots.

Les événements de la journée se bousculaient dans sa tête et elle ne se sentait plus en contrôle de ses émotions. Héléna essaya de son mieux de la réconforter. Les autres petits se pressaient autour d'elle, bouleversés de la voir pleurer à chaudes larmes. Julia, elle, regardait à la fenêtre les yeux fixes.

— Il faut aller voir à la rivière, dit-elle d'une voix grave. Ils aiment tellement jouer au bord de la rivière!

On retrouva les corps des deux enfants aux barrages de bois utilisés par la famille Thuot pour la pêche à l'anguille. Les deux petits, toujours enlacés, avaient maintenant le visage gris et les lèvres bleuies par la mort. On les sépara difficilement, car à cause de l'eau froide les corps étaient déjà rigides. On les mit dans une charrette et on les recouvrit d'une couverture de cheval. Anthony monta derrière avec ses fils et pour une des rares fois de sa vie, il pleura amèrement. Il pleura pour ses deux petits, mais aussi pour Julia et pour Géraldine qui auraient si mal.

Bien sûr, ils avaient déjà perdu des enfants, des bébés en bas âge emportés par la diarrhée verte ou par les fièvres. C'était triste, mais on s'attendait à en perdre quelques-uns. Les jumeaux c'était autre chose, de vrais petits hommes, pleins de vie et de santé. Anthony les revoyait assis de chaque côté de lui dans la carriole, faisant des commentaires sur tout ce qu'ils voyaient autour d'eux.

Quand ils arrivèrent chez Jean-Baptiste, il était presque six heures et le soleil se couchait au loin. Toute la famille ainsi que les voisins sortirent des habitations en les entendant arriver. Anthony se leva dans la charrette, il ne savait pas comme leur annoncer cette nouvelle, mais tous se doutaient que quelque chose était arrivé. Le regard fuyant, l'homme resta debout, abattu, silencieux. Géraldine la première crut comprendre. D'un bond, elle fut dans la charrette et arracha la couverture.

— Non ! lui cria son père d'une voix déchirante.

Mais il était déjà trop tard. En voyant ses frères immobiles, la peau grise, recroquevillés dans une position anormale, la fillette resta figée quelques secondes, consternée. Puis, elle se précipita sur le bord de la charrette et se mit à vomir, à vomir tout ce qu'elle avait dans l'estomac. Julia s'approcha en tremblant. Quand elle vit les deux petites têtes blondes sans vie, elle eut une faiblesse. De toutes parts, on accourut pour la soutenir et on la fit entrer dans la maison.

Géraldine, maintenant à genoux, la tête appuyée sur le rebord de la charrette, sanglotait de toute son âme. Elle étendit la main pour caresser la joue d'Alexis. Elle aurait voulu les serrer contre elle, mais ils étaient glacés et Géraldine retira sa main comme si elle avait touché à une flamme. Elle les aimait tellement. Probablement plus que leur mère, mais elle avait une peur incontrôlable de la mort. Quand elle était encore toute petite, ses parents l'avaient amenée voir une grand-tante religieuse qui était décédée. La vieille femme était morte assise dans sa chambre et n'avait été découverte qu'au matin. La raideur cadavérique s'étant déjà installée, les sœurs avaient décidé d'exposer la religieuse assise dans le grand salon du couvent. En la voyant, Géraldine avait été prise d'une telle panique qu'Anthony avait dû la sortir dans ses bras. Depuis ce jour, elle avait gardé cette peur qui lui serrait le ventre chaque fois qu'elle approchait une personne décédée.

Bientôt, le cœur au bord des lèvres, Anthony ramena sa famille à la maison. Jean-Baptiste conduisit la charrette où se trouvaient les petits corps et Héléna l'accompagna. On aménagea le salon en chambre mortuaire. Les enfants furent exposés toute la nuit et enterrés le lendemain en fin de matinée. Parents et amis firent la veillée mortuaire bien qu'habituellement, on ne le faisait pas pour des enfants aussi jeunes.

Tôt le matin, Pierre-Lucien Larocque, le photographe de Saint-Jean que Julia avait fait appeler, vint prendre une photographie souvenir des deux petits morts. Ensuite, après une courte prière du curé Dionne, les jumeaux faisant partie de la moitié catholique de la famille, ils furent déposés chacun dans un petit cercueil peint en blanc. Tout le temps que les jumeaux furent dans la maison, Géraldine s'enferma dans sa chambre. Elle pleura tellement que son père commença à s'inquiéter pour sa santé. Elle n'avait rien pris depuis le dîner du jour de l'An et Héléna avait essayé en vain de la faire manger. Julia recevait les visiteurs, Laura s'occupait des petits.

Un peu avant la prière, Anthony monta voir sa grande fille. Il frappa, puis il entra sans attendre de réponse. Géraldine, recroquevillée dans son lit, pleurait doucement en fixant du regard le Richelieu qui coulait là-bas devant sa fenêtre. Son père toussota pour attirer son attention. Il se sentait un peu gêné d'entrer ainsi dans la chambre des filles. Géraldine ne bougea pas.

— Ma petite, arrête de pleurer ! Ça ne les fera pas revenir !

Géraldine ne répondit pas. Anthony soupira, il était fatigué et se sentait bien maladroit devant les émotions vives.

— Il n'y a rien que tu peux faire, Géraldine. C'était la volonté de Dieu ! Maintenant ils seront assis sur ses genoux à lui raconter des histoires ! déclara l'homme en souriant tristement.

La fillette cacha son visage avec ses mains et se mit à crier à travers ses larmes.

— Non, Papa ! Non ! C'est ma faute ! C'est ma faute ! J'aurais dû les surveiller ! Pardon, papa ! Pardon ! C'est ma faute ! gémit l'enfant, tremblant de tout son corps.

Anthony, surpris par cet excès de douleur, s'assit lentement au bout de la paillasse. Il ne dit rien d'abord. Il la laissa se calmer un peu, puis il lui déclara gravement :

— Tous les deux, ils t'aimaient si fort ! Ils n'auraient jamais voulu que tu te fasses du mal comme ça. Personne ne te fait de reproche, ni ta mère ni moi. Alexis et Alexandre n'ont pas suivi les autres. C'est tout ! Nous ne nous sommes même pas rendu compte qu'ils manquaient à l'appel. Tu as été la première à sonner l'alarme.

Anthony parlait avec beaucoup de conviction, en bafouillant un peu. Géraldine se tourna un peu vers lui, les joues encore mouillées de larmes. Son père se tut et lui sourit légèrement. Puis, il se leva un peu précipitamment.

— Reste ici si tu préfères, mais tout le monde te demande.

Il se dirigea lentement vers la porte.

— Et puis essaie de manger un peu ! lui lança-t-il encore en quittant la pièce.

Le jour suivant l'enterrement, Géraldine descendit préparer le petit déjeuner comme d'habitude. Ses yeux étaient boursouflés par les larmes et elle était très pâle. Julia lui parla plutôt sèchement considérant sa peine comme un peu déplacée. Elle avait presque l'impression que Géraldine voulait attirer la pitié. Après tout, c'était ses petits à elle qui étaient morts, les petits qu'elle avait portés en son sein, qu'elle avait mis au monde, qu'elle avait nourris…

La jeune fille remarqua à peine la froideur maternelle. Elle essaya de fuir les conversations et passa le plus de temps possible avec les enfants. Dans les semaines qui suivirent, elle maigrit beaucoup. Elle mangeait peu et dormait mal. Presque toutes les nuits, elle faisait des rêves où elle cherchait Alexis et Alexandre avec frénésie, sans jamais les trouver. Parfois, elle se réveillait en pleine nuit, les mains tremblantes, le cœur martelant sa poitrine.

Souvent pour réussir à s'endormir, elle allait se coucher avec les petits, pour sentir leur chaleur rassurante et entendre leur respiration calme et régulière. L'hiver passa ainsi. Quand les jours chauds furent de retour, Anthony et ses deux fils, armés de pioches et de pelles, avec les autres familles éprouvées par la mort au cours de l'hiver, se rendirent au cimetière pour aider le fossoyeur à mettre en terre les cercueils entassés dans le charnier. Cette journée fut très pénible pour Géraldine. Mais quand les hommes revinrent au coucher du soleil, elle ressentit un certain soulagement. Au moins, les jumeaux avaient cessé d'attendre dans cet affreux caveau! Maintenant, elle pourrait aller prier sur leur tombe et avoir l'impression qu'ils étaient plus proches d'elle. Ils lui manquaient tellement!

Une fois passée la douleur brûlante, Géraldine avait dû affronter l'absence quotidienne et sournoise. Souvent, elle cherchait les deux bambins des yeux dans la maison. Parfois, le soir, sans y penser, elle se rendait dans leur chambre pour les border dans leur lit, mais elle retrouvait les paillasses vides. La maison était pleine de leur souvenir, la tasse dont Alexis avait cassé l'anse en l'échappant par terre, les marques au crayon de plomb sur la porte de leur chambre où on les mesurait une ou deux fois par année, le pot de confiture aux groseilles, leur préférée, sur la table du matin, la troisième marche de l'escalier que les garçons s'amusaient à faire craquer plusieurs fois avant d'aller dormir…

Quand elle rentrait à la maison, Géraldine croyait même les apercevoir à la fenêtre, mais leur absence était tellement définitive.

L'année scolaire tirait à sa fin et la jeune fille, qui avait eu quatorze ans en mai, ne devait plus retourner en classe l'année suivante. Elle était maintenant la plus grande de sa classe et de petits seins fermes commençaient à pointer sous sa chemise. C'est avec beaucoup d'appréhension qu'elle voyait venir le jour où il ne lui resterait que les repas, la vaisselle et les tâches ménagères pour remplir sa peine. Elle avait mauvaise mine. Elle paraissait pâle et maigre et elle parlait très peu. Elle avait encore des moments de désespoir où elle aurait voulu mourir. Elle se réfugiait alors dans la prière ainsi que dans le travail et se couchait épuisée. Sa tante Héléna avait bien essayé de la sortir de son mutisme, mais quand elle insistait de grosses larmes coulaient des yeux de la jeune fille.

Tout l'hiver, Anthony s'était inquiété pour sa santé et même Julia, qui avait d'abord cru que sa fille s'en remettrait comme tout le monde, commençait à prendre plus au sérieux sa pâleur. En avril, Anthony l'avait amenée voir le médecin. Le bon docteur avait dit que la petite souffrait de neurasthénie et qu'il fallait la distraire, car elle finirait par se rendre malade.

Un beau jour du mois de mai, Anthony annonça à sa fille qu'elle n'irait pas à l'école ce jour-là.

— Je descends en ville et j'ai besoin que tu viennes avec moi! lui dit-il en souriant à sa femme. Allez viens, je t'attends!

— J'arrive, pâpâ. Maman, avez-vous besoin de quelque chose en ville? demanda-t-elle en s'approchant de Julia occupée à pétrir son pain.

— Non, non, allez, arrête de bretter de même, ton père t'attend, répondit sa mère d'un ton un peu brusque qui surprit l'adolescente.

Elle prit son châle de laine et sortit sans plus attendre.

Le voyage fut très silencieux. À cette période de l'année, les routes étaient très mauvaises à cause du dégel et Anthony devait conduire son cheval avec précaution. La rivière était haute et le courant était fort. Géraldine détourna les yeux. Maintenant, le majestueux Richelieu lui rappelait toujours de douloureuses images. Quand son père arrêta sa carriole devait l'église Saint-Jean-l'Évangéliste, la jeune fille crut qu'il voulait se recueillir un peu au cimetière. Mais, après avoir mis les guidons sous une pesée, il se dirigea vers le presbytère.

— Où allez-vous donc, père ? lui demanda Géraldine aussitôt.

— Je m'en vais voir le curé ! répliqua Anthony un sourire dans les yeux. Si tu veux devenir une couventine, il va falloir que tu deviennes une bonne catholique !

L'homme se retourna vers sa fille d'un air moqueur.

— Quoi ? Qu'est-ce que tu as dit, pâpâ ? demanda Géraldine, ébahie.

Anthony arrêta de se moquer quand il vit à quel point Géraldine était bouleversée.

— Vous voulez dire que je vais aller au grand couvent ? lui demanda sa fille encore incrédule. Mais comment ?

Anthony, qui s'apprêtait à ouvrir la porte du presbytère, s'arrêta la main sur la poignée de la porte.

— Ta tante Héléna va payer ta pension. Elle croit que tu as besoin de te changer les idées et je pense qu'elle a raison ! Ta mère n'était pas d'accord au début, mais elle ferait n'importe quoi pour que tu deviennes catholique !

— Oh, pâpâ, soupira l'adolescente.

Une soudaine envie de pleurer l'envahit. Elle aurait aimé se jeter dans les bras de son père, mais ils étaient en pleine rue et des curieux les regardaient, alors elle le fixa droit dans les yeux et murmura :

— Merci, pâpâ, vous êtes si bon pour moi !

Pour Géraldine, l'été passa comme un orage. Elle avait hâte bien sûr, mais en même temps elle avait très peur. Elle se trouvait si ignorante, si différente des couventines de la ville. Et puis, il lui faudrait quitter la ferme. Voyager tous les jours aurait été difficile, impossible même durant certaines périodes où les chemins devenaient impraticables.

Elle s'ennuierait beaucoup des petits, si habituée qu'elle était de les avoir toujours dans ses jupes. Qu'arriverait-il quand elle ne serait pas là pour les consoler et les bercer quand ils pleuraient ? Comme s'ils lui manquaient déjà, Géraldine passa tout son temps avec eux. Depuis qu'elle était devenue catholique, la jeune fille assistait à la messe avec sa mère et la moitié de ses frères et sœurs. Bien qu'elle ait été baptisée par le curé, elle ne se sentait pas encore catholique et elle avait toujours l'impression qu'on la pointait du doigt.

Il fut décidé que la jeune fille irait au couvent d'Iberville. Elle pourrait ainsi prendre pension chez sa tante Héléna qui paierait son inscription comme quart de pensionnaire. Elle mangerait donc avec les pensionnaires le midi et reviendrait souper chez son oncle et sa tante le soir après la première étude. Le dimanche et parfois le jeudi, elle pourrait revenir à la maison de ses parents pour quelques heures.

Héléna prépara une chambre accueillante pour sa nièce : un lit avec un vrai matelas, une commode, une patère et une jolie vanité à trois miroirs. Elle y déposa même une petite brosse et un miroir en argent qu'elle avait eus en cadeau de noces. La fenêtre de la chambre coiffée de dentelle s'ouvrait sur la rue Cristie, une petite rue bordée de beaux grands arbres.

La rentrée des classes arriva alors qu'une chaleur torride faisait souffrir toute la population. Le dimanche soir, Anthony était venu conduire Géraldine avec son bagage. Les plus petits étaient aussi du voyage et pleuraient de la voir pleurer. Le sucre d'orge d'Héléna consola les plus jeunes, mais Géraldine resta avec un gros nœud dans la gorge.

— J'espère que tu seras bien avec nous, ma chère Géraldine, lui dit Héléna en la prenant par les épaules.

La jeune fille fit un sourire timide.

— Oh, ma tante, je serais bien ingrate si je ne me trouvais pas bien !

— Mais ma chère petite, j'aurais cru que tu serais folle de joie. Tu as toujours rêvé de devenir maîtresse d'école. Dans trois ou quatre ans, tu pourras enseigner toi aussi.

— Ma tante, je…

Géraldine interrompit sa phrase et baissa les yeux pour ne pas laisser couler les larmes qui montaient.

— Qu'y a-t-il donc qui te chagrine le cœur, ma petite ? lui demanda sa tante en lui relevant doucement le menton.

— J'ai peur, ma tante ! chuchota l'adolescente.

— Peur ? Mais de quoi, chère enfant ?

— Je sais que ce n'est pas raisonnable, tante Héléna, mais j'ai peur qu'il arrive quelque chose aux petits à la maison pendant mon absence, soupira la fillette.

Héléna lui tapota doucement la main.

— Ma chère petite, s'il arrive quelque chose, c'est que Dieu l'aura voulu et tu ne dois pas aller contre sa volonté. Ta mère et tes sœurs s'occupent très bien des petits. Et toi, tu vas tenir compagnie à ton oncle et à ta tante qui se morfondent sans jeunesse à la maison.

Géraldine lui sourit de bon cœur. Oui, elle sera vraiment bien ici !

Le lendemain, elle s'éveilla très tôt et se prépara avec attention. D'abord, elle se lava la figure et les mains, puis enfila l'uniforme noir, tressa ses cheveux et les remonta au-dessus de sa tête, car les sœurs n'aimaient pas que les cheveux touchent aux épaules. Après avoir mangé un bol de soupane avec sa tante et son oncle, elle fit la vaisselle en silence, souriant à son oncle Jean-Baptiste qui la taquinait à propos de son uniforme de nonnette.

L'heure venue, son cahier neuf et son ardoise sous le bras, elle quitta la maison. À cette heure-là, la ville grouillait d'activités. Les marchands ouvraient leurs portes et dans les manufactures de la ville on travaillait déjà depuis plus d'une heure. En montant la rue Napier, Géraldine aperçut plusieurs petites filles habillées comme elle qui se dirigeaient vers le couvent de pierres grises.

Chapitre 5

Malgré la discipline rigide, Géraldine retrouva au couvent un peu de sa joie de vivre. Elle reprit le goût à l'étude et se fit de nouvelles amies. À cette époque, le couvent comptait trois classes françaises et une classe anglaise. Géraldine fut placée dans la classe des moyennes. Comme la jeune fille était de père anglophone, sœur Synclétique, la directrice, avait suggéré de la placer dans la classe anglaise, mais Héléna insista pour qu'elle soit éduquée en français. Géraldine n'avait rien dit. Elle savait que son père aurait été content qu'elle étudie en anglais, mais comme sa tante payait ses leçons, elle n'osa pas émettre une opinion.

Au cours de la troisième semaine d'octobre, Géraldine fut réveillée par une sensation de brûlure dans son ventre. Elle grimaça un peu en faisant basculer les couvertures. Mais elle eut peine à retenir un cri en voyant sur les draps de son lit, de larges taches de sang. Sa robe de nuit était maculée de sang et la fillette s'aperçut bien vite que c'était son corps qui saignait. D'abord abasourdie, la jeune fille resta immobile à regarder ce sang si rouge et si voyant. Puis, elle sauta en bas du lit et fouilla fébrilement dans les tiroirs de sa commode. Finalement, ne trouvant rien qui puisse lui servir de pansement, elle déchira sa chemise de nuit déjà tachée en larges morceaux et elle en bourra sa culotte.

Un peu dégoûtée, elle s'essuya les doigts sur les morceaux qui restaient et alla se passer de l'eau fraîche sur la figure. Mais durant tout ce temps, son esprit fonctionnait à vive allure. Que lui arrivait-il? Elle était sûrement bien malade. Peut-être allait-elle mourir? Oh! Comme elle avait honte de s'être salie ainsi. Elle se sentait comme jadis, alors qu'une nuit elle s'était réveillée trop tard pour prendre la bassine et qu'elle avait vomi sur sa paillasse. C'était même pire, car elle détesta la vue du sang, même du sien.

Après quelques instants de panique, Géraldine essaya de se calmer pour penser plus clairement. Elle prit la décision de ne rien dire à sa tante, du moins pour l'instant. Il lui fallait d'abord du temps pour penser et pour comprendre ce qui lui arrivait. Après avoir fait le lit, les taches ayant disparu sous les couvertures, elle cacha les vestiges de sa chemise de nuit dans un de ses tiroirs et commença à s'habiller. Bientôt, elle rassembla son courage et descendit pour le déjeuner. Son ventre lui faisait encore mal et elle avait la nausée. Elle pensa aux jumeaux et se dit que si elle mourait bientôt, elle aurait la consolation de les revoir.

Au cours du repas, sa tante inquiète de sa mauvaise mine la questionna sur son peu d'appétit.

— J'ai un peu mal dormi cette nuit, mais je me reprendrai ce soir ma tante, répondit la jeune fille le nez dans son assiette.

À l'école, Géraldine s'isola un peu des autres. Ce ne fut pas trop difficile, parce que ce jour-là commençait une retraite fermée pour toutes les élèves du couvent. La journée passa entre les prières, les sermons du prédicateur et le confessionnal. Géraldine pria avec ferveur en pensant à sa mort prochaine. Pendant la messe, elle cacha son visage dans ses mains pour qu'on ne voie pas ses larmes. À plusieurs reprises, elle était allée constater l'état de son «pansement» et elle avait bien vu qu'elle perdait encore du sang. Elle remercia intérieurement les sœurs d'avoir choisi un uniforme noir, mais toute la journée elle eut peur de se retrouver dans un bain de sang.

Après la messe qui remplaçait l'étude du soir, elle revint à la maison le plus rapidement possible. La cuisine était vide et elle monta dans sa chambre sans chercher à savoir où était sa tante. Elle allait refermer la porte quand elle vit Héléna assise sur son lit. Géraldine s'arrêta net et rougit de la tête au pied. Sa tante la regarda avec indulgence.

— Ferme la porte, nous serons plus tranquilles pour parler.

Géraldine obéit et vint s'asseoir sur le lit à l'endroit que lui désignait Héléna.

— C'est la première fois que tu perds du sang, Géraldine? lui demanda-t-elle doucement.

— Oui ma tante… Je voulais t'en parler, mais…, bafouilla l'adolescente.

Elle ne savait plus quoi dire.

— Ta mère ne t'avait pas dit que cela t'arriverait un jour? questionna sa tante.

Géraldine la regarda avec étonnement.

— Non! Jamais, ma tante.

— Pauvre Julia, ajouta la jeune femme en soupirant. Elle a toujours été Sainte-Nitouche. Ne sois pas gênée, ça arrive à toutes les femmes. Je vais t'expliquer ce qui se passe.

Et Héléna lui parla longuement. Elle lui parla comme une amie, et Géraldine en fut très touchée. Quand sa tante fut descendue, elle remarqua qu'elle avait changé ses draps et déposé une jaquette neuve sur sa chaise. Alors soulagée et émue, elle pleura un peu en repensant aux jumeaux qu'elle ne reverrait pas tout de suite.

Chapitre 6

Amelia regardait la ville enfouie sous la neige à travers les fenêtres du fiacre. C'est à peine si elle pouvait voir les maisons à cause des immenses bancs de neige de chaque côté de la rue. Sa grand-mère assise à côté d'elle sommeillait un peu.

L'enfant avait été très affectée par la mort de sa mère et pendant un moment on avait craint pour sa santé. Charles, désemparé et malheureux, avait trouvé une consolation dans le travail et les voyages. Quant à la vieille Mary, en s'occupant de la petite Amelia, elle oubliait un peu la mort de sa propre fille. Il était très difficile pour la vieille dame d'accepter la mort de son enfant, resplendissante de jeunesse et de beauté alors qu'elle-même était vieille et pétrie de rhumatismes. Depuis le décès de Gloria au printemps, Mary McTavish voyait donc sa petite-fille presque tous les jours.

La mort avait été extrêmement rapide et les avait tous pris par surprise. Charles et Gloria venaient de rentrer d'un voyage en Italie. Au retour, ils avaient fait une halte dans le sud de la France. Gloria avait eu le plaisir de revoir une amie d'enfance qui vivait en Provence avec son mari. Le voyage avait été très agréable et Gloria était revenue enchantée et très heureuse de retrouver sa fillette qui lui avait cruellement manqué.

Mais quelques heures après leur arrivée, la jeune femme s'était sentie soudain très fatiguée et avait dû aller s'étendre. Elle se plaignait d'un violent mal de tête et de raideurs au cou. Pendant la nuit, une forte fièvre l'avait terrassée. Le Dr Maxell, qu'on fit chercher d'urgence, veilla à ses côtés jusqu'au matin. Vers sept heures, Gloria à demi consciente demanda à voir sa fille. Devant l'hésitation de Charles, le Dr Maxell lui confia qu'il serait préférable d'aller chercher Amelia, car ce serait probablement la dernière chance qu'elle aurait de voir sa mère.

Nanny réveilla la petite et la conduisit à la chambre de ses parents. Toute sa vie, la fillette se souviendrait de cette vision. Sa mère, couchée dans le grand lit, avait la peau couverte de petites taches rouges légèrement bleutées. Elle était fiévreuse et souffrante. Quand l'enfant s'approcha du lit, Gloria sembla réaliser sa présence. Elle lui sourit faiblement et lui tendit la main.

— Viens me voir, ma petite chérie !

— Oh, maman, tu as l'air si malade !

— Ça devrait aller mieux bientôt, ma douce. Dr Maxell prend bien soin de moi. Mais, j'ai quelque chose à te donner. C'est dans la petite boîte sur la table de nuit. Prends-la ! C'est pour toi !

Amelia étendit la main et prit la petite boîte de velours bleu sur la table de chevet. Elle l'ouvrit et poussa une exclamation.

— C'est ton médaillon ! Celui que papa t'avait donné !

— C'est le premier cadeau qu'il m'a fait. Dedans j'ai mis une photo de moi avec toi dans mes bras et une photo de mammy. Ça te fera un beau souvenir !

— C'est tellement beau, maman ! Merci beaucoup.

— Je…

À ce moment, Gloria se prit soudain la tête comme si une douleur violente l'avait frappée. Elle se remit à gémir et à s'agiter. Après quelques minutes, elle fut prise de soubresauts violents et le Dr Maxell demanda à Amelia de sortir pendant qu'il ferait un traitement avec des ventouses pour faire baisser la fièvre. Gloria mourut dans l'heure qui suivit.

Quand la jeune fille repensait à ces événements, il lui semblait qu'ils avaient eu lieu plusieurs années auparavant. Elle avait l'impression qu'elle avait beaucoup vieilli et qu'elle voyait les gens autour d'elle avec un regard nouveau. Gloria lui manquait énormément et elle s'inquiétait beaucoup pour les êtres qu'elle chérissait. La jeune fille, qui avait eu une enfance heureuse et sans souci, réalisait maintenant que les gens qu'elle aimait pouvaient souffrir et même mourir. Machinalement, elle frotta le petit médaillon qui pendait à son cou entre ses doigts. Grand-mère courbée et marchant avec une canne, Nanny toute ridée et un peu tremblante, Charles continuellement triste. Ils avaient tous besoin d'elle pour s'occuper d'eux.

Aujourd'hui, sa grand-mère rendait visite à une de ses jeunes femmes de chambre qui était très malade et Amelia avait insisté pour l'accompagner. En visite chez ses parents, la jeune servante s'était trouvée très mal et n'avait pas pu reprendre le travail. Amelia la connaissait peu. Elle savait que cette jeune soubrette ne parlait pas beaucoup l'anglais et qu'elle se nommait Rosalie Bouchard. Elle était à l'emploi de Mme McTavish depuis quatre ans maintenant. À l'âge de quatorze ans, elle avait été engagée pour travailler aux cuisines. Une des cuisinières, qui connaissait sa famille, l'avait recommandée à la patronne. Comme la fillette était intelligente et débrouillarde, on lui avait bientôt confié plus de responsabilités.

Sa famille vivait dans un nouveau quartier industriel près de l'écluse de Côte-Saint-Paul où s'étaient établies les industries du fer et de la fonte. On y retrouvait entre autres, une fabrique de pelles, une fabrique de haches, une fabrique de faux et une fabrique de clous. Les familles des ouvriers s'étaient installées à proximité des usines et formaient un véritable petit village. Mme McTavish avait expliqué à Amelia que Rosalie Bouchard, qui était l'aînée, avait dû travailler très jeune pour aider sa famille. Et à présent, depuis que leur père était décédé dans un accident de travail, tous ses frères et sœurs âgés de plus de huit ans travaillaient à la fabrique de cloches ou à la fonderie. Ces révélations avaient fait réfléchir la fillette qui s'imaginait difficilement des enfants plus jeunes qu'elle travaillant dans une usine.

Le trajet était long, mais la petite fille toujours curieuse ouvrait de grands yeux. Il y avait beaucoup de gens sur les trottoirs et dans les rues. Tous se hâtaient à cause du froid, sauf quelques groupes d'enfants qui jouaient dans la neige. Puis les rues devinrent plus tranquilles, les maisons plus rares et on se retrouva à la campagne. La route était mauvaise et les passagères se faisaient un peu malmener. Bientôt, Mary McTavish se réveilla.

— Oh! j'ai dû sommeiller sans m'en rendre compte. Tu ne dois pas me trouver très intéressante, chère petite ? marmonna la vieille dame en replaçant son chapeau. Tu n'as pas froid au moins ?

— Non, mammy! Je suis bien couverte. Est-ce que nous arrivons bientôt ? demanda la fillette.

Mme McTavish se pencha un peu en avant pour regarder à l'extérieur et lui répondit :

— Je crois que nous approchons, je vois un clocher au loin, c'est probablement celui de Côte-Saint-Paul.

Elle fit une pause et regarda sa petite fille.

— Es-tu bien sûre que tu veux m'accompagner ? Tu sais, ce ne sera pas très agréable! Ce sont des gens pauvres et plusieurs sont malades, déclara la vieille Mary gravement.

— Je sais, mammy, mais je veux venir avec toi, répondit Amelia d'un ton ferme.

Le fiacre déboucha bientôt dans une rue industrielle. On y voyait de grands bâtiments aux toits plats, hauts de deux ou trois étages et séparés par quelques arbres. De nombreuses fenêtres à carreaux perçaient les murs de briques et on pouvait deviner des gens s'affairant à la tâche. Un peu plus loin, la voiture s'engagea sur une petite rue de travers et bientôt le cheval s'arrêta. Amelia examina les lieux avec curiosité. Le fiacre s'était arrêté devant une série de maisons de rapport qui formaient une rangée bien alignée. Les murs étaient en briques rouges.

Les fenêtres et les portes du bâtiment jadis peinturées en vert s'écaillaient lamentablement. Mme McTavish demanda au cocher de transporter les paquets destinés à la famille Bouchard. Elle entra dans une des maisons suivie de sa petite-fille et monta avec précaution l'escalier qui menait au deuxième étage. Le cocher chargé de gros paquets marchait derrière elles. Sur le palier, on pouvait entendre des pleurs d'enfant et des cris provenant de plusieurs des logis.

La vieille dame frappa à une porte qui s'ouvrit presque aussitôt. Une femme qui paraissait avoir une cinquantaine d'années, mais qui devait avoir dix ans de moins, les regarda un peu surprise, en s'essuyant les mains sur son tablier.

Mary McTavish s'adressa à elle dans un très bon français au grand étonnement d'Amelia.

— Bonjour, madame Bouchard. Je suis Mary McTavish. Je viens prendre des nouvelles de Rosalie.

Le visage d'Aline Bouchard s'illumina et elle ouvrit la porte toute grande.

— Ah mon Dieu ! Quelle surprise ! Vous êtes venue de si loin exprès ? Entrez, ma bonne dame, mais ne regardez pas notre intérieur. J'ai si peu de temps depuis que les petites sont malades.

Mary pria leur cocher de déposer les paquets sur la table de la cuisine. Après avoir demandé de l'eau pour son cheval, celui-ci redescendit à la voiture avec un seau. Amelia détacha un peu le foulard qui lui serrait le cou. Pendant que sa grand-mère faisait connaissance avec Mme Bouchard, la fillette regardait autour d'elle avec un sentiment de compassion mêlé de dégoût. Le logis n'était en fait qu'une seule grande pièce subdivisée par des rideaux sales et déchirés par endroits.

On y retrouvait quelques meubles, un poêle à bois, une chaise berçante, une table, des chaises et, sur le sol, de nombreuses paillasses collées les unes aux autres et à peine dissimulées par les rideaux entrouverts. Quelques images saintes décoraient les murs ainsi qu'une seule photographie où l'on voyait le couple Bouchard jeune et endimanché probablement le jour de leurs noces. Au milieu de la cuisine sur une corde de jute séchaient des vêtements d'enfants : bas, chemises, combinaison, pantalons…

Plusieurs enfants en bas âge regardaient les nouvelles venues avec méfiance. Le plus jeune, un bambin d'un an et demi environ, pâle et malingre était assis dans une petite chaise haute au milieu de la cuisine. Il était attaché à sa chaise avec une couverture de coton et jouait avec quelques blocs placés devant lui. Une fillette à peine plus vieille que le bébé était couchée sur une des paillasses les yeux fiévreux et les joues rouges et deux garçonnets d'à peu près quatre et six ans jouaient aux osselets assis par terre.

Une odeur de fumée et d'urine régnait dans la pièce. Les enfants étaient presque silencieux, mais on entendait continuellement toussoter et renifler. Il faisait froid dans la maison. Les vitres givrées empêchaient de voir à l'extérieur et tous les enfants étaient habillés de plusieurs couches de vêtements qui paraissaient propres, mais défraîchis. Amelia regardait autour d'elle et pouvait à peine en croire ses yeux. Des gens pouvaient-ils vivre dans de telles conditions ? L'adolescente qui avait toujours côtoyé des gens de son milieu n'avait jamais vu la misère de proche. Elle sentit la nausée et les larmes lui monter à la gorge, mais le regard sévère de sa grand-mère la fit se ressaisir.

Mme Bouchard conduisit bientôt les visiteuses au fond de l'appartement devant un rideau complètement fermé.

— Rosalie, est-ce que tu dors ? Y a ta patronne qui est ici ! Elle est venue pour te voir, annonça-t-elle d'une voix forte. Est-ce qu'on peut entrer ?

Il y eut un silence qui sembla très long. Puis, on entendit enfin bouger de l'autre côté du rideau. D'une voix faible Rosalie répondit :

— Dites-lui d'entrer maman, elle est bien bonne de venir jusqu'ici.

Aline Bouchard tira le rideau d'une main ferme. La jeune malade maintenant assise sur sa paillasse leur tendit la main. Elle était habillée d'une jaquette de coton blanc boutonnée en avant et d'un bonnet de nuit. Un châle de laine grise était posé sur ses épaules alors qu'une couverture enveloppait ses jambes. Elle avait le teint grisâtre et de larges cernes bleutés autour des yeux. Amelia un peu en retrait l'observait du coin de l'œil. Elle se sentit remplie d'une grande tristesse, en pensant que Rosalie allait sûrement mourir. Au même moment, elle entendit chuchoter derrière elle et se retourna vivement. Les deux garçonnets avaient cessé de jouer et s'étaient approchés en douce. L'expression de gravité qu'elle lut sur leur visage la frappa de nouveau. Elle leur sourit gentiment et ils la regardèrent étonnés.

— Je m'appelle Amelia, dit-elle en s'adressant à eux avec un fort accent. Et vous ?

— Moi, c'est Théophile et lui, c'est Ernest, annonça le plus vieux, encouragé par le sourire de la jeune fille. Vous êtes très belle, mademoiselle, dit-il en baissant les yeux.

Amelia le regarda et sourit de bon cœur.

— Tu es vraiment gentil, Théophile. Tu ne vas pas encore à l'école, ajouta Amelia en cherchant ses mots.

— D'habitude j'y vais, mais aujourd'hui c'est le jour du lavage et mes combines sont pas encore sèches, déclara le garçonnet d'un air sérieux.

Amelia était à se demander ce que pouvaient être des combines, mais, à ce moment, au grand étonnement de la famille Bouchard, la vieille Anglaise s'accroupit malgré sa robe de taffetas et prit la main de la malade. Puis, s'adressant à sa petite-fille en français elle lui demanda d'aller chercher les paquets sur la table. Elle lui conseilla de faire deux voyages, mais avant qu'Amelia eut le temps de réagir, Mme Bouchard s'était empressée de quérir les paquets, un dans chaque bras. Mme McTavish se mit alors à les déballer sous les yeux ébahis d'Aline Bouchard et de ses enfants.

Elle sortit d'abord une belle jaquette brodée pour Rosalie et des pantoufles tricotées. Puis ce fut une brosse et un peigne en argent, de l'eau de toilette et des mouchoirs fins. Du fond du premier sac, elle retira aussi des bas, mitaines et foulards de différentes grandeurs pour les enfants, ainsi que deux couvertures.

Elle s'attaqua ensuite au deuxième sac. Il contenait des pommes, une boîte métallique remplie de biscuits au beurre, trois pots de ketchup rouge, un pot de miel, deux pots de confitures de fraises, un gros paquet de carottes et un petit jambon emballé dans de la gaze. Devant les remerciements confus de Mme Bouchard et sa fille, la vieille femme s'empressa d'expliquer que les lainages avaient été tricotés par un groupe de vieilles Anglaises qui avaient beaucoup de temps pour le faire, alors que les confitures, les biscuits et le ketchup avaient été réalisés par Joséphine et Jeannette ses deux cuisinières. Celles-ci transmettaient leurs vœux de bonne santé à Rosalie et espéraient son retour pour bientôt.

L'émotion et l'excitation avaient redonné un peu de couleur à la jeune malade. Mais bientôt, elle se mit à grimacer de douleur. Elle eut des haut-le-cœur et demanda à sa mère une bassine. Mary McTavish et sa petite fille se retirèrent dans la cuisine pendant que Mme Bouchard soignait sa fille. Théophile et Ernest se tenaient la main. Un peu en retrait, ils regardaient leur mère s'affairer autour du lit de leur sœur aînée. Amelia était bouleversée et elle aurait voulu faire quelque chose pour soulager cette misère! Mme McTavish se sentait troublée elle aussi. Bien qu'elle travaillait à l'occasion pour différentes œuvres de charité, elle n'avait pas vu souvent de souffrances aussi crues. Les deux femmes se regardèrent un moment en silence.

L'adolescente s'approcha de la paillasse près de la cuisine où la petite fille fiévreuse s'était maintenant endormie. Elle toucha le front de la fillette, il était brûlant. L'enfant ouvrit alors des yeux apeurés. Amelia lui caressa la joue très doucement et se mit à chanter une berceuse que Nanny lui chantait jadis pour l'endormir. Même si elle ne pouvait comprendre les mots, la douceur de la voix calma rapidement la petite fille qui referma bientôt les yeux. De son côté, la vieille Mary prit dans ses bras le jeune bébé qui rechignait depuis un moment, fatigué d'être assis dans sa chaise. Elle se mit à faire les cent pas avec l'enfant en lui parlant joyeusement pour retenir son attention.

Bientôt, la pauvre mère vint chercher son plus jeune et entreprit de le changer. Pendant qu'elle s'affairait, Mary McTavish lui demanda si le docteur était venu voir les malades.

— Nous l'avons fait quérir au début de la semaine pour Rosalie et pour Catherine, la plus jeune, dit-elle avec lassitude. Il a dit que c'était les grandes fièvres. Il paraîtrait que cela viendrait de l'eau.

Il nous a expliqué qu'habituellement le froid nous protège de la maladie, mais il y a eu un grand dégel l'autre semaine et les eaux ont croupi. Il m'a laissé une potion et m'a dit de leur faire manger rien que de la soupe plusieurs fois par jour. Moi je ne suis pas instruite, mais à voir leur mine, je pense bien qu'il n'y a que la prière pour les aider.

— Et il n'est pas revenu depuis ? questionna Mary.

— Non ! Non madame, indiqua la femme un peu mal à l'aise. Vous savez, nous ne sommes pas riches depuis la mort de mon mari. Les plus vieux gagnent un peu à la fabrique, mais il faut le salaire de tous les enfants pour remplacer la gagne d'un homme mûr. À part ça, Rosalie ne peut plus travailler, ajouta-t-elle en baissant la voix. Ah ! Les temps sont durs !

La pauvre femme avait l'air épuisée. Une fois le bébé propre et habillé, elle le prit dans ses bras et après l'avoir embrassé un peu brusquement, elle l'assit par terre entre les deux garçonnets en leur recommandant de bien le surveiller.

Amelia s'était approchée de Mme Bouchard. Elle lui demanda :

— Madame, est-ce que Catherine a une poupée ?

— Une poupée ? répéta la femme un peu surprise. Sa marraine lui en avait donné une, mais la tête était en porcelaine et elle l'a échappée par terre. Elle s'est cassée en mille morceaux. La petite a pleuré toutes les larmes de son corps !

— Si vous voulez, madame, j'aimerais lui envoyer une de mes poupées, proposa la fillette légèrement intimidée de parler français.

— Oh, vous seriez ben bonne, mademoiselle. Cela lui donnerait bien du contentement. Elle s'ennuie d'être couchée toute la journée.

— Je la ferai porter par un cocher demain matin, ajouta Mary McTavish en souriant.

Puis, elle déposa sur la table un gros paquet de pièces qu'elle avait discrètement sorties de son sac.

— Maintenant, faites-moi le plaisir de faire venir le médecin au plus vite et envoyez-moi un mot si vous êtes dans le besoin.

— Oh, madame McTavish, c'est trop, beaucoup trop! Je voulais pas avoir l'air de me plaindre, vous avez déjà été si bonne pour nous et Rosalie. Elle était si bien à votre service. Je ne veux pas abuser ma chère madame! Je ne sais pas quoi dire!

— Alors, ne dites rien. Nous devons partir, mais nous reviendrons bientôt. Tenez-moi au courant de leur état de santé. Je vous laisse ma carte.

Aline Bouchard regarda un peu méfiante la carte que lui tendait Mary McTavish. Celle-ci crut comprendre son inquiétude. Habituellement quand une personne engagée était malade pendant plus de quelques jours, elle était remplacée et remerciée de ses services.

— Soyez sans crainte, madame Bouchard. Rosalie va se rétablir bientôt et elle pourra revenir travailler chez moi quand elle le voudra, ajouta la vieille femme d'un ton résolu. Nous allons prier pour votre famille, ma chère madame. Bon courage!

Mary McTavish, qui détestait les remerciements, partit précipitamment. Avant de la suivre, Amelia se dirigea à son tour vers la pauvre femme.

— Au revoir, madame, je vais penser à vous, dit-elle en serrant chaleureusement la main rude d'Aline Bouchard. Bonjour, Théophile! Bonjour, Ernest! À bientôt, lança-t-elle en direction des deux garçonnets.

— Bonjour! répondit Théophile en esquissant un sourire.

Chapitre 7

Géraldine était assise sur un banc de bois et suivait des yeux les jeunes acteurs installés dans le kiosque à musique qui présentaient un tableau vivant tiré de la Bible. La jeune fille accompagnait Héléna et Jean-Baptiste à un pique-nique organisé sur l'Île-aux-Noix pour l'anniversaire du député d'Iberville, l'honorable Alexis-Louis Demers. L'Île-aux-Noix, située au milieu de la rivière Richelieu à une dizaine de kilomètres en amont d'Iberville, abritait une forteresse construite jadis pour résister aux attaques des Féniens venus du lac Champlain. La forteresse n'avait jamais connu de bataille. Aujourd'hui, l'île verdoyante servait de refuge aux oiseaux et aux écureuils. Les bateaux étaient partis du grand quai d'Iberville vers sept heures du matin et avaient accosté sur l'île au milieu de la matinée.

Le soleil brillait, radieux, et un vent doux caressait les visages. Une centaine de personnes, endimanchées et joyeuses, prenaient part à cette journée. Les festivités avaient débuté par un concert donné par un groupe de musiciens amateurs. Puis, la femme d'un des conseillers municipaux était venue déclamer un long poème lyrique qui avait ému l'assistance. Maintenant, on présentait de l'art dramatique à caractère religieux. Le curé St-Georges qui, bien sûr, faisait partie des invités de marque était rassuré. C'était la seule forme de théâtre que l'Église approuvait.

La végétation avait encore la couleur tendre du printemps et Géraldine se laissait distraire par la beauté des berges encore sauvages. Héléna, assise à ses côtés, lui sourit en lui désignant du menton son oncle Jean-Baptiste qui sommeillait en dodelinant de la tête. Après une présentation verveuse de monsieur le curé, le député Demers fit un discours de remerciement. Il termina en annonçant qu'au dessert, le comté offrait un morceau de gâteau à tout le monde.

Les citoyens formèrent de petits groupes pour pique-niquer et commencèrent à sortir leurs victuailles. Le couple Dion s'installa sur la couverture que Jean-Baptiste avait étendue par terre. Leurs voisins les Normandin et leur fils Octave se joignirent à eux. On mangea des œufs, du fromage, des cretons et du pain. Comme dessert, Héléna avait apporté un grand bol de fraises que l'on dégusta avec des galettes au miel.

Les convives discutèrent de la température, de l'été qui arrivait et de la construction de l'aqueduc. C'était le sujet de toutes les conversations, car après bien des années de discussion, Iberville allait enfin avoir sa station de pompage. Les citoyens qui, jusque-là, avaient dû acheter l'eau du porteur d'eau à deux sous la pinte n'étaient pas encore convaincus que le projet allait se concrétiser.

Géraldine pensa à son père qui allait lui-même tirer l'eau de la rivière. Les tuyaux de l'aqueduc ne rejoindraient pas leur ferme avant très longtemps.

Le gâteau de monsieur le député fut délicieux. Après le deuxième dessert, les estivants se mirent à chanter des chansons à répondre. De petits groupes se dirigèrent vers des barques accostées sur la plage. Des jeunes gens invitèrent les jeunes filles à faire une promenade sur l'eau et le fils Normandin demanda à Géraldine de l'accompagner. C'est justement ce qu'elle appréhendait.

Depuis plusieurs semaines, Octave Normandin cherchait à entrer en contact avec elle. Elle le retrouvait très souvent sur sa route et le hasard n'y était pour rien. Elle aurait dû être flattée de ses attentions, mais elle en était plutôt ennuyée. Elle n'avait aucune envie de se trouver un cavalier, pas tout de suite, pas maintenant. Elle savait qu'elle voudrait un jour se marier et avoir des enfants, mais pour l'instant elle se trouvait trop jeune.

— Viens-tu, Géraldine? demanda le jeune homme en prenant sa main et en faisant mine de l'aider à se lever.

Géraldine rougit aussitôt sous l'œil amusé de Jean-Baptiste.

— Je ne pense pas, Octave, merci quand même, balbutia la jeune fille en regardant par terre.

— Ben voyons, Géraldine, vas-y! lança joyeusement son oncle. Ne fais pas languir ce jeune homme.

— Baptiste, arrête donc de l'étriver, déclara Héléna d'un ton brusque.

— Viens donc, Géraldine, l'eau est si calme. Regarde, tout le monde y va, supplia le jeune Octave avec un sourire désarmant.

La jeune fille aurait bien aimé faire un tour de barque. Toutefois, elle savait que si elle acceptait d'aller sur l'eau avec Octave, sans chaperon, elle ferait jaser toutes les mauvaises langues du village. Elle aimait bien Octave. Il était très attentionné avec elle, trop attentionné, et Géraldine ne voulait pas lui donner l'impression qu'elle partageait ses sentiments. Mais, en ce moment, tout le monde la regardait avec un sourire engageant. Elle ne savait plus comment refuser, alors finalement elle se leva et les adultes poussèrent un « Ah! » d'approbation.

Assise dans la barque, la jeune fille se détendit un peu. Elle renversa la tête en arrière pour faire chauffer son visage au soleil. Elle n'avait pas vraiment envie d'engager la conversation. Elle admirait les nuages ouateux dans le ciel. Autour d'eux on entendait des rires et les voix des jeunes gens qui chantaient en se répondant d'une barque à l'autre. Octave ramait sans mot dire et Géraldine un peu agacée sentait son regard fixé sur elle. Les chants et les rires s'éloignaient, elle se redressa un peu inquiète.

— Il ne faut pas aller trop loin, Octave, s'exclama la jeune fille.

— Il n'y a pas de danger, je suis le bord de l'île. Je veux seulement trouver un coin plus tranquille, répondit Octave en ramant avec énergie.

— Mais il n'y a plus personne ! constata la jeune fille.

— Il y a du monde. Regarde ! Octave avait cessé de ramer et lui désignait de la tête une autre barque près du bord, dissimulée par les branches d'un grand saule. Le couple qui s'y trouvait, tendrement enlacé, s'embrassait avec passion.

Géraldine laissa échapper un cri de surprise. Pendant quelques secondes, elle les regarda comme fascinée par leurs ébats, puis elle sentit comme une vapeur brûlante monter dans son ventre.

— Ne restons pas ici, lança-t-elle brusquement. C'est très indiscret de les regarder comme ça, ajouta-t-elle encore troublée par ce qu'elle avait vu.

— Je pense que tu as raison. Ça me donne trop envie de te prendre dans mes bras, lui dit le jeune homme en la regardant intensément avec un sourire taquin.

Sa compagne fit comme si elle n'avait pas entendu. Elle prit les rames des mains du jeune homme et rama à son tour.

— Tu fais bien cela. Je vais me laisser conduire, annonça Octave Normandin en riant.

Géraldine rama sans rien dire, absorbée par l'effort nécessaire. Bientôt, Octave se mit à chanter.

« *C'est l'aviron qui nous mène, mène, mène. C'est l'aviron qui nous mène en haut…* »

Soudain, la jeune fille sentit que quelque chose alourdissait une de ses rames. Un amas d'algues enchevêtrées entourait l'aviron et freinait le mouvement. Elle essaya de dégager la rame en la secouant, mais n'y réussit pas. Voyant ses difficultés, Octave se pencha vers Géraldine pour l'aider. Sans y avoir pensé, il posa sa main par-dessus la main de sa compagne. Géraldine voulut retirer sa main, mais le jeune homme la retint.

— Pourquoi es-tu si cruelle avec moi ? demanda-t-il, son visage tout proche du sien.

— Parce que tu veux tout compliquer !

— J'aurais bien aimé que tu me choisisses comme cavalier. J'essaie depuis longtemps de te montrer mes sentiments. Mais tu m'ignores et tu sors même de ta route pour ne pas me croiser en revenant du couvent, soupira le jeune Octave d'un air piteux. Me trouves-tu si laid ?

Géraldine éclata de rire.

— Que tu es bête ! Ça n'a rien à voir ! Cesse de te casser la tête avec ces bêtises. Soyons amis. Veux-tu ? proposa-t-elle.

— Est-ce que tu me laisses espérer un peu ? Un tout petit peu ? implora-t-il, les yeux suppliants.

— Espère si tu veux, mais nous sommes trop jeunes pour des fréquentations suivies, répondit-elle d'un ton ferme.

— Que tu dis, répliqua le jeune homme en se levant pour dégager la rame. Mais beaucoup de filles de ton âge sont déjà fiancées et même mariées.

Il termina sa phrase en tirant très fort sur l'aviron rebelle, mais soudain il perdit l'équilibre et tomba à l'eau en éclaboussant Géraldine.

Surprise, celle-ci attendit anxieusement qu'Octave réapparaisse à la surface de l'eau. Depuis la mort des jumeaux, l'eau avait toujours gardé pour elle un côté inquiétant. Lorsqu'elle le vit enfin réapparaître, sa tension retomba et elle éclata d'un rire incontrôlable. Le jeune homme d'abord un peu offusqué se hissa péniblement à bord de l'embarcation. Géraldine l'aida de son mieux en essayant de réprimer son rire. Mais quand il fut assis en face d'elle, tout dégoulinant, elle pouffa de nouveau de rire devant sa mine déconfite. Bientôt, son rire communicatif gagna son compagnon qui rit à son tour de bon cœur.

— Sommes-nous amis? demanda le jeune homme d'un œil complice.

— Mais bien sûr, Octave, lui répondit Géraldine avec son plus beau sourire.

— Alors, promets-moi de ne raconter à personne notre promenade en bateau, la pria Octave de son air le plus charmeur.

— N'aie aucune crainte là-dessus, mon cher Octave, répondit la jeune fille en riant.

Chapitre 8

Iberville, mai 1883

Géraldine, penchée sur son cahier, écrivait de sa plus belle écriture. Les lettres s'alignaient, légèrement inclinées vers la droite. Au début de chaque phrase, la majuscule était élégante et soignée comme de la dentelle. Autour d'elle, on pouvait entendre le crissement des plumes sur le papier. Toutes les jeunes filles travaillaient en silence pendant que sœur Cunégonde les regardait d'un œil froid. Elle fit sonner la cloche qui se trouvait sur le coin de son bureau et toute la classe des grandes sursauta.

— Bon, que vous ayez fini ou non, nous allons maintenant corriger! déclara-t-elle d'une voix forte. Échangez votre cahier avec votre compagne de droite et en silence s'il vous plaît.

Géraldine donna son cahier à Lumina Mercier, assise à côté d'elle. La jeune fille lui sourit et tendit son cahier en retour. Depuis qu'elles étaient dans la classe des grandes, Lumina et Géraldine étaient devenues de bonnes amies. Elles faisaient toujours le trajet ensemble pour venir à l'école, elles passaient les récréations ensemble et elles se voyaient même parfois le jeudi après-midi quand Géraldine n'allait pas à la ferme.

— Bon, mesdemoiselles, nous commençons! annonça la religieuse en tapant dans ses mains. Trouvez les mots désignés par les expressions suivantes: *la saison des fruits*…, c'est bien sûr l'automne. *La richesse des sillons*, Marie-Louise, connaissez-vous la réponse?

La jeune fille ainsi interpellée se leva bruyamment

— Oui, ma mère, c'est le blé.

— Bien, asseyez-vous, mon enfant. Maintenant qu'appelle-t-on *le jus de la treille*, Géraldine?

Géraldine, toujours impressionnée par la forte voix de sœur Cunégonde, se leva précipitamment.

— Je pense que c'est le vin, ma mère.

— Oui, bien sûr que c'est le vin. Parlez plus fort mon enfant!

Plus tard, dans l'après-midi, Géraldine et Lumina remontaient la rue Napier sous les grands arbres. Le soleil se couchait sur la rivière Richelieu et les deux jeunes filles parlaient peu admirant le spectacle. Elles passèrent devant l'église catholique avec son clocher asymétrique.

— Est-ce que tu viens au mois de Marie ce soir? demanda Lumina à son amie.

— Oui, bien sûr. Nous y allons toujours ensemble? interrogea Géraldine distraitement.

— Oh oui! Je vais mettre le chapeau que maman m'a acheté à Montréal. J'ai hâte que tu le voies, il a un beau ruban rose qui descend dans le dos.

— Ça doit être très joli, Lumina, agréa Géraldine un peu pensive.

— Tu ne m'écoutes pas Géraldine, déclara Lumina, froissée. Qu'est-ce qu'il y a?

— Je pensais à ma mère, répondit la jeune fille.

— Ah bon! À cause de mon chapeau?

— Pas vraiment. Je pensais à dimanche. Chaque dimanche maintenant ma mère parle de me faire quitter le couvent.

— Quoi ! Mais tu voulais devenir maîtresse d'école. Est-ce qu'elle le sait ? répliqua la jeune fille en se plaçant en face de Géraldine.

— Oui, elle le sait depuis longtemps, mais elle dit que la place d'une femme c'est à la maison. Elle me dit que je me fais servir comme une reine chez ma tante Héléna pendant que tout le monde travaille à la maison. C'est un peu vrai, tu sais, ajouta Géraldine en baissant les yeux.

— Mais tu travailles fort. Tu as les meilleures notes de la classe ! Est-ce qu'elle a vu ton bulletin ? Et ton père, qu'est-ce qu'il en pense ? interrogea Lumina en recommençant à marcher.

Géraldine la suivit et expliqua :

— Les notes n'ont pas d'importance pour elle. Elle est usée et malade et elle voudrait que je la soulage. Depuis qu'elle a mis au monde un autre bébé bleu à l'automne, elle est tannée, fatiguée. Je la comprends.

— Géraldine je te connais, si tu lâches l'école tu vas le regretter pour le reste de ta vie ! lança Lumina, affirmative.

— Je sais, Lumina. Je sais !

Géraldine ne parla plus jusqu'à la maison de sa tante.

En arrivant, elle reconnut leur carriole arrêtée devant la porte. Elle salua Lumina et hâta le pas, enchantée à l'idée de voir son père. Mais, en entrant dans la maison, elle fut tout de suite frappée par le silence qui y régnait. En temps normal, elle aurait dû entendre Anthony taquiner Héléna, ou venir à sa rencontre en riant. Il n'y avait personne à la cuisine, Géraldine marcha lentement vers le salon qui n'était utilisé qu'à Noël ou lors de la visite du curé. Son frère Henri était là avec Héléna et Jean-Baptiste. Sa tante avait les yeux rougis par les larmes. Géraldine s'arrêta sur place, attendant la mauvaise nouvelle. Henri se leva. C'est lui qui prit la parole.

— Je suis venu te chercher, Géraldine. Le père veut te voir. Il est malade, très malade, le docteur pense qu'il va mourir, annonça-t-il tristement.

Géraldine le regarda sans comprendre. Son père n'était jamais malade !

— Mourir, répéta la jeune fille incrédule, mais c'est impossible, il allait très bien dimanche !

Hélèna s'était approchée d'elle et la prit par les épaules.

— Le cheval lui a donné une ruade sur la cuisse lundi matin, expliqua son frère. Au cours de la semaine, le malin s'est mis dans la plaie. Il a commencé à avoir la fièvre, mais tu le connais, il ne lâchait pas l'ouvrage ! La mère a appelé le médecin ce matin, il lui a ouvert la cuisse pour faire sortir le mauvais, mais il dit qu'il n'y a pas beaucoup d'espoir…

Géraldine ne bougea pas tout de suite. Elle ne le croyait pas. Le docteur se trompait, il ne connaissait pas la force de son père. Rien ne pouvait l'abattre. Il guérirait, elle en était sûre. Sans mot dire, elle déposa son sac, et s'approcha de sa tante et son oncle pour les embrasser avant de partir.

— Ben voyons, chère petite, nous allons venir avec vous ! lui dit d'un ton de reproche son oncle Jean-Baptiste. Pourquoi penses-tu que je suis rentré si tôt ? Henri était passé me voir à l'ouvrage…

Géraldine lui sourit malgré les larmes qui mouillaient ses yeux.

— Tu n'auras pas de problèmes, mon oncle ? questionna la jeune fille.

— Pas une miette. Pour ça, les Farrar, y a rien à dire, ils sont convenables. Quand il y a de la mortalité dans la famille, ils sont capables de comprendre! expliqua Jean-Baptiste Dion un peu maladroitement.

— Tais-toi donc! lui lança Héléna. Anthony n'est pas encore mort!

— C'est correct, ma tante, c'est correct. J'ai compris ce que mon oncle voulait dire, s'empressa de dire Géraldine à la défense de son oncle.

— Embarque avec ton frère, Géraldine, nous autres on va vous suivre, ajouta celui-ci pour changer le sujet.

— C'est une bonne idée, répondit Henri. Alors à plus tard. Bonjour ma tante, bonjour mon oncle, ajouta-t-il avant de sortir, suivi de sa sœur.

Perdue dans ses pensées, elle ne parla pas de tout le trajet et Henri respecta son silence.

En entrant dans la maison de son père, Géraldine sentit sa gorge se serrer et c'est avec difficulté qu'elle réussit à avaler sa salive. Au loin, elle entendait des voix réciter le chapelet. Henri était allé dételer le cheval et Géraldine se dirigea toute seule vers les voix. Dans le salon, ses frères et ses sœurs à genoux priaient à haute voix. Le bébé maintenant âgé de deux ans et demi dormait assis dans un des fauteuils. En la voyant, les plus jeunes coururent à sa rencontre et le *Je vous salue Marie* resta en suspens. La jeune fille prit le petit Mathieu dans ses bras et l'enfant se mit à pleurer.

— Dine! Oh Dine! Papa est malade, malade, sanglota le petit garçon en serrant sa sœur par le cou.

— Je sais, je sais, mon petit homme. Ne pleure pas. Le Bon Dieu va le guérir. Tu vas voir, affirma sa sœur en lui caressant les cheveux.

Laura la regarda dans les yeux et sans que les autres le remarquent elle hocha lentement la tête.

Les autres enfants parlaient tous en même temps. Ils en avaient lourd sur le cœur. Géraldine s'assit au milieu d'eux et les écouta, le petit garçon toujours dans ses bras.

— Maman est dans la chambre avec papa, déclara Constance en reniflant. Le docteur est venu ce matin et il a fait saigner la jambe de papa. Il y avait du sang partout.

— Oui et sa jambe elle est grosse, grosse et toute noire, ajouta Emma avec des yeux exorbités.

— Il délirait tout à l'heure et il demandait après toi, Géraldine, lui dit Gustave en lui touchant le bras.

À ce moment-là, Julia entra dans la pièce et les enfants se turent. Elle avait le teint pâle et les yeux secs. Géraldine déposa le petit Mathieu et marcha lentement vers elle. Elle aurait voulu se jeter dans ses bras, mais cette femme la regardait presque comme une étrangère.

— Te voilà ! s'exclama-t-elle d'un ton froid. Tu es mieux d'aller le voir pendant qu'il a encore des moments de conscience. Le curé est en route et quand il arrivera, tu devras sortir.

— Le curé ! s'écria Géraldine. Ben voyons, mère, il faut faire venir le pasteur O'Cain !

— Ma fille, le curé est en route et il donnera les derniers sacrements à ton père. C'est la volonté de Dieu, riposta sèchement Julia.

— Maman, vous ne pouvez pas faire cela. Il n'aurait jamais voulu, il…

— Géraldine a raison, ajouta Gustave en se levant.

— Oui, maman, c'est vrai, renchérit Laura fermement.

— Taisez-vous tous, leur cria leur mère. J'ai pris une décision et monsieur le curé m'approuve ! Je ne reviendrai pas là-dessus. Toi ! poursuivit-elle en s'adressant à Géraldine, si tu veux voir ton père arrête de rouspéter et monte le voir. Il ne faut pas le laisser seul.

Puis, elle leur tourna le dos et se dirigea vers la cuisine. Géraldine regarda l'un après l'autre ses frères et sœurs. Les plus petits ne comprenaient pas. Mathieu pleurait encore en serrant de sa petite main la jupe de Laura. Henri qui était entré silencieusement dans la pièce prit Géraldine par l'épaule.

— Vas-y, Géraldine ! Je vais attendre mon oncle et ma tante.

La jeune fille acquiesça de la tête et se dirigea avec hésitation vers l'escalier. Sans se l'avouer, elle retardait le moment où elle verrait son père. Elle avait l'impression que toute cette histoire n'était pas réelle, mais au moment où elle le verrait de ses yeux elle ne pourrait plus nier l'évidence.

Elle entra finalement dans la chambre de ses parents la gorge serrée. Son père respirait lourdement et son expiration se terminait par une plainte. Sur la table de nuit à côté de lui, la flamme de la lampe dessinait des ombres dures sur son visage. Il était pâle et son visage était crispé par la douleur malgré la potion que lui avait donnée le docteur.

De larges cernes entouraient ses yeux de halos bleutés. Géraldine appuyée contre le cadre de la porte le regardait et de grosses larmes coulaient sur ses joues. Elle renifla un peu et Anthony ouvrit les yeux. Quelques secondes s'écoulèrent avant qu'elle ne soit sûre qu'il la reconnaisse. Il leva sa main péniblement et lui fit signe d'approcher. La jeune fille s'assit sur la chaise de bois à côté du lit et lui prit la main.

— Bonjour, papa, murmura-t-elle en essayant de contrôler sa voix.

Elle aurait voulu lui dire des paroles encourageantes, lui parler de sa guérison, mais elle sentit soudain l'absurdité de la situation. Il se mourrait et ils le savaient bien tous les deux.

— Tu souffres beaucoup ? demanda la jeune fille à son père. Est-ce que je peux faire quelque chose pour toi, mon cher papa ?

— Non, ma petite fée ! Mais reste près de moi ! C'est tellement bon de te voir ! bredouilla le père d'une voix très faible.

Il parlait lentement et chaque mot semblait venir de très loin. De grosses gouttes de sueur mouillaient son front.

— Hier, je souffrais beaucoup, mais maintenant, je ne sens plus du tout ma jambe ! C'est comme si elle était morte ! Et je sais que je vais mourir moi aussi bientôt !

Il ferma les yeux, épuisé d'avoir parlé.

— Père, ne parlez pas ! Reposez-vous, chuchota Géraldine en lui essuyant le front avec le mouchoir qu'elle avait sorti de sa poche.

— Écoute-moi, Géraldine ! Je veux te dire quelque chose, lui confia le vieil homme en s'agitant un peu.

— Oui, père, oui, je vous écoute. Mais calmez-vous !

Anthony la regarda gravement dans les yeux.

— Ma chère petite, tu as toujours été ma favorite et ça fâchait beaucoup ta mère, mais j'ai toujours essayé d'être juste avec tous mes enfants !

Il arrêta un moment et avala difficilement sa salive.

— Je veux te donner un cadeau, car je sais combien tu seras triste après mon décès. Je sais que tu as toujours été terrorisée par les morts…

Géraldine le regarda, étonnée.

— Père…

On ne parlait pas de ces choses-là à la maison et la jeune fille n'avait jamais abordé ce sujet avec son père ni avec qui que ce soit d'ailleurs.

— Laisse-moi parler ! Bientôt, je ne serai plus capable de parler ! ajouta Anthony dans un souffle. Je sais que tu as très peur des morts et je vais emporter ta peur avec moi ! Je vais te libérer de ta peur ! Tu comprends, Géraldine ?

La jeune fille écarquilla les yeux.

— Tu n'auras plus jamais peur de la mort ! Je te le promets, Géraldine ! insista le malade en esquissant un pauvre sourire.

La jeune fille serra très fort la main de son père. Il ferma les yeux et la chambre se remplit d'un silence impressionnant. Elle resta près de lui un long moment, le regardant tendrement.

Anthony Grant mourut au cours de la nuit. Après sa conversation avec sa fille, il sombra dans un profond coma dont il ne s'éveilla plus. Le docteur revint le voir vers huit heures. Après l'avoir examiné, il confia à Julia que son mari ne retrouverait probablement pas sa conscience et qu'il serait très surprenant qu'il passe la nuit. Le curé Dionne se présenta en soirée. Il baptisa Anthony et lui donna les derniers sacrements malgré les protestations des aînés.

Géraldine, quant à elle, s'opposa ouvertement à sa mère pour la première fois de sa vie. Elle finit par se taire après un sermon enflammé de monsieur le curé qui lui démontrait quel sacrilège ce serait de refuser le repos éternel à une âme païenne. La jeune fille réalisa qu'il était inutile de discuter, mais elle garda au fond de son cœur un profond ressentiment à l'égard de sa mère.

Quand elle constata le décès de son mari, Julia réveilla tous ses enfants. Géraldine ne dormait pas. Elle priait dans le salon avec son oncle et sa tante. Les autres enfants dormaient un peu partout sur des chaises ou dans les fauteuils. On se rassembla autour de la dépouille pour une courte prière et bientôt commencèrent les préparatifs pour la veillée mortuaire. Julia froide et efficace répartissait les tâches. Géraldine s'avança vers elle.

— Je vais préparer papa et lui mettre ses habits du dimanche, annonça-t-elle d'un ton ferme qui surprit tout le monde.

— Mais tu as toujours eu une peur bleue des morts, lui répondit sa mère avec surprise.

— Je vous ai dit que je m'en occuperais et je vais m'en occuper, répliqua la jeune fille d'un ton froid.

Tous la regardèrent étonnés.

— Je vais t'aider, ma chère petite, lui proposa Héléna avec empressement.

Les deux femmes entrèrent dans la chambre avec précaution. Elles parlaient tout bas comme pour ne pas réveiller le défunt. D'abord hésitante, Géraldine s'approcha de lui, puis lui prit la main. Son visage avait maintenant l'air détendu et reposé. La jeune femme s'agenouilla près de son père et lui chuchota à l'oreille :

— Papa, embrasse les jumeaux bien fort pour moi. J'espère qu'ils ne te feront pas trop damner.

Puis, elle porta la main à ses lèvres pour l'embrasser.

— C'est vrai que je n'ai plus peur, ajouta-t-elle avec surprise. Merci, papa, chuchota-t-elle.

Héléna s'approcha d'elle et lui toucha l'épaule.

— Ton père était un homme bon et juste et catholique ou protestant, je sais que le Bon Dieu l'accueillera dans son ciel, lui murmura-t-elle doucement.

— Je n'en ai jamais douté, ma tante. Le curé peut dire ce qu'il voudra, je suis sûre que nous prions tous le même Dieu, déclara la jeune fille avec passion.

— Je pense que tu as raison, ma petite, mais viens maintenant ! Les visiteurs vont commencer à arriver bientôt. Il faut le préparer, proposa doucement Héléna.

Elles le déshabillèrent jusqu'à la taille ne lui laissant que le bas de son pyjama. La jambe droite était si enflée que Julia avait dû découdre la jambe du pantalon sur toute sa longueur. Géraldine regarda la plaie noire et purulente et elle se mit à pleurer doucement en pensant aux souffrances de son père. Les deux femmes le lavèrent pour rafraîchir le corps et le parfumèrent abondamment pour prévenir les odeurs. Elles cachèrent la vilaine plaie avec un bandage, ce qui devait aussi empêcher les écoulements.

Elles lui mirent son plus bel habit, une chemise avec un col montant et une cravate, puis un veston gris foncé. Avec beaucoup de difficultés, elles enfilèrent le pantalon par-dessus le pyjama après l'avoir ouvert sur le côté. Géraldine brossa les cheveux cuivrés déjà à moitié gris. Puis, elle joignit les mains du mort en une ultime prière et déposa un baiser sur son front. Elle recula pour le regarder un peu. Il avait l'air d'un monsieur.

La veillée mortuaire dura trois jours. Comme c'était la coutume, c'est au salon que les hommes transportèrent le mort. Le jour précédent, Julia avait commandé un cercueil de bois chez Louis Bousquet, avant même le décès de son mari. Aux reproches de sa sœur Héléna, elle répondit qu'il fallait bien que le marchand ait le temps de le fabriquer. Comme Anthony était plus costaud que la moyenne, on ne gardait pas de bières aussi grandes.

Tous les gens du voisinage et même ceux de la ville vinrent prier au corps. Géraldine resta assise aux côtés de son père pendant les trois jours, sans jamais le quitter. Elle saluait les gens et échangeait avec eux quelques paroles, mais la plupart du temps, elle lui parlait intérieurement. La troisième journée fut pénible pour tout le monde, car, comme le mois de mai était exceptionnellement chaud, des odeurs nauséabondes se dégageaient du corps. Julia fit brûler des chandelles et elle répandit des huiles. Mais l'odeur devenait de plus en plus persistante et les visiteurs ne s'attardaient plus. Pourtant, la jeune fille resta à côté du cercueil sans broncher.

Anthony fut enterré dans le cimetière catholique à côté des jumeaux. Ce fut une consolation pour Géraldine, ils se retrouveraient maintenant ensemble. Le lendemain matin, Julia fit venir sa fille dans sa chambre pour lui parler seule à seule. Elle était en train de vider la commode qui contenait les vêtements de son mari. Géraldine entra et se tint debout devant elle. Soudain, elle se sentit très émue, les vêtements que sa mère empilait sur le lit dégageaient l'odeur de son père. Cette même odeur qui la rassurait quand elle était petite, cette odeur qu'elle connaissait si bien. En un instant, elle se revit dans ses bras quand il la berçait le soir près du poêle et qu'elle s'endormait la tête au creux de son épaule. Elle détourna la tête pour cacher ses larmes.

— Ma fille, je t'ai fait venir pour parler d'un sujet sérieux, commença Julia sans la regarder. Maintenant que ton père est parti, l'argent va se faire plus rare. J'ai une grosse famille à nourrir. Gustave et Henri peuvent faire marcher la ferme, mais il y aura toujours une paire de bras de moins.

Elle se tut un instant, un peu gênée par le regard dur de sa fille.

— Il va falloir que tu ailles travailler maintenant, que tu fasses ta part toi aussi. J'ai demandé au curé de te trouver une place de servante où quelque chose de même au village et tu m'enverras ta paie tous les mois.

Julia regarda sa fille et ajouta d'un ton un peu plus doux.

— Je peux pas faire autrement Géraldine.

— Je sais, mère, répondit la jeune fille d'un ton neutre. Est-ce que je pourrais revenir voir les petits pendant mes jours de congé? demanda-t-elle impassible.

Julia la regarda surprise.

— Tu es toujours chez toi ma fille, lui affirma-t-elle en s'avançant d'un pas.

— Ah bon! dit Géraldine avant de tourner les talons pour retourner à la cuisine terminer la vaisselle.

Chapitre 9

Montréal, avril 1884

Le mois d'avril avait été froid et pluvieux. Quand il ne pleuvait pas, un peu de neige venait blanchir les rues grises et sales. Depuis quelque temps, Amelia n'était pas bien, elle traînait une mauvaise grippe qui ne voulait pas guérir. Toute la journée, elle restait au lit avec Scott couché à ses pieds. Il dormait maintenant dans sa chambre toutes les nuits. C'était devenu un état de fait et personne n'aurait plus songé à le renvoyer à l'office.

Pour égayer la jeune fille, Nanny venait lui faire la lecture. Sa grand-mère lui apportait des chocolats, son père lui faisait envoyer des fleurs. Sa bonne amie Margaret Alexander était venue la visiter plusieurs fois. Elle la faisait rire et elle lui donnait des nouvelles de leurs anciennes compagnes de classe. Plusieurs étaient déjà fiancées, certaines étaient même mariées. Amelia n'en revenait pas ! Elle avait l'impression qu'elles étaient si jeunes !

Elle se sentait choyée, mais elle était sans énergie et elle s'ennuyait. Dr Maxell, qui venait la voir tous les jours, se faisait un devoir de la faire rire un peu. Il semblait toujours d'excellente humeur, mais, sans le laisser paraître, il commençait à s'inquiéter. Malgré les bons soins dont elle faisait l'objet, l'état de santé d'Amelia ne s'améliorait pas. Elle avait perdu l'appétit, elle maigrissait de jour en jour et sa toux profonde et persistante préoccupait Henry Maxell.

Jusque-là, il l'avait surveillée de près sans vouloir alarmer Charles, mais un matin lors de sa visite, il trouva du sang sur l'oreiller de la jeune fille. À ses questions pressantes, elle répondit qu'elle avait dû cracher du sang lors d'une quinte de toux au cours de la nuit et que ce n'était pas la première fois que cela se produisait. Le vieux docteur, une fois de plus, ausculta la poitrine de la malade la mine assombrie.

— Repose-toi, chère enfant. Je vais aller saluer ton père, lui annonça le docteur en lui caressant la joue.

Amelia fut touchée par cette marque d'affection.

— Dépêchez-vous, docteur Maxell. Il doit être sur le point de partir pour la banque, lui conseilla-t-elle en souriant.

Maxell sortit de la chambre et pria Nanny de quérir son maître.

— Je peux l'attendre dans la bibliothèque ? demanda-t-il, un peu absent.

— Oui, bien sûr, s'empressa de lui dire la vieille femme. Voulez-vous que je vous apporte un thé, docteur ?

— Vous seriez bien bonne, Nanny Beth. Un bon thé me ferait vraiment du bien ce matin, ajouta Henry Maxell en ouvrant la porte de la bibliothèque.

Il entra dans la pièce et attendit Robertson en faisant les cent pas nerveusement. Il était attristé, inquiet et voyait venir avec lassitude le moment où il devrait apprendre la nouvelle à son ami. Bientôt, celui-ci entra dans la bibliothèque.

— Mon cher Maxell, comme je suis content de vous voir. Comment allez-vous ? lança Charles en tendant la main à son ami.

À ce même moment, Nanny Beth entra dans la pièce et déposa près du docteur un plateau contenant une théière de porcelaine, deux tasses, un sucrier et un pot à lait en argent. Puis, elle sortit sans faire de bruit.

— Bonjour, Charles, comment allez-vous ? déclara Maxell un peu mal à l'aise.

— On ne vous voit plus. Il n'y a qu'Amelia qui a le privilège de vous voir !

— Oui, en effet, je suis débordé de travail en ce moment. Tout le monde a décidé d'être malade en même temps, expliqua le vieil homme en s'asseyant dans un fauteuil de cuir.

— À propos, comment avez-vous trouvé Amelia ce matin ? Il me semble qu'elle reprend des couleurs, non ? Qu'en pensez-vous ? interrogea Robertson en versant le thé machinalement.

Maxell hésita un moment. Il se leva et prit la tasse que son ami lui tendait.

— Je dois vous parler, Charles, annonça finalement le médecin gravement. Je suis très inquiet pour Amelia, ajouta-t-il.

Charles s'immobilisa et regarda son ami.

— Qu'y a-t-il, Maxell ? Que voulez-vous dire ? lança le banquier, anxieusement.

— Asseyez-vous, Charles, et discutons calmement, proposa le docteur d'un ton presque paternel.

Machinalement, Charles s'assit en face du docteur en retenant sa respiration.

— L'état de santé d'Amelia s'est aggravé, je ne peux vous le cacher. J'aurais pourtant aimé vous épargner cette peine.

Le docteur hésita un peu avant de continuer.

— Charles, votre fille est atteinte de consomption, elle a commencé à cracher du sang et ses poumons sont très atteints.

Un long silence remplit l'espace entre les deux hommes. L'horloge sur le manteau de la cheminée sonna lourdement neuf coups. Charles Robertson frissonna.

— Comment est-ce possible, Henry ? Comment est-ce arrivé ? demanda le père d'Amelia.

— On ne pourra jamais le dire avec certitude. Elle avait une santé fragile au départ. Peut-être qu'au cours de ses visites de charité elle a croisé une personne atteinte de la maladie ?

Robertson coupa la parole à son vieil ami.

— C'est sûrement ce qui est arrivé. J'ai toujours été contre ces visites. J'avais bien dit à M\ :superscript[me] McTavish que je ne voulais pas qu'elle traîne ma fille dans tous les bas-fonds de la ville. C'était de la folie, voyez ce qui arrive maintenant, lança Charles en essayant de contenir sa colère.

— Allez, allez mon ami, calmez-vous. De toute façon, vous savez bien que si Amelia avait décidé d'y aller, personne ne pouvait l'en empêcher, objecta Maxell pour essayer de l'apaiser.

Charles, désespéré, prit sa tête entre ses mains.

— Amelia est tout ce qui me reste, Maxell ! Dites-moi ce qu'il faut faire. Je ferais n'importe quoi pour qu'elle guérisse, n'importe quoi ! gémit Robertson.

Henry Maxell se leva et lui mit la main sur l'épaule.

— Allons, Robertson, ne vous laissez pas abattre. Elle n'est pas encore à l'article de la mort. Nous allons tout faire en notre pouvoir pour l'aider. Certaines personnes guérissent de la tuberculose, mais c'est très long. Amelia est courageuse et elle a beaucoup de caractère. Elle ne baissera pas les bras. Cependant, il ne faut pas lui cacher la gravité de son mal. Parlez-lui au plus tôt. Mais il est préférable que le personnel ignore la vérité. Cela pourrait créer une panique. Expliquez cependant la situation à Nanny Beth. Elle doit veiller à ce que personne ne soit en contact avec les effets personnels d'Amelia. Vaut mieux prendre des précautions, expliqua le docteur d'un ton ferme.

Charles releva la tête, un peu honteux de s'être laissé aller au désespoir.

— Je suis désolé, docteur ! Vous avez raison, dit-il en se passant la main dans les cheveux. Nous allons nous battre et nous vaincrons la maladie. Que doit-on faire maintenant ? Il avait retrouvé un peu de son assurance.

Le docteur expliqua à son ami qu'Amelia avait besoin d'un climat chaud et sec, de beaucoup de repos et d'une diète frugale. Il lui proposa un sanatorium, mais Charles refusa catégoriquement. Il pensait que d'être parmi d'autres malades et de voir mourir les gens autour d'elle ne pouvait qu'accabler sa fille.

Maxell dut admettre qu'il avait probablement raison.

— Laissez-moi réfléchir aux différentes possibilités, Henry. Je vous consulterai avant de faire quoi que ce soit, proposa Robertson à son ami.

— D'accord, Charles, mais gardez en mémoire que nous devons agir vite. La maladie gagne du terrain, conseilla le vieux médecin avant de prendre congé.

Ce soir-là, Charles eut une longue conversation avec sa fille. Avec mille précautions, il lui annonça enfin qu'elle souffrait de tuberculose. Amelia lui répondit calmement qu'elle s'en doutait déjà depuis un certain temps. Son père demeura interloqué par sa réponse.

— Tu aurais dû m'en parler, Amelia. Quel tourment pour toi ! déclara Charles en lui prenant la main.

— Mais non, papa, affirma la jeune fille. C'est un peu triste bien sûr, mais ne t'inquiète pas, tu sais bien que je ne vous quitterai pas tout de suite. Vous avez encore besoin de moi !

Amelia lui souriait d'un air taquin et Robertson la regarda déconcerté. Il adorait sa fille, mais il la connaissait peu. Son travail et le chagrin l'avaient tenu éloigné de la maison. Il songea qu'Amelia était devenue une belle jeune femme sensible et intelligente et que ce n'était pas grâce à lui. Physiquement, elle ressemblait à sa mère, mais avec un regard plus profond, plus mystérieux.

Taquine et sérieuse à la fois, elle cherchait toujours à aider les autres et contrairement aux femmes de son milieu, elle n'avait pas peur de la souffrance de ses semblables. Depuis plusieurs années, elle et sa grand-mère consacraient beaucoup de temps et d'argent à soulager les pauvres et les malades. Au début, Mary McTavish l'avait amenée avec elle pour une visite occasionnelle.

Elle s'occupait alors de quelques œuvres une heure ou deux par semaine comme le faisaient beaucoup de femmes de la haute société anglaise de Montréal. Peu à peu, c'est Amelia qui organisa des activités et des visites pour soulager les miséreux. La vieille femme chercha à l'arrêter au début. Elle était capable de générosité, mais elle préférait les œuvres respectables, reconnues, où elle pouvait quand même se sentir protégée du monde extérieur.

Bientôt, elle ne put que s'émerveiller de la bonté et du courage de sa petite-fille et au bout de quelque temps, elle commença réellement à ressentir du bonheur à soulager les démunis. Toutes deux finirent par consacrer une grande partie de leur temps à ces activités. Charles s'y était un peu opposé pour la forme. Il partageait l'idée alors très répandue que les gens très pauvres l'étaient par mauvaise volonté ou par bêtise et que les aider correspondait à une perte de temps et d'argent. Heureusement, il ne savait pas vraiment tout ce que faisait sa fille, ce qui simplifiait les choses pour tout le monde.

Pendant les deux jours qui suivirent, Charles Robertson jongla avec les différentes possibilités qui s'offraient à lui. Rien ne le satisfaisait vraiment. Il voulait envoyer sa fille dans un endroit qui serait à la fois salutaire pour sa santé et réconfortant pour son moral. Il savait que s'il l'envoyait dans un sanatorium, elle mourrait d'ennui et de mélancolie.

Le deuxième jour, il résolut à contrecœur d'en parler à sa belle-mère. Ce soir-là, comme elle était venue souper à *Rosegarden Court*, Amelia avait insisté pour se lever et manger avec eux. Après le repas, Charles demanda à parler en privé à Mme McTavish. Amelia sentant qu'il serait question de sa santé se retira pour la nuit après avoir embrassé sa grand-mère. La vieille dame suivit donc son gendre dans le petit salon qui avait jadis été le boudoir de sa fille Gloria.

Habituellement, Charles utilisait la bibliothèque pour les discussions importantes, mais il aurait trouvé un peu étrange de recevoir la mère de sa femme de la même manière qu'il recevait ses associés. Il avait donc proposé à Mary de prendre le thé au petit salon. De plus, secrètement, sans se l'avouer, il ressentait le besoin de se rapprocher de la mémoire de sa femme pour parler de leur fille à cœur ouvert.

En entrant, Charles, silencieux et un peu mal à l'aise, sonna la femme de chambre. Mary McTavish regarda la pièce autour d'elle. Elle était associée à tellement de souvenirs à la fois heureux et douloureux. Elle avait très souvent pris le thé dans ce petit salon avec sa fille. C'est ici que Gloria écrivait de longues lettres à ses amies vivant maintenant sur le continent ou en Australie. C'est ici aussi qu'elle s'assoyait avec Amelia pour lui lire une histoire avant d'aller au lit.

Gloria l'avait décorée elle-même. Après sa mort, Charles souhaitait tout changer à *Rosegarden Court* et il aurait voulu meubler la maison avec des objets sans mémoire. Mais Amelia avait réagi si violemment qu'il était revenu sur sa décision. La jeune fille aimait particulièrement cet endroit qui même après toutes ces années avait gardé le parfum de sa mère. Elle le trouvait exquis et elle y venait souvent pour s'isoler.

La pièce n'était pas très grande, mais elle était très éclairée. Deux larges fenêtres à battants s'ouvraient sur les parterres de fleurs du jardin. Les boiseries avaient été peintes en blanc, ce qui contribuait à adoucir le coup d'œil. Un papier peint représentant de minuscules bouquets de fleurs dans des teintes de mauve, de jaune très pâle et de vert ornait les murs. On y retrouvait aussi une aquarelle d'un peintre anglais ainsi que plusieurs photos de parents et amis placées dans des cadres en argent. Les meubles étaient faits d'un bois légèrement rosé : un secrétaire entre les deux fenêtres, une petite table ronde avec un pied central recouvert de roses sculptées et une bibliothèque munie de vitres pivotantes. L'aménagement était complété par une causeuse et deux fauteuils recouverts de velours vert tendre.

— Belle-maman, prendriez-vous un cordial ou une tasse de thé ? suggéra Charles l'air absent.

— Jane, apportez-moi une tasse de thé s'il vous plaît, répondit-elle en s'adressant à la soubrette qui venait d'entrer dans la pièce.

— Et un cognac pour moi ! lança Charles. Demandez à Lucas de vous le servir, ajouta-t-il sachant que le maître d'hôtel gardait sur lui les clefs du cabinet à liqueurs.

La femme de chambre se retira après avoir fait une petite révérence et referma la porte silencieusement.

— Qu'y a-t-il, Charles, vous étiez bien sombre au souper ? Vous êtes inquiet pour Amelia ? interrogea Mary pour briser le lourd silence.

Robertson hésita encore un moment, puis commença à parler lentement :

— Pardonnez-moi, belle-maman, de devoir vous annoncer ceci aussi cruellement. Maxell est venu me voir hier matin. La santé d'Amelia n'est pas bonne, vous le savez. Mais rien ne me laissait supposer que c'était aussi grave. Amelia souffre de consomption ! De consomption ! Je n'arrive pas à y croire ! répéta-t-il tout bas.

Mary garda le silence pendant quelques instants. Elle était triste, inquiète, mais pas vraiment surprise. Elle avait trop visité de malades avec Amelia pour ne pas avoir considéré la terrible possibilité que la petite devienne malade à son tour. À l'écouter tousser ces derniers jours, des doutes de plus en plus troublants avaient agité ses nuits. Charles ne venait que confirmer ses pires craintes.

Celui-ci respecta son silence, mais la regarda un peu surpris de son impassibilité. Finalement, la vieille dame se tourna vers son gendre.

— Charles, je comprendrais votre colère. Amelia a probablement contracté cette maladie lors de nos visites chez les pauvres gens, vous le savez n'est-ce pas ?

— Oui, je ne peux vous cacher que ma première réaction a été de vous blâmer sévèrement, avoua Charles avec une certaine dureté. Mais l'attitude d'Amelia m'a fait réfléchir. La chose importante maintenant est de la soigner et de contrôler la maladie, ajouta-t-il en se radoucissant un peu.

— Vous avez raison, mais que peut-on faire ? Que vous a dit le Dr Maxell ? demanda Mme McTavish lentement.

— Il faut à Amelia un climat chaud et sec, commença Charles comme s'il récitait une leçon bien apprise. Il faut avant tout la soustraire à l'humidité de cette maison et à ses courants d'air incessants. Le climat de Montréal peut être très malsain pour elle.

Maxell a parlé d'un sanatorium, mais il est hors de question que j'envoie ma fille dans l'un de ces mouroirs, lança-t-il en élevant la voix.

— Bien sûr ! Je pense que vous avez raison, mais alors où voulez-vous l'envoyer ? demanda Mary McTavish.

Elle se tut soudainement parce qu'on venait de cogner à la porte. La jeune domestique entra et déposa un plateau d'argent sur une petite table.

— Laissez, chère enfant, je me servirai moi-même, s'empressa de dire la vieille dame, pressée de continuer la conversation.

La soubrette fit une rapide révérence et sortit aussitôt. Quand la porte fut refermée, c'est Charles qui reprit la parole.

— Voilà le problème ! continua-t-il comme s'il n'y avait pas eu d'interruption. Depuis deux jours que je cherche, je n'ai pas trouvé d'endroit où Amelia pourrait faire une convalescence heureuse et en sécurité.

Il fit une pause, abattu et songeur.

— C'est pourquoi je vous en parle ce soir, chère madame, je n'ai plus d'idée. Peut-être en aurez-vous ?

Il y eut un silence qui leur sembla interminable. Mary se versa une tasse de thé et y ajouta un soupçon de lait. Robertson qui avait saisi son verre de cognac faisait tourner le liquide doré lentement dans le fond du verre.

— J'ai peut-être une solution, Charles, annonça soudainement Mary.

Charles releva la tête et attendit.

— Vous vous rappelez Victoria Douglas ? Elle était au collège de jeunes filles avec Gloria, ajouta la vieille dame.

— Oui bien sûr, affirma Charles dont le visage laissait paraître une interrogation intense. Nous avons même été invités à son mariage !

— Justement, la famille de son mari, Laurent de Courval, est propriétaire de grands vignobles dans le sud de la France, plus précisément dans un endroit appelé Grambois.

Mary, un peu surexcitée, prit une gorgée de thé pour retrouver son calme.

— Gloria et Victoria étaient très proches et elles ont toujours continué à s'écrire comme vous le savez. À la mort de Gloria, j'ai correspondu quelque temps avec Victoria qui m'a apporté un aimable réconfort. Il y a trois ans maintenant que je n'ai plus de ses nouvelles, mais elle avait souvent invité Gloria à venir la voir et elle m'a fait la même invitation. Je suis sûre qu'elle serait très heureuse de recevoir la fille de Gloria, conclut Mary McTavish, très sûre d'elle.

Charles avait écouté sans mot dire. Il commença à parler assis sur le bras d'un des fauteuils, une main dans sa poche de pantalon.

— Envoyer Amelia en France ! Mais c'est si loin de nous ! Et elle est trop malade pour voyager seule. Qui ira avec elle, qui prendra soin d'elle là-bas ? Comme savoir si elle sera la bienvenue chez ces gens ?

— Calmez-vous, Charles ! Je sais que c'est l'envoyer très loin, mais il n'y a pas de climat chaud et sec qui soit près de nous, vous le savez très bien.

Mary laissa son gendre réfléchir quelques instants, puis elle reprit.

— Pour ce qui est de prendre soin d'elle, je serais là pour ça, je ne la laisserais pas partir seule, vous le savez bien. Ces gens, comme vous dites, ne sont pas des étrangers, vous êtes même allés les visiter lors de votre voyage en Italie. Et puis Charles, ce voyage serait bon tant pour son physique que pour son moral. Vous savez comme elle adore les voyages !

— Oui je sais, admit Robertson encore indécis, mais il y a trois ans que vous n'avez pas eu de nouvelles de ces gens et nous n'avons pas le temps d'attendre, il faudra un mois pour que votre lettre arrive en Provence et un autre mois pour recevoir une réponse. C'est beaucoup trop !

— Vous avez raison ! s'écria la vieille dame à la surprise de son interlocuteur. C'est pourquoi nous allons leur envoyer un télégramme ! Victoria comprendra l'urgence de la situation, j'en suis sûre. Alors qu'en pensez-vous ?

Charles, malgré ses réticences, dut convenir que c'était une solution acceptable. C'est le cœur lourd qu'il annonça finalement à sa belle-mère qu'il en parlerait au Dʳ Maxell. Il savait trop bien que le vieux docteur réagirait favorablement à cette idée. Mais quelle inquiétude pour lui de savoir Amelia au loin, malade et hébergée par des gens dont il ne connaissait presque rien. Depuis que le Dʳ Maxell lui avait annoncé qu'Amelia souffrait de tuberculose, Charles Robertson vivait une anxiété presque constante. L'angoisse causée par la maladie d'Amelia ne le quitterait plus.

Il aimait tendrement sa fille, mais il souhaitait parfois, comme maintenant, n'avoir jamais eu d'enfant. En homme d'affaires toujours dans le feu de l'action, il était sûr de lui et ne connaissait pas le doute. Mais, à travers sa fille, il avait découvert la vulnérabilité et l'insécurité. Depuis la mort de sa femme, ce sentiment s'était encore renforcé. Lui qui n'avait jamais eu peur de la maladie, à partir de ce jour, il ne pourrait jamais oublier qu'Amelia était malade.

Chapitre 10

Grambois, juin 1884

Pendant tout le voyage en mer, Amelia fut partagée entre l'excitation et l'inquiétude. Elle connaissait Victoria pour avoir souvent entendu sa mère en parler et elle avait vu des photos, mais elle ne l'avait jamais rencontrée. Son père, elle l'avait bien senti, avait des réticences à l'envoyer en France et elle avait le pressentiment qu'il n'aimait pas ces gens. Bien qu'un peu incommodée par le mal de mer, l'état général de la jeune fille était resté plutôt bon malgré une toux persistante. Les deux femmes arrivèrent au port de La Rochelle un mardi, et prirent le train vers la Provence le lendemain après avoir passé la nuit Au petit bateau, un hôtel propre et agréable. À la fin d'un voyage interminable, elles descendirent enfin du train à Aix-en-Provence.

Fatiguée et un peu fiévreuse, la jeune malade s'efforçait de cacher sa nervosité. Heureusement, à leur arrivée à Avignon, le couple Courval les attendait sur le quai de la gare. Amelia les aperçut la première : Victoria toute petite et souriante trépignant sur place, une gerbe de fleurs dans les bras, à côté d'elle, Laurent, grand et costaud, des yeux très bleus contrastant fortement avec son teint cuivré. À la sauvette, Amelia jeta un regard à sa grand-mère qui souriait en lui faisant signe d'avancer. Au même moment, Victoria s'élança à leur rencontre. Spontanément, la petite femme au bord des larmes prit Amelia dans ses bras.

— Pardonne-moi, chère petite. C'est à la fois merveilleux et douloureux de te rencontrer. Tu ressembles tellement à ta mère, murmura Victoria très émue.

Laurent baisa la main des deux visiteuses en leur assurant avec un franc sourire qu'elles étaient attendues avec impatience et qu'ils étaient tous deux très heureux de les recevoir. Tout en bavardant, car en Provence tout se fait en parlant, on chargea les nombreux bagages dans le fiacre avec l'aide de Marcel, le vieux domestique des Courval et on prit la route de Grambois. Amelia oublia ses appréhensions, car à partir du premier instant Victoria et Laurent de Courval les traitèrent comme des membres de leur famille.

Les époux Courval n'avaient pas d'enfants. Plusieurs années auparavant, Victoria avait accouché de deux bébés, une fille et un garçon qui étaient morts jeunes à deux ans d'intervalle. Aujourd'hui, les vignes, le jardin et la musique remplissaient leurs journées. Victoria travaillait beaucoup aux côtés de son mari et passait plusieurs heures par jour à pincer la mandoline dont elle jouait à merveille au dire de son mari. Lui, il administrait le vignoble qui produisait des vins de qualité et pendant ses loisirs jouait de la flûte traversière. Ils avaient une vie simple qu'ils eurent le temps de leur raconter pendant le trajet.

Ils leur parlèrent aussi de Béatrice leur cuisinière et de Simon son mari qui travaillait aux vignes avec leur fils Gaston, de Martha leur femme de chambre allemande, de Marco le garçon d'écurie ainsi que de César, Pompée et Antoine leur trio de chiens. Ils leur présentaient leur petit monde avec amour et Amelia fut déjà convaincue qu'elle serait heureuse en Provence.

~

Couchée dans une chaise longue sur la terrasse de dalles rouges qui surplombait le jardin, Amelia lisait tout haut. Elle tenait entre les mains une lettre qu'elle venait de recevoir de son amie Margaret Alexander et en faisait la lecture à sa grand-mère.

J'ai commencé à suivre des cours de dessin avec un vieux peintre que connaissait papa, M. Graham McPhee. J'aime bien le dessin, mais je n'ai aucun talent et cela me désespère. M. McPhee me fait surtout dessiner des natures mortes, des plats de fruits, des vases de fleurs, des pommes et des noix. Je ne sais pas si je serai un jour capable de dessiner autre chose que des victuailles. En attendant, je finis le dessin en mangeant les noix et en rêvant du jour où je dessinerai avec talent !

Mis à part les après-midi où je suis invitée à prendre le thé chez ma cousine Marianne ou chez Elisabeth Conan, mes journées sont plutôt monotones. Avec l'aide de Jeremy notre jardinier, je me suis fait un petit jardin de fleurs à moi toute seule. J'y ai mis quelques rosiers, des pieds d'alouette et un massif de jolies pensées. C'est une activité agréable, mais cela ne remplit que quelques heures. Depuis que je suis revenue du pensionnat, je trouve mes journées vides. Maman prépare pour bientôt mon entrée dans le monde. Elle est en train d'organiser un bal qui sera un peu comme mon rite de passage à l'âge adulte, mais je sais bien que son objectif ultime est de me faire rencontrer des jeunes hommes de bonne famille.

De plus en plus souvent, mes parents me proposent de sortir avec eux. Ils m'ont amenée au concert la semaine dernière. Je devrais en être contente, car cela vient tromper mon ennui, mais j'ai un peu l'impression que je suis une marchandise qu'on a hâte de revendre ! Je serais probablement enchantée si j'avais rencontré le prince charmant, mais les jeunes hommes qu'ils me présentent me paraissent prétentieux et ennuyeux. Si tu savais comme je t'envie de voyager comme tu le fais. Tu me manques beaucoup. Je m'ennuie de nos fous rires et de nos longues marches. Mais je sais que tu es heureuse et que tu es bien alors je me console et je t'écris de longues lettres où je m'apitoie sur ma petite personne. J'espère que je ne t'embête pas trop. Porte-toi bien. Salue ta grand-mère de ma part.

Amitiés

Ton amie Margaret

P.-S. Ruth Allan s'est fiancée à un négociant de vingt ans plus vieux qu'elle. Quelle horreur !

— Pauvre Margaret, soupira Amelia en remettant la lettre dans son enveloppe. Elle qui a toujours eu la soif d'apprendre et de connaître, elle s'ennuie ! Je pense que l'école lui manque beaucoup.

— Malgré les prétentions de ses parents, elle ne semble pas très intéressée au mariage non plus, ajouta sa grand-mère. Je ne peux pas critiquer leur attitude, car j'ai agi de même avec ta mère. Dans ce temps-là, nous étions convaincus que de rester célibataire était la pire chose qui pouvait arriver à une jeune fille.

— C'est encore ce que croit la majorité des gens, affirma Amelia. C'est probablement ce qui rend nerveux les parents de Margaret.

— Oui, je pense que tu as raison, attesta Mme McTavish.

— Et toi, mammy? Est-ce que tu étais amoureuse de grand-père quand tu as accepté de l'épouser ? interrogea la jeune fille.

La vieille femme regarda sa petite fille en souriant.

— Non, ma chérie, répondit-elle lentement. Ton grand-père me faisait la cour, il était plus vieux que moi et très riche. Quand il a demandé ma main, mes parents ont pensé qu'il serait un bon parti pour moi. Il était honnête et travaillant. J'ai accepté un peu par défaut et un peu parce que j'avais besoin de changer de vie, comme Margaret.

La vieille dame arrêta de parler pour prendre une gorgée dans le verre de limonade qu'elle tenait en main, puis reprit :

— Mais avec les années de vie commune et le charme de ton grand-père aidant, je me suis mise à l'aimer de plus en plus. Encore aujourd'hui j'ai une infinie tendresse pour son souvenir.

Elle fit une pause et regarda au loin d'un air songeur.

— Et il me manque beaucoup.

Amelia ne répondit pas, respectant la rêverie de sa grand-mère. Elle suivit son regard vers les crêtes rocheuses au-delà de la propriété. Le paysage était verdoyant. Au loin, on pouvait voir des vignes presque à perte de vue. Seuls quelques arbres, pins parasols ou oliviers, venaient briser la symétrie des allées de vignes qui s'étendaient en rangées ondoyantes. Depuis maintenant trois semaines qu'elles étaient ici, Amelia avait l'impression de vivre dans un rêve. Elle aimait beaucoup le dépaysement de la Provence.

La vie ici ne ressemblait en rien à ce qu'elle connaissait. Les paysages, les costumes, la nourriture, tout lui semblait exotique. Elle parlait pourtant bien le français, surtout depuis qu'elle faisait de fréquentes visites dans les quartiers pauvres, mais elle avait encore beaucoup de difficultés à comprendre les Provençaux. Leur accent était si particulier, et ils parlaient si vite, qu'au début elle avait dû demander à Victoria de lui servir d'interprète. Elle avait eu quelques problèmes à se faire comprendre, mais par ailleurs elle s'était tout de suite sentie à l'aise. C'était si agréable côtoyer les gens d'ici ! Ils avaient une telle chaleur et une telle joie de vivre à offrir !

La vieille Mary se leva soudain et interrompit les réflexions de sa petite-fille.

— Ce climat me pousse à la paresse, dit-elle en souriant, mais je dois tout de même vaquer à mes activités. Je vais me retirer dans ma chambre, car j'ai plusieurs lettres à écrire. Reste ici à respirer le bon air et repose-toi, ma chère petite, nous nous reverrons tantôt, annonça la vieille femme en touchant l'épaule de la jeune fille.

Amelia lui sourit sans rien dire et se retrouva seule sur la terrasse. Elle ferma les yeux quelques instants, mais les rouvrit bientôt, intriguée par un bruit qui se rapprochait. Gaston montait l'escalier qui reliait la terrasse à la cour, avec un gros bouquet de fleurs jaunes à la main.

— Bonjour, mademoiselle Amelia, lui dit-il avec un généreux sourire.

La jeune fille le regarda avec curiosité. Ils ne s'étaient parlé que deux ou trois fois depuis l'arrivée d'Amelia à Grambois et ils se connaissaient très peu. Et pourtant, souvent, elle s'était surprise à l'observer alors qu'il travaillait dans les vignes ou à le regarder boire à la fontaine. Elle aimait sa peau dorée par le soleil, sa tignasse frisée d'un brun caramel et surtout le sourire désarmant qu'il offrait comme un cadeau aux gens qu'il côtoyait. La surprise passée, Amelia lui fit un petit salut de la tête à la fois heureuse et mal à l'aise qu'il soit venu vers elle.

Elle savait peu de choses de lui sinon que ses parents avaient toujours travaillé pour la famille de Courval et que Gaston avait grandi à la ferme, fréquentant l'école communale tout en prêtant main-forte dans le vignoble. Laurent de Courval voyant l'intelligence et la vivacité du jeune garçon l'avait encouragé à continuer ses études. Gaston, qui adorait les livres et la littérature, avait donc été envoyé dans un collège à Aix-en-Provence. Il voulait étudier les lettres et il espérait devenir professeur. Mais à la mort du jeune Louis de Courval, deux ans seulement après le décès de sa sœur Colette, toute la maisonnée sombra dans une profonde dépression.

Les Courval, désespérés, pensaient qu'il n'y aurait plus jamais de joie de vivre sous leur toit. Gaston, alors âgé de seize ans, fut profondément peiné par la mort de l'enfant qu'il considérait comme son jeune frère, mais la détresse de Laurent et de Victoria le toucha encore plus. Il décida de revenir travailler aux vignobles et de tout faire en son pouvoir pour adoucir leur tristesse et celle de ses parents, car Béatrice et Simon qui souffraient déjà de l'éloignement de leur fils furent très ébranlés par la mort du jeune maître. Les années passèrent, le temps soulagea un peu la brûlure de la perte.

Peu à peu, Victoria et Laurent considérèrent Gaston comme un fils. Ils appréciaient beaucoup sa gentillesse et son intelligence et ils l'aimaient profondément. Maintenant, le jeune homme de vingt-huit ans jouait un peu le rôle d'un régisseur à la ferme, secondant Laurent de Courval dans l'administration du vignoble. Il était heureux de son sort, mais le soir, sous la lampe, il composait des poèmes tout en se disant qu'il ne serait jamais un vrai poète.

Amelia, en regardant le grand jeune homme s'approcher d'elle, pensait à toute cette histoire. Béatrice lui en avait parlé un matin où la jeune fille, après avoir passé une bien mauvaise nuit, était descendue très tôt. Tous étaient encore couchés alors que la cuisinière, elle, était déjà à ses fourneaux et s'apprêtait à cuire son pain dans le four extérieur. La vieille femme fière de sa progéniture lui avait longuement parlé de ce fils qui lui apportait tant de joie. Amelia l'avait écoutée, sa première tasse de thé à la main, et elle avait pensé à sa propre mère.

— Regardez, je vous apporte un bouquet de genêts! lança le jeune homme avec bonne humeur.

— Vous m'apportez des fleurs parce que je suis malade? observa Amelia d'un air un peu moqueur.

Gaston éclata d'un rire cristallin comme l'eau qui coule.

— Mon Dieu non! lui dit-il riant toujours. Hier, je vous ai simplement entendue vous exclamer devant ces fleurs que vous n'aviez jamais vues!

— Oui c'est vrai, j'ai demandé à grand-mère si elle les connaissait. Vous m'écoutiez? questionna Amelia avec un sourire en coin.

— J'ai seulement entendu, répéta Gaston, devenu plus sérieux.

Amelia réalisa soudain la rudesse da sa réponse et se trouva un peu sotte.

— Excusez-moi, c'est très gentil à vous d'avoir pensé à moi ! Ces fleurs sont magnifiques, ajouta-t-elle en prenant le large bouquet que tenait le jeune homme. Elles sentent délicieusement bon. Quel parfum puissant !

— Les genêts embaument toute la campagne en juin et en juillet. Vous ne vous êtes pas encore promenée dans notre belle campagne, n'est-ce pas ? interrogea le jeune homme.

— Non, pas encore. Pour l'instant, je reste assise dans ma chaise longue et je profite du soleil comme un lézard, répondit-elle en riant. Le Dr Desdoits, votre bon médecin, veut que je prenne beaucoup de repos pour me remettre du voyage, mais très bientôt je compte bien faire de petites excursions dans la campagne.

— Si vous le voulez, je pourrais vous faire découvrir la campagne du Luberon. Pourquoi ne viendriez-vous pas avec moi demain ? Nous pourrions commencer par une courte promenade pour ne pas vous fatiguer. Je suis sûr que cela vous ferait le plus grand bien ! lui proposa Gaston très simplement.

Amelia fut surprise de son audace, mais était-ce bien de l'audace ? À Montréal, jamais un jeune homme n'aurait fait une telle proposition à une jeune fille, à moins de la connaître très bien et d'être accompagné de sa sœur, de sa cousine ou d'une demoiselle de compagnie. Mais ici, les gens faisaient peu de cas des convenances et des barrières sociales. Gaston se sentait à l'aise de s'adresser à elle, même s'il était le fils d'une cuisinière et elle la fille d'un banquier.

Amelia ne sentait aucune impertinence dans l'invitation du jeune homme et elle eut envie d'accepter. Mais devait-elle se promener avec lui sans chaperon ? Finalement, elle trouva un moyen de résoudre cette question. Elle demanderait à Caroline, sa femme de chambre personnelle, de les accompagner. Elle ménagerait ainsi les principes de sa grand-mère tout en faisant ce qui lui plaisait.

— Bon d'accord, j'accepte votre offre. À quelle heure voulez-vous partir ? demanda la jeune fille.

— Demain, c'est dimanche, je suis donc beaucoup plus libre. Que diriez-vous de dix heures ? Il ne fera pas encore trop chaud et vous ne serez pas trop fatiguée !

— C'est très bien, je vous attendrai à dix heures. Au revoir, Gaston !

— À demain, Amelia ! répondit le jeune homme avec un sourire.

Le lendemain, Gaston attendait déjà Amelia quand elle sortit sur la terrasse accompagnée de sa femme de chambre. Mary McTavish la suivait quelques pas derrière. La jeune femme s'approcha de lui, les yeux brillants de plaisir.

— Bonjour, Gaston, comme il fait beau ! Nous allons faire une belle promenade, n'est-ce pas ? lança-t-elle dans un français teinté d'un accent britannique.

— Bonjour, Amelia ! Bonjour, madame McTavish ! dit-il en s'inclinant devant la vieille dame.

Il fit un salut de la tête à la jeune soubrette, puis il ajouta s'adressant à la vieille Mary :

— Nous ferez-vous le plaisir de nous accompagner madame ?

— Bonjour, Gaston. Non, je n'ai malheureusement plus l'âge de courir la campagne. Je viens seulement vous faire mes recommandations, annonça la vieille dame solennellement. Je sais qu'Amelia brûle d'envie de se dégourdir les jambes, mais elle est encore fragile, alors ne la faites pas marcher trop longtemps et surtout qu'elle ne reste pas en plein soleil ! Vous m'avez bien comprise… Caroline apportera les sels et une bouteille d'eau de Cologne au cas où Amelia aurait un malaise, mais ne vous éloignez pas de la ferme.

— Ne vous inquiétez pas, madame, je prendrai bien soin d'elle, répondit gravement le jeune homme.

Amelia ouvrit son ombrelle et tendit son bras à Gaston.

— Ne t'inquiète donc pas, mammy, je me sens très en forme ce matin. Alors à tout à l'heure !

Gaston salua Mary McTavish de la tête, puis s'engagea dans l'escalier avec la jeune fille à son bras. La vieille dame les regarda s'éloigner en hochant la tête.

Ils traversèrent d'abord les champs de vignes où déjà de petites grappes de raisin pendaient presque à chacune des branches. Les pieds de vigne étaient tous agencés en lignes parallèles, ondoyant dans toutes les directions. Leurs branches s'allongeaient à l'horizontale, attachées le long de cordes tendues. Comme Amelia le questionnait, Gaston lui expliqua les soins à donner aux vignes : les nombreuses tailles, le tuteurage et bien sûr la cueillette. Il en parlait avec un respect qui surprit la jeune fille. Elle avait déjà remarqué la considération que les gens de Provence avaient pour leurs vignes. Ils en parlaient presque comme d'une personne. Gaston faisait de grands gestes en s'exprimant et ses paroles étaient pleines d'images et de soleil.

Ils sortirent bientôt des vignobles et se retrouvèrent dans la campagne sur une colline pierreuse. Au loin, on pouvait voir la bastide des de Courval au milieu des vagues de la vigne. Elle était conforme aux vieilles villas provençales, bâtie en pierres de couleur crème avec un toit de tuiles orange et brunes. Tout en marchant, Gaston observait la jeune malade du coin de l'œil. Le soleil et la marche avaient accentué le rose de ses joues lui donnant un air charmant. Son chapeau lui cachait partiellement le visage et d'une main gantée de blanc elle tenait son ombrelle appuyée sur l'épaule. En son for intérieur, il se dit qu'elle était si belle qu'il en était ému !

Le petit chemin de terre battue qu'ils avaient emprunté serpentait à travers une verdure tapissante, et partout, on pouvait voir la pierre blanche à fleur de terre. De chaque côté, de petits buissons mêlaient leurs odeurs épicées. Deçà delà, un olivier ou un pin jetait une tache d'ombre. Les cigales chantaient à tue-tête de leur grésillement joyeux. Amelia et Gaston marchaient côte à côte et s'effleuraient parfois à cause de l'étroitesse de la route. La soubrette les suivait, mais les deux jeunes gens l'avaient presque oubliée.

En marchant, Gaston nommait les plantes une à une en expliquant à sa compagne leur utilité culinaire ou pharmaceutique. La jeune fille qui adorait la botanique l'écoutait avec attention. Ils s'arrêtèrent un moment pour admirer un beau lézard vert qui se chauffait au soleil. Amelia fut émerveillée par ce curieux animal qui ne ressemblait en rien à ce qu'elle connaissait.

— Comme il est mignon ! lança-t-elle en riant.

— Je suis content que vous le trouviez sympathique, déclara Gaston, j'aime bien ces petits lézards. Vous savez, ils sont tout à fait inoffensifs et ils nous rendent bien service, car ils mangent beaucoup d'insectes. Mais plusieurs dames en ont le dédain. Une amie de Mme de Courval est venue nous rendre visite, il y a quelques semaines, et elle a fait une crise d'hystérie parce qu'il y avait un lézard sur le mur de sa chambre !

Amelia rit de bon cœur.

— Ne vous en faites pas, je ne vais pas m'évanouir, affirma-t-elle joyeusement.

— Vous ne vous sentez pas trop fatiguée Amelia ? demanda le jeune homme plus sérieusement.

— Oh non ! Pas du tout ! protesta la jeune fille avec enthousiasme. Je suis si heureuse de pouvoir sortir un peu et je me sens beaucoup plus en forme depuis que je suis en Provence. Je m'ennuie de père, bien sûr, je lui écris presque tous les jours, mais ici je me sens revivre. Depuis des mois, je me sentais comme une tortue qui devait traîner sa carapace. Au moindre effort, j'étais en nage et même lire me fatiguait. Je vais beaucoup mieux maintenant, l'air est si bon ici, tout le monde est gentil avec moi et cette promenade m'enchante !

— J'en suis bien content, j'avais peur de vous ennuyer, lui confia son compagnon, la vie est très simple ici. Beaucoup de gens préfèrent la ville.

— J'aime bien la ville, mais je préfère le charme de la campagne. Asseyons-nous là si vous voulez bien, suggéra la jeune fille en désignant une grosse pierre sous un pin parasol.

— Mais bien sûr, répondit Gaston avec empressement.

Ils s'assirent l'un à côté de l'autre et la jeune fille déposa son ombrelle contre le rocher.

— Caroline, s'il te plaît, donne-moi l'eau de Cologne que je me rafraîchisse un peu, demanda-t-elle à sa femme de chambre.

Elle prit le flacon et versa un peu de son contenu dans son mouchoir, puis elle s'épongea le cou et les tempes. Gaston la regarda faire d'un air amusé.

— Ne me regardez pas comme cela. Je ne devrais même pas me rafraîchir devant vous. L'étiquette commanderait que je m'isole pour faire ce genre de choses, expliqua la jeune malade un peu mal à l'aise.

— Je peux m'en aller si vous voulez, mais je ne trouve pas cela plus inconvenant que de vous regarder boire ou manger. Ce qui me fait rire, c'est que vous gardez toujours votre petit doigt en l'air ! Est-ce que c'est un signe de votre bonne éducation ? s'enquit-il en riant.

— Oui, probablement ! avoua-t-elle, amusée. Je n'avais jamais remarqué.

Elle redonna le flacon et le mouchoir à Caroline. Il y eut un silence, mais Amelia n'en ressentit pas de gêne. Gaston ne sentait pas le besoin de parler. Il goûtait l'instant, il appréciait le temps qui passe et il était content d'être avec elle. La jeune fille qui, en pareilles circonstances, aurait assumé l'obligation de remplir le silence se laissa aller elle aussi. Après quelques instants, elle lui demanda :

— Votre mère m'a confié que vous écriviez des poèmes. Parlez-moi de votre poésie, lui proposa-t-elle en le regardant dans les yeux.

— Chère maman, soupira le jeune homme… Peut-être quand je serai un vieil homme sage et que j'aurai philosophé sur la vie depuis des années pourrais-je écrire de la vraie poésie. Pour l'instant, j'essaie d'entendre respirer les étoiles, d'écouter penser les pierres et de sentir vibrer les arbres… c'est tout ! déclara le jeune homme en grattant la terre du bout de son pied.

— Vous êtes un philosophe en puissance autrement dit ! relança la jeune malade avec un sourire taquin. S'il vous plaît, Gaston, récitez-moi quelques lignes. Juste quelques vers pour que j'entende respirer les étoiles moi aussi ! supplia la jeune fille sans plus se moquer.

Son compagnon resta silencieux quelques instants, comme recueilli dans une prière. Puis, il commença :

Le jour pointe à peine
Et je pense à toi
Ta main dans la mienne
Je pense à toi

Ta petite vie s'éteint
Je te tiens dans mes bras
Tes yeux dans les miens
Ne me voient plus déjà

L'eau coule sur la mousse de la forêt
L'aube rosit devant moi
Mais la seule chose qui m'importerait
Serait de mourir avec toi

Gaston se tut. Un nouveau silence passa entre eux. Soudain, Caroline, qui applaudissait de toutes ses forces, les fit lever la tête.

— Que c'est beau, monsieur! déclara celle-ci.

— C'est vrai, Gaston, votre poésie me touche comme le doigt d'une fée, murmura Amelia.

— Allez venez, nous allons continuer notre marche avant que les fourmis ne nous envahissent, lança le jeune homme bien résolu à changer le sujet.

La promenade s'acheva agréablement et Amelia arriva rayonnante à la bastide. Le médecin qui la visita au cours de l'après-midi lui trouva particulièrement bonne mine et recommanda qu'elle fasse souvent une courte promenade sans se fatiguer. À partir de ce moment, chaque jour après sa journée de travail Gaston vint donc chercher Amelia pour une randonnée dans la campagne. À mesure qu'elle prenait des forces, elle marchait plus longtemps. Sa santé prenait du mieux. Elle avait gagné un peu de poids et avait perdu sa pâleur mortelle.

La vieille Mary n'avait que de bonnes nouvelles à communiquer à son gendre, mais elle n'osait pas lui parler de l'attachement grandissant d'Amelia pour le jeune régisseur. Sa petite-fille, contrairement à son habitude, ne s'en était pas confié à elle, mais la vieille dame pouvait clairement lire dans les yeux d'Amelia son amour grandissant pour Gaston. Bien sûr, elle ne pouvait pas l'approuver. Mais la jeune fille semblait heureuse et bien portante et Mary McTavish avait décidé de ne pas intervenir. Un bon dimanche, les deux jeunes gens apportèrent un panier de victuailles et pique-niquèrent sur l'herbe. Caroline les accompagnait toujours, discrète et silencieuse.

Amelia savait bien qu'un jour elle devrait dire adieu à Gaston, mais elle savourait chaque moment partagé avec bonheur. Elle n'avait jamais ressenti une telle complicité avec quelqu'un et elle essayait de graver dans sa mémoire le souvenir de chaque instant.

Le lendemain matin, alors qu'Amelia peignait ses cheveux assise devant son miroir, la vieille Mary frappa doucement à la porte et entra dans sa chambre.

— Bonjour, ma puce ! Comment vas-tu ce matin ?

— Bonjour, mammy ! Je suis contente de te voir ! Je suis en pleine forme ! Je me sens si bien depuis que je suis ici ! Bien sûr, papa me manque, mais je me sens mieux que je ne me suis sentie depuis des mois !

— Oui, tu as repris des couleurs et tu as les yeux brillants. Je pense qu'un certain jeune homme y est pour quelque chose, non ?

— Oui, je dois avouer que je l'apprécie beaucoup, mammy. Il est charmant, attentionné, intelligent…

— Et il est beau garçon !

— Mammy, je sais bien qu'il ne pourra jamais y avoir rien de sérieux entre nous, murmura Amelia. C'est bien triste, mais c'est impossible…

— Ma pauvre enfant, je suis inquiète, tu l'aimes déjà beaucoup et il va te faire souffrir !

— Non mammy, ce n'est pas lui qui me fait souffrir, c'est la situation, mais ça ne fait rien, car je suis en train de me forger des souvenirs merveilleux ! Des souvenirs que je chérirai toute ma vie !

— Je te laisse juge de la situation, ma chérie, mais fais attention à toi!

— Ne t'inquiète pas! Ça va bien aller!

Deux semaines plus tard, faisant suite au rapport que le médecin des de Courval lui avait fait parvenir, Charles télégraphiait à sa belle-mère et à sa fille pour leur demander de revenir à Montréal. Amelia savait que ce jour approchait et elle l'accepta de bonne grâce. Laurent de Courval fit gracieusement les démarches pour l'achat des billets de train et de bateau et leur partance avait été fixée au 10 octobre. La veille de leur départ, la jeune fille alla faire un dernier pique-nique dans les montagnes avec Gaston. Ils étaient accompagnés de Caroline, mais celle-ci sentant bien l'émotion des jeunes gens restait à l'écart. Quand ils furent assis dans l'herbe sur une couverture, Amelia adressa une requête à Gaston.

— Gaston, m'accorderiez-vous une faveur?

— Mais bien sûr, mon amie, laquelle?

— Vous savez que nous partons demain matin après le déjeuner, alors s'il vous plaît, partez travailler dans les vignes le plus loin possible de la maison. Cette séparation ne sera pas facile, mais si vous êtes là, j'ai peur d'éclater en sanglots!

— Si c'est ce que vous souhaitez, chère amie, j'irai travailler aux champs. J'essayerai de trouver un coin tranquille où je pourrai pleurer tout mon soûl. Vous allez tellement me manquer!

— Vous savez, Gaston, je pense que j'ai vécu avec vous les plus beaux moments de ma vie. Je pense que c'est à vous que je dois cette rémission! Vous m'avez rendue heureuse et je ne vous oublierai jamais. Il nous sera toujours impossible d'approfondir les sentiments que nous avons l'un pour l'autre, mais j'espère que malgré les distances et malgré les conventions, vous resterez toujours mon grand ami!

— Je vous le jure, Amelia. Toute ma vie, je continuerai à penser à vous et à vous écrire.

— Moi aussi, Gaston !

Amelia tendit la main et prit celle de son compagnon. Celui-ci chercha Caroline des yeux, puis l'apercevant au loin qui cueillait des fleurs, il se pencha en avant et déposa sur les lèvres de son amie un baiser long et tendre, un baiser qu'elle n'oublierait jamais.

Chapitre 11

Après avoir essuyé le nez de Juliette, Géraldine remit son mouchoir dans la poche de son grand tablier.

— Va vite prendre ta place, lui chuchota-t-elle à l'oreille, sœur Julie va commencer la pratique !

La fillette courut s'asseoir dans les gradins avec les autres enfants. Bientôt, ils furent tous assis par ordre de grandeur, en attente du signal de la religieuse. Géraldine regarda le groupe d'enfants avec affection. Ils étaient une trentaine âgés de trois à sept ans, des têtes blondes et des têtes brunes, revêtus du même tablier gris. Pour ne pas les laisser seuls toute la journée, leurs parents les envoyaient à la salle de l'asile tenue par les sœurs grises. Cet endroit répondait à un besoin important, car beaucoup de jeunes enfants étaient morts dans des accidents ou dans des incendies alors qu'ils étaient seuls à la maison.

Dans certains ménages, la mère, devenue veuve, devait travailler pour subvenir aux besoins de la famille, mais dans la plupart des cas les deux parents travaillaient à la manufacture de laine ou à l'usine de vaisselle pour réussir à faire vivre leurs nombreux enfants. Depuis un an, Géraldine occupait un emploi d'assistante à la salle de l'asile. Bien qu'elle ne lui parlait plus depuis la mort de son père, le curé Dionne avait utilisé toute son influence pour lui trouver cette place.

La jeune fille continuait à aller à la messe, un peu par habitude et un peu parce qu'elle craignait de perdre son emploi. Pourtant assez souvent, elle allait voir le pasteur O'Cain pour l'écouter parler de son père et de son grand-père. Le pasteur lui accordait une attention toute particulière. C'était sa façon à lui de faire un pied de nez au curé Dionne qui l'avait tourné en ridicule en baptisant Anthony Grant sur son lit de mort.

Géraldine était la seule employée à la salle de l'asile. Les religieuses avaient l'habitude de faire tous les travaux elles-mêmes, mais comme elles étaient aussi responsables de l'hospice et de l'hôpital juste à côté de la salle de l'asile, monsieur le curé leur avait suggéré d'engager une aide pour les soins des petits. Pour financer leurs œuvres, les sœurs grises présentaient régulièrement de petits spectacles de chants et de récitations donnés par les enfants. Les petits étaient justement à préparer une de ces séances. Assez souvent, des notables venaient visiter les installations ou assister aux représentations et versaient de petits dons pour aider les religieuses.

Les premiers accords de l'harmonium résonnèrent dans la salle et tirèrent Géraldine de ses pensées. Cet instrument, don du curé Dionne, était celui-là même qu'Anthony avait hérité de sa mère et cédé au curé avant son mariage. Toutefois, la jeune fille l'ignorait. Les enfants commencèrent à chanter tous ensemble *L'enfant à l'hirondelle*. Sœur Julie chantait avec eux en étirant la tête par-dessus son cahier de musique et en exagérant par sa mimique, la prononciation des passages plus difficiles.

Géraldine se dirigea vers le vestiaire. Les enfants étaient entrés deux par deux quand la religieuse avait sonné la fin de la récréation. Ils avaient suspendu leurs effets au crochet qui leur était assigné, à côté d'une tablette où ils rangeaient leur gobelet ainsi que les sacs de papier ciré et les petits paniers qui contenaient leur repas. Mais les plus petits avaient encore de la difficulté à placer leurs vêtements. On pouvait voir par terre une petite veste, un panier renversé et une casquette. Géraldine entreprit de mettre un peu d'ordre tout en écoutant d'une oreille distraite les voix enfantines.

Au-dessus des crochets, elle regarda les phrases écrites à l'encre noire sur de grands cartons collés aux murs : « *Honorez votre père et votre mère* », « *Dieu est ici* », « *Le temps nous est donné pour travailler et souffrir* », « *Laissez venir à moi les petits enfants* ». Tout en retournant les manches d'un chandail, la jeune fille regardait par la fenêtre. Le temps était superbe et la lumière avait cette qualité particulière qu'on retrouve lors des belles journées d'automne.

Soudain, Géraldine aperçut quelque chose au pied du gros érable au centre de la cour. Elle s'approcha de la fenêtre et quand elle reconnut la forme couchée par terre, elle s'élança dehors. En arrivant à côté de l'arbre, elle s'agenouilla par terre. La petite Isabelle Côté était couchée en boule, les yeux clos, le pouce dans la bouche. Quand elle constata que l'enfant respirait paisiblement, Géraldine se détendit un peu.

Depuis la mort des jumeaux, elle avait gardé des inquiétudes irraisonnées pour tout ce qui touchait les enfants. Isabelle n'était arrivée à la salle de l'asile que depuis septembre. À cause de la maladie de sa mère, elle y venait maintenant tous les jours alors que sa sœur de neuf ans, Alice, quand elle n'était pas à l'école, restait à la maison pour soigner la malade. C'est avec difficulté que la fillette s'habituait à la vie de groupe. Elle n'avait que trois ans et avait encore besoin de faire la sieste l'après-midi. Géraldine caressa doucement le front de la fillette, puis la prit dans ses bras. Les yeux encore fermés, celle-ci se frotta le nez avec son poing et fit une moue de bébé. Comme la jeune fille se levait avec l'enfant dans ses bras, celle-ci ouvrit les yeux et la fixa un moment.

— Mademoiselle, tu vas venir me reconduire ce soir ? implora la fillette.

Géraldine l'embrassa sur le front. Elle détestait se faire appeler mademoiselle, mais sœur Julie imposait cette règle. Depuis septembre, la jeune fille avait pris l'habitude de ramener la petite Isabelle à la maison le soir. Son père le lui avait demandé comme une faveur jusqu'à ce que l'enfant connaisse bien le trajet. Tous les soirs, sœur Julie avertissait l'enfant que bientôt elle devrait retourner seule à la maison. Mais chaque jour, Isabelle suppliait Géraldine de l'accompagner encore.

— Ne t'inquiète pas, ma belle Isabelle, je vais venir avec toi, répondit Géraldine. Viens maintenant, je vais te coucher dans le petit lit, tu pourras dormir encore un peu.

La chanson finissait quand elle entra dans la salle des gradins avec l'enfant dans ses bras. Elle regarda sœur Julie qui approuva de la tête, puis elle déposa l'enfant dans le petit lit au fond de la salle. Après le chant, les plus grands se regroupèrent autour de la religieuse pour répéter leur alphabet pendant que Géraldine récitait avec les plus petits *Le credo de l'enfant sage* qu'ils déclameraient en chœur lors de la soirée-bénéfice.

L'après-midi s'écoula très vite et bientôt ce fut l'heure de réveiller Isabelle pour retourner à la maison. Géraldine l'avait laissée dormir. Elle savait qu'elle était debout depuis l'aube. Tous les matins, la petite distribuait le fourrage et le grain aux animaux pendant qu'Alice s'occupait de traire la vache et de ramasser les œufs pondus par les cinq poules. Ces quelques animaux permettaient à la petite famille de manger un peu mieux. Leur père travaillait à la Macdonald et il devait être à l'usine de vaisselle dès sept heures le matin. En se levant, il aidait sa femme à faire sa toilette et à manger, ce qui lui permettait aussi de passer un peu de temps avec elle. Puis, il déjeunait avec ses deux filles en s'efforçant d'avoir l'air gai.

C'est lui-même qui avait raconté tout cela à la jeune fille en ajoutant que les fillettes étaient bien vaillantes et qu'elles auraient aimé faire beaucoup plus pour la guérison de leur maman. Géraldine affectionnait la famille Côté et elle aimait le petit rituel qui s'était installé dans sa vie depuis quelques semaines. À la fin de la journée, elle reconduisait Isabelle à la maison en bavardant tranquillement avec elle. Puis, elle rentrait saluer Mme Côté. Parfois, elle lui faisait la lecture du *Franco-Canadien*, le journal local ou encore elle priait un peu avec elle. Souvent, elle aidait aussi Alice à préparer le souper et au retour d'Athanase Côté, elle retournait à l'asile où elle logeait dans une petite chambre. Tous les soirs, le pauvre homme l'invitait à partager leur repas. De temps en temps, elle acceptait et ils étaient tous si heureux qu'elle avait l'impression de leur faire un cadeau.

Elle se sentait bien chez les Côté. Il y avait beaucoup de chaleur dans cette famille et Géraldine enviait les liens qui les unissaient. Depuis la mort de son père, elle se sentait très seule. Tous les mois, elle envoyait sa paie à sa mère, mais elle n'allait à la maison que pour de courtes visites, surtout pour voir les enfants. Parfois, le dimanche, Gustave ou Henri venait la chercher avec les enfants pour faire un pique-nique et ils riaient et chantaient en chœur jusqu'aux vêpres. Mais les soirées étaient longues et la jeune fille avait souvent l'impression que le cœur de leur famille avait disparu avec la mort de leur père.

C'est pourquoi elle admirait les Côté, si sereins, si unis malgré l'infortune qui les accablait. Un soir qu'elle soupait avec eux, le Dr Francis Maxell se présenta un peu plus tôt que d'habitude pour sa visite hebdomadaire à Mme Côté. Athanase s'empressa de lui présenter Géraldine qui le salua de la tête en baissant les yeux. Elle l'avait déjà rencontré une fois quand il était venu visiter la salle de l'asile avec quelques notables. Le jeune homme lui parla en français et lui dit qu'il était très content de la rencontrer de nouveau. Athanase proposa au jeune docteur de prendre un thé avec eux pour goûter aux bonnes galettes à la mélasse préparées par Alice.

— Vous pouvez prendre le temps d'arriver, ajouta-t-il en lui tirant une chaise. De toute façon, Marianne s'est endormie tout de suite après avoir mangé. Assoyez-vous un peu, pis je la réveillerai tantôt.

Francis Maxell accepta de bonne grâce en disant qu'il n'avait jamais pu résister à des galettes à la mélasse. Tout en buvant son thé, il commença à bavarder avec Athanase et ses deux filles. Il questionnait, entre autres, Isabelle sur la séance qui se préparait à la salle de l'asile. Géraldine le regarda très surprise. Généralement les invités, et surtout les invités de marque, ne prêtaient pas attention aux enfants.

Mais Francis Maxell était différent. Tout le monde parlait de lui au village. Il était arrivé à Saint-Jean depuis un an environ pour s'associer à son grand-père maternel, le vieux Dr Archambault. Sa mère, Bernice Archambault, était morte en couches quand il avait trois ans, mais il avait toujours continué à visiter régulièrement ses grands-parents. Aujourd'hui, Roméo Archambault ne travaillait presque plus, mais il était très fier que son petit-fils reprenne sa pratique.

Après avoir été reçu médecin, Francis était allé étudier un an en France, à Paris, ce qui lui avait permis de parfaire son français. Il en avait rapporté des idées d'avant-garde qui faisaient lever les sourcils à plusieurs de ses confrères. Par exemple, il se lavait toujours les mains avant et après un examen, il désinfectait ses instruments régulièrement et il conseillait à ses patients de rire au moins dix minutes chaque jour. De plus, il était un fervent défenseur de la vaccination. Mais c'était un homme très bon et la population acceptait facilement ses excentricités. Et puis, c'était le petit-fils de Roméo Archambault, ce qui constituait le meilleur des passeports pour les gens du village. Néanmoins, très souvent, le seul paiement qu'il recevait pour ses soins consistait en un maigre souper, quelques œufs ou un pot de ketchup aux fruits.

Tout en parlant, le jeune docteur regardait de temps en temps Géraldine du coin de l'œil. La jeune fille ne se mêlait pas à la conversation et gardait les yeux fixés sur sa tasse de thé. Mais quand elle sentait sur elle le regard du jeune homme, elle ne pouvait s'empêcher de rougir un peu. Il avait un regard franc et direct qui impressionnait un peu la jeune fille.

Francis Maxell était ce que sa tante Héléna aurait appelé un beau garçon. Il était habillé simplement, mais élégamment. Il portait une barbe courte, une moustache et ses cheveux très bruns, un peu longs en arrière, brillaient sous la flamme de la lampe. Après avoir écouté Athanase qui lui donnait des nouvelles de sa patiente, il s'adressa à Géraldine.

— Vous savez que Mme Côté me parle souvent de vous, mademoiselle Grant ? lui dit-il avec un sourire.

— Ah oui ? répondit la jeune femme en rougissant de nouveau.

— Votre visite lui fait le plus grand bien et elle se sent rassurée que vous preniez soin d'Isabelle, ajouta le jeune homme.

— Vous savez je n'ai pas beaucoup de mérite, docteur, expliqua Géraldine. C'est mon travail de m'occuper des enfants, et Isabelle est si gentille ! déclara-t-elle en se tournant vers la fillette.

À ce moment, Marianne Côté appela son mari.

— J'arrive, Marianne. Le docteur est avec moi ! cria Athanase en se levant bruyamment.

Les deux hommes se dirigèrent vers la chambre. Bientôt, Géraldine se leva pour aider les filles à ramasser la vaisselle. Tout en lavant les assiettes, elle entendait Francis Maxell taquiner Mme Côté et elle ne pouvait s'empêcher de sourire. Quand tout fut propre, Géraldine embrassa les deux fillettes puis annonça qu'elle allait retourner à la salle de l'asile. Athanase et le docteur n'étaient pas encore sortis de la chambre. Elle demanda à Alice de les saluer de sa part et elle quitta la maison. En chemin, elle se prit à penser à Francis Maxell. Elle songea que si jamais elle tombait malade, elle serait bien embarrassée de se faire soigner par lui !

Le dimanche suivant, Jean-Baptiste et Héléna vinrent chercher Géraldine pour passer la journée avec eux. Ils se rendirent d'abord à la messe à l'église d'Iberville puis, rentrés à la maison, ils mangèrent ensemble le bon repas préparé par Héléna. Géraldine était si heureuse de les voir et elle profitait de chaque moment passé en leur compagnie. Depuis son entrée à la salle de l'asile, elle ne les voyait pas très souvent. Elle travaillait beaucoup. Le dimanche représentait son seul jour de congé, mais la messe et les vêpres remplissaient déjà une bonne partie de sa journée. Après le dîner, Laura, la sœur de Géraldine, arriva à l'improviste. Elle était accompagnée de Gabriel Latour et de sa sœur Marie, des voisins de la famille Grant.

Géraldine fut un peu surprise de les voir. Elle savait que Laura et Marie étaient de bonnes amies, mais en son for intérieur, elle se demanda ce que Gabriel venait faire chez son oncle et sa tante. Après avoir pris des nouvelles de tout le monde, Héléna proposa une petite partie de cartes. Tout en brassant, Jean-Baptiste taquinait un peu Laura.

— Tu voulais nous montrer ton cavalier, Laura, c'est pour cela que tu es venu nous voir ? demanda-t-il malicieusement.

— C'est exactement cela, mon oncle Jean-Baptiste, répliqua la jeune fille d'un ton énergique.

Tous la dévisagèrent, un peu surpris de son assurance. Elle les regarda du coin de l'œil et elle éclata de rire.

— Est-ce qu'on leur dit, Gabriel ? demanda-t-elle au jeune homme assis à côté d'elle.

Celui-ci rougit un peu.

— C'est pour ça qu'on est venu non? lui répondit-il avec un sourire.

— Ben non! J'étais venue voir la parenté c'est tout, lança Laura en regardant dans son jeu. C'est à toi de jouer, Marie!

— Laura, ma petite, arrête donc de nous faire languir, lui reprocha sa tante qui avait déjà deviné la suite.

— Bon! Bon! D'accord. Voilà! Gabriel et moi nous sommes fiancés, annonça Laura d'un ton solennel.

— Quelle belle nouvelle, ma chère enfant! Je suis contente pour toi, s'empressa de dire Héléna en se levant pour embrasser les fiancés.

— J'avais bien hâte que tu te décides, Laura! Je n'y tenais plus moi! s'écria Marie en riant.

— Ah! Enfin, on va aller aux noces! cria Jean-Baptiste en riant. Qu'est-ce que tu dis de cela, Géraldine? Tu n'embrasses pas les promis? ajouta-t-il en se tournant vers sa nièce.

Silencieuse, elle regardait sa sœur. Elle avait presque envie de pleurer.

— Mais Laura, tu n'as que dix-sept ans! Tu es trop jeune, dit-elle enfin.

— On se marie seulement au printemps, j'aurai alors dix-huit ans. Et puis maman s'est mariée au même âge! répliqua Laura un peu sèchement.

C'était l'ultime argument. Géraldine ne sut que répondre.

— Est-ce vraiment ce que tu veux, Laura? renchérit-elle. En es-tu sûre?

— T'es ben malcommode, Géraldine. Voyons donc, c'est une saprée belle nouvelle ! approuva Jean-Baptiste joyeusement. Toi ! Dis quelque chose, le jeune ! ajouta-t-il en se tournant vers le jeune homme.

— Ben… Gabriel Latour se gratta la tête pensivement. La seule chose que j'ai à dire, c'est que Laura aura une bonne vie avec moi. Le père va bientôt me laisser sa terre. Au printemps, nous allons construire une autre maison proche de celle des vieux. Comme ça on aura notre chez-nous à nous autres.

Il arrêta de parler et sourit d'un air satisfait.

— Pis on a bien hâte ! s'écria Laura. On est allé voir le curé ce matin après la messe et il a accepté de nous marier au mois de mai.

— Après ça, il a demandé à Laura de sortir et il m'a fait un sermon sur le péché de la chair, ajouta Gabriel en riant.

Laura devint toute rouge.

— Tais-toi donc, Gabriel, protesta-t-elle en le poussant du coude.

La partie de cartes ayant été interrompue, Héléna décida d'aller faire du thé pour tout le monde. Jean-Baptiste discutait avec Gabriel et Marie des récoltes de cette année. Discrètement, Laura s'approcha de sa sœur.

— Géraldine, je pensais que tu serais contente pour moi ! confia Laura sur un ton de reproche.

La jeune fille hésita un peu avant de répondre.

— Pardonne-moi, Laura, je ne voulais pas te faire de la peine. Mais j'ai un peu l'impression de te perdre, répondit Géraldine en jouant machinalement avec la tresse de sa sœur.

— Quel bêta tu fais! répliqua Laura en riant. Je vais habiter juste à côté de chez nous. On pourra se voir aussi souvent que tu voudras.

— Oui bien sûr, répondit pensivement Géraldine.

Chapitre 12

Gabriel regardait nerveusement Laura remonter la grande allée au bras de Jean-Baptiste. Elle portait une robe d'un vert tendre avec un large collet et des poignets de dentelle. C'est Héléna qui avait confectionné cette robe pour sa nièce. Elle avait fait venir le tissu de Montréal et avait travaillé beaucoup pour qu'elle soit parfaite. C'était son cadeau de noce.

Mais, à la dernière minute, elle avait dû faire des retouches imprévues, car Laura devait dissimuler ce ventre qui commençait à grossir. Si le curé Dionne se rendait compte que les fiancés avaient péché, il aurait pu s'opposer au mariage. Il l'avait déjà fait. Il faut dire qu'il s'agissait alors de paroissiens qui étaient cousins germains. Le curé avait refusé de leur accorder une dispense pour qu'ils puissent se marier. Les deux jeunes gens très amoureux l'un de l'autre avaient fait un bébé pour forcer le curé à les marier. Mais le curé était têtu. Il n'avait consenti à les marier qu'après l'accouchement et à condition qu'ils eurent fait des pénitences publiques.

Laura et Gabriel ne voulaient pas courir ce risque et surtout ils ne voulaient pas que la honte éclabousse leurs familles. La jeune femme avait déjà plus de deux mois de fait et avait rapidement pris du poids. Peut-être portait-elle des jumeaux se disait Héléna. Après tout, il y en avait eu dans la famille. Gabriel la regardait s'approcher de l'autel et se demanda comment le curé n'avait pas déjà tout deviné. Laura toujours si délicate avait maintenant une poitrine ronde et provocante. Il lui sembla que tous pouvaient voir de leurs yeux qu'ils avaient consommé le péché de la chair. Il fut un peu inquiet, mais il se dit qu'il ne devait rien regretter. Laura s'était donnée à lui amoureusement, et il serait papa en novembre.

Malgré la promesse de mariage qu'ils allaient échanger, Julia ne leur pardonnait pas leur faiblesse. Pour sauver les apparences, elle était assise dans le second banc derrière les mariés, mais elle n'avait pas levé le petit doigt pour préparer la cérémonie ou le dîner de noces. Heureusement, Héléna et Géraldine avaient pris la relève. La jeune Laura était très affectée par l'attitude de sa mère. Encore avant de partir pour l'église, elle avait cherché à se rapprocher d'elle, mais en vain. La jeune fille qui avait déjà la larme facile et l'estomac capricieux supportait difficilement les silences obstinés de sa mère. De leur côté, les parents de Gabriel avaient mieux accepté la nouvelle. Ils ne voulaient pas que cela se sache bien sûr, mais ils étaient secrètement contents de voir assurer leur descendance. Il ne restait plus qu'à souhaiter que ce soit un garçon.

Après la cérémonie, les mariés et leurs invités prirent place dans des attelages et paradèrent dans la ville, puis dans tous les rangs des alentours. Au passage, les gens sortaient pour leur envoyer la main et leur crier de bons vœux. Après cette longue balade, le cortège se dirigea vers la ferme des Latour voisine de celle des Grant. Malgré les circonstances un peu délicates, les parents de Gabriel, qui mariaient leur unique garçon, avaient décidé de faire une grande noce. Trois maisons avaient été réquisitionnées pour les festivités qui devaient durer deux jours : la maison des Grant qui servirait de cuisine et de salle à manger, la maison des Latour qui ferait office de salle de bal et la maison des Mailloux, de généreux voisins qui avaient offert leur demeure pour ceux qui voudraient prendre un peu de repos loin du bruit et de l'agitation.

On commença la fête par un petit verre en l'honneur de la mariée. À la demande générale, les mariés s'embrassèrent et furent largement applaudis. Comme il faisait beau, le premier repas eut lieu à l'extérieur dans la grande cour de la maison Grant. Deux grands saules pleureurs fournissaient de l'ombre aux convives et des planches déposées sur des tréteaux leur servaient de tables.

Une fois recouvertes de belles nappes brodées, plus rien n'y paraissait. Les convives se régalèrent de pâtés à la viande, de ragoût, de pommes de terre et de légumes, le tout agrémenté de ketchup aux fruits et de marinades. Pour finir, des beignets et des tartes aux fraises venaient rassasier même les plus gourmands. Il y avait de la nourriture en quantité, plusieurs voisines avaient mis la main à la pâte et les familles des mariés avaient travaillé sans relâche toute la semaine.

Comme elle l'avait appréhendé, Octave prit place à table à côté de Géraldine. Ils passèrent le repas à parler de choses et d'autres, mais de longs silences ponctuaient parfois leur conversation. Après le repas, la jeune fille s'esquiva. Il avait été convenu qu'elle ne participerait pas au service du dîner, mais qu'elle travaillerait plutôt avec le groupe qui ferait la vaisselle, car il fallait tout laver pour réutiliser les couverts au souper. Et après le repas du soir, il y aurait le gâteau de noces !

Elle retrouva ses sœurs Emma et Constance ainsi que Marie Latour qui avaient déjà commencé à faire chauffer l'eau dans la cuisine d'été. Les quatre jeunes filles restèrent seules dans la maison désertée de tous. Marie, qui avait toujours eu un tempérament de bouffon, les fit rire aux larmes en imitant certains convives. Pendant ce temps, les invités se dirigèrent vers la maison des Latour où deux violoneux et un accordéoniste avaient déjà commencé à faire chanter les arrivants.

Chapitre 13

C'était le milieu de l'été. Comme chaque année, une bonne partie de la population anglophone avait fui la ville poussiéreuse et malodorante. Cette fois, l'exode était encore plus important. Au printemps, on avait d'abord craint que le choléra, qui faisait rage en Europe, ne traverse l'Atlantique avec les nombreux immigrants qui arrivaient dès les premiers beaux jours. Puis, heureusement, le choléra avait épargné l'Amérique.

Pourtant, une peur sourde courait les rues : la variole frappait les habitants de Montréal. Plus l'été avançait et plus l'épidémie prenait de l'ampleur. La maladie était d'abord entrée au pays en provenance des États-Unis. Un employé du Grand Tronc, après s'être trouvé malade à son arrivée à la gare Bonaventure, avait été hospitalisé à l'Hôtel-Dieu. De là, la maladie s'était répandue dans toute la ville. Les autorités avaient mis beaucoup de temps à réagir et le fléau se propageait rapidement.

La population anglaise était moins touchée, car un grand nombre de personnes s'étaient fait vacciner. Mais la plupart des Canadiens français refusaient le vaccin. Il y avait d'abord eu des effets secondaires graves et des maladies transmises par certains vaccins contaminés. À la suite de ces événements malheureux, beaucoup de médecins francophones avaient pris position contre la vaccination. Et puis, les Canadiens avaient développé une attitude fataliste : s'ils devaient attraper la variole, ils l'attraperaient. La maladie était un fléau envoyé par Dieu et elle ne pouvait être évitée que par la prière et la pénitence.

La jeune Amelia aurait dû être à la campagne comme toute l'élite montréalaise. Mais, cette année-là, la famille Robertson n'avait pas quitté *Rosegarden Court*. Depuis plusieurs semaines, Amelia n'allait pas bien. Chaque jour, elle avait de la fièvre et elle maigrissait à vue d'œil. Cette rechute rendait Charles fou d'inquiétude. Le Dr Maxell lui avait bien expliqué qu'il faudrait à sa fille de l'air pur et des distractions, mais le père ne pouvait se résoudre à envoyer Amelia loin de lui de nouveau. De plus, il voulait qu'elle reste sous les soins assidus de son médecin.

L'idée qu'il pouvait arriver quelque chose à sa seule enfant lui était intolérable. Mais l'épidémie allait précipiter les choses. Le 18 août au soir, Francis Hincks, politicien très en vue et éminent homme d'affaires, mourut de la variole dans sa demeure de Montréal. Il fut enterré au petit matin comme un condamné. On apprit bientôt qu'il avait été infecté par un de ses domestiques qui avaient visité sa sœur dans une maison contaminée.

Cette mort frappa énormément l'imagination de Charles Robertson qui en perdit le sommeil. La majorité des gens autour de lui étaient vaccinés, mais le Dr Maxell avait refusé de vacciner Amelia. Il avait expliqué à Charles combien la vaccination pouvait être dangereuse dans son état, car elle se défendait très mal contre les infections. Puis, quelques jours plus tard, une des femmes de chambre de leurs voisins et amis, les Alexander, se trouva malade elle aussi. La jeune femme fut amenée à l'hôpital des varioleux le jour même. Pendant que les agents du bureau de santé publique l'amenaient, elle criait et pleurait qu'elle ne voulait pas mourir à l'hôpital. Tout le voisinage regarda l'ambulance noire qui ressemblait étrangement à un corbillard, quitter leur quartier.

Après cet événement, Robertson n'hésita plus. Le soir même, il fit venir Henry Maxell pour le consulter.

— Mon cher Henry, je vous suis reconnaissant d'être venu si vite, déclara Charles en lui serrant la main.

— Cela me fait toujours plaisir de venir prendre un xérès avec vous, affirma Maxell en souriant.

Les deux hommes s'assirent dans la bibliothèque. La pièce austère et soignée reflétait bien la personnalité de son propriétaire. Les murs étaient tapissés de livres recouverts en maroquin de couleurs sombres. Devant la fenêtre, un imposant secrétaire en chêne occupait le centre de la pièce. Les deux hommes s'étaient assis dans des fauteuils de cuir. Une petite table recouverte de marqueterie était placée entre les deux sièges. Charles fumait le cigare, Maxell avait allumé une pipe. Il faisait très chaud dans la pièce. Un vent léger entrait par la fenêtre, mais les lourds rideaux de velours ne laissaient passer que peu de fraîcheur. Charles sonna le majordome et lui demanda d'apporter de fines liqueurs.

Après que le docteur eut trempé ses lèvres dans son xérès, Robertson attaqua le sujet qui lui tenait à cœur.

— Je suis très inquiet, Henry. Vous avez su pour Hincks ?

— Oui, bien sûr ! Toute la ville est au courant, répondit le docteur.

— Et cet après-midi, les autorités sanitaires sont venues chercher une des femmes de chambre d'Alexander, une Canadienne française cela va de soi, ajouta Charles un peu méprisant.

— Est-ce que je me trompe ou il y a de l'amertume dans votre voix ? interrogea Maxell.

— Vous avez raison, je suis amer ! Amer et inquiet ! Amelia n'est pas vaccinée et ces gens stupides qui s'entêtent à refuser la vaccination sont en train de propager la petite vérole dans toute la ville ! Les domestiques pourraient apporter la maladie chez nous à tout moment.

Charles s'était levé et arpentait la pièce en parlant.

— Calmez-vous, Charles! Les Canadiens français sont de pauvres gens alarmés et malheureux. Leurs enfants meurent par centaines et ils les soignent avec beaucoup de courage, mais ils ont encore plus peur de la vaccination que de la picote! expliqua le docteur en déposant sa pipe dans un cendrier de marbre à côté de lui.

— Justement, quelle bêtise de laisser mourir des enfants à cause d'un tas de superstitions! Vous le savez Maxell, j'ai toujours essayé d'être juste et de faire la part des choses, mais quand je pense qu'à cause de ces idiots Amelia pourrait mourir de la variole, c'est plus fort que moi, je les méprise et je les hais!

Charles avait élevé la voix, il criait presque. Il réalisa soudain qu'il perdait le contrôle de ses émotions et se laissa lourdement tomber dans son fauteuil.

— Je suis désolé, Henry, je sais que votre femme était canadienne-française, se rappela Robertson en passant machinalement la main dans ses cheveux. Je dis des bêtises, excusez-moi. Amelia est tout ce qui me reste, et je perds le sommeil en pensant à ce qui pourrait arriver.

— Je comprends, mon cher, je comprends, expliqua le docteur d'un ton apaisant. Soyez assuré que j'aime profondément Amelia et je ne voudrais pas qu'il lui arrive du mal. Votre inquiétude est légitime. La majorité des gens autour de nous sont vaccinés, mais il s'agit qu'une personne ne le soit pas pour que cela représente un danger.

— Justement! renchérit Robertson. Faudra-t-il que je fasse le gendarme et que j'inspecte le bras de tous ceux qui entrent ici pour vérifier s'ils ont été vaccinés?

— Ce n'est pas une solution, mon ami. D'ailleurs, quelqu'un qui est vacciné peut tout de même transporter la maladie sans en être affecté lui-même. Non, je pense que vous devez vous résoudre à envoyer votre fille à l'extérieur de la ville, affirma le vieil homme avec autorité.

— Mais Henry, elle est si malade, elle doit être suivie continuellement, elle a besoin de vous, je ne peux l'envoyer à Murray Bay, c'est à l'autre bout du monde ! Et l'automne approche, les routes seront bientôt impraticables protesta le père avec véhémence !

— Écoutez-moi Charles. Je comprends que vous ne vouliez pas l'envoyer trop loin et vous avez raison. J'ai pensé à une solution intéressante. Voulez-vous l'entendre ? demanda le vieux docteur.

— Mais bien sûr, je vous écoute, s'empressa de répondre Charles.

— Vous savez que mon fils Francis a terminé ses études de médecine depuis plusieurs mois.

Maxell arrêta de parler quelques instants pour rallumer sa pipe. Puis il continua :

— Il a décidé de commencer sa pratique en province, à Saint-Jean-d'Iberville plus précisément, le village de ses grands-parents maternels. Il voulait aider les pauvres gens et sortir de la ville. Je pense aussi qu'il voulait faire ses preuves tout seul, sans mon aide. Je garde espoir qu'il reviendra à Montréal, mais il a l'air très heureux où il est. C'est un bon médecin et il s'en tire très bien. Amelia connaît bien Francis. Saint-Jean n'est pas loin, mais c'est presque la campagne. L'air y est pur, la ville est propre et on y retrouve une bonne proportion d'anglophones. Vous pourriez louer une maison et y envoyer Amelia pour le temps que durera l'épidémie. Qu'en pensez-vous ? suggéra le vieil homme.

Charles avait écouté le docteur sans rien dire. L'idée était bonne, il le savait, mais d'envoyer sa fille seule dans une ville étrangère lui répugnait. Mais Francis serait là.

Maxell quitta Charles très tard. Celui-ci avait finalement décidé d'accepter la suggestion de son ami et ils avaient discuté longtemps de la suite des événements. Robertson se rendrait à Saint-Jean dès le lendemain et, avec l'aide de Francis, il réglerait tous les détails. Il trouverait une maison confortable où il ferait transporter des meubles provenant de *Rosegarden Court* et pour ne prendre aucun risque, il ferait fumiger la maison au soufre avant qu'Amelia ne s'y rende. Francis se chargerait de trouver des domestiques et une demoiselle de compagnie pour qu'Amelia ne s'ennuie pas trop.

Nanny serait bien sûr du voyage, mais comme elle était maintenant presque aveugle, il fallait trouver quelqu'un pour distraire Amelia dont le moral était déjà affecté par la maladie. Mme McTavish se trouvait actuellement en Angleterre au chevet de sa sœur Midge qui était mourante. Elle avait beaucoup hésité à partir, mais elle avait finalement pris le bateau. Il y avait des années qu'elle n'avait pas vu sa sœur et elle savait que ce serait leur dernière rencontre. Dès son retour, elle irait rejoindre Amelia à Saint-Jean.

Ce soir-là, Charles se coucha apaisé. Maintenant que la décision était prise, l'homme d'action en lui refaisait surface. Maxell lui avait conseillé de ne pas visiter Amelia une fois qu'elle serait installée à Saint-Jean, car il courrait toujours le risque de transporter des germes avec lui. Charles avait répondu qu'il devrait aller la voir au moins une fois par mois, car elle lui manquerait cruellement. Le vieux médecin lui avait alors expliqué que s'il le faisait, il ne devait pas l'embrasser ni la prendre dans ses bras. De plus, il devait porter des gants en tout temps. Charles acquiesça. Il était chagriné de se séparer de sa fille, bien sûr, mais il avait vraiment l'impression de faire ce qui était le mieux pour Amelia.

Chapitre 14

Couchée dans sa nouvelle chambre, Amelia pensait aux événements des derniers jours. Étrangement, la jeune fille qui avait toujours eu de la difficulté à dormir dans un nouvel environnement avait passé une très bonne nuit. Elle était arrivée à Saint-Jean la veille avec son père et son chien Scott. Depuis qu'elle avait recommencé à tousser, Dr Maxell avait interdit que Scott couche dans sa chambre, alors maintenant il couchait à la cuisine. Les domestiques étaient déjà en service depuis quelques jours. Tout avait été désinfecté, lavé et mis en place dans un très court laps de temps. Comme son père n'avait pas trouvé de maison à louer qui correspondait à ses attentes, il en avait acheté une la journée même de sa première visite. Les meubles étaient arrivés cinq jours plus tard et en très peu de temps tout avait été installé.

L'épidémie faisait rage à Montréal. Au cours de la semaine, il y avait eu cent trente-huit décès imputables à la maladie, en grande partie des enfants. Le comité d'hygiène avait commencé à faire du porte-à-porte pour préconiser la vaccination, mais malgré l'ampleur de l'épidémie, très peu de Canadiens français acceptaient de se faire vacciner. D'une part, les vaccins n'avaient été donnés qu'aux médecins anglophones et de plus on savait que plusieurs personnes avaient attrapé des maladies à cause du vaccin. Amelia avait su par leur cuisinière que la famille Bouchard était très touchée. Les deux plus jeunes étaient déjà malades et les plus vieux ne pouvaient plus travailler parce que leur maison avait été placée en quarantaine. Comme ils vivaient en dehors de la ville, les varioleux n'étaient pas amenés de force à l'hôpital Saint-Roch comme c'était le cas des malades vivant à Montréal.

Amelia était très peinée par leur malheur et avait demandé à son père de les aider. Charles s'était plié aux demandes de sa fille, mais il avait tellement peur de la maladie qu'il avait refusé qu'un des domestiques s'approche de la maison des Bouchard. Il avait donc fait envoyer de l'argent au curé de leur paroisse pour que celui-ci leur fasse parvenir. La jeune fille pensait justement à cette pauvre famille quand on frappa à la porte de sa chambre.

— C'est moi, ma chérie. Es-tu réveillée ? cria une voix à travers la porte.

— Un instant, papa, je suis à toi tout de suite ! répondit Amelia en sautant en bas du lit.

Rapidement, elle enfila sa robe de chambre. Elle se regarda dans le miroir pour s'assurer qu'elle était bien décente et ouvrit la porte.

— Bon matin, ma chérie ! lança Charles en entrant.

L'étiquette désapprouvait qu'un père entre dans la chambre de sa fille sauf si elle était très jeune ou encore malade et alitée, mais Charles n'y pensa même pas. Il y avait de ces moments où l'étiquette lui semblait plutôt dérisoire.

— Bon matin, mon cher papa ! répliqua joyeusement la jeune fille.

— Est-ce que tu te sens assez bien pour te lever et venir déjeuner en bas avec moi ? interrogea son père.

— Mais bien sûr, papa. Je me sens beaucoup mieux ce matin. L'air de Saint-Jean me réussit, je crois, lui assura Amelia en s'asseyant sur son lit.

— En effet, tu as bonne figure, ma chérie, lui dit-il en souriant. Après le déjeuner, je dois te présenter quelqu'un, annonça Robertson d'un air énigmatique.

Et il quitta la pièce.

— Qui est-ce, papa? demanda la jeune fille à travers la porte maintenant refermée.

— Tu verras bien! répondit son père en riant.

Amelia mangeait son gruau avec appétit et son père la regardait en souriant. La nouvelle cuisinière faisait bien les choses. C'était agréablement différent de l'ordinaire de *Rosegarden Court*. Depuis la mort de Gloria, Mme Austin, la gouvernante, décidait des menus et les repas étaient souvent ternes et monotones. Seules Nanny Beth et Caroline, la femme de chambre personnelle d'Amelia, avaient suivi leur jeune maîtresse dans son exil. Une dame de Saint-Jean, Mme Beaulieu, avait donc été engagée comme cuisinière. Elle n'était là que du matin au soir et elle retournait chez elle après le souper. Une lavandière, Blanche, et un valet de pied, Firmin, avaient aussi été engagés à la journée. C'est Nanny qui se trouvait en charge des domestiques et elle prenait cette nouvelle responsabilité très au sérieux.

Charles tira sa montre de la poche de sa veste et regarda l'heure. La jeune fille qui devait servir de dame de compagnie à Amelia serait là d'une minute à l'autre, mais il ne la connaissait pas encore. C'est le fils Maxell qui avait fait toutes les démarches. Le pasteur de la paroisse avait chaudement recommandé cette jeune personne et Francis Maxell, qui la connaissait lui aussi, avait assuré Charles de son honnêteté et de sa grande gentillesse. Ce que Robertson savait de cette jeune femme, c'est qu'elle venait d'une famille honorable bien connue dans la région. Le père étant décédé, la jeune fille devait travailler pour aider sa mère à faire vivre la famille. Il savait aussi qu'elle avait dix-huit ans, qu'elle avait été éduquée dans un couvent et qu'elle parlait très bien l'anglais.

Dans les circonstances, Charles devait faire confiance au fils de son ami Maxell, car il ne pouvait rester que peu de temps absent de Montréal. Comme la ville avait été mise en quarantaine, l'épidémie avait eu des effets désastreux sur toutes les exportations et la Banque avait perdu des sommes importantes dans de mauvaises transactions. Il devrait donc repartir rapidement après le déjeuner.

Amelia n'avait pas encore vu Nanny ce matin. Celle-ci passait beaucoup de temps avec le nouveau personnel, leur expliquant toutes les exigences d'une maison bien tenue. Elle avait fort à faire, car les domestiques d'ici étaient très différents de ceux de Montréal et la vieille Nanny les trouvait un peu rustres. Elle devait tout vérifier et ce qu'elle ne pouvait voir avec ses yeux presque aveugles, elle le vérifiait en posant sans cesse des questions. Comme Charles finissait sa tasse de thé, la vieille Beth entra dans la pièce en tâtonnant.

— Monsieur Charles, une demoiselle Grant est là pour vous voir, annonça-t-elle en cherchant son interlocuteur du regard. Je suis venue vous prévenir moi-même parce que je sais que vous attendiez cette visite pour retourner à Montréal.

— Bonjour, Nanny, lui lança la jeune Amelia. Tu vas bien ce matin ?

— Je vais très bien, mademoiselle Amelia. Et vous-même ? Vous avez une bonne voix aujourd'hui, affirma la vieille femme en s'approchant lentement de sa protégée.

Charles s'était levé pour aller à la rencontre de la nouvelle venue. Il revint bientôt, précédé d'une jeune fille rousse qui marchait les yeux baissés.

— Ma chère Amelia, je te présente Géraldine Grant. Elle sera ta nouvelle demoiselle de compagnie pour toute la durée de ton séjour à Saint-Jean, déclara Robertson d'un ton un peu solennel.

Amelia ouvrit grand les yeux et fixa Géraldine sans mot dire. Elle resta muette d'étonnement pendant quelques secondes. Puis, elle se ressaisit et tendit la main à la jeune fille. L'idée d'avoir une demoiselle de compagnie ne lui déplaisait pas, les journées étaient parfois si longues.

— Je vous demande pardon de ma surprise, mademoiselle Grant, on ne m'avait pas annoncé votre venue, s'excusa Amelia en lui souriant chaleureusement. C'est une belle surprise !

Géraldine esquissa un petit salut de la tête, un peu mal à l'aise.

— Je suis à votre service, mademoiselle Robertson.

— Nous sommes du même âge, laissons un peu de côté les formalités, voulez-vous ? Vous pouvez m'appeler Amelia et je vous appellerai Géraldine, qu'en pensez-vous ? demanda spontanément la jeune fille.

La jeune fille rousse releva la tête et lui fit un large sourire. Elle se sentit tout de suite attirée par la simplicité et la chaleur de sa jeune maîtresse.

Charles fut très satisfait de cette première rencontre et il pensa que cette digression allait faciliter son départ. Il demanda ensuite à Géraldine d'attendre dans la bibliothèque pendant qu'il ferait ses adieux à sa fille. Quand ils furent seuls, ils restèrent silencieux pendant quelques instants. Il aurait voulu la prendre dans ses bras, mais depuis que Maxell lui avait dit qu'il était préférable qu'il garde ses distances au cas où il serait porteur de la maladie, il essayait de se souvenir de ne jamais la toucher. Un peu gêné, ayant revêtu ses gants, il prit la main d'Amelia.

— Si tu as besoin de quoi que ce soit, fais-le-moi savoir. Francis viendra te voir tous les jours et moi je t'écrirai aussi souvent que je pourrai, lui dit-il avec une émotion mal dissimulée.

— Je t'écrirai aussi, papa. Je suis triste que tu partes, tu sais, avoua Amelia en baissant ses yeux pleins de larmes.

— Amelia, nous savons tous les deux que c'est nécessaire !

Il fit une pause et se demanda s'il n'avait rien oublié, puis il reprit :

— J'ai confié une bonne somme d'argent à Francis. Il s'occupera de payer les domestiques et une fois par semaine, il donnera de l'argent à Nanny pour acquitter les autres dépenses. Si tu as envie de quelque chose, tu n'as qu'à le lui demander. Je pense que tu seras bien ici et ta grand-mère viendra te rejoindre dès qu'elle rentrera de voyage.

L'émotion avait maintenant disparu de son visage et Charles était redevenu le banquier rationnel et prudent.

— Adieu, papa. Prends soin de toi et ne travaille pas trop, lui chuchota sa fille en essayant de contrôler sa voix.

Il quitta la pièce promptement et Amelia se rendit à la fenêtre pour le regarder sortir de la maison et monter dans le landau qui l'attendait devant la porte. Quand la voiture eut disparu au coin de la rue, la jeune fille poussa un long soupir et se moucha dans son mouchoir brodé. Elle fit une pause pour se ressaisir un peu, puis elle se dirigea vers la bibliothèque pour faire plus ample connaissance avec la jeune Géraldine.

Dès qu'elle sortit de la pièce, Nanny Beth vint à sa rencontre pour lui annoncer qu'elle avait préparé la petite chambre bleue pour Mlle Grant.

— Nanny ! Fais-moi plaisir, appelle-la par son prénom ! Géraldine !

— D'accord, mademoiselle Amelia ! Je vais essayer. Mais c'est une étrangère dans cette maison !

— Pas pour longtemps ! Elle va vivre avec nous pour plusieurs semaines et je voudrais vraiment qu'elle devienne mon amie ! Et puis Nanny, s'il te plaît, demande à Caroline de lui préparer la chambre verte, la bleue est vraiment trop petite !

— Bien, mademoiselle, répondit Beth Davis d'un air légèrement réprobateur.

Amelia alla retrouver sa nouvelle demoiselle de compagnie, mais avant, elle passa par la cuisine pour demander à la cuisinière de leur préparer une tasse de thé. En entrant dans la bibliothèque, elle trouva la jeune fille assise sur le bout de son siège. Elle tournait nerveusement entre ses mains le petit sac de toile dans lequel se trouvaient son mouchoir, son chapelet, une barrette pour ses cheveux ainsi qu'un petit peigne.

Amelia s'assit à côté d'elle et essaya d'engager la conversation, mais Géraldine ne répondait aux questions que par oui ou par non et elle ne regardait presque pas son interlocutrice. Elle trouvait sa jeune patronne très gentille, mais elle était intimidée et mal à l'aise. Amelia conversait donc un peu toute seule. Elle lui expliquait pourquoi elle était venue à Saint-Jean, elle lui parlait aussi de sa grand-mère qui était en voyage, mais qui viendrait bientôt les rejoindre. Géraldine, attentive, restait silencieuse.

Bientôt, Caroline apporta un plateau avec une théière en argent et des tasses de porcelaine. Elle versa une tasse à chacune des jeunes filles et laissa le sucre, le lait et une assiette de petits fours sur la table basse au milieu de la pièce. Géraldine but son thé noir, car elle était trop gênée pour se lever et aller chercher du lait, mais elle fut surprise, car elle le trouva très bon.

— Ce thé est délicieux, dit-elle timidement. Je ne le connais pas.

— C'est du Darjeeling! Mon préféré! On le fait pousser sur les pentes de l'Himalaya dans l'ouest du Bengale en Inde. On doit l'infuser cinq minutes. Certaines personnes le laissent jusqu'à sept minutes, mais je trouve qu'il devient âcre!

— Celui-là est très bon!

— Je suis contente que vous l'aimiez, lui répondit Amelia avec un sourire.

Quelques minutes plus tard, Caroline frappa à la porte et leur annonça que la chambre de Mlle Géraldine était prête.

— Géraldine, avez-vous envie de voir votre chambre?

— Oh oui! Bien sûr!

— Alors, allons-y!

Amelia se leva et sortit de la pièce. Géraldine la suivit. La jeune fille monta au deuxième étage et se dirigea vers la chambre juste à côté de la sienne. Elle s'arrêta devant la porte ouverte et fit un signe invitant à sa demoiselle de compagnie.

— Entrez! C'est votre chambre.

Géraldine s'avança timidement. La pièce était longue et percée de deux grandes fenêtres. En les ouvrant, on accédait à des persiennes de bois blanches qui, au besoin, créaient l'obscurité dans la pièce. Pour l'instant, elles étaient ouvertes et la chambre était pleine de soleil! Le bas des murs était peint en bleu ciel, alors qu'on retrouvait une moulure de bois au centre de la cloison et de la tapisserie illustrant de petits bouquets de fleurs jaunes attachés par un ruban bleu dans la partie supérieure des murs.

Tous les meubles étaient en érable, une large tête de lit sculptée, une table de chevet, une petite bibliothèque, un secrétaire et une coiffeuse avec une chaise recouverte d'un coussin de la même couleur que les murs. De légers rideaux de soie jaune, agrémentés de minuscules fleurs bleues, pendaient aux fenêtres qui s'ouvraient sur le jardin. Le plancher était fait de lattes de bois, mais devant le lit, on retrouvait un tapis de points noués. Tous ces meubles avaient été apportés d'une chambre d'invités de *Rosegarden Court*.

— Est-ce que vous aimez votre chambre ?

— Elle est vraiment magnifique et si grande ! Vous savez, à la ferme nous couchions toujours trois dans la même chambre !

— Je suis contente qu'elle vous plaise et je veux que vous vous sentiez ici chez vous ! Ma chambre est juste à côté ! Vous pouvez commencer à défaire vos valises. Je vais les faire monter par Firmin. Après, venez me rejoindre. Je vous attendrai dans la bibliothèque !

— Y a-t-il quelque chose que vous voudriez faire, mademoiselle ?

— Non ! Juste faire connaissance avant le souper. Et, c'est Amelia, pas mademoiselle, ajouta-t-elle avec un sourire.

Amelia sortit de la pièce et ferma la porte derrière elle. Géraldine s'assit sur le lit en regardant tout autour d'elle. Quel bel endroit ! Elle n'en revenait pas que ce soit sa chambre !

~

Montréal, 22 septembre 1885

Ma chère Géraldine

Chère nièce, j'ai appris avec plaisir que tu as été engagée dans une riche famille anglaise. Tu seras sûrement mieux payée que chez les sœurs et au moins tu auras une chambre à toi ! Tu as travaillé fort et tu mérites un peu de contentement. Il est tard et tout le monde dort maintenant. Ici, les journées sont longues et j'ai bien de la peine de voir souffrir ma sœur Victoire et sa famille. Depuis la mort du bébé, cinq autres des enfants ont attrapé la maladie. Victoire se remet tranquillement, mais elle est restée très marquée par la vérole. J'ai caché tous les miroirs de la maison, ils sont tous assez déprimés de même sans en rajouter encore!

Il n'y a plus d'argent qui rentre dans la maison. Jérémie et les plus vieux ont perdu leur ouvrage à la manufacture de cigares, rapport que les étrangers n'achètent plus les produits fabriqués à Montréal. Ils ont tous peur de l'épidémie. Même le courrier est passé à la fumée pour tuer les vapeurs de la maladie qui pourraient être entrées dans les enveloppes. Heureusement que j'ai écouté le jeune Dr Maxell et que je me suis fait vacciner par lui avant de venir à Montréal. Le Dr L'Écuyer à Iberville lui ne donne pas le vaccin à son bureau. Je sais que tu as dû recevoir le vaccin toi aussi pour ton nouvel emploi. C'est une bonne chose quand tu vois la maladie de proche, tu te dis que rien ne peut être pire. J'aimerais bien que ta mère comprenne ça!

Quand je suis arrivée à Montréal, j'ai pris un tramway tiré par des chevaux pour me rendre chez Victoire. J'attendais en face de l'arrêt quand une ambulance noire s'est arrêtée devant la maison en face. Il y avait un attroupement, alors je me suis approchée. Tu sais comme je suis curieuse! Des policiers étaient en train de défoncer la porte de la maison, des affiches sur les murs signalaient que la maison était en quarantaine.

Finalement, la porte a éclaté en morceaux, les policiers et d'autres hommes sont entrés et ils sont ressortis avec trois jeunes enfants tout picotés. Leur pauvre mère courait derrière eux en criant et en se tordant les mains. Les petits avaient l'air tellement apeurés. On les amenait comme s'ils étaient des criminels. La foule était déchaînée et les hommes se sont sauvés avec les enfants comme des voleurs. Je suis allée pour consoler la mère, mais des voisines se pressaient déjà autour d'elle.

Ces méchants hommes travaillaient pour le bureau de santé. Après, en m'en venant, je pensais à notre pauvre Victoire et à sa famille et je remerciais le ciel que ces gens ne traversent pas les limites de la ville. Quel malheur que cette épidémie! Les prêtres disent que la petite vérole est la punition de Dieu pour la frivolité du carnaval de l'hiver dernier. Mais penses-tu que Dieu punirait de petits innocents? Je sais que c'est mal de douter et je devrais m'en accuser à confesse, mais je suis toute retournée de voir tant de souffrances. Il paraît que l'autre semaine il y a eu une émeute dans le centre-ville. Jusqu'à tard dans la nuit, des gens protestaient contre la vaccination obligatoire. Ils ont saccagé tout ce qu'il y avait sur leur passage et la ville a envoyé la police pour les contrôler.

Les policiers ont voulu utiliser leurs fusils, mais heureusement, le maire s'y est opposé et ils ont repoussé les gens à coup de matraque. Il pourrait bien y avoir encore de la violence, car les gens n'acceptent pas qu'on leur enlève leurs enfants ! J'arrête en vitesse cette lettre parce qu'un des enfants vient de se réveiller. J'ai bien hâte d'avoir de tes nouvelles, ma chère nièce.

À bientôt.

Ta tante Héléna

~

Saint-Jean-d'Iberville, 2 octobre 1885

Ma chère tante

Comment te portes-tu, chère tantine ? Bien, j'espère. Je pense à toi souvent ainsi qu'à la pauvre Victoire. Tu es bien bonne d'être allée prendre soin des malades et j'ai été très émue de lire ta lettre. Dans cette enveloppe, tu trouveras un peu d'argent pour aider la famille de ma tante Victoire. J'ai reçu ma première paie cette semaine et j'aimerais faire ma petite part pour soulager leur malheur. À Saint-Jean, il n'y a eu que deux cas de variole, deux enfants qui revenaient d'une visite à Montréal. La maladie ne semble pas vouloir se propager, mais les deux enfants sont morts. Quelle tristesse !

Tu as bien raison, il me semble impensable que Dieu passe sa colère sur de petits innocents. Je ne peux pas le croire ! J'ai vu mon oncle Jean-Baptiste hier alors que je promenais Scott, le chien d'Amelia. Nous avons longuement parlé de toi. Tu lui manques énormément, mais il a beaucoup d'admiration pour ton esprit charitable. Nous avons tout de même très hâte que tu rentres à la maison !

J'aime beaucoup mon nouvel emploi. Après ces mois passés à la salle de l'asile, je me sens presque en vacances. Amelia est si gentille! Malgré sa richesse, elle est simple et proche des gens. Elle est très curieuse et me pose constamment des questions.

Que Dieu te protège!

Dis à ma tante Victoire que je pense beaucoup à elle!

Vous serez tous dans mes prières.

Géraldine

Chapitre 15

Dès les premiers jours de son service chez les Robertson, Amelia avait demandé à Géraldine de la tutoyer. Au début, la jeune fille s'en sentait incapable, mais Amelia la reprenait chaque fois qu'elle la vouvoyait. Pour régler le problème et apaiser le regard courroucé de Nanny Beth, Géraldine s'était mise à lui parler uniquement en anglais, car dans cette langue, il n'y a plus de *tu* et de *vous*, seulement *you*. Dès leurs premiers moments ensemble, Amelia avait été très chaleureuse avec Géraldine, mais celle-ci était toujours un peu troublée. Elle se disait qu'elle n'était qu'une domestique et Nanny Beth le lui faisait bien sentir.

Amelia de son côté s'était spontanément sentie en confiance avec sa nouvelle demoiselle de compagnie. Son intuition lui disait que Géraldine était une personne généreuse et sincère. Elle se sentait très seule depuis qu'elle avait quitté l'école et sa maladie l'avait encore isolée, alors elle avait très envie de se lier d'amitié avec elle. Elle recherchait une âme sœur et ressentait des affinités profondes avec Géraldine. Mais, ayant décelé chez celle-ci de la réserve et de la timidité, elle ne voulait pas brusquer les choses.

Elle lui parlait beaucoup et Géraldine l'écoutait en souriant. Amelia lui montrait les dessins qu'elle faisait. Elle lui demandait son avis. Elle s'assoyait au piano et jouait pour elle. Mais les choses avaient vraiment commencé à changer quand, peu à peu, Amelia s'était confiée à elle. Elle lui avait raconté la mort de sa mère et le vide immense que cela avait laissé dans son existence. Ses journées de solitude et de larmes. La réaction de son père qui avait fui dans son travail passant des heures interminables à la banque. Puis, le retour à une vie plus supportable quand sa grand-maman Mary était revenue vivre à Montréal.

Amelia avait aussi longuement narré ses pèlerinages dans les quartiers pauvres avec sa grand-mère et la découverte d'une misère humaine qu'elle ne soupçonnait même pas. Elle expliqua à son amie, le choc que cela lui avait causé, son émotion de voir de petits enfants affamés, les yeux vides. Et puis, elle lui parla de cette maladie qui était arrivée dans sa vie et qui, à moyen terme, la condamnait irrémédiablement.

Géraldine avait été très émue de ces confidences. Elle l'écoutait avec compassion et bienveillance et quand Amelia avait parlé du mal qui la rongeait, sans y penser, spontanément, elle avait posé ses mains sur les siennes et la jeune fille les avait serrées très fort. Géraldine se sentait de plus en plus proche d'elle et après quelques jours, elle avait aussi commencé à confier ses chagrins à celle qui était déjà beaucoup plus que la personne qui l'employait.

Quand elle lui raconta la mort des jumeaux, Amelia l'écouta les yeux pleins de larmes et elles se mirent à pleurer dans les bras l'une de l'autre. Leur relation était encore jeune, mais à partir de ce moment-là, elles étaient devenues de véritables amies. Amelia recevait souvent des cartes de son père et des lettres de sa grand-mère qui était en Angleterre, mais la chaleur humaine, elle la trouvait surtout auprès de sa demoiselle de compagnie et entre elles, progressivement, la distance créée par la fortune et le rang social avait disparu. Elles n'étaient plus que deux jeunes filles du même âge avec leurs peines, leurs inquiétudes et leur grand cœur.

Chapitre 16

Amelia avait réellement pris goût à cette nouvelle vie. À Saint-Jean, elle était libérée des obligations de la vie mondaine et de la rigueur du protocole. Elle se sentait plus libre qu'elle ne l'avait jamais été. Sa santé s'améliorait de jour en jour et elle avait même commencé à faire de courtes sorties. Elle passait beaucoup de temps avec Géraldine, ensemble, elles lisaient tout haut des livres de Jane Austen, elles s'adonnaient à des travaux d'aiguille, elles entretenaient de longues conversations et Amelia avait même commencé à apprendre à son amie à jouer du piano. Après quelques semaines, Géraldine pouvait déjà jouer de petits morceaux. Parfois, Amelia dessinait même pour son amie.

Presque tous les soirs, Francis Maxell rendait visite aux demoiselles et ils jouaient longuement à des jeux de cartes ensemble. Le jeune médecin leur avait même appris un jeu où l'on misait de l'argent, ce qui scandalisait grandement Nanny, mais la monnaie avait toutefois été remplacée par les boutons que Caroline, la femme de chambre, gardait en réserve dans un grand pot de verre. Au moins une fois par semaine, Francis examinait Amelia et à la demande de la jeune fille, c'était maintenant Géraldine qui faisait figure de chaperon, ce qui la gênait un peu.

Un soir, alors que Francis proposait à Amelia de l'ausculter pour faire rapport à son père le lendemain, les deux jeunes filles se retirèrent dans la chambre d'Amelia suivies du jeune médecin. La jeune malade se retourna pour enlever sa robe et détacher son corsage, puis elle s'assit sur le lit. Francis sortit alors de son sac de cuir noir un instrument fait de deux tubes rigides qu'il entra dans ses oreilles. L'appareil se terminait par une espèce de petite trompette qu'il posa contre la poitrine de la jeune femme. Il lui demanda de tousser, puis de prendre de grandes inspirations et il écouta avec attention.

Ayant de la difficulté à bien percevoir son souffle, il desserra davantage le corsage qui retenait la jeune poitrine, blanche comme du lait. Amelia n'en fut pas troublée outre mesure, mais ce faisant Francis croisa le regard de Géraldine. Le jeune homme la regardait avec intensité et celle-ci détourna aussitôt les yeux, rougissante et bouleversée. Le jeune médecin hésita un moment, puis reprit son examen. Le soir, quand Francis Maxell fut parti, les deux jeunes filles restèrent près du feu un peu silencieuses. Avec Scott couché à leurs pieds, elles écoutaient le vent d'automne qui gémissait sa solitude.

— Te sens-tu fatiguée, ma chère Géraldine ? Tu sembles un peu soucieuse ce soir, est-ce que quelque chose t'inquiète ? demanda Amelia avec sollicitude.

Géraldine hésita un moment.

— Je peux difficilement te répondre, Amelia, je ne le sais pas moi-même, avoua-t-elle enfin.

— Ma chère amie, es-tu heureuse ici ? La salle de l'asile te manque-t-elle ? s'enquit la jeune malade un peu tristement.

— Amelia ! Je suis comblée depuis que je suis ici et je serais bien ingrate si je n'étais pas heureuse, lança Géraldine avec conviction. Certains enfants me manquent un peu bien sûr, ajouta-t-elle en baissant un peu le ton, mais je ne regrette pas du tout mon emploi à la salle de l'asile.

Elle hésita un peu avant de continuer.

— Le Dr Maxell m'a dit ce soir que Mme Côté n'allait pas très bien dernièrement. Si tu n'as pas besoin de moi dimanche, j'irais visiter la petite Isabelle et sa famille dans l'après-midi.

— Me permettras-tu de t'accompagner? proposa Amelia. J'aimerais beaucoup les rencontrer.

— J'en serais bien heureuse, mais te sens-tu assez forte pour une telle sortie? s'inquiéta Géraldine, étonnée par la requête de son amie.

— L'air pur me fera du bien, lança la jeune malade joyeusement! Depuis le début de ma maladie, je deviens bien égoïste. Tout le monde s'occupe de moi et je me laisse gâter. Papa ne veut plus que je visite les pauvres. Dernièrement, grand-mère y allait toute seule. Elle me racontait tout, mais ce n'est pas la même chose. Je ne sors presque plus, je m'ennuie et je vis par personne interposée. Alors, fais-moi plaisir, laisse-moi venir avec toi, implora-t-elle.

Géraldine lui sourit.

— Mais bien sûr, Amelia, nous irons toutes les deux ensemble!

— Tu sais, Géraldine, je suis si bien avec toi!

— Moi aussi, mon amie!

Mme McTavish arriva le lendemain matin après le déjeuner. Amelia, qui ignorait son retour, pleura de joie en la voyant et la vieille dame se sentit, elle aussi, très émue de revoir sa petite-fille. Elle nota qu'elle avait très bonne mine et fut surprise de la retrouver si gaie malgré les circonstances. Elle comprit vite que Géraldine n'était pas étrangère à cet état de choses. La vieille dame, pour sa part, même si elle essayait de le cacher de son mieux, revenait de son voyage triste et meurtrie. Sa sœur était morte après des semaines de souffrances et d'angoisse. Malgré ses soixante-dix-huit ans, elle s'était accrochée à la vie avec une énergie qui avait surpris tout le monde.

Mary avait essayé de l'accompagner jusqu'au bout, mais lentement, la douleur avait isolé la malade dans un monde devenu inaccessible. En plus de l'affliction de voir souffrir et mourir un être cher, Mary McTavish avait gardé de son séjour une conscience aiguë de sa propre finitude et du peu de temps qu'il lui restait à vivre. Elle était pieuse et croyante et cette vision ne l'effrayait pas, mais l'idée de faire vivre un autre deuil à Amelia la préoccupait énormément. C'est donc avec plaisir qu'elle constata l'intimité qui s'était créée entre les deux jeunes filles.

Assise dans un coin du salon, Géraldine regardait Amelia et sa grand-mère n'osant pas s'immiscer dans leurs retrouvailles. Elle observait Mary McTavish et ressentit tout de suite de l'affection pour cette vieille dame. Elle était telle qu'elle aurait voulu que sa grand-mère soit. Bien sûr, Marie-Jeanne Marchand avait été bien bonne pour ses petits-enfants. De son vivant, elle leur tricotait des bas de laine pour l'hiver, mais avec une marmaille de trente-deux petits-enfants, elle avait même de la difficulté à se rappeler de leur nom.

— Je vous ai rapporté des cadeaux, annonça la vieille Mary. À toutes les deux, ajouta-t-elle en souriant à Géraldine qui lui rendit son sourire en rougissant.

Amelia reçut un livre de botanique, un coffret à bijoux en argent et enfin un mystérieux petit fourreau de velours. La jeune fille curieuse s'empressa de l'ouvrir en riant de plaisir. Il contenait un petit écrin en vieil or. Celui-ci s'ouvrait comme un livre pour laisser apparaître un magnifique portrait d'Amelia en miniature.

— Il y a encore à Londres d'excellents miniaturistes, expliqua Mme McTavish. J'ai fait faire ton portrait à partir d'une des photos que j'avais et je l'ai fait placer dans cet écrin.

Amelia contempla longuement le portrait, émerveillée devant la précision des détails.

— Mammy, tu es vraiment extraordinaire. Tu arrives toujours à me surprendre! s'exclama-t-elle avant de l'embrasser de nouveau. La vieille dame lui sourit, puis se tourna lentement vers Géraldine qui était restée un peu en retrait.

— Approchez, ma chère petite, lui demanda-t-elle en fouillant dans un grand sac recouvert de points de croix. Je ne vous avais pas encore rencontrée, mais les lettres de ma petite-fille étaient si pleines de vous que j'avais l'impression de vous connaître. Amelia m'a dit que vous aimiez beaucoup l'école. Alors, j'ai pensé que ceci vous plairait!

Elle sortit de son sac un album relié recouvert de cuir rouge. Sur la couverture en lettres dorées, était écrit *My Diary*.

— C'est un cahier pour écrire votre journal intime. Est-ce que vous avez déjà écrit votre journal?

— Non, madame, mais je le ferai sûrement maintenant. Quelle délicate attention de votre part! Je vous remercie infiniment, déclara la jeune fille avec un sourire timide.

Mary McTavish passa le reste de la matinée à bavarder avec les deux jeunes filles, leur parlant de Londres et de la traversée en bateau. Elle évita habilement de parler de sa sœur, mais comme elle s'y attendait un peu, Amelia lui posa des questions très directes.

— Tante Mable, a-t-elle beaucoup souffert, grand-mère?

La vieille Mary hésita un moment. Elle ne voulait pas mentir à Amelia, car elle savait que cela créerait une distance entre elles.

— Elle a souffert, surtout vers la fin. La mort a été une délivrance, mais elle a été longue à venir. Tu sais, ma petite, plus un arbre est vieux plus ses racines sont profondes, ajouta-t-elle en souriant tristement.

La jeune fille perçut dans cette réponse la retenue de sa grand-mère et elle respecta sa pudeur.

La conversation continua passant d'un sujet à l'autre: Ruth Allan avait épousé un riche négociant beaucoup plus vieux qu'elle, Jonathan Martin, le majordome, s'était fait un tour de rein, le Dr Maxell père fréquentait une veuve, une Irlandaise au caractère impétueux…

Amelia et sa grand-mère échangeaient les potins comme deux complices et Géraldine, en les écoutant, se remémora les soirées passées dans sa jeunesse à écouter les histoires du quêteux. Elle ne se mêla pas beaucoup à leur conversation. De toute façon, elle ne connaissait pas les gens dont il était question et après le thé, elle prétexta une lettre à mettre à la poste pour s'éclipser et laisser les deux femmes en tête-à-tête. Elle fut contente de se retrouver dans la rue, car même si elle avait ressenti beaucoup de sympathie pour Mme McTavish, elle avait eu l'impression que sa présence était indiscrète.

Pendant ce temps, Amelia et sa grand-mère s'étaient assises l'une contre l'autre devant le feu de cheminée. Scott, qui avait fait la fête à Mme McTavish à son arrivée, s'était maintenant couché à leurs pieds. Au creux de cette douce chaleur, elles conversaient à voix basse dans une atmosphère de confidences.

— Comment te trouves-tu ici? demanda la vieille dame. Tu ne t'ennuies pas trop?

— Je m'ennuie de papa, bien sûr! Il n'est venu me voir que deux fois depuis que je suis ici. Je pense qu'il a tellement peur de transporter la maladie avec lui qu'il en fait presque une obsession, déplora Amelia avec un triste sourire. Mais je ne me plains pas. Nous passons de bons moments ensemble Géraldine et moi, et ma santé se porte très bien en ce moment.

— Elle a l'air douce et calme, ta Géraldine, mais elle ne parle pas beaucoup il me semble, observa Mary McTavish.

— C'est vrai qu'elle est un peu secrète. Je pense qu'elle n'a pas eu une vie facile, mais elle ne se plaint jamais. Au début, elle ne parlait pas beaucoup, mais dernièrement, nous avons échangé des confidences et nous nous sommes vraiment rapprochées. Je l'aime beaucoup et nous avons souvent de longues conversations toutes les deux. Aujourd'hui, je pense qu'elle était un peu mal à l'aise. Je crois que tu l'impressionnes, grand-mère, lui confia la jeune fille.

— Quand nous nous connaîtrons mieux, tout rentrera dans l'ordre. Tu verras, conclut la vieille Mary.

∼

Saint-Jean-d'Iberville, 18 novembre 1885

Mon cher Gaston

Cher ami, comment allez-vous ? Est-ce que c'est toujours l'été en Provence ? En ce moment, ce doit être les vendanges à Grambois. Comme j'aimerais être là pour regarder avec vous les ouvriers cueillir les raisins et les mettre dans leurs grands paniers ! Et puis profiter du soleil bien sûr ! Ici l'automne est bien installé et il a déjà commencé à geler la nuit. Je suis arrivée à Saint-Jean depuis quelques semaines, cette petite ville de campagne dont je vous avais parlé dans ma dernière lettre. L'épidémie de variole fait encore rage à Montréal et des centaines de personnes meurent chaque semaine. C'est une maladie terrible ! Je pense que je suis plutôt protégée ici. Papa a fait vacciner toutes les personnes de la maison et je sors très peu.

À mon arrivée à Saint-Jean, mon père a engagé une jeune fille de la ville pour me servir de demoiselle de compagnie. Il cherchait quelqu'un qui pourrait partager mes activités et égayer un peu mes journées. Je trouvais l'idée intéressante au départ, mais je suis émerveillée de la relation qui s'est développée entre elle et moi. Rapidement, elle est devenue une véritable âme sœur. Maintenant, nous partageons presque tout et j'ai un peu l'impression que le ciel m'a offert la sœur que je n'ai jamais eue ! Je me confie à vous, mais ici, je n'en parle pas tellement, car ce serait sûrement mal vu dans notre milieu ! Mais c'est une personne exceptionnelle et je pense que je suis très chanceuse de l'avoir trouvée sur mon chemin. Elle s'appelle Géraldine Grant, son père, maintenant décédé, était agriculteur dans la région.

Elle a sept frères et sœurs, mais dans les familles d'habitants, ce n'est pas exceptionnel. Géraldine me disait qu'une de ses tantes a quatorze enfants ! Avec elle dans la maison, mes semaines à Saint-Jean sont devenues presque des vacances surtout que mammy est maintenant revenue d'Angleterre. Notre vie ici est simple et calme. La ville est très jolie, au bord de la rivière Richelieu et puis, j'apprécie beaucoup être loin de la vie mondaine.

J'espère que vous allez tous bien et que vous êtes heureux. Je pense souvent à vous, mon tendre ami.

Transmettez mes salutations à vos parents qui sont chers à mon coeur !

Je vous prie d'agréer, Gaston, l'expression de mon affection la plus sincère !

Votre amie de toujours

Amelia

~

Le dimanche suivant, Amelia et Géraldine marchaient côte à côte sur les trottoirs de bois pour se rendre chez les Côté. Mme McTavish avait essayé de les convaincre de ne pas sortir, inquiète de l'agitation qui régnait dans la ville. Louis Riel avait été exécuté au cours de la semaine précédente. Ces événements avaient eu lieu à des milliers de kilomètres de Saint-Jean, mais avaient tout de même créé une effervescence et une colère qui inquiétaient les autorités.

La rumeur de la mort du patriote avait circulé dans la ville dès le mardi matin. Mais la majorité des gens étaient incrédules. L'exécution avait déjà été remise plusieurs fois et on avait de plus en plus l'impression que Sir John Macdonald n'oserait pas faire un tel geste. Finalement, des passagers arrivant par le train avaient confirmé la mort de Louis Riel. Le soir même, des manifestations importantes avaient eu lieu à Iberville et à Saint-Jean.

Des centaines de personnes massées sur la place du Marché, tout près de la maison d'Amelia, avaient pendu une effigie de Sir John, puis l'avaient brûlée dans un immense feu de joie. La foule s'était ensuite mise en marche en procession, parcourant les rues en chantant des chansons canadiennes. Les jeunes filles cachées derrière les rideaux avaient regardé passer la procession et Géraldine avait reconnu plusieurs de ses anciens voisins. Le reste de la semaine avait été plus calme et Amelia avait fini par convaincre sa grand-mère de les laisser partir, en lui disant que personne n'oserait provoquer des querelles le jour du Seigneur.

C'était une ravissante journée. Le vent froid qui avait soufflé toute la semaine s'était apaisé. Le soleil brillait et diffusait cette lumière particulière aux belles journées d'automne. L'air un peu piquant donnait de belles couleurs à Amelia qui riait de plaisir. Les deux jeunes filles croisèrent des enfants qui jouaient au ballon. Amelia en profita pour raconter à son amie que, dans son enfance, hiver comme été, même les jours de grands froids, elle devait faire tous les matins une longue marche avec Nanny parce que celle-ci, comme toute bonne *nanny* anglaise, avait la certitude que les enfants devaient prendre un grand bol d'air frais chaque jour.

— Pauvre Nanny Beth! Elle se croyait bien sévère, mais je lui faisais faire tout ce que je voulais, déclara Amelia en riant de bon cœur. Et toi, Géraldine, est-ce que tes parents étaient sévères?

Avec le temps et l'intimité qu'elles partageaient, Géraldine se sentait maintenant à l'aise de tutoyer son amie. Elle hésita un moment.

— À toi, je peux le dire, ma mère était très sévère, répondit-elle enfin. Elle était souvent impatiente avec les petits. Certains matins, mon père me glissait au creux de l'oreille d'amener les petits aux champs avec moi parce que ma mère n'était pas de bonne humeur. Géraldine sourit comme pour elle-même. Lui, il ne se fâchait jamais. Heureusement qu'il était là! ajouta-t-elle en baissant la voix dans un murmure.

— Géraldine, est-ce que je t'ai chagrinée? Je ne voulais surtout pas te faire de la peine, assura la jeune femme en prenant sa compagne par le bras. Je suis curieuse, c'est mon plus grand défaut et comme tu parles très peu de ta famille, je t'ai posé la question sans y penser. Pardonne-moi!

— Ne t'inquiète pas! Je suis une grande fille maintenant! répliqua Géraldine. Tu peux me poser toutes les questions que tu veux. Si je ne veux pas y répondre, je te le dirai. C'est tout!

— Je suis sûre que tu ne diras rien. Tu es trop douce, ma chère amie. Tu n'as pas dû taper du pied souvent quand tu étais petite. Tu devrais essayer! Ça te ferait du bien. Moi quand je voulais quelque chose très fort, je tapais du pied et cela marchait toujours, lança joyeusement Amelia.

Mais devant le hochement de tête faussement sévère de son amie elle ajouta.

— Mais, je n'en ai jamais abusé! Parole d'honneur!

— Tu sais, Amelia, j'ai vraiment l'impression qu'à toi je peux tout dire!

— Merci, Géraldine ! C'est un très beau compliment que tu me fais !

Les deux jeunes filles continuèrent leur route en riant de bon cœur et les passants se retournaient sur leur passage. Elles avaient conscience du jugement de leur entourage, car selon les conventions, des jeunes filles ne devaient pas rire trop fort en public. Mais cette journée était si belle qu'elles ne s'en souciaient pas vraiment. Bientôt, elles arrivèrent devant la maison des Côté.

Leur visite fut de courte durée, car Mme Côté, qui avait insisté pour se lever de son lit, était très faible. En arrivant, Alice et Isabelle sautèrent dans les bras de Géraldine qui les serra sur son cœur. Elle présenta son amie à la famille Côté puis, alors qu'elle conversait avec Athanase et sa femme en essayant d'avoir l'air gaie, Amelia fit la causette en français avec les petites filles. Elles leur avaient apporté des *toffees* que sa grand-mère avait achetés à Londres. Les fillettes d'abord un peu timides devinrent rapidement loquaces avec la jeune Anglaise.

Dans le salon double, que l'on ouvrait seulement pour les invités, il y avait un vieux piano-forte qui appartenait à la famille de Mme Côté. Amelia s'y assit et se mit à jouer pour les enfants. Athanase fut très content d'entendre de nouveau de la musique dans la maison et il se sentit heureux de constater que sa femme souriait de plaisir. Après un moment, les petites sœurs se mirent à chanter sur les airs qu'elles connaissaient. Elles s'étaient assises sur le banc de piano de chaque côté d'Amelia et elles semblaient ravies.

Mais Géraldine donna bientôt le signal du départ, car elle sentait que Marianne Côté s'affaiblissait rapidement. Avant de partir, elle lui offrit une liseuse qu'elle avait elle-même crochetée. La jeune femme en fut très émue et elle lui embrassa la main furtivement les yeux dans l'eau.

Sur le chemin du retour, les jeunes filles furent plus calmes et plus silencieuses. Soudain, Amelia demanda à son amie :

— De quelle maladie souffre Mme Côté, le sais-tu ?

Géraldine aurait voulu mentir, mais elle savait qu'Amelia le devinerait tout de suite.

— De consomption je crois, répondit-elle avec hésitation.

Elle prit la main de son amie et la serra très fort dans la sienne. Amelia se tourna vers elle et lui sourit gentiment pour la rassurer.

Les jours passèrent et Géraldine apprit peu à peu à connaître la vieille Mme McTavish. Elle la trouvait très bonne, mais elle avait encore de la difficulté à se détendre quand elle était dans la même pièce qu'elle. Elle aurait tellement voulu lui plaire. Mais c'était bien pire quand maître Charles venait les visiter. Bien sûr, il était toujours gentil avec elle, mais il la regardait un peu comme s'il avait posé les yeux sur un meuble. Dans ces moments-là, même si elle était contente de voir Amelia si heureuse, elle se sentait très seule. Heureusement, M. Robertson ne venait pas souvent, car l'épidémie de variole avait provoqué une crise financière importante qui l'absorbait complètement.

Et puis, il se disait qu'Amelia était en grande forme, elle ne toussait presque plus et avait l'air rayonnante. Sa grand-mère était avec elle, ainsi que cette jeune fille qu'il avait engagée et que sa fille semblait aimer chaleureusement. Charles se sentait donc très à l'aise de se consacrer totalement à son travail. Dr Maxell père, qui venait la voir à l'occasion, trouva Amelia encore plus en forme que lors de son retour de Provence.

Presque tous les jours maintenant, Amelia allait avec Géraldine visiter la famille Côté. La petite Isabelle n'allait plus à la salle de l'asile, car elle se consacrait maintenant à de menus travaux dans la maison alors que sa sœur, quand elle revenait de l'école, s'occupait des soins à donner à sa mère. Francis venait moins souvent visiter Amelia depuis le retour de Mme McTavish, mais les deux jeunes filles le voyaient assez souvent chez les Côté.

Il avait beaucoup de malades à soigner en ce moment : des cas de diphtérie chez les enfants, plusieurs cas de typhoïde et même quelques cas isolés de variole. Francis était soucieux, car il avait toujours peur d'apporter la maladie avec lui en visitant Amelia. La jeune fille paraissait très bien en ce moment, mais la lésion tuberculeuse était toujours présente dans sa poitrine et elle n'aurait probablement pas la force de se défendre contre une nouvelle infection.

Depuis que le jeune médecin espaçait ses visites, Géraldine se surprenait à l'attendre. Elle sursautait quand la clochette de la porte d'entrée se faisait entendre et tendait l'oreille pour connaître l'identité du visiteur. Amelia le remarqua, mais n'en parla pas encore à son amie.

Puis, un soir, les jeunes filles reçurent la visite du Dr Maxell père accompagné de sa fiancée. Francis était aussi avec eux. La dame, une Montréalaise d'origine irlandaise, se prénommait Regina Ryan et était catholique. Âgée de quarante-cinq ans, elle en paraissait beaucoup moins et elle s'habillait avec une grande élégance. Ils s'assirent tous dans le petit salon et Mme McTavish fit servir le thé.

Regina Ryan prenait beaucoup de place dans la conversation. Elle riait de bon cœur, haut et fort, terminant ses éclats de rire en déposant sa main sur l'avant-bras d'Henry Maxell qui la regardait avec adoration.

Amelia la trouvait un peu bavarde, mais plutôt sympathique. La bonne dame parlait surtout avec la vieille Mary et sa petite-fille, ignorant totalement celle qu'on lui avait présentée comme « une amie et demoiselle de compagnie ». Après tout, ce n'était qu'une domestique ! Francis assis de biais avec Géraldine la questionna à propos de sa dernière visite chez les Côté. Elle fut touchée qu'il essaie de l'intégrer à la conversation, mais elle ne se sentait pas à sa place et elle ne répondit que timidement. À son tour, Henry Maxell s'adressa à la jeune demoiselle de compagnie pour lui dire qu'elle avait été meilleure que n'importe quel remède pour la santé d'Amelia.

— Je pourrais vous envoyer quelques-uns de mes patients qui ont tendance au découragement, ajouta-t-il en riant.

— Oh non, docteur Maxell! Maintenant que je l'ai trouvée, je la garde! lança Amelia en regardant son amie tendrement.

— De toute façon, docteur…, commença Géraldine, mais Mme Ryan lui coupa la parole.

— Henry! lâcha-t-elle, se sentant soudain exclue de la conversation.

Elle prit le vieux docteur par le bras afin de mieux attirer son attention avant de continuer. Mme McTavish baissa les yeux. Elle la trouvait vraiment un peu trop familière avec son fiancé.

— Chéri, lança la fougueuse Irlandaise, il faudra inviter Mme McTavish et sa petite-fille à la fête que je donne le mois prochain, continua-t-elle avec enthousiasme.

Elle se tourna vers la vieille dame et expliqua:

— Ma fille Kathleen revient d'un long voyage sur le continent. Comme c'est aussi son vingtième anniversaire, je prépare une grande fête en son honneur. Vous viendrez, chère madame, n'est-ce pas? Vous et votre charmante Amelia!

— Oh oui! Ce serait agréable, mammy! répondit Amelia très spontanément. Et Géraldine viendra aussi, bien entendu, ajouta-t-elle comme si cela allait de soi.

— Ma chère enfant, s'empressa d'ajouter Regina Ryan, votre demoiselle de compagnie est tout à fait charmante, mais elle ne serait pas à sa place dans une grande réception, expliqua-t-elle en souriant pour la première fois à Géraldine qui baissa les yeux en rougissant.

— Mais, madame, Géraldine est bien plus que…, protesta Amelia.

Mary s'adressa alors à la veuve Ryan lentement, d'une voix très calme selon son habitude.

— C'est très gentil à vous de nous inviter, chère amie, mais la santé d'Amelia est encore fragile. Elle doit éviter les rassemblements, surtout par les temps qui courent, vous comprenez. Et pour ma part, je suis une vieille femme et les mondanités me fatiguent énormément.

La vieille dame accentua ces derniers mots et termina sa phrase par un sourire.

— Ah bon, répondit Mme Ryan, un peu déconfite. Mais vous, Francis, vous ne me ferez pas faux bond ! ajouta-t-elle en se retournant vers le jeune homme.

Francis fut surpris de se faire interpeller si cavalièrement par une femme qu'il connaissait très peu. Il lui sourit en inclinant légèrement la tête.

— Je vous attends chez moi le 13 décembre après l'heure du thé ! claironna-t-elle. J'ai très hâte de vous présenter Kathleen. Je suis sûre que vous l'aimerez ! Elle a tellement de charme !

Malgré elle, Géraldine ressentit un profond agacement. Cela lui arrivait rarement, car elle avait généralement beaucoup d'indulgence pour les gens. Mais elle n'aimait vraiment pas cette Mme Regina Ryan.

— Mais bien sûr, Francis, j'espère que tu seras là, renchérit Henry Maxell. Nous ne te voyons plus depuis que tu pratiques en province !

— Bon ! Bon ! J'essayerai d'y être. Mais je ne promets rien, répondit le jeune docteur, un peu bourru.

Géraldine fut surprise par le ton de sa voix. Elle l'avait toujours connu enjoué et patient. *Décidément, cette M*^{me} *Ryan ne devait pas lui plaire à lui non plus,* pensa-t-elle. La soirée s'acheva tôt, car Henry Maxell voulait présenter sa fiancée au Dr Archambault, le père de sa femme maintenant décédée, qui les hébergeait pour la nuit. Ils ne repartiraient que le lendemain, car les routes n'étaient pas recommandables la nuit, sauf les nuits de pleine lune. Francis resta un peu, sous prétexte d'ausculter sa jeune patiente, mais Amelia et Géraldine comprirent qu'il voulait surtout fausser compagnie à Mme Ryan.

— Ouf ! soupira-t-il quand ils furent partis. Je ne voudrais pas voir la tête de grand-père quand il comprendra qu'il doit l'endurer jusqu'à demain matin ! lança-t-il en riant.

— Voyons, Francis, elle n'est pas si vilaine ! Elle prend beaucoup de place, mais elle est plutôt gentille, commenta Amelia mi-sérieuse et mi-moqueuse.

— Je suppose qu'elle n'est ni plus ni moins superficielle que les autres femmes du monde, centrées sur les toilettes, les bijoux et les commérages ! Mais j'ai de la difficulté à croire que c'est elle qui va prendre la place de ma mère, gémit Francis. Mon père est-il devenu aveugle ? Elle est tout ce qu'il a toujours détesté !

Le ton de sa voix était grave et on pouvait y déceler de la colère. Il se tourna vers Géraldine.

— Je suis désolée, Géraldine. Cette femme vous a traitée de façon grossière et je m'en excuse !

— Vous n'en êtes pas responsable, assura la jeune fille en rougissant. Et ce n'est pas grave, je n'avais rien remarqué, mentit-elle d'un air faussement naïf.

— Vous êtes trop clémente. Cette femme est méprisante et mondaine, répliqua Francis avec un demi-sourire.

— Vous avez raison, Francis, mais vous savez, j'ai déjà été un peu méprisante et mondaine moi aussi. La vie lui ouvrira peut-être les yeux, qui sait?

C'était la vieille Mary qui avait parlé ainsi et tous la regardèrent un peu surpris.

— En attendant si vous voulez m'excuser, docteur, je vais monter me coucher. C'est très impoli de ma part, mais je sais que vous ne vous en formaliserez pas! Mettez ma rudesse sur le compte de mon grand âge, ajouta-t-elle en riant.

— Chère madame, c'est moi qui suis inconvenant de vous tenir éveillée. Il est temps que je parte et que je vous laisse prendre un peu de repos, annonça le jeune homme en se levant.

Après les salutations courtoises, Francis quitta la maison. Mme McTavish demanda à la femme de chambre d'éteindre les lampes et se dirigea vers l'escalier. Les deux jeunes filles firent de même et l'horloge du salon sonna dix heures.

Bientôt, Géraldine se retrouva seule dans sa chambre. Elle avait été troublée par l'attitude méprisante de la future Mme Maxell et la tristesse qu'elle avait perçue dans la voix de Francis l'avait bouleversée. Elle se déshabilla lentement et s'agenouilla au bord de son lit pour faire une prière. Elle commença à réciter des *Je vous salue Marie*, mais ne réussit pas à se concentrer sur la prière. Bientôt, elle se releva, posa la lampe sur la petite table devant la fenêtre et ouvrit le cahier encore neuf que lui avait donné Mme McTavish.

Elle dévissa le bouchon de l'encrier placé sur le coin de la table et prit la plume qui reposait à côté. Lentement, elle commença à écrire avec la même application que si elle avait été encore à l'école.

~

Cher journal

Quelle soirée contrariante! J'ai rencontré une femme désagréable qui m'a traitée comme une moins que rien. Je sais bien que c'est ce que je suis, mais depuis que je suis ici, je l'avais presque oublié. Un peu plus et je me prenais pour quelqu'un de la famille! Même si je veille au salon avec la visite, je ne dois pas oublier qu'on me paie cinq piastres par semaine et que…

À ce moment précis, on cogna à la porte. Géraldine sursauta et fit une rature dans son cahier. Elle se leva, jeta une liseuse sur ses épaules et se dépêcha d'aller ouvrir. Amelia attendait debout devant la porte toute mignonne avec son bonnet de nuit et sa lampe de cuivre à la main.

— J'ai vu qu'il y avait encore de la lumière dans ta chambre, c'est pourquoi j'ai frappé. Est-ce que je peux entrer? demanda Amelia qui était déjà dans la chambre.

— Oui, bien sûr. Est-ce que tu as besoin de quelque chose? répondit Géraldine en essuyant une larme promptement.

— Non, je ne m'endormais pas et je cherchais quelqu'un avec qui parler un peu. Mais Géraldine, tu pleures! s'écria Amelia bouleversée en la prenant dans ses bras.

— Ce n'est rien, probablement la fatigue, chuchota la jeune fille en la repoussant doucement. Ne t'inquiète pas pour moi, Amelia!

— Mais bien sûr que je m'inquiète pour toi. C'est normal, tu es ma meilleure amie, lança la jeune malade.

Géraldine s'était assise sur son lit. Elle était triste et blessée. Ce soir pour la première fois depuis son arrivée ici, elle mesurait le fossé énorme qu'il pouvait y avoir entre une amie et une demoiselle de compagnie. Amelia vit le cahier à côté de la lampe allumée et la plume encore brillante d'encre. Elle s'approcha.

— S'il te plaît, permets-moi de te lire! implora la jeune fille, consciente de son indiscrétion. Je voudrais tant comprendre!

Géraldine hésita d'abord, puis approuva d'un mouvement de tête. Amelia, en silence, lut les quelques lignes puis déposa lentement le cahier sur la table. Des larmes brillaient dans ses yeux.

— Ma chère Géraldine, je t'en prie, pardonne-moi! Je n'avais pas réalisé à quel point cette femme t'avait blessée! Je l'ai trouvée agaçante, mais je ne m'étais pas rendu compte de la portée de ses propos.

Elle s'assit sur le lit à côté de son amie et fit une pause de quelques instants.

— Je comprends bien maintenant ce que tu ressens, mais je veux t'expliquer quelque chose très clairement pour que tu en sois tout à fait convaincue: mon père t'a engagée comme demoiselle de compagnie, c'est vrai, mais moi je ne t'ai pas engagée! Je t'ai choisie! Je t'ai choisie comme amie et tu es mon âme sœur et tu le resteras pour la vie! En doutes-tu? demanda-t-elle avec insistance.

La jeune fille ne répondit pas d'abord puis, après une minute de silence, elle prit la main de son amie et la serra dans la sienne.

— Je serai toujours ton amie, Amelia, affirma-t-elle simplement.

Elles restèrent coites quelques instants, assises l'une près de l'autre. Mais soudain, Amelia eut une sévère quinte de toux. Elle se tenait la poitrine et elle toussait, toussait… Géraldine se leva précipitamment pour quérir la carafe d'eau. Elle lui présenta d'une main le verre qu'elle avait rempli et de l'autre lui frottait doucement le dos. La jeune malade ne but qu'une gorgée et s'essuya la bouche avec un mouchoir brodé à ses initiales.

— Est-ce que ça va, Amelia ?

— C'est passé maintenant, ne t'en fais pas, dit-elle sur un ton faussement joyeux. Le Dr Maxell l'a dit ce soir, je n'ai jamais été aussi en forme.

— Francis aurait dû t'ausculter comme il devait le faire. Peut-être as-tu pris du froid, avança Géraldine soucieuse.

— Oublie tout cela, ma chère Géraldine. Pour te rassurer, je demanderai à Francis de m'ausculter la prochaine fois qu'il viendra. Mais je pourrais aussi lui demander de venir demain, cela te donnerait l'occasion de le voir de nouveau, lança la jeune malade avec malice.

Géraldine rougit et baissa les yeux.

— Pourquoi me dis-tu cela, Amelia ?

— Je ne veux pas te mettre mal à l'aise mon amie, je te taquine un peu, c'est tout ! J'ai remarqué que tu portes beaucoup d'attention au jeune Dr Maxell, murmura Amelia avec un sourire complice. Je te comprends, tu sais, il est si gentil et si drôle. Il n'a pas cet air un peu hautain qu'ont les jeunes gens de son âge. En Provence, j'ai bien connu un Français qui lui ressemblait un peu. C'est peut-être parce que Francis a étudié à Paris, expliqua la jeune fille devenue songeuse.

Géraldine commença, hésitante :

— Je le trouve tellement attentif et bien intentionné ! Tu sais, je suis toujours heureuse de le voir, mais quand il est là, je me sens fiévreuse. Lorsqu'il s'adresse à moi, je me trouble. Il me sourit, il plonge ses yeux dans les miens et je me sens rougir, avoua candidement Géraldine.

— Je suis certaine qu'il te trouve charmante. Quand il entre ici, il te cherche tout de suite des yeux, je l'ai souvent remarqué tu sais! chuchota la jeune malade en reprenant la main de son amie.

— Peut-être, mais tu as vu la réaction de Mme Ryan ce soir! Je ne suis qu'une demoiselle de compagnie, une domestique! rétorqua Géraldine. Je ne devrais plus penser à lui! Je n'en ai pas le droit!

— Oh! Géraldine, tu sais comme moi que Francis ne pense pas comme cette Regina Ryan. Je suis sûre qu'il est très attaché à toi. Je ne connais pas ses intentions, mais quoi qu'il arrive, tu ne dois jamais renoncer à penser à lui! protesta Amelia avec conviction. Même s'il ne devait rester rien d'autre que des souvenirs, ce sont des choses que l'on doit chérir et garder précieusement!

— Amelia, tu as les yeux brillants de larmes. Aurais-tu des sentiments pour Francis Maxell? interrogea Géraldine bouleversée.

— Bien sûr que non! C'est à quelqu'un d'autre que je pense, quelqu'un dont je me languis et que j'ai connu quand j'étais en Provence. Comme toi et Francis, notre condition sociale nous séparait, mais je garde un tendre souvenir de lui et cela m'aide à vivre. Alors, mon amie, fabrique-toi de beaux souvenirs! Les pensées n'ont pas d'entraves et de rang social, alors cesse de te mettre martel en tête et profite de sa présence quand tu le peux, lui conseilla la jeune fille souriant à travers ses larmes.

Géraldine se sentit troublée par la confidence que venait de lui faire sa compagne. Elle ne savait pas si elle devait la questionner ou respecter ce secret jusque-là si bien gardé. Après un moment, elle lui dit :

— Ma chère amie, si tu as envie d'en parler je serai toujours là pour t'écouter. Laisse couler tes larmes. Elles te soulageront!

— Tu sais, Géraldine, papa et maman s'aimaient vraiment beaucoup. Ils étaient très amoureux et c'est la raison pour laquelle papa a tellement souffert à la mort de maman. Mais quand je regarde autour de moi, je vois tellement de couples qui ne s'aiment pas, tellement de femmes malheureuses. Je pense à plusieurs de mes amies qui ont dû épouser des hommes plus vieux qu'elles. Des hommes riches que leurs parents leur ont imposés parce qu'ils recherchaient un bon parti!

— Je sais. Chez nous c'est un peu pareil. Aucun parent ne veut garder des vieilles filles à la maison et souvent ils les poussent à accepter la première demande qu'on leur fait même s'il n'y a pas d'amour.

— Moi, j'étais amoureuse de Gaston et je sais que nous aurions été très heureux ensemble, mais c'était impossible! Et je suis certaine que tu pourrais être heureuse avec Francis!

— Tu vas me faire pleurer, Amelia!

— Ma tendre Géraldine, tant pis pour les hommes, nous serons toujours ensemble, toi et moi! Tu veux bien?

— Bien sûr, ma bonne amie! Nous pourrons toujours compter l'une sur l'autre!

Les deux jeunes filles restèrent encore longtemps blotties l'une contre l'autre. Amelia raconta à son amie sa rencontre avec Gaston. La voix tremblante, elle lui parla de leurs longues marches dans la campagne, de leurs pique-niques, des tendres sentiments qui avaient grandi entre eux et de leur baiser d'adieu si bouleversant.

Elle n'en avait jamais parlé à personne. Pas même à sa grand-mère qui se doutait bien pourtant de l'amitié qui s'était développée entre eux. Elle lui expliqua le chagrin qu'elle avait eu de quitter la Provence en sachant qu'elle ne le reverrait probablement jamais et elle ajouta que depuis son retour au pays ils n'avaient cessé de s'écrire. Son amie l'écoutait attentivement. Elle lui tenait la main et l'encourageait par des mouvements de tête. Amelia pleura longtemps et finalement, les deux jeunes filles s'endormirent dans le lit de Géraldine au petit matin. Et la femme de chambre qui trouva la chambre d'Amelia vide le lendemain matin en fut grandement alarmée.

Chapitre 17

Montréal, 13 décembre 1885

Francis escaladait le majestueux escalier qui menait chez la veuve Ryan. Arrivé devant la porte, il soupira avant de frapper avec le lourd marteau en bronze représentant une tête de lion. Un maître d'hôtel anglais vint lui ouvrir sans hâte. Le domestique respirait la dignité et le savoir-vivre.

Un valet le débarrassa de son lourd manteau, de son haut-de-forme et de ses gants puis, toujours très digne, le maître d'hôtel l'annonça d'un ton neutre : « Monsieur le docteur Francis Maxell. » En sautillant, Regina Ryan courut à sa rencontre. Francis grimaça intérieurement. Elle portait une robe de satin vert émeraude au corsage recouvert d'une multitude de petites perles en forme de larme. Ses cheveux enroulés autour de sa tête dans une architecture élaborée étaient parsemés aussi de ces jolies petites perles. Bien que vêtue avec une grande élégance, Mme Ryan donnait l'impression de rechercher d'abord ce qui était voyant.

Elle lui tendit la main qu'il baisa sans enthousiasme.

— Mon cher Francis, comme je suis contente que vous soyez là. Venez que je vous présente Kathleen, lui lança la plantureuse veuve.

Elle l'entraîna sans lui demander son avis à travers la salle de bal. Quelques personnes qu'il connaissait le saluèrent au passage. Puis, il arriva soudain face à face avec une très belle femme qui bavardait avec un jeune homme à peine sorti de l'adolescence.

Quand il la vit, Francis ressentit un profond émoi. Elle avait l'air d'un ange. L'ovale parfait de son visage le charma au premier coup d'œil. Ses cheveux séparés au milieu dégageaient son large front, alors qu'un chignon de lourdes tresses brunes était attaché à la naissance du cou. Son teint laiteux faisait ressortir le délicat rosé qui colorait ses joues. Ses lèvres étaient pulpeuses. De ses grands yeux bleus se dégageaient une infinie douceur et une grande naïveté. Francis resta muet, incapable de maîtriser ses émotions.

— Ma chère fille, je te présente le Dr Francis Maxell. Comme tu le devines, il est le fils d'Henry. Francis, je vous présente ma fille bien-aimée, Kathleen! annonça Mme Ryan en passant son bras sous celui de la jeune fille.

— Je suis enchantée de faire votre connaissance, docteur. Ma mère ne tarit pas d'éloges à votre sujet depuis qu'elle vous a rencontré. Vous pratiquez à Saint-Jean-d'Iberville, je pense? questionna Kathleen Ryan tout en douceur.

Francis, qui habituellement s'exprimait avec aisance, se trouva pris au dépourvu. Il aurait préféré ne rien dire et seulement l'observer à loisir, mais il réalisa qu'il devait répondre quelque chose. Après avoir hésité un moment, il prit la main de la jeune fille et la porta à ses lèvres. Ce simple geste donna naissance à un délicieux désir.

— Je suis heureux de vous rencontrer, mademoiselle Ryan, c'est déjà un plaisir de vous regarder, dit-il sincèrement.

Kathleen Ryan sourit avec cette tranquille assurance des gens conscients de leur beauté.

Mis à part quelques mots qu'il échangea avec son père, Francis passa toute la soirée avec Kathleen. Il ne se fatiguait pas de la regarder. Il l'écoutait religieusement et se sentait totalement sous son charme. Le jeune médecin avait connu et aimé d'autres femmes. Alors qu'il était à Paris, il avait été très amoureux d'une jeune Française qui lui avait préféré un officier de la marine. Il avait été malheureux quelques mois, puis il l'avait oubliée. Mais ce soir-là, il ressentait une attirance irraisonnée qui le bouleversait. Il n'avait jamais recherché la compagnie des très belles femmes, ayant souvent constaté qu'elles avaient peu de cœur et d'esprit. Pourtant ce soir, il ne trouvait à Kathleen que des qualités. Lui qui détestait danser, proposa même une valse pour le seul plaisir de la tenir dans ses bras.

Pendant qu'ils valsaient, il la mangeait des yeux et la simple vue de son épaule ronde et blanche attisait son désir. Furtivement, parmi le froissement des robes et l'affleurement des corps, il se pencha et déposa un baiser sur cette épaule, du bout des lèvres. La jeune fille un peu saisie se retourna vers lui et sourit avec indulgence. Il quitta la soirée parmi les derniers, émerveillé d'avoir rencontré un être aussi adorable, mais troublé de ne pouvoir contrôler ses émotions.

Au cours des jours qui suivirent, il rechercha toutes les occasions de la revoir. Il commença à accompagner son père dans des événements mondains auxquels il n'assistait jamais. Le vieil homme était enchanté de la présence de son fils, mais il comprit vite qu'il n'était pas la raison première de ces visites assidues. Et, bien qu'il fut consciencieux, Francis délaissa quelque peu ses patients.

Comme la santé d'Amelia s'était améliorée, il distançait maintenant ses visites, ce qui attristait beaucoup Géraldine. Et quand il venait les voir, le jeune docteur était si étrange que les deux jeunes filles s'inquiétèrent pour sa santé. La jeune demoiselle de compagnie se désolait de son absence et pensait à lui de plus en plus souvent. Mais Francis avait changé d'attitude. Il ne jouait plus aux cartes, il auscultait Amelia rapidement, présentait ses hommages à Mme McTavish, puis s'en allait en coup de vent. Il n'osait même plus regarder Géraldine dans les yeux et la jeune fille se désespérait de sa soudaine froideur.

Plusieurs fois par semaine maintenant, le jeune homme rencontrait Kathleen Ryan. Celle-ci l'accueillait toujours courtoisement, avec l'assurance des femmes qui se sentent admirées et quand il revenait à Saint-Jean, il attendait douloureusement le moment où il pourrait revoir la dame de ses pensées. De son côté, la jeune femme le trouvait touchant et elle s'amusait de son émoi. Cependant, elle savait très bien que le jour où elle déciderait de prendre mari, elle n'aurait que l'embarras du choix parmi la pléiade d'hommes qui lui faisaient la cour et qui étaient tous beaucoup plus fortunés que Francis.

Elle n'était pas pressée, car elle était jeune et belle et elle voulait d'abord s'amuser. Mais sa mère lui faisait souvent la leçon. Elle lui rappelait qu'elle était au summum de sa beauté et devait en profiter pour choisir le meilleur parti. Le jeune docteur plaisait bien à la belle Kathleen, il était passionné, sincère, mais il avait de la fierté. Contrairement à beaucoup d'hommes qu'elle avait connus, elle ne le contrôlait pas complètement et cela l'excitait.

La veuve Ryan avait d'abord vu d'un bon œil les attentions de Francis pour sa fille. Mais à mesure que ces fréquentations devenaient plus assidues, elle avait fait comprendre à sa fille où se situaient ses intérêts. Elle-même étant très riche, son avenir était assuré et elle pouvait se permettre de jouir de la vie. Mais la vieillesse approchant, elle souhaitait avoir un compagnon stable qui pourrait prendre soin d'elle et c'est la raison pour laquelle elle avait décidé de séduire le vieux Dr Maxell.

Cependant, elle n'avait aucune envie de voir la fortune qu'elle gérait d'une main de fer, passer entre les mains d'un mari. Selon les lois canadiennes, quand une femme se mariait, tous ses avoirs passaient sous le contrôle de son mari. Pour cette raison, elle avait bien l'intention de retarder le plus possible l'échéance du mariage avec Henry Maxell, éternellement si c'était possible.

Elle avait les mêmes préoccupations au sujet d'un possible mariage pour sa fille Kathleen. Elle avait une bonne opinion de Francis, quoiqu'il lui semblait parfois un peu étrange, mais la modestie de sa fortune ne jouait pas en sa faveur. Selon les critères de la dame, il n'était pas ce qu'on pouvait considérer comme un bon parti. Elle avait même conseillé à sa fille de le prendre pour amant si elle en avait envie, mais de regarder plutôt du côté des banquiers pour se trouver un mari. Dans l'intimité, elle lui disait qu'une fois son avenir assuré, elle pourrait facilement continuer à s'amuser avec de beaux jeunes hommes.

~

Cher journal

Ce soir, je me sens bien triste! Je ne veux pas inquiéter Amelia qui est si bonne, mais je me sens perdue! Et je suis si bête! Pendant quelque temps, je me suis imaginé que Francis s'intéressait à moi. Il passait beaucoup de temps avec nous et il me regardait avec tendresse, enfin c'est ce que je croyais… Mais ces dernières semaines, il nous a délaissées et quand il vient examiner Amelia, il ne m'adresse presque plus la parole. Je ne comprenais pas, mais j'espérais toujours qu'il reviendrait dans de meilleures amitiés. Malheureusement, la semaine dernière, quand le Dr Maxell père est venu ausculter Amelia, il est resté seul avec elle et il lui a confié que Francis était moins disponible parce qu'il s'était entiché de Kathleen Ryan!

Il paraît qu'il passe le plus de temps possible à ses côtés et qu'il est fou d'elle. Le vieux Dr Archambault est inquiet, car il trouve que Francis a beaucoup changé. C'est une des raisons pour laquelle Henry Maxell est venu à Saint-Jean. Il voulait rassurer son beau-père et lui expliquer que Francis était simplement amoureux. Je n'ai jamais vu Kathleen Ryan, mais il paraît qu'elle est d'une incroyable beauté! Amelia était bien désolée et elle me l'a appris avec beaucoup de douceur.

Comment ai-je pu m'imaginer que Francis m'aimerait? Moi qui suis si ordinaire avec mes cheveux roux! Aux yeux de ces gens, je ne suis qu'une dame de compagnie, une domestique et je devrais garder ma place ! Bien sûr, Amelia est différente. Elle est la meilleure amie que je n'ai jamais eue. Heureusement qu'elle est là. Je ne veux pas la peiner, alors je ne lui parle pas de tout ça. Je me dis que si je n'étais pas si égoïste, je penserais d'abord au bonheur de Francis. J'espère qu'il sera heureux, mais j'aimerais tellement que nous restions amis !

Je vais maintenant me coucher pour arrêter de penser !

Bonne nuit

Géraldine

Chapitre 18

Le 23 janvier, un dimanche, Jean-Baptiste fêtait ses quarante-neuf ans. À cette occasion, Héléna avait invité Géraldine et quelques amis pour le repas du midi. Mme Côté agonisait lentement et Géraldine avait demandé à sa tante si elle pouvait amener Isabelle et Alice pour les distraire un peu. Elle savait bien que deux convives de plus ne seraient jamais un problème pour Héléna et que son oncle saurait les dérider un peu. Amelia avait insisté pour que le valet de pied les conduise en voiture et retourne les chercher à la fin de l'après-midi. Géraldine se mit en route après la grand-messe et passa prendre les deux fillettes. C'est Athanase qui vint lui ouvrir la porte, abattu et silencieux. Les petites filles prirent Géraldine par la main, mais avant de passer la porte, Athanase serra la jeune fille dans ses bras et la remercia en étouffant un sanglot. La jeune fille l'embrassa sur la joue et s'esquiva très émue.

La carriole arriva bientôt à destination et Géraldine regarda la maison avec attendrissement. Elle avait très peu vu sa tante depuis qu'elle avait quitté la salle d'asile et elle se languissait de lui parler. À leur arrivée, Héléna s'affairait autour du fourneau et Jean-Baptiste riait au salon avec les invités. Géraldine embrassa sa tante avec tendresse.

— J'ai tellement de choses à te dire, ma tante, et je suis si contente de te voir ! lança joyeusement la jeune fille.

— Oh moi aussi, ma chère petite! Mais tu as l'air en grande forme on dirait! Tu ne me présentes pas ces deux jeunes demoiselles? Je connais leur mère, mais je ne les ai jamais rencontrées! ajouta Héléna en essuyant ses mains sur son tablier.

— Ma tante, je te présente Alice et Isabelle Côté, mes deux amies. Les filles, je vous présente ma tante Héléna! annonça Géraldine d'un air faussement solennel.

À ce moment, Jean-Baptiste fit irruption dans la cuisine et prit la jeune fille par l'épaule.

— Ben si c'est pas ma nièce préférée! Qu'est-ce que tu fais dans la cuisine à placoter avec ta tante? C'est ma fête, pas la sienne après tout! protesta-t-il en riant. Viens nous voir un peu au salon, pis présente-nous ces deux belles créatures!

— Je vais revenir t'aider, ma tante! promit la jeune fille en sortant de la cuisine.

Au salon, on les reçut avec des cris de joie. Il y avait là sa sœur Laura avec son mari Gabriel Latour, ses frères, Henri et Gustave, les Normandin et leur fils Octave ainsi qu'Anatole Duchesne un compagnon de travail de Jean-Baptiste, veuf depuis quelques semaines. Julia avait été invitée, elle aussi, mais elle était restée à la maison avec les plus jeunes prétextant des problèmes avec ses jambes. Les deux fillettes furent présentées à tout le monde, mais un peu intimidées, elles s'assirent sagement près de Géraldine. Héléna sortit alors quelques jouets de l'armoire, qui au fil des ans avaient amusé les neveux et les nièces.

Bientôt, les petites filles se retrouvèrent assises par terre sur la catalogne, absorbées par leurs jeux. Les adultes discutaient et riaient en attendant le repas. Laura et Gabriel faisaient leur première sortie sans les jumeaux qui se faisaient garder chez les grands-parents Latour. Les jeunes parents étaient contents d'avoir un peu de répit, car les jumeaux, nés prématurément, faisaient fréquemment des coliques et demandaient beaucoup d'attention. Pourtant, depuis son arrivée chez Héléna et Jean-Baptiste, Laura ne parlait que de ses bébés. Octave profita de la conversation animée pour s'asseoir à côté de Géraldine.

— Je suis bien content de te voir, Géraldine, on ne te voit plus! Es-tu rentrée en religion? demanda le jeune homme en riant.

— Oui, Octave, mais j'ai enlevé ma cornette avant de venir! lança la jeune femme très sérieusement.

— Sans rire, ils ont l'air de t'occuper, tes patrons! Tu sors plus jamais! déplora Octave.

— Nous commençons juste à sortir un peu. Avec l'épidémie, il fallait être très prudent, tu sais, expliqua la jeune fille. Mais, toi, qu'est-ce que tu deviens? s'informa-t-elle pour détourner la conversation.

— C'est vrai! Tu ne connais pas la nouvelle! Je travaille comme apprenti chez le photographe Lapierre! annonça Octave fièrement. Je n'ai pas un gros salaire, mais j'apprends le métier et je trouve ça passionnant. Tu devrais venir au studio un bon jour, j'aimerais tellement faire des photos de toi, lui dit-il en la regardant amoureusement.

— Mais comment es-tu devenu photographe? Aux dernières nouvelles, tu travaillais à la poterie avec ton père! s'exclama Géraldine.

— Je suis allé me faire poser et j'ai trouvé ça merveilleux ce qu'il pouvait faire! J'ai décidé que je serais un artiste comme lui, raconta le garçon, les yeux brillants. Je lui ai demandé de me prendre comme apprenti. C'était le printemps dernier. Je lui ai dit que je travaillerais fort et qu'il ne le regretterait pas, mais il n'avait pas de place parce qu'un de ses frères était encore apprenti chez lui. Mais, cet automne, il m'a fait demander si j'étais encore intéressé et j'ai sauté tout de suite sur l'occasion. Maintenant, je suis apprenti photographe !

— Et qu'est-ce que tu fabriques, monsieur l'apprenti photographe ? interrogea son interlocutrice sur un ton amusé.

— Je prépare les produits, je colle les photos sur des cartons, je réponds aux clients qui veulent acheter des cadres ou des albums et j'ai même commencé à faire de la retouche ! expliqua Octave avec orgueil.

Il avait l'air heureux comme un enfant qui a gagné aux billes et Géraldine fut émue de son bonheur. Il était si content de lui confier sa bonne fortune !

— Je suis bien fière que tu aies trouvé un travail que tu aimes. Je suis sûre que tu feras un bon photographe, dit la jeune femme en se penchant vers lui.

— Je suis si content de te voir, lui confia le jeune homme avec une fièvre soudaine. Il y a longtemps que j'attends de tes nouvelles. J'ai bien essayé de regarder d'autres filles, mais je pense toujours à toi !

Géraldine hésita. Quelques mois auparavant, elle aurait repoussé un tel aveu du revers de la main, mais aujourd'hui l'image de Francis ne la quittait plus et elle pouvait comprendre comment se sentait Octave. Elle aurait maintenant eu honte de le traiter à la légère. Elle baissa un peu la voix pour lui dire :

— Octave, tu ne devrais pas m'aimer, je ne pense pas que je pourrai jamais te le rendre ! Je ne veux surtout pas te faire souffrir ! Tu es mon ami !

Octave pencha la tête d'un air un peu abattu. Jean-Baptiste, qui les regardait du coin de l'œil, devina ce qui se passait et les interpella pour alléger l'atmosphère.

— Eh bien, vous deux ! Avez-vous fini vos messes basses ? Ne restez pas dans votre coin ! Venez donc nous voir un peu ! s'écria l'homme joyeusement.

— Vas-y, Octave, moi je vais aller aider ma tante Héléna à la cuisine, lui glissa la jeune fille en se levant précipitamment.

Octave la regarda sortir de la pièce les yeux pleins de nostalgie. À contrecœur, il s'approcha du groupe qui était en grande conversation sur la politique et l'exécution de Louis Riel.

Discrètement, la petite Alice se leva à son tour et suivit Géraldine dans la cuisine laissant sa sœur absorbée par un petit train de bois. Elle resta timidement sur le pas de la porte.

— Ma tantine, dis-moi ce que je peux faire pour t'aider ? demanda Géraldine en entrant dans la cuisine surchauffée.

— Chère enfant, j'ai presque tout fini, mais tu peux piler les patates si tu veux ! proposa Héléna en s'essuyant les mains sur son tablier.

À côté du four, Géraldine prit une mitaine matelassée pour saisir le chaudron qui contenait les pommes de terres cuites et, avec le pilon que lui tendait sa tante, elle commença à les mettre en purée.

— Je te trouve une mine songeuse, ma nièce. Il y a quelque chose qui t'asticote ?

— Peut-être… La jeune fille hésita un instant. Octave me comble d'attention, mais mon cœur est ailleurs !

— Tu as rencontré un garçon ! Mais c'est une bonne nouvelle ! s'exclama sa tante.

— Non, ma tante, non, car c'est un sentiment illusoire et impossible. Il ne m'aime pas et ne m'aimera jamais ! coupa Géraldine un peu sèchement. Il n'est pas de notre monde et ne s'intéressera jamais à une demoiselle de compagnie !

Héléna qui s'affairait à crémer un gâteau déposa son couteau et s'approcha de sa nièce.

— Je vois ! soupira-t-elle en la prenant par l'épaule. Il t'a fait de la peine, ce Dʳ Maxell ?

— Tu le savais ! Comment as-tu pu deviner ? demanda Géraldine, un peu abasourdie.

— Dans tes lettres, tu m'en parlais avec tellement d'admiration, j'ai simplement lu entre les lignes, expliqua sa tante avec douceur. Qu'est-ce qui est arrivé, mon enfant ?

— Il a changé. Il me fuit. Il en aime une autre, ma tante, marmonna tristement Géraldine.

— Tu sautes vite aux conclusions, il me semble. Tu…

À ce moment, Héléna remarqua la petite fille qui les écoutait appuyée contre la moulure de la porte.

— Tu es là, petite ! Est-ce que tu cherches quelque chose ? lui demanda-t-elle en s'approchant.

— Non ! Non madame. J'étais juste fatiguée de jouer, répondit l'enfant gravement.

La femme regarda la fillette et fut émue par la tristesse qu'elle lut au fond de ses yeux.

— Alors, viens nous tenir compagnie ! proposa-t-elle en essayant d'être joyeuse. Nous avons encore de la besogne à abattre !

Bientôt, Héléna et Géraldine aidées fièrement de la petite Alice commencèrent à servir les convives. Le repas se déroula dans la gaieté et l'animation. Après le dîner, pendant que les femmes faisaient la vaisselle, Jean-Baptiste sortit de son tiroir à malice, comme il l'appelait, les marionnettes que sa femme avait jadis fabriquées à partir de vieilles chaussettes. En se cachant derrière le divan du salon, il donna tout un spectacle qui réussit même à faire rire la petite Alice. Il mettait en scène le curé et son bedeau. L'ecclésiastique grondait le bedeau parce qu'il dormait pendant la messe. Jean-Baptiste imitait les voix, sonnait une cloche imaginaire et tous riaient de bon cœur. Géraldine et Laura debout dans l'embrasure de la porte, leur linge à vaisselle à la main, assistèrent à la fin du spectacle. Comme dans leur enfance, elles se laissèrent charmer par le talent de leur oncle.

Vers la fin de l'après-midi, Géraldine signala à Alice et à Isabelle qu'il était temps de partir. Elle embrassa sa sœur, son oncle, sa tante et salua tout le monde. Octave serra longuement sa main entre les siennes et l'invita à venir se faire photographier.

— Je te ferai de bons prix, chuchota-t-il un peu tristement.

Héléna donna à chacune des fillettes un petit sac de bonbons et les invita à revenir la voir. Une dernière fois, elle serra Géraldine dans ses bras en lui demandant de lui écrire bientôt. La jeune fille promit de le faire et s'en alla un peu précipitamment. Au cours du trajet, Isabelle s'endormit sur son épaule. Il faisait déjà noir et Géraldine emmitouflée dans les couvertures avec les deux petites filles, repensait silencieusement à Octave.

Pendant longtemps, elle ne l'avait pas pris au sérieux. Ses sentiments lui semblaient superficiels et enfantins, mais aujourd'hui elle avait vu qu'il souffrait vraiment et en avait été émue. Elle ne voulait pas lui faire du mal. Elle le trouvait très gentil et espérait qu'il soit heureux. De fil en aiguille, ses pensées se tournèrent vers sa propre souffrance et elle pensa à Francis. Elle passait en revue tous ses souvenirs avec lui, les paroles qu'il lui avait dites, ses sourires, ses regards. Elle avait souvent eu l'impression qu'elle ne lui était pas indifférente. Peut-être n'était-il que poli après tout. Et pourtant…

En arrivant chez les fillettes, son cœur bondit dans sa poitrine quand, sur le côté de la maison, elle reconnut la carriole du jeune docteur. Le cheval avait été dételé et on l'avait probablement installé au chaud dans la petite étable. Alice essaya de réveiller sa sœur, mais elle dormait profondément de ce sommeil d'enfant qui ressemble parfois au coma. Finalement, Géraldine la prit doucement dans ses bras malgré les protestations de Georges Arthur, le valet de pied, qui voulait lui venir en aide. Alice ouvrit la porte de la maison et elles entrèrent encore engourdies par le froid. Dès leur entrée, la sœur d'Athanase Côté vint à leur rencontre, les yeux rougis.

— Qu'est-ce qu'il y a, ma tante Agnès? interrogea Alice alertée par ses larmes. Maman ne va pas bien?

— Ma pauvre enfant, ma pauvre enfant… Elle ne put terminer sa phrase étouffée par les sanglots, alors Alice se précipita en courant dans la chambre de sa mère.

Géraldine avait déposé Isabelle sur le divan du salon double. Elle essaya de la réveiller, mais ce fut peine perdue. La fillette grogna un peu et blottit sa tête dans le creux de son bras. Géraldine resta donc assise à veiller le sommeil d'Isabelle, n'osant troubler par sa présence l'intimité d'une agonie.

Elle avait renvoyé Georges Arthur en lui demandant de prévenir Amelia qu'elle rentrerait plus tard et qu'elle ne serait pas là pour le souper. Elle caressait doucement les cheveux de la fillette en se disant qu'à son réveil elle serait bien malheureuse. De la chambre principale située à côté de l'escalier, on pouvait entendre des sanglots étouffés et des chuchotements. Soudain, Francis sortit de la chambre, pâle, les traits tirés. Il vit Géraldine et se dirigea lentement vers elle.

— Je ne peux plus rien faire! annonça-t-il lourdement. Sa respiration est extrêmement difficile. Déjà, pendant quelques secondes, elle arrête parfois de respirer!

— Est-ce qu'elle est consciente, Francis? demanda Géraldine.

— Oui, mais elle a des moments d'absence. Le vicaire est venu cet après-midi. Elle a reçu les derniers sacrements et elle s'est confessée, ajouta le jeune docteur en se laissant tomber dans un fauteuil.

Puis, il prit sa tête dans ses mains et resta silencieux. Géraldine le regarda quelques instants et, sans trop réfléchir, elle poussa un peu les fesses d'Isabelle pour ne pas qu'elle tombe, puis elle se leva et mit ses mains sur les épaules du jeune homme.

— Vous avez fait l'impossible, Francis, lui murmura-t-elle.

Le jeune docteur releva la tête et la regarda avec intensité. Elle réalisa alors la familiarité de son geste et retira promptement les mains.

— Vous êtes gentille, Géraldine. J'ai vraiment besoin d'une présence comme la vôtre, lui confia-t-il.

À ce moment, Athanase Côté sortit de la chambre en catastrophe.

— Venez vite, docteur, venez vite! cria l'homme au désespoir.

Francis retourna en courant auprès de sa malade, mais ce ne fut que pour constater le décès. Bien qu'attendue depuis un certain temps, la nouvelle sema la stupeur dans la famille. Ce qu'ils appréhendaient depuis des mois avait eu lieu et cet aboutissement les atterrait par son caractère final et définitif. Alice pleurait à chaudes larmes, le front appuyé sur la main de la morte. Sa tante essayait de la calmer, mais la fillette appelait sa mère avec désespoir.

Ses cris tirèrent Athanase de la torpeur où l'avait plongé la mort de sa femme. Il sentit qu'il devait faire quelque chose pour canaliser toute cette douleur. Alors, d'une voix forte, il commença à réciter un *Je vous salue Marie*. Lentement, un à un, tous enchaînèrent après lui. Géraldine s'approcha pour prier elle aussi. Athanase lui fit un signe entendu de la tête et elle s'agenouilla à côté d'Alice. Francis, qui n'était pas catholique, se recueillait, les mains jointes et les yeux clos. Son visage exprimait beaucoup de souffrance intérieure et Géraldine ressentit une grande bouffée d'amour pour lui.

La jeune fille passa toute la soirée chez les Côté à prier, à réconforter Alice et à aider ses amis de son mieux. Quand la morte fut installée au salon et que les voisins commencèrent à arriver, Francis qui était resté lui aussi proposa à Géraldine de la reconduire à la maison. Avant de partir, elle avait monté Isabelle dans sa chambre et l'avait bordée.

La fillette toujours endormie ne s'était rendu compte de rien. Géraldine, émue par la peine que la petite éprouverait à son réveil, se dit qu'elle essayerait de revenir tôt. Elle savait qu'Amelia l'approuverait. Elle quitta ensuite la maison le cœur gonflé de tristesse. Francis, qui était sorti le premier pour atteler son cheval, l'attendait debout à côté de la voiture. Il avait l'air épuisé et absent. Il aida Géraldine à monter et s'assit à ses côtés.

Tout au long du trajet, Géraldine respecta son silence. Bientôt, sans rien dire, il arrêta la voiture devant la maison qu'avait achetée Charles Robertson.

— Dites-moi quelque chose, Francis! Je souffre de vous voir si malheureux, lui confia la jeune fille un peu timidement.

— Chère Géraldine, vous qui êtes si bonne et si généreuse, dites-moi pourquoi la vie est aussi cruelle ? Parfois je suis tellement las de voir mourir les pauvres gens. Ce soir, j'appuierais ma tête contre votre poitrine et je m'endormirais comme un enfant, lui avoua le jeune médecin sans retenue.

— Et vous savez, je vous bercerais avec beaucoup de plaisir, murmura la jeune fille dans un souffle.

Ils se fixèrent avec intensité pendant quelques secondes, et Géraldine se sentit comme la neige fondant au soleil. Francis prit les deux mains de la jeune fille dans les siennes.

— Géraldine, en ce moment j'ai très envie de vous embrasser, mais ce serait mal de ma part. Il y a quelque temps, j'ai demandé à une jeune femme de m'épouser et j'attends encore sa réponse, admit simplement Francis en baissant les yeux.

Géraldine demeura pétrifiée quelques instants et ses yeux se remplirent de larmes.

— Vous faites bien de me le dire, murmura-t-elle, mais les mots vinrent mourir dans sa gorge.

En une même phrase, celui qu'elle aimait venait de la rendre très heureuse et de lui briser le cœur. Maintenant, elle aurait donné n'importe quoi pour être seule et pour laisser couler les larmes qui lui brûlaient les yeux. Surpris de sa réaction, Francis commença lentement à comprendre ce qu'il n'avait que pressenti jusque-là.

— Géraldine, je vous ai fait de la peine ? Je vous ai choquée ? S'il vous plaît, parlez-moi ! supplia le jeune homme bouleversé.

— Non, non Francis, tout va bien, répondit la jeune fille sans le regarder. D'ailleurs, nous sommes arrivés et Amelia doit s'inquiéter. Je vous remercie d'être venu me reconduire.

Sans attendre, Géraldine commença à descendre de la voiture, mais Francis lui prit la main.

— Géraldine, ne vous sauvez pas ainsi! Pourquoi êtes-vous si secrète? lui reprocha le jeune homme.

— Je ne suis qu'une dame de compagnie, Francis, mais même les dames de compagnie ont droit à leurs secrets. Merci encore et bonsoir! lança-t-elle en dégageant sa main.

Avant qu'il ne puisse rien ajouter, le jeune docteur se retrouva seul dans la rue déserte. Géraldine entra dans la maison en courant. La vieille Nanny Beth vint à sa rencontre.

— C'est vous, mademoiselle Géraldine? appela la vieille en tâtonnant pour se rendre jusqu'à elle.

— Oui, Nanny, c'est moi. Je vais m'occuper de barrer la porte. Ne vous inquiétez pas, répondit doucement la jeune fille.

— Mlle Amelia vient de monter à sa chambre et Mme McTavish est couchée depuis longtemps, mais mademoiselle a insisté pour que vous alliez la saluer avant d'aller dormir! annonça Nanny Beth un peu sévèrement.

— C'est bien! Je n'y manquerai pas. Bonne nuit, Nanny Beth!

— Bonne nuit, mademoiselle!

Géraldine monta l'escalier une lampe à la main. Devant la chambre d'Amelia, elle hésita un moment, puis frappa à la porte délicatement.

— Entre, Géraldine! lui cria son amie à travers la porte.

La jeune fille entra. Amelia était couchée dans son lit, les cheveux défaits, une liseuse sur les épaules. Géraldine marcha lentement vers le lit et déposa sa lampe sur la table de nuit sans dire un mot.

— Que se passe-t-il ? Qu'est-il arrivé ? demanda la jeune malade anxieusement.

À ce moment, Géraldine éclata en sanglots en se laissant tomber sur le lit.

— Oh ! Géraldine, ma chère Géraldine, parle-moi ! implora son amie.

Mais la jeune fille pleurait à chaudes larmes et n'essayait même pas de parler. Avec émotion, Amelia la prit dans ses bras, appuyant sa tête sur son épaule. Elle la laissa pleurer longtemps sans lui poser de questions. Elle devina que Mme Côté était morte, mais à l'ampleur de la détresse de son amie, elle sut que d'autres choses l'avaient bouleversée. Elle resta longtemps à caresser les cheveux de Géraldine sans parler, émue de sentir son amie si fragile. Après un long moment, celle-ci se mit à raconter sa peine et à se vider le cœur.

— La pauvre Mme Côté, elle ne souffrira plus ! Alice était inconsolable et Francis était là lui aussi. Il avait l'air d'un enfant qu'on a puni. J'étais si triste de le voir ainsi. Il m'a proposé de venir me reconduire. J'aurais pu marcher, mais j'ai accepté pour être avec lui, même si personne n'était là pour nous chaperonner. J'étais triste, mais en même temps j'étais si heureuse d'être près de lui !

La jeune fille fit un long silence puis continua à voix basse.

— Alors, il m'a dit qu'il avait envie de m'embrasser, mais qu'il ne pouvait pas le faire, car il devait en épouser une autre !

— Ma pauvre amie, c'était donc vrai ! soupira Amelia.

Géraldine lui lança un regard interrogateur.

— Père m'a dit que Francis voulait épouser Kathleen Ryan, la fille de la veuve Ryan. Il paraît que c'est une aventurière et qu'elle a brisé bien des cœurs, expliqua la jeune malade. Il semble qu'il ait fait la grande demande la semaine dernière. Comme la belle ne viendra jamais s'installer dans un petit village comme Saint-Jean, il pense même déménager à Montréal, ce qui réjouit beaucoup son père bien sûr.

— C'était vraiment stupide de ma part de l'aimer. Nous ne sommes pas du même monde, je le savais, mais je ne pouvais m'empêcher de penser à lui. Quelle sottise! lança Géraldine avec dépit.

— Ne dis pas cela! Ce n'est jamais stupide d'aimer, c'est un cadeau de Dieu. Et puis, je sais que Francis t'aimait beaucoup, il te regardait toujours avec beaucoup de tendresse, même grand-mère l'avait remarqué, objecta son amie. Et il t'a dit qu'il avait envie de t'embrasser! On ne dit pas cela à la légère!

Géraldine ne répondit pas, perdue dans ses pensées, mais des larmes continuaient à couler doucement sur ses joues.

— Je t'ai parlé de ce jeune homme que j'avais aimé en Provence? Tu sais, il travaillait comme régisseur chez les de Courval. Il était pauvre et ses parents étaient des domestiques. Notre amour était impossible, mais, tu sais, son souvenir embellira mes pensées pour le reste de ma vie!

— Le reverras-tu un jour, Amelia?

— Je ne pense pas, mais nous continuons à nous écrire et nous resterons toujours de grands amis!

— Oh Amelia! Pourquoi est-ce si difficile d'aimer et d'être aimé?

— Je sais Géraldine… Je sais…

Chapitre 19

Montréal, 15 mars 1886

Francis était seul dans le petit salon. Ce soir-là, Kathleen et lui devaient accompagner Henry Maxell et Regina Ryan à un concert, mais la jeune femme avait eu un malaise et Francis avait jugé plus prudent qu'elle ne sorte pas. Après le départ de sa mère, Kathleen était montée s'habiller plus confortablement et avait renvoyé les domestiques, puis elle avait rejoint Francis dans l'intimité du petit salon.

C'était une des premières fois qu'ils se voyaient sans chaperon. Quand il la vit, le jeune homme sentit son cœur battre très fort. La jeune femme avait revêtu une robe d'intérieur en soie jaune boutonnée sur le devant et ornée de fleurs blanches finement dessinées. Sa gorge était découverte et le large décolleté laissait deviner une poitrine blanche et ferme. La robe était cintrée à la taille et ouverte jusqu'à mi-jambe en arrière. Kathleen s'assit à côté du jeune Maxell et soupira d'aise.

— Comment vous sentez-vous, ma douce amie? questionna le docteur.

— Beaucoup mieux, mes vêtements me serraient et m'empêchaient de respirer, expliqua la jeune fille. J'espère que vous n'êtes pas trop déçu de ne pas aller au concert, mon cher Francis? demanda-t-elle feignant l'inquiétude.

— Pensez-vous! Vous savez que je n'aime pas tellement les sorties mondaines. Être seul avec vous vaut tous les concerts du monde, murmura-t-il en lui baisant la main. C'est tellement unique de vous voir sans chaperon.

— Comme vous êtes galant, mon ami! Vous savez toujours dire les choses qui m'émeuvent, chuchota Kathleen à son oreille.

Elle approcha ses lèvres jusqu'à effleurer les siennes, alors n'y tenant plus, il se jeta sur sa bouche avec passion. Blottie dans ses bras, elle bomba le torse et il sentit ses deux seins appuyés contre lui de façon provocante. Elle gémit doucement de plaisir, ce qui décupla l'ardeur de Francis. Fébrilement, il se mit à lui mordiller le cou.

Avec des mains impatientes, Kathleen ouvrit son corsage et découvrit ses seins. Francis, d'abord surpris, ne put résister à la douce invitation. La bouche ouverte, il embrassa la poitrine qui s'offrait à lui. La jeune fille, d'un langage incohérent, demandait plus de caresses.

— Francis! Oh oui! Encore… Encore… Je te veux! Je te veux!

Puis, soudainement, Francis se releva et recula de quelques pas.

— Mais que se passe-t-il donc? protesta la jeune fille avec agacement.

— Kathleen! Je vous respecte trop pour vous faire l'offense d'abuser de la situation. Je veux vous épouser et malgré le désir fou que vous m'inspirez, je ne veux pas consommer notre union avant qu'un pasteur ne nous ait bénis! annonça le jeune médecin solennellement.

— Comme vous êtes compliqué, Francis! lança la jeune femme avec dépit. J'étais si bien et je croyais que de votre côté vous ressentiez du plaisir à me caresser. Venez ! J'ai envie de vos bras, murmura la jeune fille en gonflant sa poitrine pour lui présenter encore ses seins nus.

— Vous êtes si belle ! déclara le jeune homme en reculant encore d'un pas.

— Francis, vous êtes si sage ! Nous pourrions simplement passer un bon moment ensemble et ça ne ferait de mal à personne !

— Mais je vous l'ai dit, ma chérie, je veux que nous nous réservions pour le mariage. Vous êtes la femme que j'aime et je dois vous respecter, affirma-t-il.

Kathleen se leva et commença à rattacher les boutons de sa robe.

— Vous sautez vite aux conclusions, Francis. Je ne vous ai jamais dit que je vous épouserais ! répliqua la jeune fille sur un ton un peu sec.

— Non c'est vrai, vous m'avez dit que vous n'étiez pas prête à me répondre. Mais votre attitude m'a amené à conclure que ce n'était qu'une question de temps. Me serais-je trompé ? s'enquit fébrilement Francis.

— Nous avons passé des soirées très agréables ensemble Francis et nous pourrions en passer encore. Ce soir, j'étais prête à me donner à vous, mais je ne peux pas vous épouser, car hier j'ai accepté d'épouser Herbert Green, annonça Kathleen d'un air décidé.

— Mais Kathleen c'est impossible ! Il a deux fois votre âge, et vous ne l'aimez pas ! C'est moi que vous aimez ! s'écria le jeune homme en la prenant par les bras.

Kathleen se dégagea de son étreinte avant de répondre.

— Je vous aime bien Francis, mais je ne vous appartiens pas. Je n'appartiens ni à vous ni à personne. Herbert Green a demandé ma main hier, il est riche, il est veuf et j'ai bien l'intention de l'épouser! répondit la jeune femme avec une dureté que Francis ne lui connaissait pas.

Il ne répliqua pas tout de suite. Pendant une longue minute, il s'imprégna de cette nouvelle, l'air hagard et incrédule, puis il laissa éclater sa colère.

— Quel genre de femme êtes-vous donc Kathleen? lança-t-il avec rage et désespoir. Depuis le début, je vous ai clairement montré mes sentiments, je vous ai demandé de m'épouser, j'ai fait des projets d'avenir avec vous et tout ce temps-là, vous m'avez utilisé! Je vous ai diverti en attendant que vous épousiez un gros porc qui vous achète pour vous mettre dans son lit.

— Je vous défends…, commença la jeune femme, mais elle ne put finir, car Francis criait plus fort qu'elle.

— Vous allez vous vendre exactement comme le fait une fille de régiment, mais parce que le vieux monsieur n'est pas très agréable, vous aviez décidé de vous consoler avec moi! C'est bien ça? Avoir un mari très riche qui ne vivra pas trop longtemps et de jeunes amants à vos pieds, c'est comme ça que vous voyez votre vie! Vous avez essayé de me séduire et je me suis laissé faire comme un adolescent.

Francis marcha vers la porte du petit salon, puis il se retourna.

— Heureusement, madame, que j'ai su vous résister, car je me serais senti souillé pour le reste de ma vie. Adieu!

Il sortit rapidement de la pièce et dévala l'escalier. Derrière lui Kathleen criait son mépris d'un ton railleur.

— Allez, retournez dans votre campagne sordide, je n'ai pas besoin de vous!

Chapitre 20

Un corridor plutôt sombre tenait lieu de salle d'attente. D'un côté s'ouvrait un salon double avec ses deux portes vitrées aux carreaux finement ciselés et de l'autre se trouvait le bureau du docteur. En plus de Géraldine, quatre autres personnes attendaient pour voir le médecin : Mme Fournier employée au bureau de poste, Mme Paquette épouse d'un des éclusiers ainsi que Mlle Marquis et sa mère qui lui tenait lieu de chaperon. Tandis que ces dames s'entretenaient à voix basse sur la vie intime du Dr Maxell fils, Géraldine les écoutait avec agacement.

— Il paraît qu'il ne mange presque plus et qu'il dort très peu. C'est Laure Legrand qui me l'a dit. Elle est domestique chez son grand-père le Dr Archambault ! annonça Mme Fournier.

— Y a rien qu'à voir comme il a maigri, les yeux lui mangent la figure, répondit Émérencienne Paquette.

— C'est à cause de la femme qu'il affectionnait. Elle s'est fiancée avec un autre, un homme qui avait de l'argent, continua Marie-Françoise Fournier à voix basse.

— Vous savez qu'il prend le bateau à la fin du mois ! C'était écrit dans le *Franco-Canadien* de la semaine dernière. Il retourne travailler dans les vieux pays. C'est le Dr Bachand qui va le remplacer, chuchota la jeune Marianne Marquis.

À ce moment-là, la porte du bureau s'ouvrit. Un homme d'une soixantaine d'années, la main enveloppée de bandages, sortit dans le corridor tout en continuant à parler.

— Vous êtes bien bon, docteur. Cet hameçon était planté solide, je ne serais jamais arrivé à l'enlever moi tout seul, commenta le vieil homme en se retournant vers le docteur debout dans l'embrasure de la porte.

— Tout va bien aller maintenant, monsieur Langlois, mais gardez ce pansement au moins deux jours. Mes salutations à votre dame! répliqua Francis Maxell.

— Au revoir, monsieur le docteur, à la prochaine! répondit joyeusement Clément Langlois en remettant sa casquette après avoir salué les dames.

Francis se pencha légèrement pour regarder les personnes qui le fixaient en silence assises dans le sombre corridor.

— Qui est la prochaine personne? demanda le jeune médecin d'un air absent.

C'est à ce moment qu'il aperçut Géraldine. Il figea sur place l'espace d'un instant, puis il reprit sa contenance.

— C'est moi docteur! s'écria Mme Fournier.

— Alors, entrez madame, affirma-t-il en jetant un coup d'œil furtif à Géraldine qui se sentit rougir.

Géraldine resta la dernière dans la salle d'attente et elle attendit son tour pendant une heure. Francis prenait toujours beaucoup de temps pour écouter ses patients et pour les rassurer. Elle se demandait ce qu'elle faisait là et à plusieurs reprises, elle faillit se lever et partir. Bien sûr, elle ressentait certains malaises depuis quelque temps, mais elle était surtout venue pour dire au revoir à Francis et l'assurer de son amitié.

Quand vint son tour, elle franchit la porte du bureau sans regarder le jeune médecin appuyé contre le cadrage. En entrant, elle fit le tour de la pièce des yeux et fut frappée par son dépouillement. Le mur du fond était percé de deux fenêtres que des draperies rouge bourgogne dissimulaient en partie. Un large bureau trônait au centre de la pièce, alors qu'une bibliothèque vitrée appuyée au mur de gauche renfermait de nombreux livres recouverts de maroquin rouge ou brun.

Sur le côté droit se trouvait une petite table recouverte de quelques instruments : un marteau à réflexes, un bocal d'eau dans lequel flottaient quelques sangsues, un stéthoscope de bois, et quelques flacons. Sur le mur de la porte, un placard aux deux portes ouvertes laissait voir un lave-mains muni d'un petit robinet d'étain. Accrochée à la porte, une serviette de lin servait à se sécher après des ablutions rudimentaires. À côté de ce placard, un petit canapé recouvert de velours grenat servait de table d'examen et un paravent en papier de riz tenait lieu de salle de déshabillage. Finalement, dans le coin opposé, un petit poêle de faïence assurait le chauffage du bureau. Le jeune médecin referma la porte derrière Géraldine et la regarda longuement.

— Vous êtes bien la seule patiente que j'aie vraiment envie de voir ce matin, annonça-t-il doucement.

— Comment allez-vous, Francis ? Vous vous faites plutôt rare dernièrement ! annonça la jeune femme en constatant que les commères avaient raison et qu'il avait beaucoup maigri.

— Oui en effet, mais je suis toujours là si Amelia a besoin de moi, déclara le jeune médecin en détournant un peu la tête. À vous, je peux le dire, ma douce Géraldine, j'ai été si malheureux que j'avais du mal à me soigner moi-même, ajouta-t-il d'une faible voix.

— Je sais, Francis, je sais aussi que vous partez. Vous ne seriez pas parti sans venir nous dire au revoir n'est-ce pas ? s'enquit Géraldine presque surprise de son audace.

— Bien sûr que non et je peux ajouter que vous allez beaucoup me manquer ! déclara Francis avec un triste sourire.

— Où allez-vous ? Serez-vous parti longtemps ? interrogea la jeune fille en essayant de cacher son anxiété.

— Je retourne en France. J'espère me spécialiser en obstétrique. Je devrais rester environ dix-huit mois, lui confia le jeune homme en s'assoyant derrière le bureau de chêne massif.

— Ah ! Je vois, dit-elle tristement.

— Et vous, Géraldine, passerez-vous l'été avec Amelia et sa grand-mère ?

— Oui ! Amelia m'a demandé de rester avec elle. Nous irons passer l'été à Murray Bay.

Un long silence s'installa entre eux. Après un moment, le médecin demanda :

— Êtes-vous malade, ma chère Géraldine ?

— Je ne sais pas vraiment, Francis, j'ai beaucoup de difficulté à dormir et j'ai de fréquents maux de tête, expliqua-t-elle d'une voix monocorde.

— Il faudrait vous déshabiller pour que je vous examine, annonça-t-il.

Puis, devant l'air affolé de sa patiente, il ajouta :

— À quand remonte la dernière fois où vous avez vu un médecin ?

— Plusieurs années, je crois. Je ne suis jamais malade !

— Oui, mais depuis des mois vous côtoyez une personne qui souffre de tuberculose. Il ne faut pas courir de risques ! Déshabillez-vous derrière ce paravent.

Lentement, avec une lourde hésitation, Géraldine commença à se dévêtir. Après avoir enlevé sa blouse avec sa multitude de petits boutons, elle enleva sa jupe, ses bottines lacées, mais garda ses bas. Rougissante, elle leva les yeux vers Francis par-dessus le paravent. Appuyé à la bibliothèque il la dévisageait.

— Géraldine, vous devez retirer votre corset pour l'auscultation. C'est le plus important ! déclara Francis d'un ton ferme.

Docilement, la jeune fille commença à détacher les minuscules agrafes sur le devant de son corset. Après un bon moment, elle alla s'asseoir sur la table d'examen habillé de son jupon, de sa camisole de coton bordée de dentelle qu'elle avait remise pour cacher sa poitrine et de ses bas retenus par des jarretières.

— Je suis prête, docteur, lui dit-elle les yeux baissés.

Francis commença par sortir sa montre en or du gousset de sa veste. Il saisit le poignet de sa patiente et prit son pouls silencieusement.

— Votre pouls est très rapide, lui dit-il avec un sourire complice.

Malgré sa gêne, Géraldine ne put s'empêcher de penser comme il était merveilleux de recevoir un de ses sourires. Puis, il regarda le blanc de ses yeux, lui fit tirer la langue pour regarder sa gorge et releva légèrement son jupon pour prendre ses réflexes.

— Vous ne devriez pas porter ses vilaines jarretières. Elles sont très mauvaises pour la circulation des jambes, gronda le jeune homme.

Géraldine ne répondit pas. Il aurait été inconvenant de discuter de ce genre de choses avec lui. Francis lui posa de nombreuses questions sur ses habitudes alimentaires, sur son hérédité et sur les malaises qu'elle ressentait. Puis, il la fit coucher, et il écouta son cœur avec son stéthoscope. Finalement, il étendit une serviette de lin sur sa poitrine et écouta longuement sa respiration. Géraldine se sentit très émue. Avoir sa tête appuyée contre son cœur, le sentir si proche, humer son odeur la bouleversait.

— Vous pouvez vous rhabiller Géraldine, annonça le jeune médecin à sa patiente. Mais ne serrez pas trop le corset, ce n'est pas bon non plus, ajouta-t-il en souriant.

Plusieurs minutes plus tard, après s'être rhabillée lentement pour se donner le temps de retrouver son calme, Géraldine vint s'asseoir devant Francis qui l'attendait à son bureau.

— Votre santé est bonne, ma chère Géraldine, mais vous semblez fatiguée et tendue, ce qui pourrait occasionner vos maux de tête. Quelque chose vous inquiète-t-il dernièrement ? demanda le docteur.

— Je ne sais pas, Francis. Je manque d'énergie, tout est un fardeau, murmura la jeune patiente.

— Votre sang est peut-être trop clair. Essayez de prendre du repos, je vais vous prescrire un sirop ferreux pour votre sang et du laudanum que vous prendrez le soir pour mieux dormir, déclara le médecin en griffonnant sur un papier à en-tête.

La jeune fille, après avoir pris la prescription que Francis lui tendait, se leva tout de suite pour partir.

— Attendez, lança le jeune homme.

Il se leva, s'approcha d'elle et déposa un long baiser sur son front.

— Je sais que vous ne m'en voulez pas, Géraldine. Vous êtes trop bonne pour ça ! J'ai été vraiment stupide et j'ai gaspillé la chance de mieux vous connaître. J'espère qu'un jour vous serez aussi heureuse que vous le méritez, ajouta-t-il les yeux plongés dans les siens.

Géraldine fut si impressionnée par la tendresse qu'elle y vit, qu'elle ne pensa même pas à être gênée. Mais, brusquement, la porte du bureau s'ouvrit et Géraldine poussa un cri de surprise. Le Dr Maxell père les regarda, déconcerté.

— Je… Je suis désolé. C'est stupide de ma part, j'étais certain que tes consultations étaient terminées, Francis. Ton grand-père m'a dit que je te trouverais ici, expliqua Maxell confus.

Géraldine avait reculé de trois pas et elle regardait par terre d'un air embarrassé.

— Je m'apprêtais à partir, docteur. Nous avions terminé, précisa la jeune fille en s'approchant à nouveau de la porte.

— Ça m'a fait plaisir de vous rencontrer, Géraldine, déclara Maxell père. Nous nous reverrons probablement cet après-midi, car je dois aller présenter mes hommages à Mme McTavish et à sa petite fille, ajouta-t-il.

— Amelia sera sûrement très heureuse de vous revoir docteur Maxell. Merci beaucoup à vous docteur Francis et à bientôt, dit-elle en évitant de le regarder.

— J'irai vous saluer toutes les deux avant de partir, promit-il.

Chapitre 21

Le soleil du matin diffusait une lumière cristalline. Amelia se promenait nonchalamment entre les talus fleuris du jardin. De temps en temps, elle cueillait une fleur et l'ajoutait à la gerbe qu'elle tenait dans le creux de son bras. L'épidémie de variole était maintenant presque enrayée et c'est pourquoi elle était revenue à Montréal après des mois d'absence. Bien qu'elle fût très heureuse de retrouver son père, sa maison, son jardin, elle se sentait triste. Saint-Jean lui manquait et elle s'ennuyait surtout de sa grande amie. Elles étaient devenues si proches l'une de l'autre qu'Amelia ne pouvait plus envisager sa vie sans Géraldine. Aussi attendait-elle avec impatience le moment où celle-ci viendrait la rejoindre.

La jeune fille avait dû rester auprès de sa sœur qui vivait des jours difficiles. Juste avant le départ des deux amies pour Montréal, un des jumeaux de Laura était mort des suites d'une violente attaque de croup. Pour le moment, la jeune maman était très dépressive et Géraldine lui tenait compagnie pendant que son mari travaillait aux champs.

Comme beaucoup d'hommes, Gabriel avait caché sa peine dans un tiroir de sa mémoire et fuyait les sentiments trop vifs de sa jeune femme. Même si elle n'avait pas d'enfants, Géraldine, en repensant à la mort des jumeaux, comprenait très bien la solitude et le désespoir de sa sœur et elle essayait de partager son fardeau. Amelia avait été très déçue de revenir à Montréal sans son amie. Mais elle n'en avait rien laissé paraître, car elle ne voulait pas avoir l'air égoïste. Cependant, elle lui avait fait promettre qu'elle viendrait la rejoindre le plus tôt possible. Perdue dans ses pensées, Amelia entra dans la maison et descendit dans les cuisines à la recherche de Nanny Beth. Elle déposa son bouquet sur une table et demanda à une des femmes de chambre de mettre les fleurs dans un vase.

En passant devant la buanderie, elle vit Georges Arthur, le valet de pied, occupé à repasser le journal du matin. Cette opération, qui avait lieu tous les matins à la même heure, avait pour but de fixer l'encre encore fraîche pour que Charles Robertson ne se salisse pas les mains en lisant son quotidien. Amelia salua le vieil homme de la tête et continua à chercher Nanny. Après quelques minutes, la jeune fille trouva sa gouvernante assise dans l'escalier de service, à bout de souffle.

— Que se passe-t-il, Nanny, tu es malade ? demanda Amelia avec empressement.

— Mademoiselle Amelia, je suis trop vieille. Je ne suis plus bonne à rien ! gémit la vieille femme.

Puis, désespérée, elle appuya sa tête contre le mur et se mit à pleurer. Amelia en eut le cœur brisé. Nanny Beth, forte et rassurante depuis toujours, paraissait si vulnérable en ce moment. La jeune fille lui caressa doucement les cheveux et chuchota à son oreille :

— Où as-tu mal, Nanny ? Es-tu blessée ?

— Je n'ai plus de souffle, mademoiselle, je manque d'air ! s'écria la vieille. Je suis aussi bien de mourir ! Je ne suis qu'une vieille loque !

— Ne parle pas comme ça, Nanny ! gronda la jeune fille, le Dr Maxell pourra sûrement te guérir.

Elle lui demanda fermement de l'attendre sans bouger et elle courut chercher de l'aide. Bientôt, le maître d'hôtel et un des valets de pied l'aidèrent à transporter la corpulente Beth Davis dans sa chambre pour la coucher sur son lit. Puis, elle envoya Georges Arthur chercher le docteur de toute urgence. Dr Maxell père arriva environ une heure plus tard. Amelia l'attendait assise sur un grand banc de bois dans l'entrée. Tout de suite, elle l'amena dans la chambre de sa nourrice. Il examina la vieille femme qui grogna tout au long de l'examen.

— Laissez-moi mourir en paix. Je ne veux pas de vos ventouses ou de vos sangsues ! Je ne me laisserai pas faire ! criait la malade à qui voulait bien l'entendre.

Après lui avoir fait une injection, Henry Maxell sortit de la pièce l'air assombri. Il entraîna Amelia jusqu'au salon et referma les portes derrière lui.

— Ton père est à la banque, n'est-ce pas Amelia ? demanda-t-il enfin.

— Oui en effet, répondit la jeune fille. Mais vous pouvez tout me dire, docteur Maxell, vous savez bien que je ne suis pas de ces femmes qui s'évanouissent quand on leur apprend de mauvaises nouvelles, affirma-t-elle avec assurance.

— Oui, oui, je sais bien… Écoute-moi, chère enfant, tu te doutes bien que Nanny Beth est mal en point. Elle est vieille et elle souffre d'une sévère insuffisance cardiaque. Je ne pense pas qu'elle vivra encore très longtemps, expliqua le vieux docteur en baissant la voix.

Amelia le regarda, incrédule. Elle resta silencieuse le temps de s'habituer à cette nouvelle. Elle s'attendait à un diagnostic pénible, mais elle n'avait pas voulu envisager le pire. Elle se dirigea vers un fauteuil recouvert de brocart et s'y assit lourdement.

— Peut-on faire quelque chose, docteur Maxell ?

— Je ne crois pas. Elle va s'éteindre doucement. Je vais lui donner du laudanum pour apaiser son inconfort. Vous avez déjà fait beaucoup plus que la moyenne des gens. Je sais que c'est navrant, mais peu d'employeurs auraient gardé une Nanny aveugle, surtout dans une maison sans enfant, commenta gravement le docteur.

— Oui, je sais, la plupart du temps les vieux domestiques se font renvoyer avec quelques semaines de salaire en poche. C'est assez odieux, vous ne pensez pas ? affirma sévèrement la jeune fille.

— Oui, bien sûr. Moi, je garderai Flavie, ma vieille gouvernante aussi longtemps que je vivrai, d'ailleurs elle risque bien de m'enterrer ! s'exclama Maxell. Elle est tellement heureuse que j'aie rompu mes fiançailles qu'elle a rajeuni de dix ans, ajouta-t-il avec un triste sourire.

Bien que ce soit un sujet qu'une jeune fille n'abordait habituellement pas avec un homme, surtout avec un homme plus âgé qu'elle, Amelia sentit que le vieux docteur avait besoin de parler et elle le questionna discrètement :

— Vous avez rompu vos fiançailles avec Mme Ryan ?

— Oui, Amelia, je crois qu'on peut dire que j'ai finalement vu clair ! affirma le docteur d'un ton sarcastique. Après que Kathleen ait brisé le cœur de Francis, j'ai eu une vive discussion avec sa mère. J'ai confronté Regina. Elle a d'abord nié innocemment son implication, puis elle a fini par admettre que c'était normal qu'une mère veuille un gendre riche et bien établi. Finalement, elle m'a lancé au visage que c'était conformément à ses conseils que sa fille avait accepté la demande en mariage du banquier… J'ai alors vu à quel point elle était mesquine et calculatrice. Je suis parti et j'ai repris mes habitudes de vieux garçon. D'ailleurs, depuis que je fréquentais cette dame, je délaissais mes malades et cela me rendait malheureux…

— Je suis désolée, docteur Maxell..., commença Amelia un peu confuse.

— Mais non, mais non. Je m'en remettrai! lança Maxell faussement joyeux. Je suis plus inquiet pour Francis, ajouta-t-il plus sérieusement. Il avait mis toute la fougue de sa jeunesse dans cette idylle. Il a l'impression d'y avoir perdu la face en même temps que le cœur. La vie est mal faite, il avait pourtant de tendres sentiments pour ton amie Géraldine. Je pense qu'ils étaient attirés l'un par l'autre et ils auraient pu devenir très amoureux. Géraldine est un ange! Pourquoi avoir été s'enticher d'une pimbêche comme Kathleen Ryan?

— On dit qu'elle est très belle!

— Oui, en effet... Et dis-moi comment va-t-elle, Géraldine? Elle n'est pas avec toi?

— Elle est auprès de sa sœur Laura qui a perdu un enfant... Je sais qu'au fond de son cœur, elle pleure le départ de Francis, mais elle est très secrète. Nous devons partir bientôt pour Murray Bay et elle doit venir avec nous. Je pense que ce voyage nous fera le plus grand bien à toutes les deux. Mais j'oubliais la maladie de Nanny! Je ne peux pas partir et la laisser ici toute seule! Je dois m'occuper d'elle!

— Tu sais, Amelia, je pense que tout sera fini dans quelques jours, annonça doucement Henry Maxell.

— Oh! Non! Pauvre Nanny Beth! Excusez-moi, docteur Maxell. Je vais retourner la voir. Je veux passer le plus de temps possible avec elle.

— Va, mon enfant va, et appelle-moi si tu as besoin de moi. J'ai laissé le laudanum sur sa table de nuit. Donne-lui-en deux cuillerées au besoin à toutes les quatre heures.

— D'accord, docteur et merci beaucoup!

Dans les jours qui suivirent, Amelia passa presque tout son temps au chevet de Nanny Beth. Un après-midi, son amie Margaret Alexander lui fit une visite imprévue. Mary McTavish lui proposa de la remplacer auprès de sa nourrice pour qu'elle puisse relaxer un peu et prendre le thé avec son amie. Amelia n'avait pas vu Margaret depuis des mois et elle était très heureuse de sa visite. Celle-ci s'était mariée au cours de l'hiver. Amelia avait été invitée bien sûr, mais comme la cérémonie avait lieu à Montréal pendant l'épidémie de variole, elle n'avait pas pu s'y rendre. Elle avait envoyé en cadeau à son amie une magnifique courtepointe confectionnée par des dames de Saint-Jean accompagnée d'une longue lettre.

Elle était ravie de revoir sa bonne amie, mais elle lui trouva mauvaise mine. La pauvre Margaret avait épousé un homme que ses parents avaient choisi. Il était riche, beaucoup plus vieux qu'elle et considérait le mariage comme une occasion d'affaires.

— Ma chère Margaret, dis-moi, comment vas-tu? Comment aimes-tu ta nouvelle vie?

— Tu sais que je n'aime pas cet homme… Et il n'est même pas aimable! Heureusement, je ne le vois qu'au souper quand il ne passe pas la soirée à son club. Ma plus grande épreuve, c'est quand il vient me rejoindre dans ma chambre. Tu sais, le devoir conjugal… c'est absolument horrible!

Amelia baissa les yeux, un peu gênée. On ne parlait pas de ces choses-là. L'image du baiser de Gaston lui traversa l'esprit et elle se dit qu'avec un être aimé c'était probablement très différent. Mais d'imaginer Margaret avec un vieux monsieur qui ne s'intéressait qu'à la finance lui faisait horreur!

— J'imagine, Margaret… Mais le reste de la journée, est-ce que tu réussis à trouver ton bonheur?

— Je passe mes journées à gérer le personnel et je déteste ça! Heureusement que j'ai le dessin et le piano!

— Ma pauvre Margaret!

— Mais je dois te dire un secret, Amelia, personne ne le sait encore… Je crois que je suis enceinte!

— Oh Margaret! Comment te sens-tu? Es-tu contente?

— J'adore les enfants et au moins ce bébé me donnera une raison de vivre! Mais j'espère que ce sera une fille, car je sais qu'il ne s'occupera jamais de l'éducation d'une fille! Mais si c'est un fils, il voudra en faire son successeur en affaires!

— Alors je te souhaite une fille, Margaret!

— Et si c'est une fille, je l'appellerai Amelia!

— Ma chère Margaret, je dois partir pour Murray Bay bientôt, mais je viendrai te voir dès mon retour! J'ai si hâte de voir ton petit bébé!

— Et nous nous écrirons, tu veux bien?

— Bien sûr, ma bonne amie! Bon courage! Je sais que tu feras une maman extraordinaire!

～

Montréal, 3 juin 1886

Mon cher Gaston

Comment allez-vous? Comment vont vos parents? Et les de Courval? J'espère que vous êtes tous heureux et en santé! Je veux vous remercier pour les poèmes que vous m'avez envoyés. Ils sont vraiment magnifiques! Je les lis quand je suis seule le soir et j'en suis touchée jusqu'aux larmes mon cher ami!

L'épidémie de variole est presque terminée et je suis de retour à Montréal, mais je me sens un peu perdue. Géraldine est restée à Saint-Jean. Sa sœur Laura a perdu un de ses jumeaux et elle est au désespoir. Je n'ai pas d'enfant, mais je peux imaginer la détresse des parents qui perdent ce qu'ils ont de plus cher au monde! Géraldine essaie de l'aider à vivre cette épreuve et j'admire sa générosité et son abnégation. Toutefois, je m'aperçois à quel point j'ai besoin de sa présence! Elle me manque beaucoup, spécialement en ce moment où la mort rôde autour de la maison. Ma vieille Nanny Beth est en train de mourir et je ne peux rien faire pour empêcher cela. Je reste à ses côtés, j'essaie de soulager ses souffrances, mais je ne peux qu'attendre que la mort vienne la chercher et c'est tellement éprouvant!

Si je pouvais, je monterais sur un nuage et je traverserais l'Atlantique pour vous rejoindre! Vous m'amèneriez faire un pique-nique dans les montagnes et j'oublierais toute ma peine!

Je pense que Nanny ne vivra pas plus que quelques jours. Puis, il faudra tourner cette page! Quand Géraldine arrivera, nous partirons pour Murray Bay. Le voyage devrait me faire du bien… Enfin j'espère! J'ai toujours beaucoup aimé Murray Bay et si vous saviez comme j'aimerais que nous découvrions ce beau coin de pays ensemble! Le fleuve, la nature, les oiseaux, l'air salin! Là-bas tout n'est que douceur de vivre!

Je vous envoie Dombey et fils *de Dickens que j'ai trouvé en version française. Quand je l'ai vu, j'ai tout de suite pensé à vous! Dites-moi si vous l'avez aimé…*

Je vous souhaite un été rempli de fleurs et de bonheur!

Je vous envoie de tendres pensées et mon amitié sincère.

Amelia

Chapitre 22

Saint-Jean-d'Iberville, 8 juin 1886

Assise dans la cuisine d'été, Géraldine lisait la lettre que lui avait envoyée Amelia. C'était la première lettre qu'elle recevait de son amie depuis son départ, et elle en buvait chaque mot. Tout était silencieux dans la maison. Le bébé faisait une sieste et Laura, épuisée, s'était assoupie, elle aussi. Par la fenêtre ouverte entraient les bruits de la campagne : une vache meuglait en agitant sa cloche, un chien jappait et au loin l'eau vive coulait dans la rivière toute proche.

Géraldine lut la lettre jusqu'au bout espérant, sans se l'avouer, qu'elle y trouverait des nouvelles de Francis. Elle apprit que Nanny Beth était très malade, que le Dr Maxell père avait brisé ses fiançailles et que Mme McTavish faisait une crise de rhumatismes, mais aucune nouvelle du Dr Maxell fils. Après sa lecture, Géraldine regarda pensivement par la fenêtre. Comme elle était bête de s'attacher à ses souvenirs, il était parti, et elle devait continuer à vivre. À Paris, il rencontrerait probablement une autre Kathleen Ryan, alors elle devait l'oublier, ne plus y penser, surtout ne plus espérer.

La jeune fille se leva de sa chaise berçante un peu à regret, et commença à peler les pommes de terre pour le repas du midi. Gabriel reviendrait bientôt des champs et serait affamé et silencieux comme il l'était depuis la mort de son fils. Deux semaines déjà que le petit Félix-Antoine était mort ! La vie continuait et tout le monde s'attendait à ce qu'on l'oublie très vite. *Il était trop jeune pour qu'on le pleure longtemps*, se disaient les gens du village et tous, même Julia, trouvaient Laura un peu hystérique de le pleurer sans cesse.

À ce moment, on cogna légèrement à la porte et la jeune fille se retourna prestement. Par la fenêtre de la porte, elle vit Octave bien coiffé et bien habillé. Il tenait une grande enveloppe à la main. Géraldine essuya machinalement ses mains sur son tablier et lui fit signe d'entrer. Il ouvrit la porte et enleva sa casquette.

— Bonjour, Géraldine, comme c'est plaisant de te voir! lança-t-il joyeusement.

— Bonjour, Octave! Comment vas-tu? As-tu affaire à Gabriel? Il est encore aux champs, expliqua la jeune fille en avançant vers lui.

— Non! Non! Y a rien qui presse. Je voulais juste lui laisser ça en passant, expliqua le jeune homme un peu nerveux.

Géraldine, avec un sourire intérieur, pensa qu'il était plutôt endimanché pour un jour de semaine.

— Qu'est-ce que c'est? demanda-t-elle.

— Des portraits. Des portraits du petit…, annonça Octave mal à l'aise.

— Des portraits de Louis-Mathieu? s'exclama Géraldine.

— Non, non… Des portraits du défunt, répondit le jeune homme en tordant sa casquette. Laura nous a fait venir le matin de l'enterrement, elle voulait un dernier souvenir. C'est moi qui ai pris les photographies, ajouta le jeune photographe dans un murmure.

Un malaise se répandit dans la pièce. Après quelques secondes, la jeune fille sortit de sa léthargie.

— Excuse-moi, je ne t'ai pas offert de t'asseoir, dit-elle en lui désignant une chaise.

Le silence retomba lourdement après qu'Octave se fut assis.

— Vous faites la livraison maintenant ! affirma la jeune fille un peu cyniquement.

— Non… non… Je suis venu exprès pour te voir. Ton frère est venu au studio cette semaine. Il voulait acheter un album. Tout en parlant, il m'a dit que tu étais icitte.

— Ah bon !…

— Je voulais te voir… Je voulais te demander… Ma belle-sœur a accouché hier et mon frère fait baptiser l'enfant dimanche, il y aura une petite fête après la cérémonie. Je me demandais si tu voulais pas venir avec moi ?

Octave avait une expression presque suppliante et Géraldine en fut émue. Elle hésita quelques instants, n'osant pas le regarder dans les yeux. Si elle l'accompagnait dimanche, tout le village allait croire qu'ils se fréquentaient. Cette idée l'agaçait. Elle réfléchit pendant quelques secondes et se demanda ce qui lui faisait vraiment envie. Elle se sentait si triste depuis quelques semaines, le départ de Francis, la mort du bébé, la détresse de Laura, tout cela pesait lourd sur ses épaules. Sortir lui ferait probablement du bien ! Alors pourquoi pas ? Tant pis pour les commères et puis cela ferait tellement plaisir à Octave !

— D'accord, Octave, je vais t'accompagner, mais nous irons comme des amis ! suggéra-t-elle.

— Pas de problème, dit Octave le visage illuminé par un grand sourire. Me laisseras-tu prendre ton portrait ? ajouta le jeune homme timidement.

— Si tu veux, je n'ai rien contre. Je mettrai ma plus belle robe !

À ce moment-là, il y eut un léger craquement provenant du plancher de l'autre cuisine et Géraldine se leva pour aller voir. Laura, très pâle, se tenait appuyée au cadre de porte.

— Ah! Tu es là! Viens t'asseoir! Octave s'est arrêté en passant. Je m'apprêtais à lui offrir un thé. Tu en veux un? demanda Géraldine en essayant d'être gaie.

— Oui, peut-être, quelle heure est-il? demanda la jeune femme distraitement.

— Il est onze heures et demie, annonça sa sœur en mettant la bouilloire sur le dessus du poêle en fonte.

— Onze heures et demie! Mais Louis-Mathieu devrait être réveillé depuis longtemps! s'écria Laura en panique et elle se précipita vers la chambre de son fils.

— Laura, calme-toi! Je viens d'aller voir! lança Géraldine, mais la jeune femme avait déjà quitté la pièce.

Géraldine retourna dans la cuisine d'été et s'approcha d'Octave qui avait tout entendu par la porte grande ouverte.

— Elle a tellement peur que quelque chose arrive à celui qui lui reste! Il faut la comprendre… Est-ce que tu veux un thé, je m'apprête à en faire? suggéra la jeune fille.

— Ce serait une bonne idée… et ça me permettrait de rester un peu plus longtemps avec toi! dit-il avec un clin d'œil malicieux.

Géraldine ne releva pas l'allusion. Elle retourna au poêle en emportant le chaudron plein de pommes de terre. Comme elle le mettait au feu, Laura apparut avec son bébé dans les bras. Le petit encore tout endormi clignait des yeux dans la lumière et frottait son nez avec son petit poing.

— Tu l'as réveillé! gronda Géraldine.

— Ah! de toute façon, il est l'heure de son boire!

Laura se dirigea vers la cuisine d'été. Après avoir salué Octave, elle retourna avec le bébé dans sa chambre pour lui donner le sein. Après un moment, Géraldine revint auprès d'Octave et déposa un plateau sur la table. Elle s'assit devant lui sans mot dire. Bientôt, devant l'air intrigué de son compagnon, elle expliqua:

— J'ai appris cela chez les Anglais. Il faut que le thé infuse cinq minutes, c'est bien meilleur!

— Ah bon! Si tu le dis! répondit-il en souriant.

En attendant le thé, Géraldine questionna son ami sur son travail de photographe et, tout en jasant, elle sentit tomber peu à peu la tension qu'elle ressentait depuis son arrivée. La sollicitude d'Octave lui était bénéfique. Mais cela ne dura point. Laura redescendit bientôt avec Louis-Mathieu et s'assit à la table avec eux. Ils prirent le thé ensemble, mais de longs silences entrecoupaient leur conversation. Peu de temps après, le jeune homme salua les deux sœurs et repartit en ville.

— Il est venu te courtiser? demanda Laura à sa sœur.

— Non, il a apporté ceci, répondit la jeune fille en poussant l'enveloppe brune vers sa sœur.

Laura prit l'enveloppe et hésita un long moment. Après quelques minutes, elle étendit une couverture sur le plancher et y déposa son fils, puis elle ouvrit lentement l'enveloppe et regarda les photos longuement sans mot dire. Géraldine aurait voulu la réconforter, mais elle était si lointaine qu'elle ne savait plus comment la rejoindre. La porte claqua et Laura, le visage durci, ramassa les photographies en vitesse. Gabriel arrivait. Il se dirigea d'abord vers la pompe pour se laver les mains et s'essuya avec une serviette accrochée à un clou sur le bord de l'évier. Géraldine commença à mettre la table.

— Qu'est-ce qu'on mange ? questionna le jeune homme distraitement.

— De l'anguille salée et des patates ! répliqua sa belle-sœur.

Gabriel émit un grognement et s'assit à table. Laura avait pris son fils dans ses bras et l'avait l'installé dans sa chaise haute. Elle s'approcha ensuite de son mari, tira les photos de la poche de son tablier et les jeta sous ses yeux. Le jeune homme se leva d'un bond comme s'il avait été piqué par une abeille et se dirigea vers la fenêtre. Laura le suivit les photos à la main.

— Regarde-le, Gabriel ! Regarde-le en face ! cria-t-elle.

— Laisse-moi en paix, la femme ! tempêta son mari en détournant les yeux.

— Regarde-le, Gabriel ! C'était ton fils ! Ce n'est pas un petit veau mort-né qu'on a enterré ou une vache frappée par la foudre. C'était notre bébé. Entends-tu ? Notre tout petit ! Laura criait toujours, mais de plus en plus les larmes brisaient sa voix. Il va falloir en perdre combien pour que tu réagisses ?

Gabriel qui, depuis la mort du bébé, avait les yeux vides et le regard fuyant se retourna soudainement vers sa femme. Il ne dit rien, mais la regarda droit dans les yeux. Elle reprit plus calmement.

— Depuis sa mort, tu ne me parles plus, tu ne me regardes même pas. J'aimerais tellement pleurer un peu dans tes bras. Je me sens seule au monde. On dirait presque que tu m'en veux !

La jeune femme en pleurs se jeta dans les bras de son mari. Celui-ci la serra très fort en fermant les yeux.

— Laura, pardonne-moi ! J'ai beaucoup de misère à en parler…, commença le jeune homme, mais les sanglots étouffèrent le reste de sa phrase.

Géraldine, qui avait entrepris de faire manger Louis-Mathieu, le prit dans ses bras après lui avoir donné un morceau de pain et sortit dehors pour laisser les époux en tête-à-tête.

~

Le dimanche suivant, Octave, habillé de ses plus beaux atours, vint chercher Géraldine après le repas du midi. Ils devaient rejoindre le cortège des invités devant l'église, puis ils se rendraient chez Alphonse Normandin, le frère d'Octave, pour la petite fête. La journée était très belle et ensoleillée.

— C'est une belle journée pour un compérage, Alphonse sera content! lança le jeune homme en regardant l'horizon. Je ne sais pas si Marguerite viendra à l'église, continua-t-il, hier elle était très faible, et elle gardait encore le lit. On aurait peut-être pu attendre un peu pour le compérage, le bébé est robuste et en santé, mais ma mère a eu trop peur qu'un malheur arrive. Si ce n'était que d'elle, on baptiserait les bébés avant même de les habiller!

Le baptême eut lieu dans le petit village de l'Acadie à quelques kilomètres de Saint-Jean qui, comme son nom l'indique, avait été peuplé par des Acadiens déportés par les Anglais. Alphonse Normandin y habitait avec sa femme Marguerite. Elle était fille unique, sa mère était morte en couches à sa naissance et son père déjà âgé ne s'était pas remarié. Elle et Alphonse avaient donc hérité de la terre ancestrale à leur mariage et habitaient maintenant la maison paternelle avec le vieux Clovis.

Octave parlait beaucoup et Géraldine le sentait un peu tendu. C'était la première fois qu'ils sortaient ensemble et il paraissait impressionné. Soudain, le jeune homme arrêta la carriole en pleine campagne et se tourna vers sa compagne. Elle le regarda avec un regard interrogatif.

— Géraldine! Si tu savais ce que je suis content que tu sois venue! lui avoua-t-il candidement.

Géraldine lui sourit, mais ne répondit pas, un peu déconcertée. Il sourit aussi et reprit la route. Tout en examinant le paysage, la jeune fille se surprit à penser combien Octave avait changé ces dernières années. D'un adolescent frivole et moqueur, il était devenu un homme calme et joyeux, parfois presque attendrissant. Elle avait l'impression que ses sentiments étaient devenus plus profonds et que l'affection qu'il lui prodiguait était vraiment sincère.

Elle se dit qu'après tout, elle pourrait peut-être l'aimer un jour. Ils restèrent tous les deux silencieux pour le reste du trajet et bientôt ils entrèrent dans le village de l'Acadie. Devant la petite église de pierre, quelques personnes attendaient déjà. À l'ombre de l'église, on pouvait admirer un impressionnant bâtiment en pierre des champs lui aussi. C'était le presbytère presque aussi imposant que l'église. Au moment de sa construction, l'évêque avait même reçu des lettres anonymes critiquant le curé qui se faisait bâtir une habitation aussi grande! Octave descendit de son siège et attacha son cheval pendant que Géraldine attendait.

— Mes parents vont arriver bientôt avec mon frère, annonça-t-il. C'est eux autres qui sont dans les honneurs. Mon père a donné une piastre au bedeau pour qu'il sonne les cloches. Y est tellement fier de son premier petit-fils! C'est la sœur de ma mère, ma tante Imelda, qui va être la porteuse, ajouta-t-il.

La voiture arriva bientôt avec le parrain, la marraine, le père de l'enfant et la porteuse. Celle-ci tenait le bébé dans ses bras. Tout le monde s'était endimanché pour l'occasion et le bébé portait une robe blanche recouverte d'un châle de lin tricoté par la marraine. Après les salutations et les embrassades, tous les invités firent leur entrée dans l'église. La cérémonie fut de courte durée heureusement, car le bébé se mit à pleurer à pleins poumons dès qu'on lui enleva sa petite bonnette. Leur sortie fut marquée par le joyeux tintement des cloches. Plusieurs paroissiens vinrent à leur rencontre pour voir le bébé et féliciter la famille. Après un échange de bons sentiments, les invités quittèrent l'église et se dirigèrent vers la maison des jeunes parents où la mère attendait leur retour avec impatience.

Chapitre 23

Installée dans la balançoire de bois, Géraldine, la tête renversée en arrière, regardait les étoiles dans le ciel. La nuit l'entourait de son velours. Laura et Gabriel s'étaient retirés dans leur chambre et Louis-Mathieu dormait depuis longtemps. La jeune fille n'arrivait pas à dormir, perturbée par tous les événements qui s'étaient bousculés depuis quelques heures. Initialement, elle devait partir pour Montréal la semaine suivante, mais au cours de l'après-midi elle avait reçu un télégramme d'Amelia. Juste le fait de recevoir ce télégramme l'avait bouleversée !

C'était un appel pressant de son amie. Nanny Beth était morte la veille et Amelia, à mots à peine couverts, lui criait son désespoir. Elle l'implorait de venir la retrouver au plus tôt à *Rosegarden Court*. Géraldine n'avait pas hésité un instant, elle avait fait ses valises et avait annoncé à tous son départ par le premier train du lendemain. Depuis quelques jours, Laura se portait mieux et Géraldine sentait qu'elle pouvait la laisser seule. Gabriel passait plus de temps avec elle et Louis-Mathieu, avec la magie de l'enfance, avait su les faire sourire.

La jeune fille était un peu triste, car elle savait qu'incessamment elle partirait pour Murray Bay avec Amelia et qu'il s'écoulerait plusieurs semaines avant qu'elle ne revoie sa famille. Sachant qu'elle n'aurait pas le temps d'aller la voir, la mort dans l'âme, elle avait écrit une longue lettre à Héléna. En terminant sa lettre, elle lui demandait de prévenir Octave de son départ.

C'était probablement une bonne chose que le jeune homme cesse de la voir pendant quelque temps, se dit Géraldine en pensant à lui. Il l'aimait trop et elle ne se sentait pas prête à répondre à cet amour. Elle avait beaucoup d'affection pour lui, mais était-ce suffisant ? En pensant à Francis, elle savait que l'amour désignait un sentiment beaucoup plus intense que ce qu'elle ressentait pour Octave, mais elle se dit que Francis n'était qu'un rêve et qu'elle ne devait pas confondre rêve et réalité. Elle voulait se marier et avoir des enfants, un jour, mais pas tout de suite.

Le jour du baptême, alors qu'il la reconduisait à la maison, l'alcool aidant, Octave lui avait longuement parlé de ses sentiments et Géraldine en avait été à la fois touchée et apeurée. Il lui avait dit son envie de prendre soin d'elle, de la traiter comme une reine. Il avait avoué son désir de la serrer dans ses bras, mais il avait ajouté que, s'il avait cherché à l'embrasser jadis dans la chaloupe, c'est qu'il était un jeune bêta et que jamais il ne la toucherait avant le mariage.

Géraldine rougissante avait essayé de changer le sujet, mais Octave n'en pouvait plus de se taire. Et durant tout le trajet, il lui avait déclaré son amour, lui jurant qu'il l'attendrait le temps qu'il faudrait. Elle était certaine que le jeune homme avait dû s'en vouloir le lendemain matin et c'est pourquoi elle avait demandé à Héléna de le prévenir que des événements imprévus lui faisaient changer la date de son départ, car il aurait pu penser qu'elle le fuyait.

Après le souper, Géraldine s'était rendue jusqu'à la ferme de son père pour annoncer son départ à sa mère. En fait, elle s'y rendait surtout pour embrasser ses frères et sœurs, car Julia devenait de plus en plus aigrie avec l'âge, recevant avec indifférence toute nouvelle qui ne la concernait pas directement. Géraldine entra dans la cour de la ferme. Par la fenêtre ouverte, elle vit ses sœurs Emma et Constance qui terminaient la vaisselle dans la cuisine.

En passant à côté de l'étable, elle entendit Gustave et Henri qui s'occupaient des animaux. Elle décida d'entrer les saluer avant de se rendre à la maison. En passant la porte, l'odeur de la paille et celle du foin mêlées aux senteurs animales la ramenèrent instantanément aux années heureuses de son enfance. Ces souvenirs étaient tous associés à son père et la jeune fille sourit tristement. Ses deux frères la reçurent avec des exclamations de joie qui lui firent chaud au cœur.

C'est dans cette ambiance qu'elle leur annonça la nouvelle de son départ et sans savoir pourquoi, elle éprouva l'envie de pleurer. Henri lui apprit à son tour qu'il allait se marier et que les fiançailles auraient lieu prochainement. Sa future épouse, Émérencienne Boulais, était devenue organiste à la cathédrale depuis que la vieille Mme Beaudry s'était retirée. Henri avait une belle voix et chantait la grand-messe tous les dimanches avec la chorale de la paroisse. Il avait rencontré Émérencienne lors des répétitions de la chorale.

Il avait l'air bien heureux et lui annonça aussi que lui et sa future allaient s'établir à la ferme après leur mariage. Dans le testament de son père, il était déjà prévu qu'Henri, en sa qualité d'aîné, hériterait de la terre. Julia en aurait toutefois l'usufruit jusqu'à sa mort. Géraldine félicita son frère. Elle lui dit qu'elle connaissait Émérencienne de vue pour l'avoir remarquée à l'église et qu'elle avait l'air bien gentille.

Intérieurement, elle la plaint d'avoir à cohabiter avec Julia et à supporter ses humeurs. La jeune fille s'informa aussi du travail de Gustave récemment engagé comme apprenti chez le forgeron, John Graham. Graham était un bon larron avec qui Anthony aimait bien prendre un verre. Comme il était sans enfant, il s'était vite attaché à Gustave et il lui avait récemment proposé de le prendre comme associé quand il aurait terminé son apprentissage. Géraldine bavarda encore un peu avec ses frères, et décida d'entrer dans la maison avant que Rosa et Mathieu ne soient couchés.

Elle entra par la cuisine d'été et arriva au moment où les deux enfants assis à table, la tête appuyée sur un bras, terminaient leurs devoirs. Constance et Emma les surveillaient d'un œil et répondaient à leurs questions tout en essuyant la vaisselle. Quand ils virent Géraldine, ils se précipitèrent tous à sa rencontre.

— Oh! Je suis contente de te voir, lui lança Rosa en lui entourant la taille de ses petits bras.

— Pourquoi tu n'es pas revenue depuis la semaine dernière? demanda Mathieu sur un ton de reproche.

— Tu as raison, j'aurais aimé revenir avant, mais Laura avait bien besoin de moi. Toi tu n'es pas venu me voir non plus! souligna la jeune fille en lui prenant le menton dans sa main.

— Mère leur avait défendu d'aller chez Laura, répondit Emma.

— Ah bon! répliqua Géraldine un peu sèchement.

— Elle disait que Laura ne voulait pas être dérangée, ajouta Constance.

— Te voilà! proféra une voix brusque qui fit sursauter Géraldine.

Elle releva la tête et vit sa mère dans l'embrasure de la porte.

— Tu t'es décidée à venir nous voir après tout, ajouta-t-elle.

Constance et Emma retournèrent à leur vaisselle, mais les deux enfants restèrent accrochés aux jupes de Géraldine.

— Bonjour, mère. Vous allez bien? demanda la jeune fille froidement en regardant sa mère.

La femme, vieillie prématurément, s'avança sans répondre. Elle vit les cahiers sur la table et lança durement:

— Rosa et Mathieu, dépêchez-vous de finir vos devoirs au lieu de traîner !

— J'ai tout fini, mère, répondit la petite Rosa.

— Moi aussi, je n'avais presque rien à faire ce soir. C'est la fin de l'école, demain on va juste laver nos bureaux, expliqua Mathieu.

— Alors, allez vous coucher, je vous ai assez vus ! annonça Julia avec rudesse.

— Allez, les petits ! Si vous vous dépêchez de mettre vos jaquettes, j'irai vous raconter une histoire ! leur annonça joyeusement Géraldine.

— Oui ! Oui ! Youpi ! crièrent les deux enfants.

— Je t'appellerai quand nous serons prêts, d'accord ? annonça Rosa.

Sans attendre la réponse, elle se dirigea vers sa mère, lui donna un rapide baiser sur la joue et monta en courant dans sa chambre. Mathieu fit de même, puis en passant à côté de ses deux sœurs qui essuyaient toujours la vaisselle, il les embrassa aussi et monta rejoindre Rosa.

Géraldine s'avança vers Emma et Constance, elle prit un linge à vaisselle dans un des tiroirs du vaisselier et commença à essuyer la vaisselle elle aussi.

— Je vais m'ennuyer de vous, les filles. Il faut que je parte demain pour Montréal ! déclara Géraldine après un moment.

— Comme tu es chanceuse, Géraldine ! s'écria Emma en sautillant de plaisir.

— Tu vas aller te pavaner avec ta riche demoiselle ! Mais n'oublie pas une chose, ma fille, tu es pauvre, tu n'es rien à leurs yeux. Un jour, ils te jetteront comme un vieux chiffon qu'on donne aux guenilloux, vociféra Julia d'un air mauvais.

— Ce n'est sûrement pas la charité chrétienne qui vous fait parler, mère, je pense que nous devrions changer de sujet, proposa Géraldine qui sentait la colère monter en elle.

— Maintenant que tu t'en vas dans la grande ville, j'imagine que tu vas oublier qu'on existe ! Tu vas renier ta famille et ton Dieu ! lança encore sa mère rouge de frustration.

— Mère, mon Dieu c'est celui de mon père ! L'auriez-vous oublié ? s'exclama Géraldine. Ne vous en faites pas, je continuerai à vous envoyer l'argent. C'est probablement cela qui vous inquiète, j'imagine !

À ce moment, la voix du petit Mathieu appela joyeusement.

— Géraldine ! Géraldine ! On est tout prêt ! On t'attend !

— J'arrive tout de suite, Mathieu ! répondit la jeune fille. Elle lança un regard froid à sa mère et monta l'escalier.

~

12 juin 1886

Mon cher journal

Je t'écris avant d'aller me coucher, car mon cœur est plein de larmes et je me sens incapable de dormir. Ce soir, je suis allée à la ferme embrasser les enfants. Ma mère m'a encore reçue comme une étrangère. Elle vieillit bien mal ! Elle est aigrie et méchante. Les enfants sont habitués et ne semblent plus le remarquer.

Pour ma part, chaque fois que je la vois, je repense à papa et à la façon dont elle lui a volé sa mort! Je ne lui pardonnerai jamais. Si ce n'était des petits, je pense que je ne retournerais jamais à la maison!

Je pars demain pour Montréal. J'espère que de retrouver l'amitié d'Amelia me fera du bien. Ces derniers temps, avec l'exil de Francis, la mort du bébé, la peine de Laura, j'ai trouvé la vie très difficile! J'essaie de m'épancher dans la prière, mais j'ai toujours le cœur gros. Souvent, je parle à Dieu, mais malheureusement, je n'ai pas l'impression qu'Il m'entend! Je ne suis peut-être pas assez pieuse! Quand je suis trop triste, je demande à papa et aux jumeaux de m'aider et parfois je sens leur présence. Ce sont des instants furtifs, mais ça me fait tellement de bien! Amelia vit des choses difficiles elle aussi. Elle était tellement attachée à sa Nanny Beth! Son message était déchirant! Elle ne veut rien m'imposer, mais ses mots me réclament. Nous essayerons de nous appuyer l'une sur l'autre pour vivre ensemble de meilleurs moments.

Je pars demain par le train. Je regrette seulement de n'avoir pas pu voir Héléna avant de partir, mais je ne dois pas attendre! Amelia a besoin de moi! Je pense à Francis là-bas en Europe... S'est-il déjà fait une bonne amie? Je désire son bonheur, mais ça me déchire de penser qu'il aimera une autre femme! Comme je suis stupide!

Bonne nuit cher journal!

Géraldine

Chapitre 24

Ce jour-là, à midi, le train entrait en gare de Windsor. Géraldine adorait les trains ! Pendant tout le trajet, elle avait regardé avec émerveillement les paysages défiler devant ses yeux et cela lui avait permis d'oublier le nœud qu'elle avait dans la gorge. Le train s'immobilisa bientôt, laissant échapper un nuage de fumée. Elle descendit du wagon et se retrouva sur le quai avec ses deux valises.

Des voyageurs la bousculaient et passaient sans la voir. Elle s'avança un peu pour trouver un coin plus tranquille. La gare grouillait d'animation. À travers la foule des arrivants et des partants, des employés en uniforme sombre poussaient d'immenses chariots à bagages. Les quais couverts ne laissaient passer que peu de lumière, ce qui donnait une impression de grisaille.

C'est à ce moment qu'elle vit Amelia qui scrutait la foule d'un air soucieux. Tout de suite, en la voyant, elle fut surprise par la pâleur de son amie. Puis, elle aperçut Mme McTavish debout à côté d'elle. Elle fut touchée, presque gênée, qu'elles se soient déplacées toutes les deux pour venir la chercher. Elle s'élança à leur rencontre en laissant ses valises derrière elle.

— Amelia ! Amelia ! Je suis ici ! cria-t-elle avec un large sourire. Bonjour, madame McTavish, comme c'est gentil d'être venue à ma rencontre !

— Ah ! Géraldine ! Quel bonheur que tu sois là ! s'écria la jeune fille en se jetant dans les bras de son amie.

Géraldine la serra dans ses bras et la sentit au bord des larmes. Pendant quelques secondes, les deux jeunes filles restèrent enlacées sans rien dire. Puis, Amelia recula d'un pas pour chercher un mouchoir brodé dans sa manche.

— Bonjour, ma chère enfant! Vous avez bonne mine! Comment va votre sœur? demanda enfin Mme McTavish.

— Elle va un peu mieux madame, elle est encore triste bien sûr, mais elle a recommencé à vivre normalement, répondit Géraldine en regardant Amelia du coin de l'œil.

— Le temps fait bien les choses. Le chagrin devient moins brûlant, mais il faut lui donner le temps, n'est-ce pas, affirma la vieille dame en regardant sa petite fille. Nous sommes bien contentes de vous avoir avec nous, Géraldine. Le voyage a dû vous fatiguer, nous allons rentrer à la maison et prendre une bonne tasse de thé!

Amelia redressa la tête et essaya de sourire à Géraldine.

— Où sont tes valises? demanda-t-elle à son amie.

— Je les ai laissées là-bas, quelque part. J'étais trop pressée quand je vous ai aperçues dans la foule, expliqua Géraldine en cherchant ses bagages des yeux.

William le valet de pied, qui attendait un peu en retrait, alla récupérer les bagages et les trois femmes se retrouvèrent bientôt dans la rue. Un soleil éblouissant brillait ce jour-là. Plusieurs fiacres attendaient devant la gare. Devant l'un d'eux, Henri, leur cocher, patientait en regardant passer les voyageurs.

Tout au long du trajet, Amelia resta silencieuse, les yeux pleins de tristesse. Elle semblait absente. Mine de rien, Mme McTavish entretenait la conversation, mais jamais elle ne fit allusion à la mort de Nanny Beth. Elle parla de choses et d'autres et quand elle mentionna le Dr Maxell qui recevait régulièrement des nouvelles de son fils, Amelia sans la regarder serra discrètement la main de son amie.

En arrivant à *Rosegarden Court*, Géraldine découvrit la villa pour la première fois. Jamais elle n'en avait vu de pareille. Elle était encore plus imposante que l'église cathédrale de Saint-Jean. Autour de la maison, de grands arbres et des massifs de fleurs atténuaient l'impression de froideur qui se dégageait de la pierre grise. C'était une large demeure de trois étages. Sur toute la hauteur du bâtiment, la section centrale s'avançait en saillie où au rez-de-chaussée s'ouvrait la porte principale. De chaque côté du portail, on retrouvait de hautes colonnes alors qu'au-dessus de l'entrée, aux deuxième et troisième étages, il y avait de larges baies vitrées et au niveau du toit, la corniche se terminait par un clocheton décoratif.

Elles entrèrent dans la maison. Tout de suite, Géraldine fut éblouie par la beauté et la grandeur du hall d'entrée. Les murs étaient couverts de panneaux de bois ciselé et de larges colonnes supportaient un plafond recouvert de frises de plâtre. Le tapis dans des tons de bourgogne reproduisait des motifs orientaux. À quelques mètres de la porte d'entrée, deux imposants escaliers de marbre, l'un en face de l'autre, conduisaient au second étage.

Mme Austin, la gouvernante, vint à leur rencontre. C'était une femme d'environ quarante-cinq ans qui se tenait très droite, le visage assez fermé. Elle était la plus élevée dans la hiérarchie des domestiques et elle gardait toujours un air digne et solennel. En dehors du cellier, qui était sous la responsabilité du maître d'hôtel, c'est elle qui détenait les clefs de toutes les armoires et de tous les rangements de la maison. Elle dirigeait le personnel féminin, à l'exception de la cuisinière, et c'est elle qui répartissait les tâches. Lucas, le maître d'hôtel et Judith la cuisinière, quant à eux, ne prenaient leurs directives que de M. Robertson ou de Mme McTavish.

— Venez, madame Austin, que je vous présente ! Voici Mlle Géraldine Grant. Elle est la dame de compagnie d'Amelia, annonça la vieille Mary.

— C'est surtout une très bonne amie, madame Austin, et vous devez obtempérer à ses demandes comme si c'était moi, ajouta précipitamment Amelia.

— Bien, mademoiselle, répondit la dame d'un air légèrement improbateur. Je vais faire porter les bagages dans la chambre de la demoiselle. Je lui ai donné la chambre jaune.

— Merci, madame Austin. Ce sera tout, ajouta la vieille Mary. Je vais maintenant vous laisser placoter toutes les deux, dit-elle en s'adressant aux deux jeunes filles. Je vais donner des ordres pour le souper. Prendriez-vous une bonne tasse de thé ?

— Ah oui, ce serait bien agréable, mammy. Demanderais-tu à Caroline qu'elle nous apporte un plateau dans le jardin d'hiver, s'il te plaît ? demanda la jeune fille d'un ton un peu chagrin.

— Mais bien sûr, ma chérie. Ma chère Géraldine, je compte sur vous pour la sortir un peu de sa morosité, elle va se rendre malade si elle continue ! ajouta Mme McTavish à l'intention de Géraldine.

— Je vais bien ! Cesse de t'inquiéter ! affirma Amelia avec un sourire forcé.

Les deux jeunes filles se retrouvèrent bientôt dans le jardin d'hiver. Cette petite pièce ronde avait été ajoutée à l'arrière de la maison. Elle était entourée de fenêtres et le plafond soutenu par une structure d'acier était entièrement vitré. Le plancher était en lattes de bois, mais au centre de la pièce des tuiles formaient une mosaïque dans des teintes de vert et d'ocre. Les meubles, les fauteuils et les petites tables étaient tous en osier. Tout autour des murs, on avait disposé de nombreuses plantes dans de gros pots de grès ouvragés. Un grand orme situé sur le coin de la maison étendait ses branches jusqu'au-dessus de la pièce, filtrant un peu le soleil.

— J'adore cette pièce, Amelia! C'est si beau chez toi!

— Merci, Géraldine. Moi aussi je l'aime beaucoup! Papa l'a fait aménager il y a quelques années parce que le Dr Maxell disait que le soleil et la végétation me feraient le plus grand bien.

Les jeunes filles retirèrent leur chapeau et leurs gants et Amelia se dirigea vers une des fenêtres pour l'ouvrir. Une douce brise parfumée par les fleurs de juin entra dans la pièce.

— Viens voir le jardin, suggéra-t-elle à son amie, c'est mon endroit préféré à *Rosegarden Court*.

Géraldine s'approcha pour regarder par la fenêtre.

— C'est très beau, Amelia! s'exclama la jeune fille. Tu me feras visiter?

— Mais bien sûr, si tu veux après le thé, nous pourrions faire le tour du jardin et aller nous asseoir sous la tonnelle pour faire la lecture comme nous le faisions avant, proposa Amelia à son amie.

— C'est une très bonne idée, il fait si beau aujourd'hui!

À ce moment, on frappa à la porte. Sans attendre la réponse, Caroline entra, un plateau dans les mains. Elle le déposa sur l'une des petites tables.

— Est-ce que je dois servir, mademoiselle? demanda la jeune servante à l'intention de sa maîtresse.

— Non, non ! Nous nous servirons nous-mêmes, merci Caroline !

La jeune femme se dirigea vers la porte, mais avant de sortir, elle hésita un instant. Elle se retourna enfin et regarda les deux amies l'une après l'autre.

— Est-ce que je peux me permettre de vous souhaiter la bienvenue, mademoiselle Géraldine, déclara la soubrette avec un sourire, nous sommes bien heureuses de vous avoir parmi nous !

— Merci, Caroline, c'est très gentil de me le dire ! répondit la jeune fille un peu surprise.

Amelia commença à verser le thé dans les belles tasses de porcelaine blanche recouvertes de fins dessins bleutés. Géraldine la regardait et remarqua de nouveau les larges cernes sous ses yeux.

— Comment vas-tu, Amelia ? Tu as passé des jours difficiles, n'est-ce pas ? demanda son amie.

La jeune fille prit une grande respiration avant de répondre lentement.

— Oui, je suis restée avec elle jusqu'à la fin. J'ai dû faire une crise à papa pour qu'il ne s'y oppose pas.

Amelia tendit une tasse de thé à son amie et continua :

— J'ai été presque soulagée par sa mort, elle était si angoissée ! Elle ne pouvait presque plus respirer et il y avait peu de choses qu'on pouvait faire pour apaiser ses souffrances.

La jeune fille but une gorgée de thé, essayant de contrôler les larmes qui lui montaient aux yeux.

— Elle ne souffrira plus et elle doit être très heureuse. C'était une bonne personne ! Elle est sûrement aux côtés de Dieu maintenant… Et elle veillera toujours sur toi, j'en suis sûre, déclara Géraldine gravement.

— Oui, c'est ce que je me répète aussi, mais elle me manque cruellement ! C'était un peu mon ange gardien.

Amelia étouffa un sanglot puis reprit :

— On l'a enterré hier, mais papa n'a pas voulu que je me rende au cimetière. Nous irons ensemble si tu veux. Pas tout de suite, un peu plus tard cette semaine. Tu veux bien ?

— Bien sûr, nous irons quand tu voudras, affirma Géraldine en posant sa main sur celle de son amie.

— Oh mon amie ! Je suis si heureuse que tu sois venue me rejoindre ! Je sais que tu es loin de ta famille et que tu pourrais te sentir isolée ici, mais je vais faire tout ce que je pourrai pour que tu te sentes chez toi ! Tu sais, notre amitié est si importante pour moi ! Je l'écrivais à Gaston récemment, tu es un peu la sœur que je n'ai jamais eue et je voudrais tellement que tu sois heureuse avec nous !

Géraldine déposa sa tasse et prit quelques secondes pour répondre, car elle était très émue.

— Amelia, je suis infiniment touchée par tes paroles, mais c'est moi qui dois prendre soin de toi ! Je suis ta demoiselle de compagnie…

— Géraldine ! À mes yeux, tu n'es pas une simple demoiselle de compagnie ! Tu es mon âme sœur, et j'ai besoin de ton amitié ! Dis-moi que tu resteras toujours avec nous !

— Ma douce Amelia, mon amitié t'est acquise et je resterai avec toi tant que Dieu me prêtera vie ! Es-tu rassurée ?

— Merci, mon amie! Merci! murmura la jeune fille en essuyant une larme. J'ai assez pleurniché, finis ta tasse de thé et je t'emmène voir le jardin! lança la jeune fille d'un air faussement joyeux.

Amelia serra la main de Géraldine et lui sourit les yeux encore humides. Puis, elle déposa sa tasse dans le plateau à côté d'elle et sortit un mouchoir brodé de sa manche pour sécher ses yeux. Après un moment, elle ajouta :

— Tu sais papa est parti ce matin pour Murray Bay afin de préparer la maison. Nous le rejoindrons très bientôt et je pense que le changement nous fera du bien! J'ai hâte de te montrer Murray Bay! C'est un endroit magnifique!

— Je suis chanceuse de pouvoir y aller avec toi!

— Nous sommes toutes les deux chanceuses! Nous allons passer un bel été ensemble! As-tu fini ton thé? Viens! Profitons du jardin pendant qu'il fait beau!

Chapitre 25

Murray Bay, 17 juin 1886

Géraldine se réveilla et mit quelques secondes avant de se rappeler où elle était. En ouvrant les yeux, elle aperçut d'abord un énorme bouquet de lilas qui avait été posé sur un petit guéridon à côté de son lit. Cette première image enchanta son réveil. Il était encore tôt et seuls les chuchotements des domestiques meublaient le silence. La jeune fille s'étira langoureusement, puis elle se leva d'un bond et courut à la fenêtre.

Mme McTavish, les deux jeunes filles et quelques domestiques étaient arrivées tard dans la soirée et Géraldine n'avait pas encore pu voir le paysage dont Amelia lui avait si souvent parlé. Le voyage en train avait duré plusieurs heures, mais les deux jeunes filles s'étaient follement amusées. Elles avaient lu tout haut des extraits de Dickens et de Jane Austen, mangé des sandwichs à la salade de poulet, dormi un peu, placoté beaucoup et admiré pendant des heures les paysages qui fuyaient devant leurs yeux.

Arrivées à Québec, une calèche les avait conduites au port, plus précisément au quai Napoléon, où elles étaient montées à bord de *L'Union*, un magnifique bateau à vapeur. C'est la partie du voyage que Géraldine avait préféré. Le bateau avait longé l'Île-d'Orléans, puis remonté le fleuve jusqu'à Pointe-au-Pic. Il naviguait assez près des berges pour qu'elles puissent contempler de multiples oiseaux et canards ainsi que des paysages magnifiques. Après le souper, qu'elles avaient pris dans la grande salle à manger sur le pont supérieur, elles avaient admiré le coucher de soleil sur le fleuve, assises sur des chaises longues sur le pont promenade du bateau.

Et même, comme le disait sa tante Héléna, quand le serein était tombé, elles étaient restées sur le pont à contempler le fleuve envahi par la brunante. Mme McTavish les avait un peu grondées, mais finalement, après avoir recouvert ses épaules et celles d'Amelia d'un châle, elle était restée sur le pont avec les jeunes filles pour profiter du paysage.

À Pointe-au-Pic, c'est M. Robertson lui-même qui était venu les chercher avec son valet de pied et son cocher. Il était arrivé plus tôt pour ouvrir la maison avec les domestiques et pour s'adonner à la pêche avec des amis de son club. William le valet de pied et Georges Arthur, le valet de M. Robertson, étaient venus avec lui de Montréal alors que la cuisinière, le cocher, le jardinier et les deux femmes de chambre avaient été engagés localement. Hector, le majordome qui habitait Murray Bay durant toute l'année, avait commencé à préparer la maison dès le printemps arrivé.

Amelia était enchantée de revoir son père, mais Géraldine, comme toujours, se sentait plutôt mal à l'aise en sa présence. Toutefois, il avait été plus gentil que d'habitude. Il l'avait saluée et il lui avait même demandé des nouvelles de sa sœur. Le valet de pied avait chargé les bagages à l'arrière et ils étaient tous montés dans la barouche.

À la lumière du quartier de lune, Géraldine avait pu admirer la magnifique demeure victorienne. C'était une grande maison à deux étages en bois rose pâle avec un toit en bardeaux de cèdre. De petits balcons étaient attachés à différentes pièces de la maison. Elle comportait aussi plusieurs corniches soutenues par des corbeaux de bois ouvragés. Au deuxième étage, on pouvait voir, appuyée à la résidence, une tourelle à la toiture effilée. Elle possédait un balcon qui s'ouvrait sur un petit salon. Amelia lui avait expliqué que c'était la pièce qui lui servait de boudoir particulier. Dans une

aile secondaire du bâtiment, on retrouvait la cuisine, la buanderie et les chambres des domestiques. Deux hautes cheminées de
briques surplombaient le toit de la maison.

Épuisées, les deux jeunes filles s'étaient couchées tout de suite
en arrivant et Géraldine n'avait pu voir de l'intérieur que le hall
d'entrée et l'escalier majestueux qui menait au deuxième étage.
Elle avait à peine regardé sa chambre et, exténuée, s'était effon-
drée sur son lit.

Elle tira les rideaux et ouvrit sa fenêtre. Elle fut surprise de ne
rien apercevoir. Un épais brouillard enveloppait le paysage. Au
même moment, un hululement grave vibra dans l'humidité de
l'air, c'était une corne de brume qui se plaignait dans le lointain.
La jeune fille fut charmée par cet appel qui résonnait comme une
respiration, chaude et forte. Elle écouta un moment en humant les
odeurs du matin, des arômes d'iode, de foin coupé et de lilas. Mais
l'air était frais et la jeune fille dut finalement refermer la fenêtre,
car elle commençait à frissonner. Ensuite, lentement, elle fit le tour
de la chambre pour en découvrir les secrets.

Un grand lit en cuivre habillé d'une courtepointe dans différents
tons de vert occupait tout un côté de la pièce. On avait tapissé les
quatre murs d'un papier peint affichant de minuscules bouquets
de fougères. Cela donnait à la pièce un air frais et printanier. Le
plancher de bois sombre craquait sous ses pieds et elle sentait les
courants d'air sur ses jambes. Il n'y avait pas de feu dans la petite
cheminée qui ornait le mur du fond pour réchauffer la jeune fille
dans l'air humide du matin.

Il y avait deux grandes fenêtres dans la chambre et un chiffon-
nier à sept tiroirs était placé sur le mur entre les deux. Elle s'arrêta
devant trois petits cadres dorés suspendus juste au-dessus. Les
illustrations, probablement tirées d'un livre de botanique, repré-
sentaient de belles plantes dessinées avec un grand réalisme. La
jeune fille essaya de lire le nom et la description des plantes, mais

les inscriptions étaient en latin. Elle put traduire quelques mots, car elle avait fait du latin chez les sœurs, mais elle n'avait pas fini son cours et elle n'était pas parfaitement à l'aise. À côté du lit se trouvait aussi une coiffeuse ornée d'un élégant miroir. Géraldine se coucha de nouveau sous les couvertures pour se réchauffer un peu. Bientôt, on cogna très légèrement à la porte de sa chambre.

— Entrez, cria-t-elle de son lit.

Une très jeune soubrette entra avec un sourire un peu gêné. Elle était vêtue d'une tunique bleue et blanche, d'un tablier de coton et d'une coiffe épinglée sur son chignon.

— Bonjour, mademoiselle! J'ai entendu du bruit venant de votre chambre, alors j'ai pensé que vous étiez déjà levée. Aimez-vous mieux que je revienne plus tard? demanda la soubrette avec un accent prononcé du Bas-du-Fleuve.

— Non, non, tu peux rester, je me lève tout de suite, mais j'avais un peu froid, répondit la jeune fille. Quel est ton nom?

— Armande, mademoiselle. Je suis enchantée de vous connaître, mademoiselle. C'est vrai qu'il fait froid ce matin. Je m'en venais justement faire du feu! annonça la jeune servante. Dans deux minutes, vous aurez bien chaud!

Géraldine la regarda préparer le feu sans rien dire. Elle observait la femme de chambre qui s'activait et elle se disait qu'à la maison c'était sa responsabilité de rallumer les feux tous les matins. Maintenant, une soubrette s'employait à le faire pour elle, pendant qu'elle la regardait.

— Prendriez-vous une tasse de thé, mademoiselle, en attendant le déjeuner? Monsieur s'est levé à l'aube pour aller à la pêche, mais ces dames dorment encore, expliqua Armande tout en s'affairant devant l'âtre.

— Une bonne tasse de thé serait bien agréable Armande. Dommage que le brouillard soit si épais ! J'aurais bien aimé voir le fleuve, répondit Géraldine avec une légère moue.

— Ne vous en faites pas, le brouillard va se lever bientôt et je reviens tout de suite avec votre thé, lança la soubrette avant de sortir précipitamment de la chambre.

La jeune fille se leva, prit un châle de laine dans son sac de voyage et une paire de bas tricotés par Héléna. Puis elle s'installa dans la bergère à côté de la fenêtre. Bientôt, une bonne chaleur se dégagea de la cheminée et la jeune fille sourit de contentement. Elle se sentait bien dans cette chambre. Armande revint bientôt avec un plateau dans les mains. Elle le déposa sur une table basse à côté de la chaise de Géraldine.

— J'ai fait ça vite. L'eau bouillait déjà quand je suis arrivée à la cuisine. Maintenant, il faut laisser infuser cinq minutes, vous le saviez mademoiselle ? demanda la jeune servante très sérieusement.

Géraldine sourit de sa spontanéité. Les domestiques qu'elle avait connus en ville parlaient très peu et restaient toujours impassibles en faisant leur service.

— Est-ce que tu viens de la région, Armande ?

— Oui, mademoiselle, vous avez deviné à mon accent ! dit-elle en riant. Ma famille vient de Saint-Joseph-de-la-Rive. Mon père a un petit lot de terre et quelques animaux, il fait aussi de la pêche. Mes frères, eux, sont engagés au chantier naval et moi je travaille ici l'été. L'hiver, je retourne à la maison pour aider ma mère ! expliqua la jeune soubrette très volubile.

Elle tendit une serviette de table brodée à Géraldine qui la déposa sur ses genoux.

— Est-ce que tu aimes ça ici? lui demanda encore la jeune femme.

— Oui, bien sûr, répondit Armande, puis elle hésita un peu, mais je m'ennuie beaucoup de ma famille, surtout des petits.

— Je te comprends, murmura Géraldine en baissant les yeux.

La jeune domestique, qui attisait le feu, arrêta son geste.

— J'ai dit quelque chose qui ne fallait pas, mademoiselle? Vous avez l'air toute retournée!

— Non, non Armande… c'est seulement que moi aussi je m'ennuie de mes frères et sœurs. Je serai longtemps sans les voir… Tu sais, j'ai grandi sur une ferme moi aussi, lui confia la jeune fille.

— Ah! Je comprends, mademoiselle.

Armande, par délicatesse, garda le silence quelques instants.

— Oh! Regardez! Le brouillard commence à se lever! s'exclama soudain la jeune servante.

Géraldine regarda pensivement par la fenêtre.

— Comme c'est beau, dit-elle tout bas, émue.

— Je vous laisse prendre votre thé tranquillement, mademoiselle, je reviendrai faire votre lit plus tard! annonça Armande. Si vous avez besoin d'aide pour vous habiller, vous n'avez qu'à sonner, lança-t-elle en sortant de la pièce.

Géraldine sourit, car l'idée de demander de l'aide pour s'habiller lui semblait vraiment incongrue. Elle admira le fleuve et en oublia même de boire son thé. La brume était maintenant légère et vaporeuse et l'on pouvait apercevoir un pâle soleil au-dessus de l'eau brillante. Toutes les couleurs semblaient encore délavées, comme blanchies à la craie. Les formes encore floues apparaissaient progressivement. La jeune fille resta assise regardant par la fenêtre et, devant tant de beauté, elle pria humblement pour remercier Dieu.

Bientôt, elle entendit du bruit et des voix lui signalant qu'Amelia et Mme McTavish étaient levées. Elle se dépêcha donc de faire ses ablutions et de s'habiller pour aller les rejoindre. Au lever du jour, Charles Robertson était parti à la pêche avec un groupe de bourgeois qui passaient l'été à Murray Bay. Comme elles étaient entre femmes, Mary et les deux jeunes filles prirent le déjeuner dans le boudoir plutôt que dans la grande salle à manger.

C'était une petite pièce coquette. Elle était peinte en jaune très pâle. À mi-mur on avait installé une cimaise sous laquelle se trouvait de la tapisserie représentant de petits oiseaux jaunes posés dans des arbres aux feuilles d'un vert tendre. Encastrée dans une des cloisons se trouvait une étagère de bois ornée d'une rosace finement sculptée. Elle était de bois verni et contenait des bibelots de porcelaine et des livres recouverts de cuir.

Près du foyer de fonte burinée se trouvait une chaise longue capitonnée recouverte d'un tissu aux motifs de feuilles entremêlées et dans le fond de la salle, un secrétaire en bois d'acajou. Devant la grande fenêtre, sur une table ronde, on avait déposé trois couverts. Quatre chaises capitonnées d'un tissu identique à celui de la chaise longue et quelques petites tables d'appoint complétaient le mobilier. Les rideaux retenus par de gros cordons tressés étaient jaune pâle agrémentés d'une fine dentelle de coton.

— C'est si joli ici! s'exclama Géraldine.

— C'est ma mère qui a décoré cette pièce. D'ailleurs, c'est elle qui a tout décoré ici! Après le déjeuner, je te ferai visiter la maison et les jardins. Tu verras, c'est un très bel endroit!

Elles prirent un déjeuner très agréable, placotant et riant sans cesse et la vieille Mary fut touchée de voir qu'Amelia avait retrouvé un peu de joie de vivre. Une fois de plus, elle constata l'importance qu'avait prise la jeune Géraldine dans la vie de sa petite-fille et elle se dit qu'un jour elle devrait l'en remercier. Les deux filles conversaient de leur voyage sur le bateau, des beaux paysages et des oiseaux qu'elles avaient vus sur le fleuve. Puis, elles questionnèrent Mme McTavish sur ses nombreux voyages. Mary leur parla de l'Italie, de la Bavière, de la Hollande et des contrées magnifiques qu'elle avait visitées.

Après le repas, Amelia fit faire à Géraldine le tour de la propriété. C'était une grande maison pourvue d'une importante fenestration orientée vers le fleuve. Les hauts plafonds donnaient une impression d'espace qui estompait la lourdeur des meubles en acajou. Elle comptait seize pièces en tout : la salle à manger, le boudoir, le grand salon, la bibliothèque, le jardin d'hiver, la cuisine, la laverie, trois chambres pour les domestiques au-dessus de la cuisine et six chambres à l'étage pour la famille et les invités. Le cocher et le jardinier étaient des hommes de Pointe-au-Pic qui n'habitaient pas chez les Robertson, mais les autres domestiques partageaient les trois chambres. De plus, la chambre d'Amelia donnait sur le petit boudoir dans la tourelle.

Après avoir fait le tour de la maison, Amelia entraîna son amie à l'extérieur. Les jardins étaient moins aménagés que ceux de *Rosegarden Court* et on y retrouvait beaucoup de fleurs sauvages. Au bout du terrain se trouvait un belvédère auquel on pouvait accéder par un petit escalier. Il était situé sur une petite avancée dans le fleuve et s'ouvrait sur un magnifique panorama.

— C'est mon endroit préféré ! annonça la jeune fille. Après la mort de maman, j'y passais des heures. Je la sentais tout proche de moi, car quand nous étions à Murray Bay, nous y venions tous les jours elle et moi !

— C'est vraiment un endroit d'une grande beauté !

Amelia frotta pensivement le médaillon qu'elle portait au cou. Encore aujourd'hui, cet endroit était plein de l'esprit de sa mère. Elle regarda Géraldine et lui sourit.

— Nous pourrions venir prendre le thé ici cet après-midi! proposa-t-elle. Qu'en dis-tu?

— C'est une excellente idée!

Chapitre 26

Murray Bay, 21 juin 1886

À Murray Bay, les jeunes filles avaient l'impression d'être hors du temps. Les journées passaient doucement et la seule préoccupation des gens autour d'elles était de les divertir. Charles prévoyait passer quelques jours avec sa fille avant de retourner à ses affaires à Montréal et il était prévu que Mme McTavish demeurerait tout l'été à Murray Bay avec Amelia et Géraldine. La température était clémente. Si les matins restaient plutôt frais, l'après-midi la chaleur et le soleil étaient presque toujours au rendez-vous. Avec l'aide du jardinier, Amelia avait entrepris de planter un petit jardin. Elle y avait semé de la laitue, des radis et des concombres. Mais, pour les deux jeunes filles, les journées passaient surtout à lire à haute voix, à jouer au croquet, à herboriser et à prendre le thé sur le belvédère. La jeune malade passait aussi du temps à dessiner les jardins et le fleuve, ce qui émerveillait Géraldine.

Malgré les protestations d'Amelia, Charles Robertson avait décidé de donner un grand souper de fête suivi d'un bal pour l'anniversaire de sa fille. Du vivant de Gloria, les Robertson recevaient beaucoup, mais depuis son veuvage, Charles avait presque cessé d'inviter des gens. Très souvent, il soupait au cercle avec quelques amis, tous des hommes bien sûr, mais il fuyait les réceptions. En dehors de ses visites au club, il sortait peu, mais insistait toutefois pour qu'Amelia participe à la vie mondaine et ce bal devait, entre autres, lui donner l'occasion de rencontrer de jeunes hommes. Comme c'était une responsabilité féminine, il avait confié l'organisation de cette soirée à sa belle-mère et la réception demanda beaucoup de travail à Mme McTavish.

Son plus grand casse-tête était de déterminer qui inviter et comment disposer les invités autour des tables. On devait toujours asseoir une dame à côté d'un monsieur avec qui elle pourrait aisément converser, mais il fallait tenir compte du rang social et des inimitiés personnelles fréquentes dans la bonne société. Le statut particulier de Géraldine lui posait aussi problème.

Elle ne voulait en aucun cas blesser la jeune fille et elle savait à quel point Amelia voulait que son amie assiste à la fête. Mais de l'asseoir à côté du pasteur Redford ou de M. Marshall aurait été perçu comme une insulte. Elle décida finalement de l'asseoir entre Charles et le Dr Maxell. Elle présumait que tous deux aimaient bien la jeune fille et qu'ils savaient combien Amelia tenait à sa présence. Toutefois, Charles en eut un léger agacement et il posa comme condition qu'elle fut assise à sa gauche. À sa droite, on placerait une femme de la haute bourgeoisie.

Étant donné qu'il n'y avait aucun éclairage sur les routes et que les lanternes accrochées aux attelages ne produisaient qu'une lumière diffuse, selon la tradition on fixa la date de la réception à la pleine lune de juin.

Leur maison d'été étant plus petite que *Rosegarden Court*, Charles suggéra d'inviter environ cinquante personnes parmi les plus influentes de la petite communauté anglophone de Murray Bay. Il savait que comme d'habitude, tous ne viendraient pas. Hector, le majordome, accompagné du valet de pied, se rendit chez chacun des invités afin de leur remettre l'invitation suivante :

M. Charles Robertson sollicite le plaisir de votre compagnie à un souper et une danse qui auront lieu à l'occasion de l'anniversaire de sa fille Amelia, le 28 juin 1886, à 19 h. Une réponse serait appréciée.

Mary McTavish pour Charles Robertson

La majorité des personnes ayant reçu une invitation s'empressèrent d'accepter en envoyant porter une note ainsi que leur carte de visite par un de leurs domestiques. Pour être sûre de la bonne marche de la soirée, Mary McTavish organisa une répétition générale. Elle était un peu inquiète, car si plusieurs des domestiques de *Rosegarden Court* les avaient suivis à Murray Bay, quelques-uns, comme Armande, avaient dû être engagés sur place et n'avaient pas une longue expérience de service.

Pour l'occasion, la vieille dame fit ajouter deux tables dans la salle à manger. Ce n'étaient pas des tables en acajou comme la table principale, mais elles seraient recouvertes de nappes de dentelle et on ne verrait pas la différence. Et puis, elle eut une sérieuse conversation avec Mme Tremblay qui avait été embauchée comme cuisinière.

Mary avait déjà préparé un menu élaboré qu'elle discuta longuement avec Rita Tremblay :

Une crème d'asperges
Un aspic aux œufs à la gelée de Porto
Des blanquettes de veau aux champignons
Un rôti de bœuf en croûte
Des lapins à la moutarde
Un gâteau éponge de la reine Victoria
De petits gâteaux Rocky Road
De la meringue à la crème et aux fraises
Des fruits et des noix

— Que diriez-vous madame si nous ajoutions une recette de saumon farci aux petites crevettes ? proposa la cuisinière avec enthousiasme. C'est un plat local, le saumon vient de la rivière Malbaie et les crevettes du bas du fleuve, c'est délicieux !

Mary trouva que c'était une très bonne idée. Elle décida aussi que le service se ferait à la russe, c'est-à-dire que les plats seraient servis les uns après les autres par des domestiques qui circuleraient entre les convives. Une fois le menu choisi, Mme McTavish décida d'engager deux personnes de plus pour aider au service et à la préparation des plats. Comme à l'habitude, il fut convenu que le maître d'hôtel, aidé d'un valet, se déplacerait entre les tables pour offrir les vins. Ils serviraient aussi le whisky et le xérès avant le repas et les liqueurs aux messieurs après le souper.

Pour le bal, qui devait avoir lieu en soirée, Charles avait fait venir des musiciens de Québec : un violoniste, un flûtiste, un violoncelliste et un pianiste qui utiliserait le piano du salon. On avait converti le boudoir en salle de jeux pour les personnes plus âgées qui ne pouvant plus danser y joueraient aux cartes ou aux dames. De plus, la bibliothèque servirait de fumoir pour les messieurs. C'était le premier bal auquel Géraldine assistait et elle était très nerveuse. Comme il fallait porter des habits d'apparat, Amelia lui fit essayer plusieurs robes afin de trouver celle qui lui conviendrait le mieux.

Géraldine était un peu plus grande qu'Amelia et il fallait donc que la robe fût très longue. Finalement, c'est une robe en tulle de soie de couleur vert pomme, décorée de rubans de soie sur le corsage et sur le bas de la jupe, qui lui seyait le mieux. Et le vert était particulièrement joli avec ses cheveux roux. Cette robe possédait une légère traîne et elle se portait avec une tournure assez rebondie. La jeune fille se regardait dans le miroir et ne pouvait en croire ses yeux !

— Amelia, cette robe est magnifique, mais elle n'est pas faite pour moi ! J'ai l'air d'être déguisée !

— Mais non, mon amie ! Tu es si belle ! Avec tes cheveux remontés, tu auras l'air d'une reine ! Fais-moi plaisir, prends cette robe ! Je te la donne !

— Ma douce amie, tu es très généreuse, mais quand veux-tu que je la porte ?

— Tu pourrais avoir d'autres occasions! En tout cas, elle est à toi et la tournure aussi!

— Dis-moi, la tournure comme tu l'appelles, comment fais-tu pour porter cette chose? Comment fais-tu pour t'asseoir?

— Tu t'assois sur le bout des fesses, en dessous de la tournure. Bien sûr, tu ne peux pas t'appuyer au dossier et tu dois te tenir très droite! Je sais que c'est un drôle d'accessoire! Moi, j'en mets le moins souvent possible, mais pour un bal, c'est indispensable!

— Tu tiens vraiment à ce que je t'accompagne, Amelia? Je ne serai pas à ma place avec tous ces gens de la haute société et puis je ne connaîtrai personne!

— Je ne serai jamais bien loin et il y aura mammy et le Dr Maxell! Fais-moi plaisir, essaie d'être gaie! Après tout, c'est mon anniversaire!

— Tu as raison! Je vais arrêter de penser à moi! Alors, dis-moi, que porteras-tu?

— Regarde!

Amelia sortit de sa commode une robe de taffetas de soie de couleur pêche recouverte d'une dentelle blanche sur le corsage et les manches.

— Elle est ravissante, mon amie! Tu seras si belle que tu feras tourner toutes les têtes!

— Tu sais, il n'y aura personne que j'aime vraiment parmi ces gens-là, mais cela fait tellement plaisir à papa d'organiser une fête pour moi!

— Amelia, tu l'as dit toi-même! Il faut être gaie, c'est ta fête!

— Tu as raison, nous allons essayer de bien nous amuser ! Et je dois te faire une confession… J'ai demandé à mammy et à mon père de te présenter comme une de mes amies.

— Mais ils vont se demander d'où je viens ! Ils vont me poser des questions !

— On s'en fiche, Géraldine ! Tu es mon amie, oui ou non ?

— Bien sûr, mais je suis surtout ta dame de compagnie !

— Pour moi, tu es d'abord et avant tout mon amie ! Voilà ! C'est tout !

— Amelia, tu sais que je t'aime beaucoup !

— Moi aussi Géraldine, je t'aime et j'ai envie que tout le monde sache que tu es la meilleure amie que j'ai jamais eue !

La soirée fut un grand succès. Les invités arrivèrent vers 19 heures. Les femmes en belles robes du soir de couleurs pastel, les corsages légèrement ouverts en cœur ou en carré, l'échancrure et le haut des bras voilés de gaze ou de tulle, les messieurs en habit et gilet noirs, cravate blanche, pantalon noir et bottines vernies. Des domestiques les accueillaient à leur arrivée et les dirigeaient vers le grand salon où le majordome annonçait leur nom et leur titre.

Le maître de maison, sa fille à ses côtés, allait à leur rencontre pour leur serrer la main, puis Mme McTavish après les avoir salués, les conviaient à prendre un verre de xérès ou de whisky. À quelques reprises, Charles Robertson présenta sa fille à des gens qu'elle ne connaissait pas. En vue du bal qui devait suivre le souper, il lui présenta entre autres, quelques jeunes gens, des hommes d'affaires avec qui il était en relation. Amelia était très belle et plusieurs de ces jeunes hommes lui jetèrent des regards admiratifs. Elle avait remonté ses cheveux et sa robe de couleur pêche accentuait la blancheur de ses épaules. Contrairement aux autres dames qui étaient couvertes de bijoux, elle ne portait que son médaillon, mais c'était juste assez pour ajouter une touche d'or à son cou.

Quand tous furent arrivés, Amelia alla chercher Géraldine qui n'était pas encore sortie de sa chambre. Celle-ci était si nerveuse qu'elle tremblait légèrement. Elles descendirent bras dessus, bras dessous et Amelia s'employa à l'introduire auprès de quelques personnes qu'elle connaissait bien : Aurore Hall avec qui elle était allée à l'école privée, John et Lisa Malcom des amis de son père, Peter et Janice Hudson des voisins de Montréal. Elle la présentait toujours comme « une bonne amie », et Géraldine très mal à l'aise baissait la tête en fixant le sol.

Bientôt, la vieille Mary proposa aux gens de passer à table et ils se retrouvèrent tous dans la grande salle à manger qui avait été décorée pour l'occasion. C'était une pièce aux plafonds très hauts avec de magnifiques boiseries sombres qui montaient presque jusqu'au plafond ne laissant qu'une petite bande recouverte de tapisserie dans des tons dorés.

Au centre de la pièce, on retrouvait la grande table d'acajou, très longue et de forme ovale. Deux tables supplémentaires, rectangulaires avaient été placées perpendiculairement à chaque bout de la table principale. Sur le mur de chaque côté de la grande table se trouvaient deux grands vaisseliers en acajou comme la table.

Devant chaque convive étaient placés un bouquet de pensées et un carton sur lequel on retrouvait le menu. L'argenterie fraîchement astiquée et la porcelaine d'Angleterre ornaient les tables. Pendant le repas, Amelia éluda habilement toutes les questions sur la famille ou la provenance de son amie Géraldine. Mme McTavish et même Charles souscrivirent aimablement à la simulation. Dr Maxell qui était assis à la gauche de Géraldine se prêta lui aussi au jeu. Pendant le repas, sans trop en avoir l'air, il guida la jeune fille à propos de certaines règles d'étiquette, par exemple quelle fourchette ou quel couteau utiliser parmi la dizaine d'ustensiles en argent placés devant chaque convive. Au milieu du repas, il lui chuchota à l'oreille :

— Vous savez ma chère, vous n'avez pas besoin de tout manger. Remarquez que personne ne le fait, car ces soupers à neuf ou dix services sont beaucoup trop copieux !

— C'est très bon, mais je n'ai déjà plus faim !

— Alors, laissez tout cela ! Gardez-vous une petite faim pour les desserts. Ils sont habituellement très bons. Mais il paraît que rien ne vaut la cuisine française ! Dans ses lettres, Francis me dit qu'il se régale à Paris !

— Comment va-t-il, docteur Maxell ?

— Il va mieux, je crois, mais il n'en parle jamais ! C'est clair qu'il veut oublier cette partie de sa vie. Toutefois, il me demande souvent de vos nouvelles !

Géraldine se sentit rougir et ne savait que répondre.

— Vous devriez lui écrire, Géraldine ! Ça lui ferait du bien !

La jeune femme ne répondit pas, car à cet instant, Charles Robertson prit la parole.

— Mes chers amis ! Nous sommes réunis ici pour célébrer les vingt ans d'Amelia. Ce n'est plus ma petite fille, elle est devenue une radieuse jeune femme et j'en suis très fier !

Sur ces mots, tous les invités se mirent à applaudir. Géraldine regardait Amelia avec fierté et comme elle la connaissait bien, elle constata que celle-ci était un peu mal à l'aise.

— Ce soir, à l'occasion de cette fête, je veux maintenant remettre à ma fille son cadeau d'anniversaire.

Robertson se leva et se rendit aux côtés de sa fille.

— C'est pour toi! lui dit-il en lui tendant une enveloppe.

Intriguée, la jeune fille ouvrit le pli, les mains tremblantes. Il contenait une lettre qu'elle lut en silence. Puis elle eut une exclamation de joie et se leva pour embrasser son père.

— Oh! Merci, papa! Merci! C'est merveilleux!

— Qu'est-ce qu'elle a eu? Qu'est-ce que c'est… Dites-nous! murmurèrent des gens dans l'assistance.

— Voilà! J'ai donné à ma fille un voyage en France qu'elle fera à la date qui lui convient avec sa grand-mère et son amie Géraldine.

À ce moment, les domestiques commençaient à servir les desserts et Charles retourna à sa place. Quand il fut assis, Géraldine se tourna vers lui.

— Je pense que vous l'avez rendue très heureuse, monsieur Robertson!

— J'espère que vous êtes heureuse, vous aussi!

— Bien sûr, mais vous savez, vous n'aviez pas besoin de m'inclure dans ce cadeau!

— Ça me fait grand plaisir et Amelia n'aurait jamais voulu vous laisser en arrière!

— Vous allez pouvoir visiter Francis, ajouta Maxell en souriant. Il sera fou de joie!

Géraldine baissa la tête, embarrassée. Après les desserts, les hommes se retirèrent dans la bibliothèque pour fumer et boire du porto ou du cognac, alors que les dames restèrent dans la salle à manger pour prendre le thé. Plusieurs utilisèrent aussi la chambre mise à leur disposition pour se refaire une beauté. Amelia vint s'asseoir à côté de son amie.

— Nous allons en France, Géraldine! Es-tu contente?

— C'est ton cadeau, Amelia, c'est toi qui devrais y aller!

— Mais voyons, je veux y aller avec toi! J'en profiterai beaucoup plus avec toi!

— Alors je vais t'accompagner, répondit-elle avec le sourire.

— J'espère bien! Le bal va commencer bientôt! Écoute, il faut que je demande à papa de te présenter quelques garçons. S'ils ne t'ont pas été présentés officiellement, ils ne pourront pas t'inviter à danser.

— Amelia! Amelia, je t'en prie, écoute-moi! Fais-moi plaisir et laisse-moi me retirer! Tu sais, moi je ne connais ni la valse ni la polka. Chez nous on ne danse que le quadrille! Je serais vraiment mal à l'aise de danser avec les gens de votre monde. Nous finirons de fêter ton anniversaire, juste nous deux demain! S'il te plaît! Je t'en supplie!

— Si c'est ce que tu veux vraiment, je le respecte Géraldine. Mais demain nous passerons une journée très spéciale toutes les deux! D'accord?

— Je te le promets! Je vais juste aller dire bonsoir à ta grand-mère et je vais me retirer.

— Alors à demain, ma tendre amie!

— À demain!

Après avoir salué Mme McTavish, Géraldine monta à sa chambre discrètement. Alors qu'elle se dirigeait vers l'escalier, Armande toujours prévenante lui apporta une lampe à huile, car le second étage était dans l'obscurité. Probablement à cause de la nervosité et de la tension qu'elle ressentait depuis le début de la soirée, la jeune femme se sentait réellement épuisée. En entrant dans sa chambre, elle déposa la lampe sur la table de nuit. Lentement, elle commença à se déshabiller. Elle enleva la robe qu'elle rangea dans sa commode. Elle se demanda pensivement quand elle aurait l'occasion de la porter de nouveau.

En bas, elle entendait les musiciens qui jouaient une valse. Après avoir enfilé une jaquette et une liseuse, elle se glissa dans son lit avec un livre. Elle avait décidé de lire pour se détendre un peu. Mais, elle posa le livre sur ses genoux et se mit à réfléchir. Bientôt, elle irait en France et elle reverrait Francis ! Soudain, elle se releva et alla s'asseoir devant le petit secrétaire près de la porte. Ayant déposé la lampe à côté d'elle, elle sortit son journal d'un des tiroirs et ouvrit son encrier.

28 juin 1886

Mon cher journal

Ce soir j'ai assisté à mon premier grand souper ! C'était magnifique et le repas était délicieux, mais je ne me sentais tellement pas à ma place ! Amelia m'avait prêté une robe magnifique. J'avais pourtant l'impression de porter un déguisement. Mme McTavish, le Dr Maxell et même M. Robertson ont essayé de me mettre à l'aise, mais j'avais si hâte de me retrouver dans ma chambre. Amelia était un peu nerveuse elle aussi et elle tenait beaucoup à ma présence, c'est pourquoi je me suis jointe à la fête, mais j'avais vraiment l'impression d'être un imposteur !

Toutefois, quelque chose de merveilleux est arrivé ! M. Robertson a donné en cadeau à sa fille un voyage en France et il a précisé que moi et sa grand-mère serions du voyage ! Tu t'imagines, je vais aller en France ! Et puis Dr Maxell nous a dit que Francis allait être fou de joie et qu'il voudrait sûrement nous servir de guide ! Je sais, je ne devrais pas me remettre à espérer, mais je suis si heureuse! Avec la tension de cette soirée et la joie de faire ce voyage avec ma bonne amie, mon cœur est si plein que je ne peux pas dormir. J'entends la musique qui joue dans le grand salon. J'ai hâte de me retrouver seule avec Amelia. J'ai si hâte d'en parler avec elle. Et puis demain sera sa journée et nous fêterons juste toutes les deux!

Je vais me mettre au lit avec un livre. J'espère trouver bientôt le sommeil!

Bonne nuit cher journal!

Géraldine

Au même moment, Edouard McKim, un monsieur d'une quarantaine d'années, après s'être incliné bien bas devant la jeune Amelia, venait de l'inviter à danser une valse. Celle-ci, d'abord surprise, lui rendit son salut et lui accorda sa main. Plusieurs personnes, y compris le père d'Amelia, levèrent un sourcil désapprobateur, car habituellement seules les femmes mariées dansaient la valse. Mais M. McKim fut très respectueux et garda une distance correcte avec sa partenaire. C'était un riche architecte qui avait bâti plusieurs des maisons de Murray Bay et qui lui-même y habitait pour l'été. Sa conversation était intéressante, mais la jeune femme trouvait qu'il la dévisageait de façon cavalière et elle se sentait mal à l'aise.

Après la valse, elle dansa encore une gavotte et une polka avec des jeunes gens plutôt insipides. Puis, elle se dirigea vers la table dans le fond du grand salon pour se servir une tasse de thé. Discrètement, elle se glissa derrière le paravent qui avait été placé dans le coin de la pièce et sur lequel on avait fixé des gerbes de fleurs pour la décoration. Elle s'assit dans la chaise moelleusement rembourrée et y but son thé tranquillement en écoutant la musique.

Aurore Hall et deux autres jeunes filles qu'Amelia connaissait moins, Elisabeth Kane et Carol Buchanan, s'approchèrent de la table pour prendre un thé à leur tour. La jeune fille resta derrière son paravent, car elle n'avait pas envie de faire la conversation.

— Ouf! Ça fait du bien d'arrêter un peu! Je suis crevée, commença Elisabeth.

— Oui! Un thé sera divin, ajouta Carol.

— Je ne vois plus la «bonne amie» d'Amelia. Peut-être qu'elle s'est sauvée. Vous savez qu'en fait cette Géraldine n'est qu'une dame de compagnie! Amelia la présente comme une amie, mais en réalité ce n'est qu'une domestique! déclara Aurore avec hargne. Elle a toujours été une originale, mais c'est vraiment ridicule!

— *Heavens!* Nous imposer la présence d'une employée, c'est un comble! lança Carol.

— Personne ne dit rien, car M. Robertson est très riche, mais tout le monde le saura bientôt et plusieurs refuseront leurs invitations à l'avenir, ajouta Aurore.

— Les domestiques devraient rester aux cuisines! Quel manque de savoir-vivre! s'indigna Elisabeth.

Amelia, n'y tenant plus, se leva brusquement et sortit de sa retraite. S'approchant des trois jeunes filles, elle leur lança:

— Géraldine a plus de grandeur d'âme et de savoir-vivre que vous trois réunies! Mais vous êtes trop sottes pour vous en apercevoir!

Rouge de colère, elle se dirigea vers sa grand-mère les laissant toutes les trois bouche bée. Elle avait toujours été choquée par l'attitude des gens de la haute société envers les domestiques et les gens de petite fortune. La plupart du temps, ils les considéraient comme sots et peu honnêtes. Ils pensaient que s'ils étaient peu argentés, ce n'était dû qu'à leur manque d'intelligence et qu'ils n'étaient donc bons qu'à servir les plus nantis.

En fait, la plupart du temps, les bien-pensants ne considéraient pas plus leurs domestiques que leurs animaux de compagnie.

Souvent, ils ne connaissaient même pas leur nom. Par exemple, beaucoup de messieurs, plutôt que d'utiliser le nom de baptême de leur valet de pied, leur donnaient le nom de John ou John Thomas qu'ils trouvaient plus commode. Amelia, quant à elle, s'était toujours fait un point d'honneur de connaître le nom de tous les domestiques et de l'utiliser quand elle s'adressait à eux ! Le reste de la soirée fut assombri par cet incident et Amelia ne dansa plus. Elle resta un peu en retrait et se retira en même temps que la vieille Mary un peu plus tard dans la soirée après avoir brièvement salué les invités.

Le lendemain matin, Mary McTavish garda le lit. La soirée de la veille l'avait exténuée et son arthrite la faisait souffrir, alors elle resta allongée. Au déjeuner, Amelia était fatiguée, car elle s'était endormie très tard. Ce n'est qu'après que la musique se fut tue et que les invités fussent tous partis qu'elle avait enfin trouvé le sommeil.

— Sais-tu que cette pimbêche d'Aurore Hall est tombée dans les pommes après une polka hier soir ? Je suis certaine qu'elle avait tellement serré son corsage, qu'elle pouvait à peine respirer ! Grand-mère l'a réveillée en utilisant des sels et elle a quitté la soirée après cela. Bon débarras !

— Je trouvais qu'elle avait l'air gentille quand tu me l'as présentée. Je pensais que tu l'aimais bien.

— Oui… Mais j'ai découvert hier soir que ce n'était qu'une hypocrite ! Tu sais, pour ces gens il n'y a que les apparences qui comptent ! Qu'est-ce que ça donne d'être habillée et coiffée comme une reine quand tu méprises la moitié de l'humanité ?

— Je comprends ce que tu veux dire, mais oublie tout cela maintenant. Dis-moi, de quoi as-tu envie pour ta journée spéciale ? demanda Géraldine.

— Hum ! Je ne sais pas ! Voyons, il fait soleil alors nous devrions profiter du beau temps !

— Que dirais-tu d'un pique-nique ?

— C'est une très bonne idée ! Nous pourrions nous trouver une petite plage tranquille pour manger et puis je sais où je vais t'amener ! Près du quai de Pointe-au-Pic, il y a un village indien. Ce sont des Micmacs. Ils s'installent là tous les étés et ils vendent des souvenirs aux visiteurs et aux touristes. Tu pourrais en acheter pour tes sœurs et pour ta tante. Ils ont de jolies choses !

— Oh oui ! Alors, allons nous préparer !

— Je préviens le cocher. Et puis nous amènerons aussi Armande. Elle connaît bien la région et elle saura trouver de beaux coins.

— Retrouvons-nous devant la maison dans vingt minutes pour laisser le temps à Émile d'atteler les chevaux. Et puis Mme Tremblay devrait avoir le temps de nous préparer un petit goûter…

— Bon et bien à tout de suite !

Géraldine fut la première dehors. Pour se protéger du soleil, elle s'était coiffée d'un petit chapeau d'osier à larges bords entouré d'un ruban vert comme sa robe et elle avait enfilé des gants. Elle avait vite compris que dans la haute société, une dame devait porter des gants en tout temps alors qu'à la ferme, les gants étaient réservés pour les dimanches et les jours de fête. Elle avait aussi apporté un châle ainsi que le livre qu'elle était en train de lire, *Pride and Prejudice* de Jane Austen. Bientôt, Émile arriva menant le cheval par la bride. Il l'avait attelé au cabriolet à quatre places.

— Bonjour, Émile ! Nous nous sommes rencontrés l'autre jour quand vous êtes venu nous chercher à Pointe-au-Pic. Moi, c'est Géraldine !

— Bonjour, mademoiselle ! Vous aurez une belle journée pour votre pique-nique !

— Oui ! Il fait très beau ! Mlle Amelia et Armande seront là dans quelques minutes.

— Venez vous asseoir en les attendant, proposa Émile en souriant.

— Merci, Émile.

Presque tout de suite, Amelia sortit de la maison. Elle avait revêtu une jupe bleu foncé et une blouse blanche à manches larges ornée d'un plastron de dentelle sur le devant. Elle portait aussi des gants et un chapeau blanc à bords larges recouverts de dentelle et attaché avec un ruban sous le menton. Dans ses mains, elle tenait un châle et une ombrelle. Armande la suivait, un panier de provisions accroché à son bras. Pour l'occasion, elle avait enlevé son tablier blanc et ne portait que son uniforme bleu avec une écharpe de laine grise sur les épaules.

— Bonjour, Émile !

— Bonjour, mademoiselle !

— Nous allons d'abord nous rendre au village indien près du quai de Pointe-au-Pic, puis Armande nous montrera un joli coin pour pique-niquer !

— Bien, mademoiselle.

Émile aida les dames à monter dans la voiture. Puis, il enleva la pierre qu'il avait mise pour bloquer la roue et monta sur le siège avant pour prendre les rênes. Le ciel était sans nuages et c'était une magnifique journée. Les jeunes filles regardaient le paysage sans mot dire quand soudain Armande, qui était restée muette jusque-là, déclara :

— Je suis si contente que vous m'ameniez en pique-nique avec vous, mademoiselle ! Je vous remercie de tout cœur !

Amelia rit de bon cœur.

— Ça me fait bien plaisir que tu nous accompagnes, Armande. Heureusement que Mme Austin n'est pas ici, car elle aurait trouvé cela inconvenant que je t'amène avec nous ! Mais j'ai vingt ans et je fais ce que je veux !

— Qui est Mme Austin, mademoiselle Amelia ?

— Une vieille ronchonneuse, mais n'en parlons plus !

Bientôt le cabriolet ralentit. Ils arrivaient. Au pied d'une falaise, à quelques distances de la mer, une dizaine de huttes rudimentaires avaient été installées. Elles étaient construites en bois et en écorce et recouvertes de quelques peaux d'animaux. Non loin des habitations, il y avait plusieurs tréteaux sur lesquels on avait placé des planches. De grandes quantités de poissons y séchaient au soleil. Au bord de l'eau, trois canots d'écorce étaient couchés côte à côte.

Près des huttes se tenaient deux femmes, l'une d'une trentaine d'années et l'autre très âgée. Elles étaient habillées de robes confectionnées en cuir de couleur sable, brodées à certains endroits avec de petites perles colorées. Leurs cheveux étaient tressés et elles portaient des bandeaux autour de la tête. Quelques bourgeois étaient déjà sur place. À leur intention, les deux femmes avaient exposé leurs œuvres par terre sur des couvertures.

Amelia et Géraldine s'approchèrent. Armande resta en retrait. À leur arrivée les deux Indiennes s'inclinèrent pour les saluer. Amelia s'avança et serra la main de la vieille femme qui lui sourit.

— Bonjour, madame !

La vieille Indienne salua plusieurs fois de la tête en articulant des mots étrangers. Les jeunes filles comprirent qu'elle ne parlait pas anglais. De la main, la dame âgée les invita à regarder les pièces étalées sur les couvertures. Il y avait plusieurs objets : des paniers tressés de toutes les formes, une multitude de colliers faits de coquillages, de dents d'animaux et de morceaux de bois et plusieurs très jolies boîtes recouvertes de petits cordons de différentes couleurs qui formaient des mosaïques.

— Sais-tu ce que c'est, Géraldine ?

— Je ne sais pas du tout, mais c'est très joli !

— Ces boîtes sont fabriquées avec des épines de porc-épic !

— C'est extraordinaire ! Je n'aurais jamais deviné ! Je les aime beaucoup ! Je vais en acheter une pour moi, une pour Héléna et une pour Laura. Elles n'en reviendront pas ! Est-ce qu'elles sont chères ?

Amelia fit comprendre à la vieille Indienne qu'elle voulait connaître le prix. Celle-ci lui répondit par des gestes.

— Les petites boîtes sont cinquante cents et les plus grandes, un dollar.

Armande s'était approchée elle aussi et elle regardait ces objets avec envie. Finalement, Géraldine acheta deux petites boîtes et une grande. Elle acheta aussi un sac de paille tressé avec des perles brodées sur le dessus pour s'en faire un sac à tricot.

— Moi, j'ai déjà plusieurs boîtes, chuchota Amelia à l'oreille de son amie, mais je vais en acheter une pour Armande, pour la remercier de nous servir de guide.

— C'est vraiment gentil ! Elle sera ravie, j'en suis certaine !

Amelia acheta aussi un chapeau de paille à larges bords. Elles payèrent leurs achats, serrèrent la main des deux Indiennes et retournèrent au cabriolet.

— Maintenant Armande, c'est toi qui nous conduis!

— Bien, mademoiselle! Bon Émile, prends la route qui monte en haut des falaises. Tu vas faire environ deux milles et tu verras une route de terre qui descend vers la mer. Tu prends cette route. Elle mène à une toute petite plage entourée de rochers. Ce sera un bel endroit pour un pique-nique.

— Je pense que je sais où c'est, Armande, mais surveille-moi pour être certain que je ne me trompe pas de route, répondit Émile.

Bientôt, la carriole arriva au bord d'une magnifique petite plage au pied des falaises. Non loin du rivage, un groupe de rochers sortaient de l'eau et on pouvait y voir plusieurs familles de canards qui se chauffaient au soleil. Au bout de la plage, une section était ombragée par les falaises et c'est à cet endroit qu'elles étendirent leurs couvertures pour le pique-nique.

— C'est un très bel endroit, Armande! Tu as bien choisi!

— Merci, mademoiselle!

Géraldine et Amelia s'installèrent sur une des couvertures. Armande, après avoir sorti les victuailles et les couverts, restait debout en retrait, mais Amelia lui demanda de venir s'asseoir avec elles. Mme Tremblay leur avait préparé un bon pique-nique: pour commencer une salade de carottes, des sandwichs aux concombres et des œufs à la coque farcis. Pour dessert, la cuisinière leur avait mis des tranches de gâteau Barm Brack, un gâteau irlandais fait avec du thé et des citrons confits qu'Amelia aimait beaucoup. Elle avait aussi ajouté un petit contenant plein de cerises, car c'était le temps des cerises et un autre avec des noix. Émile s'occupait du cheval et il était resté à côté de la carriole. Après leur repas, Amelia envoya Armande lui porter de bonnes choses à manger.

Le ventre plein, les jeunes filles s'allongèrent sur la couverture pour admirer le fleuve et observer les oiseaux.

— Je me sens si bien ici! déclara Amelia. Si je le pouvais, je resterais ici toute l'année!

— C'est vrai que c'est beaucoup plus calme et beaucoup plus beau que Montréal, répondit Géraldine.

— Tu sais que mon père retourne en ville demain? Il fera le voyage avec le Dr Maxell. Au fait, tu étais assise à côté de lui hier, t'a-t-il parlé de Francis?

— Il m'a seulement dit qu'il se remettait tranquillement, mais qu'il ne parlait jamais de ce qui s'était passé.

— Je n'ai jamais compris comment un homme comme lui avait pu s'amouracher d'une telle femme! Je ne l'ai vue qu'une fois avec sa mère et je trouvais qu'elle avait l'air tellement fourbe!

— Mais elle était si belle!

— Elle n'était pas plus belle que toi! Elle était seulement couverte de bijoux et de dentelles! C'est toi que Francis aurait dû courtiser! Il t'a toujours aimée, mais je pense qu'il n'osait pas.

— Amelia! Tu es candide, ma bonne amie! Je ne suis qu'une roturière! Jamais Francis ne pourrait s'intéresser à moi! Toi, tu es bonne avec tous, avec les serviteurs, avec les dames de compagnie, mais tu sais, il y a un énorme fossé entre votre monde et le nôtre!

— Premièrement, Francis s'est toujours intéressé à toi et il n'est pas hautain comme les gens qui ont de la fortune! C'est la raison pour laquelle il s'est installé à Saint-Jean près des petites gens et non pas dans le Mille carré à Montréal! Nous partageons les mêmes idées Francis et moi et j'ai toujours trouvé que les gens riches étaient méprisants et prétentieux. Pour les personnes de la bonne société, les amis de mon père et tous ces gens qui étaient à la fête, il n'y a que l'apparence qui compte. Avoir l'air riche, avoir l'air éduqué, avoir l'air élégant! Ils sont fallacieux!

— Tu es vraiment remarquable, Amelia! Pourquoi es-tu si différente des Aurore Hall et de ces autres jeunes filles?

— Peut-être à cause de ma maladie. Quand tu peux mourir le lendemain, tu regardes la vie différemment… Et puis j'ai toujours eu l'impression que les domestiques comme Nanny Beth, Caroline et même Mme Austin avaient beaucoup plus de compassion et d'indulgence que tous ces gens de la haute! Tu sais, avec grand-mère je suis souvent allée visiter des gens miséreux. Je les ai vus souffrir. J'ai vu comment leur vie était difficile et combien ils aimaient leurs enfants. Avec grand-mère, j'ai beaucoup appris. Elle est sage et elle connaît la vie.

— Oui! J'aime beaucoup ta grand-mère! C'est une grande dame!

— Je l'adore! Je ne sais pas ce que je ferais sans elle…

Il y eut un moment de silence où les deux jeunes femmes regardèrent le fleuve perdues dans leurs pensées. Géraldine écoutait le bruit des vagues et elle pensait à Francis. Il était si gentil, mais, malheureusement, ils n'étaient pas du même monde. Soudain, Amelia s'exclama:

— Écoute! Avant de rentrer, j'aimerais bien me saucer les pieds à l'eau, viens-tu avec moi?

— Mais bien sûr! Allons-y!

Les deux jeunes femmes délacèrent leurs chaussures et enlevèrent leurs bas. Elles marchèrent d'abord un peu dans le sable chaud puis, en relevant leur jupe, elles entrèrent dans l'eau.

— Oh! Elle est glaciale! lança Amelia en riant.

— Sortons de l'eau, ma chère amie. Tu pourrais prendre froid!

— Bon d'accord, mais je suis contente de l'avoir fait!

Les deux jeunes femmes s'essuyèrent les pieds avec des serviettes de table, car c'est tout ce qu'elles avaient sous la main, puis elles se rechaussèrent. Elles retournèrent à la calèche et ce fut le retour vers la maison. Au cours du voyage, Amelia donna à Armande la petite boîte qu'elle avait achetée pour elle et celle-ci en fut émue aux larmes.

Ce soir-là, les deux jeunes filles se couchèrent tôt, fatiguées par leur journée. Avant de dormir, Géraldine regarda longuement les boîtes qu'elle avait achetées. Elle s'émerveillait de leur finesse. Elle prit la plus grosse et y disposa ses rubans et ses barrettes. Elle rangea les deux autres dans ses tiroirs en pensant au plaisir qu'elle aurait à les offrir à Héléna et à Laura.

Le père d'Amelia et le Dr Maxell étaient retournés à Montréal et les jours suivants s'écoulèrent doucement entre la lecture, les soins du jardin, le dessin, la correspondance et les promenades sur les falaises. Un après-midi, un portier se présenta avec un message pour Mlle Amelia. C'était un mot d'Edouard McKim joint à sa carte de visite.

Il lui demandait la permission de lui rendre visite pour lui présenter ses hommages. Elle fut très surprise et un peu embarrassée. Il était coutume pour les hommes de courtiser les demoiselles qui leur avaient été présentées officiellement, en proposant de leur faire une visite. Le domestique attendait une réponse et comme Amelia ne réagissait pas, Mme McTavish lui transmit une invitation pour M. McKim à prendre le thé avec elles en fin d'après-midi.

Quand le courtier fut parti, Amelia suivit sa grand-mère dans le boudoir.

— Mammy, je n'aime pas ce monsieur et il est beaucoup trop vieux pour moi !

— Je comprends, ma chérie, mais il faut rester polie et une invitation pour le thé ne t'engage à rien. Et tu sais, lui, il ne croit pas qu'il est trop vieux pour toi. Tu sais bien que c'est courant dans le beau monde que des hommes riches épousent des femmes beaucoup plus jeunes ! Ils sont fiers de se pavaner avec elles à leurs bras et ainsi ils sont convaincus qu'ils auront rapidement de beaux enfants. Tu n'auras qu'à te montrer plutôt froide, et il comprendra ! Mais sois gentille tout de même, ce monsieur est un des amis de ton père !

— Quelle corvée !

— Amelia, ne sois pas si farouche ! Depuis que nous sommes ici, c'est la première fois que nous recevons pour le thé !

— Bon ! Bon ! D'accord, mais vous resterez toujours dans la pièce Géraldine et toi ?

— Même si je le voulais, je ne pourrais pas sortir ! Ce serait très inconvenant de vous laisser seuls tous les deux !

— Tant mieux !

— Tu sais, Amelia, je comprends que tu n'aimes pas ce monsieur, mais tu devrais commencer à rechercher un compagnon de vie. C'est une des raisons pour lesquelles ton père avait organisé ce bal et il a été très déçu que tu quittes la soirée si tôt. Nous avons beaucoup de plaisir à t'avoir avec nous, mais quand toutes les femmes de ton âge seront mariées et auront de beaux enfants, alors que tu vivras encore avec tes parents, tu pourrais être malheureuse !

— Si cet homme savait que je souffre de consomption, jamais il ne me courtiserait !

— Amelia, ta santé va de mieux en mieux…

— Oui, grand-mère, mais je suis encore malade…, soupira la jeune fille, en jetant un coup d'œil à Géraldine qui lui sourit tristement.

Edouard McKim se présenta à la porte à seize heures avec un gros bouquet de roses rouges. Le maître d'hôtel le fit passer dans la bibliothèque et alla prévenir ces dames de son arrivée. McKim s'assit dans un fauteuil Voltaire. Il déposa ses gants et son chapeau sur ses genoux et regarda autour de lui. C'était une pièce haute et vaste. À la naissance du plafond, une large moulure de bois travaillée faisait le tour de la pièce, alors que les murs étaient couverts de tapisserie à petits motifs vert et bourgogne. Un tapis aux mêmes couleurs couvrait le plancher.

Au-dessus du foyer, un immense miroir rappelait les cadres, tous dorés, qui ornaient les murs alors que d'imposantes bibliothèques à portes de verre coulissantes couvraient la moitié de la pièce. Les fenêtres étaient habillées de rideaux verts plissés et entourés d'une bordure dorée. Une méridienne et des fauteuils Voltaire recouverts de velours vert, un secrétaire et plusieurs petites tables en acajou complétaient l'aménagement de la pièce. Après quelques minutes, Mary, Amelia et Géraldine le rejoignirent. Amelia portait une robe d'après-midi d'un vert très pâle au corsage froncé de dentelle et aux manches très bouffantes. La robe se portait avec une tournure.

La vieille Mary pour sa part était habillée d'une robe grise, avec tournure elle aussi, confectionnée avec un drapé sur les hanches et de la dentelle autour du cou et des poignets. Géraldine s'était changée pour l'occasion et avait enfilé une jupe de couleur prune avec un ourlet de dentelle et une blouse blanche à larges manches. Claudine, la soubrette qui avait pris la gerbe de roses apportée par le monsieur, était allée quérir un récipient. Elle revint dans la pièce avec les fleurs joliment arrangées dans un vase de cristal.

— Un gros merci pour les fleurs, mon cher Edouard ! Elles sont magnifiques, n'est-ce pas Amelia ? lança la vieille Mary avec un air insistant à sa petite-fille.

— Oui, en effet, ajouta la jeune fille. C'est un très beau bouquet !

— C'était pour faire honneur à votre beauté mesdames !

Edouard se montra charmant et volubile. Armande apporta bientôt le thé et Mme McTavish fit le service.

— Prenez-vous du lait dans votre thé, cher monsieur ?

— Un nuage, s'il vous plaît !

— Servez-vous de petits scones, proposa Amelia, notre cuisinière les réussit très bien !

— Merci ! Vous avez une très belle maison et c'est un bel endroit pour recevoir. Le bal de l'autre soir était très réussi, mais vous vous êtes retirée très tôt, mademoiselle Amelia. Je vous ai cherchée pour vous proposer une autre valse, mais vous étiez déjà montée !

— Oui, je me suis couchée tôt. J'étais très fatiguée ! La maladie me fatigue beaucoup. Vous saviez bien sûr que je suis poitrinaire !

— Oh ! mon Dieu ! répondit McKim immobilisé alors qu'il portait sa tasse à ses lèvres.

La vieille Mary fixa sa petite-fille d'un œil sévère, et celle-ci lui répondit par un sourire moqueur. Géraldine, assise à ses côtés, observait la scène sans mot dire. Elle comprenait bien son amie, mais elle se sentait confuse. L'ambiance était devenue très lourde et Mme McTavish pour briser le silence commença à questionner Edouard à propos d'une maison qu'il construisait à Murray Bay pour un membre de la famille Molson. Quand il eut terminé sa tasse de thé, McKim prit rapidement congé. Amelia lui serra la main, mais elle fut choquée de constater que, subtilement, l'homme essuyait sa main sur son pantalon. Dès qu'il fut parti, la jeune femme s'enferma dans son boudoir avec vue sur la mer. Géraldine la suivit et cogna à sa porte. Son amie lui ouvrit et elle vit qu'Amelia avait pleuré.

— Viens, lui dit Amelia en l'entraînant à l'intérieur.

— Est-ce que ça va, mon amie?

— Cet homme est un imbécile! Tu as vu qu'il avait essuyé sa main après avoir touché la mienne!

— Oui je sais…

— Quand je pense que mon père voulait que je rencontre des jeunes hommes! Il ne veut pas voir la réalité! Je suis poitrinaire et je suis une intouchable dans cette société!

— Amelia! De toute façon cet homme ne t'intéressait même pas! Tu es différente et tu vaux beaucoup mieux que tous ces gens! N'y pense plus! Tu te sens bien à Murray Bay, alors profitons de cette journée!

— Tu as raison! Nous sommes ensemble et c'est tout ce qui compte! Alors ignorons le reste du monde!

Avec le beau temps, les légumes commençaient à pousser dans le jardin d'Amelia. Elle avait déjà récolté des radis, des épinards et de la laitue avec lesquels Mme Tremblay avait confectionné de bonnes salades. Tous les jours, Amelia et Géraldine travaillaient et bavardaient avec Benito le jardinier.

C'était un homme d'une soixantaine d'années qui était arrivé d'Italie à l'âge de vingt ans. Il parlait bien l'anglais, mais avec un petit accent chantant. Il aimait beaucoup raconter son Italie natale, sa traversée vers l'Amérique et sa vie au Canada. De plus, il était une véritable mine de renseignements sur les plantes, les arbres et les oiseaux. Lorsqu'il se rendit compte que les deux jeunes filles étaient si passionnées, il leur suggéra de les amener sur le bateau à voiles qu'il utilisait pour la pêche. En partant pour la journée, ils pourraient faire le tour de l'archipel de Kamouraska où se trouvaient de multiples colonies d'oiseaux et de canards. Amelia fut enchantée par son offre. Mais c'était une longue excursion et la jeune fille devait en parler avec sa grand-mère d'abord.

Mary n'était pas certaine d'aimer cette idée, mais sa petite-fille insista tellement qu'elle finit par l'accepter. Toutefois, elle décida de les accompagner et insista pour que Benito apporte des gilets de sauvetage. Il fallut un certain temps au vieil homme pour en trouver, mais finalement le jardinier dénicha des ceintures fabriquées de morceaux de liège cousus dans une bande de toile. Mme McTavish posa une dernière condition : que la journée choisie soit sans l'ombre d'un nuage !

Finalement, le dix-sept juillet de bon matin, les trois femmes se rendirent en cabriolet au quai de Pointe-au-Pic où Benito les attendait. Il était heureux et fier de leur montrer son bateau. Les trois femmes furent surprises par les dimensions du bateau. C'était un deux-mâts, tout en bois et il devait mesurer une dizaine de mètres. L'intérieur était de bois verni et l'extérieur de la coque était peint en bleu. Sur la proue du voilier était inscrit en noir le nom *Giuseppa*. Il comportait plusieurs bancs de bois à la proue. Il y avait aussi des grosses rames accrochées aux bordages et une barre à roue à l'arrière. Des coffrages de chaque côté du bateau servaient à remiser les voiles et les filets d'un côté, et les victuailles de l'autre.

Benito avait demandé à son petit-fils Mario de les accompagner. Il voulait que quelqu'un puisse s'occuper des dames pendant qu'il ferait les manœuvres. Mario avait seize ans et était apprenti chez Joseph Côté, le forgeron du village. Benito, qui connaissait bien Joseph, lui avait demandé de libérer son petit-fils pour l'occasion.

Les deux hommes aidèrent ces dames à monter à bord et le vieux marin fit les présentations.

— Mesdames, je vous présente Mario, mon petit-fils. Je lui ai demandé de s'occuper de vous pendant le voyage. Si vous avez besoin de quoi que ce soit, vous lui demandez ! Il est là pour ça !

— C'est très gentil à vous, Benito ! Vous êtes très prévenant ! déclara Mme McTavish avec le sourire.

— Ce n'est pas souvent que j'amène des dames sur mon bateau, surtout de grandes dames comme vous ! Il faut que je vous traite bien !

— Bonjour, Mario ! Je suis enchantée de te connaître, déclara Amelia en lui tendant la main.

Mario, un peu gêné, offrit sa main en rougissant. Être le chevalier servant de belles dames anglaises l'impressionnait beaucoup, aussi prenait-il sa tâche très au sérieux.

Ils quittèrent bientôt le port à la rame. La journée était chaude, mais dès qu'ils eurent gagné le large, la température baissa de façon significative et les dames mirent leurs châles. Une fois sorti de la baie, Benito hissa les voiles.

Au loin, on apercevait le phare de la baie Saint-Paul installé sur une petite île à l'entrée du port. C'était un de ces petits phares carrés en bardeaux de cèdre qu'on appelait *pepper shaker lights* parce qu'ils ressemblaient à des poivrières. La mer était calme et le vent frais. Ils voguèrent ainsi pendant quelques heures. Ces dames virent s'éloigner la rive nord du fleuve et bientôt elles aperçurent les îles au large de la rive sud. À un moment donné, deux baleines blanches vinrent arquer leur dos à la surface de l'eau, à quelques distances du bateau. Amelia et Géraldine furent très excitées, alors que la vieille Mary regardait le spectacle avec une certaine inquiétude.

— Benito! lança-t-elle. Est-ce que ces bêtes pourraient faire verser notre bateau?

— Mais pas du tout! Ne vous inquiétez pas, madame! Ce sont des bélugas! Ce sont de beaux animaux sans défense! Ils viennent nous saluer.

Amelia et Géraldine scrutèrent les vagues pour voir encore les bélugas, mais ils avaient disparu.

Leur embarcation s'approchait maintenant d'une île appelée l'Île-aux-Patins. Benito leur expliqua que cette île appartenait à un cultivateur et que tout autour, on y faisait la pêche au hareng, à l'esturgeon et à l'anguille. Il y venait souvent et il savait que l'île était toujours entourée d'une multitude d'oiseaux. Au loin, on voyait le bateau-phare ancré près de l'Île-Blanche, à l'entrée est de Kamouraska. Il servait de vigie et éclairait les pêcheurs la nuit venue.

Benito les avertit qu'ils s'approcheraient des berges, mais sans accoster et qu'il fallait avancer sans bruit pour ne pas effrayer les oiseaux qui nichaient tout autour de l'île et nageaient dans ces eaux. À la rame, Benito et Mario dirigèrent le bateau dans les hautes herbes ceinturant l'île et jetèrent l'ancre. Dès que le bateau fut immobilisé, ils s'assirent tous en silence pour observer l'environnement. Pendant ce temps, Mario sortit les victuailles d'un des coffres du bateau. Sur les caisses leur servant de tables, il installa des boîtes en métal, pleines de sandwichs aux concombres, de carottes, de radis et de saucisson fumé. Dans une autre boîte se trouvaient des fruits et des gâteaux secs. Ils mangèrent tous en silence, fouillant du regard les grandes herbes et les rochers devant l'île. Le paysage était sauvage et magnifique.

— C'est si joli ici, murmura Amelia à l'oreille de Géraldine. Et si paisible!

— Oui! Ici, nous sommes entourés par la beauté du monde!

Bientôt, dans les herbages près des rives, ils purent observer de belles sarcelles à ailes vertes, de grands cormorans perchés sur les rochers, les ailes étendues au soleil, des guillemots à miroir presque tout noirs et des petits pingouins. Mais les deux jeunes filles s'intéressèrent surtout à un groupe de canards noirs et blancs. Ils étaient de forte taille et nageaient entourés de leurs petits. C'était la première fois qu'elles en voyaient d'aussi gros! Leur ventre, l'arrière de leurs ailes, leur queue et la calotte sur leur tête étaient noirs. Leur poitrine était légèrement rosée, leur cou assez fort et leur front plutôt aplati. Ils se tenaient en bande, entourés de nombreux canetons, et poussaient des cris gutturaux.

— Comme ils sont mignons! Et les femelles semblent si maternelles avec leurs petits!

— Ce sont des eiders à duvet! annonça Benito. C'est le plus gros canard de la province! Et sa chair est délicieuse! Quand les petits seront arrivés à maturité, la chasse commencera.

— Ne dites pas ça, Benito! Ce sont de si belles bêtes, dit tristement Amelia. Attendez! Je vais les dessiner!

De son sac de voyage, Amelia sortit une petite tablette à dessins et un crayon, et se mit à esquisser une mère eider nageant dans les herbes entourée de ses petits. Mary la laissa avancer son dessin, mais quand elle eut presque achevé, la vieille dame se tourna vers Benito.

— Je pense qu'il nous faudrait repartir maintenant, proposa-t-elle. Le voyage de retour prendra encore plusieurs heures!

— Vous avez raison, madame! Mario va lever l'ancre s'il te plaît!

À regret, les deux jeunes filles jetèrent un dernier coup d'œil autour d'elles.

— Est-ce que vous nous ramènerez, Benito ? demanda la jeune Amelia.

— Quand vous voudrez, mademoiselle ! répondit-il en souriant.

Et commença la traversée du retour. Après environ une heure, le soleil se cacha derrière les nuages et le vent prit de la force. À mesure que la journée avançait, la température descendait et ces dames commencèrent à souffrir du froid. Mario sortit d'un des coffres une grande couverture de laine qui gardait dans ses replis des odeurs d'algues et de boules à mites. Les trois femmes se collèrent les unes contre les autres et Mario les enveloppa dans la couverture. C'était un tissu très rêche qui piquait la peau. Amelia et Géraldine essayèrent d'en rire, mais elles n'auraient jamais cru qu'il pouvait faire aussi froid en plein mois de juillet ! Le voyage de retour leur sembla plus long et elles furent soulagées quand le phare de Baie-Saint-Paul apparut. Il ne faisait pas encore complètement nuit, mais les ombres s'étiraient de plus en plus.

Arrivées au port, les jeunes filles et Mary remercièrent Benito et Mario chaleureusement.

— Nous avons passé une merveilleuse journée, Benito ! Merci beaucoup à vous et à Mario qui a si bien pris soin de nous !

— Ce fut un grand plaisir, mademoiselle ! J'ai beaucoup aimé la journée moi aussi, répondit-il avec son accent chantant.

— Alors au revoir, Benito, et merci encore, ajouta Mme McTavish.

— Oui merci Benito et merci Mario ! Dormez bien, dit Géraldine à son tour.

— Bonne nuit, mesdames !

— Oui bonne nuit Benito ! Bonne nuit, Mario !

— Bonne nuit !

Émile les attendait avec la carriole depuis un certain temps. Comme il ne savait pas à quelle heure ses maîtresses allaient revenir, il était arrivé tôt. Les trois femmes étaient fatiguées et c'est avec soulagement qu'elles constatèrent qu'il était déjà là. Amelia se coucha tout de suite en rentrant ce soir-là. Elle avait des frissons qu'elle ne pouvait pas contrôler, ce qui inquiéta beaucoup la vieille Mary. Elle fit mettre des bouillottes dans le lit de sa petite-fille et lui fit porter du thé et des petits sandwichs dans sa chambre. La jeune malade ne mangea presque rien et s'endormit pendant que Géraldine lui faisait la lecture.

Le lendemain au réveil, Amelia était de bonne humeur, mais elle avait peu d'énergie. Elle passa la journée dans son boudoir avec son amie à lire et regarder ses livres de botanique. Elle termina aussi le dessin des canards qu'elle avait commencé la veille et y ajouta des couleurs au pastel.

— Tiens, Géraldine! C'est un cadeau! lui dit-elle en lui tendant le dessin. Ce sera un souvenir de notre merveilleuse journée ensemble!

— C'est un dessin magnifique, mais tu pourrais aussi le garder en souvenance de cette belle excursion!

— Non! Je veux que tu le prennes! Je vais en faire un autre!

— Et bien, merci beaucoup! Je l'adore!

— Je suis contente, mon amie!

À la fin de la matinée, le courrier arriva. Il y avait une lettre de Charles et une de Francis adressée aux deux jeunes filles. Amelia la montra fièrement à sa camarade.

— Tiens! Ouvre-la!

— Non! Toi ouvre-la! Mes mains tremblent trop! protesta Géraldine.

— Bon, alors écoute!

Mes chères amies

J'espère que cette lettre vous trouvera heureuses et en santé. Mon père m'a écrit que vous étiez déjà à Murray Bay et qu'il avait passé quelque temps avec vous et M. Robertson en début de saison. C'est un endroit si magnifique! Profitez-en bien! Pour ma part, je travaille fort, mais j'apprends beaucoup et c'est très stimulant! J'ai eu la chance de rencontrer Louis Pasteur et de discuter longuement avec lui.

L'année dernière, il a découvert un vaccin contre la rage et j'espère que je pourrais en apporter l'année prochaine quand je reviendrai à Saint-Jean. Ce vaccin peut vraiment sauver des vies!

Vous me manquez beaucoup, et je pense très souvent à vous! J'espère que dans un avenir prochain nous reprendrons nos illustres parties de cartes! Papa m'a appris qu'Amelia avait reçu un voyage à Paris en cadeau pour son anniversaire et que vous viendrez toutes les deux me visiter à l'automne. Ce sera un très grand plaisir. J'ai tellement de choses à vous montrer! Ensemble nous visiterons tous les plus beaux endroits de Paris!

En attendant, passez un très bel été!

Tendresse

Francis Maxell

— C'est une belle lettre! s'exclama Amelia.

— Oui! Je pense qu'il est heureux!

— Mais il s'ennuie aussi!

— C'est bon d'avoir de ses nouvelles, mais tu sais Amelia, il ne faut pas que je me crée des attentes! Francis et moi, nous ne sommes pas du même monde!

— C'est le genre de choses qui n'ont pas d'importance pour Francis, et tu as vu avant sa signature il a écrit «tendresse»! C'est significatif!

— Je ne sais pas, ma bonne amie…

— N'as-tu pas hâte de partir pour Paris avec moi ?

— Bien sûr, Amelia, j'ai hâte… J'ai hâte de revoir Francis, mais je pense que nous ne pourrons jamais être plus que des amis et c'est bien ainsi, ajouta Géraldine en prenant la main de son amie. Ta main est brûlante ! s'exclama-t-elle en se levant d'un bond.

Elle passa sa main sur le front de son amie.

— Tu fais de la fièvre, Amelia !

— Oui, probablement. J'ai pris froid hier. Je dois faire un début de grippe. Je vais rester au chaud, et ça passera !

— Je vais aller prévenir ta grand-mère ! Elle te préparera une de ses tisanes pour faire baisser la fièvre.

Mais, à mesure que la journée avançait, les choses se détério-rèrent. Amelia devint très fiévreuse et commença à tousser d'une toux grasse et profonde. Mme McTavish la mit au lit et lui prépara une décoction de tilleul et de sureau qui fut peu efficace. Géraldine resta à son chevet et s'endormit tard dans la nuit dans un fauteuil à côté de son lit. Elle fut réveillée au petit matin par une quinte de toux d'Amelia. Les efforts de la jeune fille pour tousser se termi-nèrent en vomissements violents et dans les sécrétions recrachées, il y avait des traînées de sang. Géraldine s'assit dans le lit à côté d'elle pour lui frotter le dos et la rassurer. Elle lui donna un verre d'eau et remonta ses oreillers. Elle regardait son amie avec beaucoup d'inquiétude.

Ses joues étaient rougies par la fièvre et ses yeux vitreux et cernés. Son souffle était court, sa peau moite et elle tremblait de froid. Une vision se présenta à Géraldine, celle de Marianne Côté agonisante, mais elle repoussa tout de suite cette image qui la bouleversait.

— Amelia ! Je devrais aller chercher ta grand-mère ! Tu ne vas pas bien !

— Attends, Géraldine ! Reste avec moi ! Je commence à avoir peur, tu sais !

— C'est pour ça que je dois prévenir Mme McTavish ! Je pense qu'il faudrait faire venir le docteur !

— Bon d'accord ! Mais tu reviens tout de suite !

Géraldine alla frapper à la porte de la vieille Mary. Celle-ci lui cria d'entrer. Elle était couchée dans un grand lit à baldaquin, habillée d'une robe de nuit en dentelle de coton et d'un petit bonnet assorti. Quand la jeune fille entra, la vieille femme la regarda avec inquiétude.

— Qu'y a-t-il, mon enfant ?

— Amelia ne va pas bien du tout, madame ! Elle est brûlante ! C'est une quinte de toux qui l'a réveillée et elle s'est mise à vomir et il y avait du sang dans ses sécrétions !

— Je vais tout de suite envoyer un télégramme à son père et au Dr Maxell. Retourne à son chevet, je te rejoins !

Mary envoya Hector, le majordome, à Pointe-au-Pic pour expédier le télégramme. Mais, avant de sortir de la chambre, elle prit le temps de s'habiller. Pour une dame de son éducation, il aurait été très inconvenant de se présenter devant un domestique en robe de nuit. Dans le texte de son télégramme, elle exposait la situation en détail et demandait au Dr Maxell ce qu'elle devait donner à sa petite fille pour la soulager.

Mary et Géraldine passèrent la journée auprès de la malade. Avec différentes décoctions, la vieille dame essaya de faire baisser la fièvre, mais sans succès. Au plus fort de la fièvre, vers quatre heures, Armande vint prévenir Mme McTavish qu'un télégramme était arrivé. Pendant que la vieille dame allait en prendre connaissance, Géraldine alla chercher une bassine d'eau fraîche et entreprit de rafraîchir Amelia qui était toute en sueur. La jeune malade semblait épuisée et ne parla presque pas, mais elle la remercia d'un sourire chaleureux.

Mary se présenta au coursier. Elle prit le message qu'il lui tendait et lui remit une pièce pour ses bons services. Le télégramme venait de Charles. Il lui disait qu'étant donné la description de l'état d'Amelia, elle faisait probablement une pneumonie et Maxell était très inquiet. Ils partaient donc tous les deux à l'instant pour Murray Bay. En attendant, le docteur lui proposait de donner du vin à Amelia deux fois par jour, ainsi que du lait d'une nourrice. Il suggérait aussi de la faire transpirer et de la faire boire beaucoup. Charles ajoutait qu'ils arriveraient le lendemain en soirée et lui demandait d'embrasser Amelia pour lui.

Après la lecture du message, la vieille dame demanda à Hector de quérir Armande. La jeune fille arriva quelques minutes plus tard.

— Armande, j'ai besoin de ton aide ! lui dit-elle d'entrée de jeu.

— Bien sûr madame, qu'est-ce que je peux faire ?

— Amelia est très malade et son médecin pense qu'il s'agit d'une pneumonie. Il arrivera demain, mais en attendant, il a dit qu'on devrait lui donner le lait d'une nourrice. Tu es de la région, connaîtrais-tu une femme qui allaite et qui serait prête à nous vendre du lait ?

— Ma belle-sœur, Joséphine ! Son bébé a six mois maintenant et il boit moins. Elle se plaint toujours qu'elle a trop de lait !

— Pourrais-tu aller la voir ? Joseph pourrait t'y conduire et, si elle accepte, c'est lui qui irait chercher le lait matin et soir. Je la payerais deux dollars par jour !

— Ce serait très généreux de votre part, madame ! Si vous voulez, je pourrais partir tout de suite ?

— Oui ! Le plus tôt sera le mieux !

On fit boire du vin à Amelia accompagné d'un repas très léger, mais elle ne mangea presque pas. En soirée, on lui donna aussi le lait chaud. Mme McTavish était très anxieuse et elle souffrait de fortes migraines occasionnées par la tension. Vers dix heures, Géraldine lui proposa d'aller se coucher. Elle lui assura qu'elle resterait avec Amelia toute la nuit et qu'elle viendrait la chercher tout de suite s'il y avait un changement. Mary accepta finalement, car elle savait qu'elle devait reprendre des forces pour faire face à la situation.

On avait fait du feu dans la chambre de la malade et on l'avait enveloppée dans des couvertures. Elle était brûlante et suait à grosses gouttes. Comme elle semblait dormir, Géraldine s'assit à ses côtés avec un livre et lut à la lumière du feu de cheminée. Dès qu'elle ouvrait les yeux, la jeune fille lui faisait boire un peu d'eau.

Vers minuit, elle s'assit dans son lit.

— Géraldine, pourrais-tu ouvrir les rideaux ? J'aimerais regarder la lune ! Je pense qu'elle est pleine ce soir !

La jeune dame de compagnie tira les lourdes tentures de velours qui cachaient la fenêtre.

— Allez prends un peu d'eau… Tu dois boire beaucoup ! Comment te sens-tu, Amelia ?

La jeune malade frottait son petit médaillon vivement entre ses doigts et son amie sentit qu'elle était au bord des larmes.

— Je me sens très mal, Géraldine. Je ne me suis jamais sentie aussi mal. Tu sais, je crois que c'est la fin…

— Amelia! Ne dis pas de telles horreurs!

— J'ai attrapé une infection quelconque avant-hier quand j'ai pris froid, mais cette infection par-dessus ma phtisie, c'est trop! Je pense que je ne m'en remettrai pas!

— Pourquoi es-tu si pessimiste? Le moral, c'est important!

Amelia ferma les yeux quelques secondes. Elle se sentait si fatiguée!

— Je ne suis pas pessimiste, Géraldine, mais je sens bien que c'est très sérieux. Je pense que je ne pourrai pas aller à Paris avec toi et c'est ce qui me chagrine le plus! Sans moi, je pense que toi et Francis vous ne serez jamais capables de vous retrouver!

— Amelia, la seule chose qui compte pour l'instant c'est que tu ailles mieux! Tu ne peux pas me laisser! Tu es si importante pour moi! murmura la jeune femme les yeux pleins d'eau.

— Je t'aime beaucoup moi aussi, mais tu sais, je serai toujours auprès de toi en pensée! Nous sommes des âmes sœurs, Géraldine, et nous le resterons toujours!

— Ma tendre amie, tu dois aller mieux et pour ça il faut que tu dormes maintenant. Je reste à côté de toi toute la nuit!

— Tiens-moi la main, veux-tu?

— Bien sûr! Je vais approcher ma chaise! Dors maintenant!

— Géraldine, fais-moi une promesse!

— Laquelle, mon amie?

— Si je meurs, je te demande d'écrire une lettre à mon ami Gaston à Grambois en France pour lui dire que je suis décédée.

Dis-lui qu'il était dans mes pensées jusqu'à la fin et que j'espère que nous nous retrouverons dans une autre vie. Est-ce que je peux te demander ça ?

— Bien sûr, ma tendre amie, mais tu ne mourras pas !

— Tu n'auras qu'à demander l'adresse à grand-mère…

— Amelia, je…

— Promets-le-moi !

— Je te le promets, ma douce amie ! Ne t'inquiète pas !

Amelia ferma les yeux, mais comme elle était régulièrement secouée par de violentes quintes de toux, elle ne dormit pas et Géraldine non plus. Mme McTavish vint les rejoindre au petit matin. Elle était suivie d'Armande qui transportait un plateau avec du thé, des scones et des fruits. Amelia ne mangea pas, mais but un peu de thé.

Les heures s'écoulèrent lentement et lourdement. Géraldine voulait encore espérer que le Dr Maxell pourrait sauver son amie. Elle resta à côté d'elle toute la journée, lui tenant la main, la rafraîchissant avec des serviettes mouillées et changeant sa chemise de nuit quand celle-ci était trop trempée de sueur. Souvent, Amelia se mettait à tousser violemment et il fallait lui présenter une bassine pour qu'elle crache du sang et des sécrétions. Elle avait le visage très rouge comme c'est souvent le cas des personnes tuberculeuses.

Pour sa part, la vieille Mary essayait souvent de lui faire boire du lait ou de l'eau, puis l'embrassait tristement sur le front sans mot dire. Géraldine était un peu choquée, car elle trouvait que la vieille dame avait déjà l'air en deuil. Elle aurait aimé parler, se faire rassurante, réagir à cette ambiance étouffante, mais Amelia était très faible et ne parlait presque pas, alors que Mme McTavish semblait emmurée en elle-même…

En fin d'après-midi, Charles Robertson et le Dr Maxell arrivèrent enfin. Ils avaient pris le train de nuit pour Québec puis le *ferry*, tôt le matin. Ils entrèrent en trombe dans la chambre et Mary se jeta dans les bras de son gendre en pleurant. Celui-ci la repoussa doucement et s'assit sur le lit auprès de sa fille.

— Ma chère petite ! Nous sommes là ! Ça va aller mieux maintenant !

— Papa…, dit faiblement la jeune fille en ouvrant les yeux.

— Si vous voulez sortir, mesdames, Charles… Je vais devoir appliquer les ventouses à Amelia, le plus vite possible !

— Est-ce que je peux vous aider, docteur ? demanda Géraldine en s'approchant.

— Non ! Non mon enfant… Vous êtes mieux de sortir ! J'ai tout ce qu'il me faut ! répondit le bon docteur en désignant sa mallette de cuir.

Henry Maxell resta plus d'une demi-heure dans la chambre. Géraldine attendait appuyée au mur à côté de la porte en se tordant les mains. Par moments, elle entendait les gémissements de son amie. Mme McTavish et son gendre parlaient tout bas, un peu à l'écart. Finalement, Maxell sortit de la chambre. S'adressant à Charles, il annonça :

— Plus tard, je lui ferai une saignée. Pour l'instant, elle est épuisée !

Géraldine retourna rapidement dans la chambre. Son amie était couchée dans son lit, haletante. La robe de nuit, dont les premiers boutons étaient détachés, laissait entrevoir de larges cernes rouges sur sa peau.

— As-tu besoin de quelque chose, Amelia ?

— Géraldine, je voudrais parler à mon père, seul à seul, mais après j'aimerais bien que tu reviennes me tenir la main !

— Avec plaisir mon amie !

Charles était appuyé dans la porte, l'air très abattu.

— Viens, papa ! déclara la jeune malade. Je dois te parler !

Charles s'approcha du lit et Géraldine sortit de la pièce. Mme McTavish avait envoyé Hector lui chercher un fauteuil. Elle était assise devant la porte de la chambre, les yeux dans le vide et semblait épuisée.

— Madame McTavish, pourquoi n'iriez-vous pas vous reposer ? Vous êtes très fatiguée et il ne faut pas que vous tombiez malade vous aussi ! Je vais rester ici avec Amelia et ne vous inquiétez pas, s'il y a des changements, j'irai vous chercher personnellement.

— Tu es bien gentille, ma chère enfant. Je vais me retirer dans mes appartements. Je pense que, de toute façon, j'aurais beaucoup de difficultés à cacher mon découragement à Amelia. Viens cogner à ma porte s'il y a quoi que ce soit.

La vieille dame se leva péniblement et battit en retraite. Géraldine, le cœur lourd, la regarda s'éloigner. Quelques minutes plus tard, Charles Robertson sortit de la chambre de sa fille, la tête basse. Dès qu'il fut sorti, Géraldine entendit son amie l'appeler. En passant à côté d'elle, Charles lui murmura :

— Géraldine, je vais aller rejoindre Henry. Nous allons nous restaurer un peu. Pouvez-vous rester avec elle ? Je pense que ma belle-mère est beaucoup trop fatiguée. Elle est âgée et je crois qu'elle n'est pas bien.

— Bien sûr, monsieur ! De toute façon, je ne veux pas la laisser !

— Armande vous apportera à souper. Vous pouvez essayer de la faire manger un peu, mais il est probable qu'elle ne voudra rien.

— Bien, monsieur.

Géraldine entra dans la chambre en se forçant pour sourire à son amie.

— Je suis là, Amelia ! Je reste avec toi !

— Oui ! Reste avec moi, Géraldine ! Tu es si forte ! Je me sens en sécurité quand tu es là.

Géraldine ne comprit pas comment son amie pouvait se sentir rassurée par sa présence, car au fond d'elle-même elle se sentait tellement anxieuse ! Mais elle se dit qu'elle devait faire un immense effort pour avoir l'air calme et détendu.

Plus tard dans la soirée, Dr Maxell revint examiner la patiente accompagné de Charles. La fièvre était encore haute. Il fit alors apporter de l'eau chaude et prépara une tisane de camomille qu'il lui fit boire. Il lui donna aussi du laudanum pour qu'elle passe une meilleure nuit. Puis, il lui fit une saignée dans le creux du bras. Il demanda à Géraldine de tenir la bassine pour recueillir le sang, ce qu'elle fit. Mais elle essaya de ne pas regarder et de s'entretenir avec Amelia pour la distraire. Ce n'était pas facile, car celle-ci avait peu d'énergie pour parler. Une fois la saignée terminée, elle alla porter la bassine à Armande qui attendait devant la porte.

— Oh mademoiselle ! J'espère tellement que Mlle Amelia va se remettre !

— Moi aussi, Armande, répondit Géraldine la voix tremblante. S'il vous plaît, priez pour elle !

— Oui ! Oui ! J'ai demandé à toute ma famille de prier pour elle !

— Merci, Armande !

Comme Géraldine retournait dans la chambre, elle entendit Henry Maxell chuchoter à l'oreille de M. Robertson que si Amelia n'allait pas mieux demain matin, il faudrait faire venir le pasteur. Charles étouffa un sanglot et sortit de la pièce presque en courant.

— Ma chère enfant, allez-vous passer la nuit ici? demanda le docteur à Géraldine.

— Oh oui! Je ne veux pas la quitter!

— Alors, allez vous rafraîchir et vous changer de vêtements pendant que je reste avec elle. Et apportez-vous un oreiller, vous serez plus confortable pour la nuit.

— Oui! Merci, docteur Maxell!

— Allez-y mon enfant!

Avant de partir se coucher, Henry Maxell remit à Géraldine la bouteille de laudanum. Il lui dit qu'elle pouvait lui en donner dans trois heures environ si les douleurs étaient importantes et lui assura qu'il reviendrait tôt le lendemain matin.

La nuit fut agitée, car Amelia toussait encore beaucoup. De plus, bien qu'elle ne se plaignit pas, elle recommença à souffrir. Son amie ne savait que faire pour la soulager. Elle s'assit à côté d'elle dans son lit et commença à lui masser le front, les bras et les mains. La jeune malade lui sourit, et Géraldine se dit que probablement cela lui faisait un peu de bien. Elle continua longuement tout en priant tout bas. Une fois les trois heures passées, elle lui redonna du laudanum et après s'être débattue avec la douleur pendant des heures, Amelia finit enfin par s'endormir. Géraldine, qui lui tenait encore la main, la regarda longtemps dormir. Cela lui semblait si bienfaisant de voir son visage paisible de nouveau qu'elle en fût émue, puis elle s'assoupit à son tour.

Mais soudain, au lever du soleil, Amelia se dressa dans son lit, réveillant Géraldine en sursaut.

— Géraldine! Géraldine! C'est merveilleux! Je vois maman! Regarde, elle est ici! lança-t-elle en désignant le mur devant elle. Tu la vois, Géraldine? Tu la vois?

— N… on mon amie… Je ne la vois pas!

— Elle est bien là! Elle vient me chercher! Elle vient me chercher! Je le sais!

Géraldine reprit vivement la main de son amie. Elle était brûlante.

— Amelia! Reste avec moi!

— Je dois partir, Géraldine! Mais tu es mon âme sœur et nous nous retrouverons un jour.

— Amelia! Amelia!

Mais il était trop tard. La tête de la jeune fille retomba sur sa poitrine et dans les secondes qui suivirent, un filet de sang coula de sa bouche. Il fallut un moment à Géraldine pour comprendre que tout était fini. Portant la main d'Amelia à ses lèvres, elle se mit à pleurer par secousses violentes, comme une enfant. Elle pleura longtemps, puis se dit qu'elle devait trouver le courage de prévenir Mme McTavish et M. Robertson.

Chapitre 27

Murray Bay, 22 juillet 1886

Géraldine n'avait quitté la pièce que pour prévenir les membres de la famille, mais le premier qu'elle avait réveillé, c'est le Dr Maxell, car elle craignait que Mme McTavish n'ait une faiblesse et elle ne se sentait pas assez à l'aise avec M. Robertson pour aller frapper à la porte de sa chambre. Un peu plus tard, elle avait aidé Mary à laver et à habiller Amelia. Elle était maintenant allongée dans une magnifique robe, jaune très pâle qui présentait une finition en nid d'abeille sur la poitrine. Ses yeux étaient clos, ses mains jointes et elle n'avait plus les joues en feu comme la veille. Elle semblait presque dormir et était très belle !

Deux jours avaient maintenant passé. Géraldine s'était enfermée en elle-même et elle veillait le corps de son amie en silence. Plusieurs personnes s'étaient succédé à son chevet, Mme McTavish était restée longtemps. Puis, le Dr Maxell, des amis et connaissances étaient venus se recueillir devant le corps. Charles, après s'être écroulé en pleurant sur le lit de sa fille, s'était enfermé dans sa chambre avec une bouteille de whisky.

C'est le glas du temple qui avait averti la population qu'un décès avait eu lieu. Dans la maison, on avait arrêté toutes les horloges, on avait recouvert les miroirs de draps noirs et sur la porte d'entrée, on avait fixé un large morceau de crêpe noir avec une boucle de satin blanc au centre. Tous les serviteurs portaient maintenant un brassard noir. La vieille Mary avait revêtu une robe de tulle noire et avait envoyé Armande, conduite par Émile, en chercher une pour Géraldine en ville. On devait veiller Amelia trois jours, puis on la mettrait dans un cercueil de chêne et elle serait ramenée à Montréal où elle serait enterrée au cimetière Mont-Royal.

Le jour même du décès de sa petite-fille, Mme McTavish avait envoyé un télégramme à Mme Austin pour lui demander de rédiger en son nom des invitations aux personnes proches de la famille. Elle devrait ensuite les faire livrer par des domestiques. Il devait y avoir une cérémonie officielle à Murray Bay, le jour du départ et une autre très courte à *Rosegarden Court* avant qu'un corbillard d'apparat n'amène Amelia à son dernier repos.

La vieille dame venait d'entrer dans la pièce. Géraldine fut surprise par son extrême pâleur. Lentement, Mary s'approcha d'elle et lui passa la main sur le front.

— Mon enfant, je vous envoie vous coucher! Ne discutez pas! Il y a deux jours que vous êtes assise sur cette chaise! Allez vous reposer, je vais vous remplacer!

— Mais, madame McTavish…

— Vous êtes épuisée, et j'ai encore besoin de vous! Avec cette nouvelle épreuve, ma santé n'est pas très bonne! J'aurai besoin d'une demoiselle de compagnie! Si vous acceptez, j'aimerais que vous restiez avec moi!

— Ce sera avec plaisir, madame… Je ne savais plus quoi faire!

— Mais, avant d'accepter, je dois vous dire une chose. Vous n'avez plus besoin de travailler! Lors de sa dernière conversation avec son père, Amelia a exigé qu'il vous verse une rente, un montant équivalent de deux fois votre salaire, pour le reste de vos jours! En plaisantant, elle lui a dit que, comme il ne ferait plus aucune dépense pour elle, il pouvait se le permettre! Elle voulait que ce soit son héritage pour vous. Elle vous aimait beaucoup, Géraldine, et je vous aime beaucoup moi aussi. Ça me ferait du bien de vous avoir auprès de moi!

— Madame McTavish! Je suis tellement touchée! Tellement émue! Je serais très heureuse de rester avec vous, mais je ne peux pas accepter cet héritage!

— Mon enfant, acceptez-le, c'était la dernière volonté d'Amelia!

Géraldine, qui s'était levée, se mit à pleurer à chaudes larmes. Elle se sentit soudain si faible qu'elle dut s'appuyer au mur pour ne pas tomber.

— Géraldine, vous n'en pouvez plus! Allez vous coucher! Si vous dormez encore demain au moment où on mettra ma chère petite fille dans son cercueil, je viendrai vous réveiller, mais vous savez, nous ne retournerons pas avec elle à Montréal.

— Mais pourquoi? demanda la jeune fille en s'essuyant la joue du revers de la main.

— Nous lui ferons nos adieux ici. De toute façon, les dames ne peuvent pas accompagner le cercueil jusqu'au cimetière et la principale cérémonie aura lieu ici dans le grand salon. Dr Maxell ne veut pas que je rentre tout de suite à Montréal. Avec la canicule de ces derniers jours, l'air est vicié et la ville est insalubre. Il veut que je reste ici à l'air pur encore quelques semaines. Alors, vous resterez avec moi?

— Mais bien sûr, madame!

— Bon! Alors allez vous coucher et laissez-moi en tête à tête avec ma petite Amelia.

— Bien, madame…

Géraldine se rendit à sa chambre. Elle enleva sa robe et ses bas. Elle se passa de l'eau sur la figure, mais avant de s'étendre sur son lit, elle sortit une feuille de papier, une enveloppe, de l'encre et une plume du petit secrétaire devant la fenêtre et elle commença à écrire :

À Amelia, mon âme sœur

Ma tendre amie, tu me manques déjà tellement que je ne sais pas comment je vais faire pour vivre sans toi. Avec le temps, nous étions devenues plus que des sœurs et en te perdant, j'ai perdu la moitié de moi-même. Veille sur moi du haut de ton ciel ! J'en aurai vraiment besoin ! J'ai vraiment essayé de prier, mais je ne peux plus faire confiance à ce Dieu qui m'enlève les gens que j'aime. Je sais que je devrai m'en confesser, mais pour l'instant je suis incapable d'entrer dans une église !

Je te remercie infiniment pour cette rente que tu m'as laissée. Je sais que tu l'as fait du fond du cœur, mais j'en suis très mal à l'aise, tu sais. Je vais essayer de l'accepter avec gratitude et humilité. Comme tu le sais peut-être déjà, dans un avenir prochain, je vais rester avec ta grand-mère. Je serai sa demoiselle de compagnie. Je pense qu'elle a vraiment besoin de ma présence ! Depuis que tu es partie, elle n'est plus que l'ombre d'elle-même et elle ne va pas bien. Tu sais, je l'aime beaucoup et je ferai tout en mon pouvoir pour prendre soin d'elle, mais j'aurai besoin de ton aide. Reste avec moi ! Je t'écrirai tous les jours ! Je t'aime de toute mon âme !

Ton âme sœur

Géraldine

Une fois son message terminé, la jeune fille plia la feuille de papier et la mit dans l'enveloppe, puis elle se coucha. Elle avait à peine les yeux fermés qu'elle dormait déjà !

Il y avait plus de seize heures qu'elle dormait quand Mary McTavish vint frapper à sa porte.

— Géraldine !… Géraldine !

La jeune fille prit quelques secondes avant de réaliser qu'on l'appelait.

— Géraldine ! appela encore la vieille Mary.

— Oui ! Entrez, madame !

La vieille dame entra et s'approcha du lit. Son visage était défait et son teint était gris. Spontanément, Géraldine lui prit la main.

— Vous savez, madame McTavish, elle veille sur nous !

— Je l'espère, ma belle enfant ! Maintenant, habille-toi, la cérémonie va commencer. Tu me donneras le bras, mes jambes ne sont pas très fortes aujourd'hui.

Elles descendirent l'escalier et entrèrent dans le grand salon. Géraldine fut médusée de voir la transformation. On avait suspendu des volants de crêpe noire dans le haut des murs tout autour de la pièce. Le cercueil encore ouvert occupait presque tout l'espace au fond du salon. Il était entouré de grands cierges et d'énormes bouquets de roses blanches. La plupart des meubles avaient été retirés et une trentaine de personnes, surtout des notables de Murray Bay, rassemblées en petits groupes, parlaient à voix basse.

Charles Robertson se tenait un peu à l'écart. Il portait un habit et une cravate noirs. Les yeux pochés et les traits tirés, il fixait le vide. Henry Maxell était à ses côtés. Le pasteur MacDonald, était venu spécialement de Montréal pour la cérémonie. Il s'approcha du cercueil et prit la parole. Comme il commençait à parler, William le valet de pied, Hector le majordome, Georges Arthur le valet de M. Robertson, Rita Tremblay la cuisinière, Claudine et Armande les femmes de chambre entrèrent ensemble dans le salon pour assister à la cérémonie tout en restant un peu à l'arrière de la pièce.

— Chers amis! Nous sommes rassemblés ici cet après-midi pour faire nos adieux à notre sœur Amelia. Nous voulons aussi remercier Dieu de lui avoir donné une vie, courte bien sûr, mais pleine d'amour et de joie! Car Amelia a fait beaucoup de bien autour d'elle en essayant de soulager les malades et les indigents. C'est d'ailleurs probablement ce faisant qu'elle a attrapé une maladie mortelle. Remercions aussi Dieu de l'avoir mise sur notre route! Nous avons eu la chance et le privilège de la connaître.

Il y eut un gémissement venant du fond de la pièce et tout le monde se retourna. Armande appuya un mouchoir devant sa bouche et quitta le salon en pleurant. Le pasteur entonna un psaume d'Action de grâce en faisant signe à l'auditoire de se joindre à lui. Plusieurs personnes, d'abord timidement, mêlèrent leurs voix à la sienne. Quand le chant fut terminé, il y eut quelques minutes de silence et de recueillement. Puis, le pasteur MacDonald reprit son laïus.

— Maintenant, avant qu'on ne referme la tombe, nous vous invitons à vous avancer pour saluer Amelia une dernière fois!

Lentement, les gens approchèrent du cercueil. Chacun fit une courte pause devant le corps. Certains fermaient les yeux, d'autres marmonnaient une prière, d'autres encore s'essuyaient les yeux avec un mouchoir. Géraldine était restée en silence à côté de la grand-mère d'Amelia. Elle vit le visage de la vieille femme déformé par les sanglots. Elle se mordit la lèvre pour ne pas éclater en pleurs. Sans bouger, Mary lui prit la main et la jeune fille ferma les yeux avec émotion. Quand la plupart des gens eurent témoigné leur respect à la défunte, Mary chuchota à l'oreille de sa jeune compagne.

— Va la voir une dernière fois! Je préfère rester ici!

Géraldine s'approcha lentement du cercueil. Les forts effluves des roses masquaient l'odeur putride qui commençait à se dégager du corps. Dans la main, elle tenait l'enveloppe contenant le message qu'elle avait écrit pour son amie. Quand elle arriva à côté d'elle, les autres invités s'étaient tous retirés à quelques distances. Quelques-uns conversaient avec Charles et Henry. La jeune fille glissa son enveloppe entre le bras d'Amelia et le satin matelassé qui recouvrait l'intérieur du cercueil. Puis, elle regarda la jeune morte pendant de longues minutes. Elle remarqua qu'une tache brunâtre était apparue sur sa joue, preuve que, la chaleur aidant, son corps commençait à se décomposer.

Elle observa aussi qu'Amelia ne portait plus le petit médaillon qui lui était si cher. Posant sa main sur celle de la défunte, silencieusement elle lui envoya tout son amour. Puis, elle retourna rejoindre la vieille Mary. Celle-ci avait de la difficulté à se tenir sur ses jambes et Armande, qui était revenue dans la pièce, lui avait apporté une chaise. Elle avait maintenant la tête appuyée contre le mur, un mouchoir appuyé contre sa bouche.

Charles approcha à son tour, Henry Maxell derrière lui. Longtemps, il resta immobile devant sa fille. Puis, il se pencha et l'embrassa longuement sur le front. Il se releva et fit signe à deux hommes en veston noir qui attendaient dans le fond de la pièce. Ils prirent le lourd couvercle qui avait été déposé debout derrière un rideau et le déposèrent sur le cercueil. Et ils commencèrent à le visser.

Ces gestes anodins étaient lourds de sens et toutes les personnes présentes les regardaient faire avec une certaine angoisse. Plusieurs d'entre elles pleuraient ou se mouchaient. Géraldine regarda fermer cette tombe avec horreur. C'était si claquemuré à l'intérieur ! Pauvre Amelia ! La jeune femme espéra très fort qu'elle était maintenant aux côtés de sa mère parce qu'elle était si seule dans ce cercueil.

Charles, en larmes, suivit les porteurs qui amenaient le cercueil vers un corbillard entièrement recouvert de boucles de crêpe et de tulle noirs. En passant, il prit la main de sa belle-mère et la porta à ses lèvres, puis il quitta la pièce en faisant un signe de tête à Géraldine. Le Dr Maxell le suivait. Il s'arrêta devant la jeune fille et la tira par la manche pour lui parler à l'écart.

— Ma chère amie, j'ai appris que vous restiez avec la vieille Mary. Je dois vous dire qu'elle ne va pas bien. Son cœur est très faible et elle est constamment à bout de souffle. Voici le nom et l'adresse d'un de mes amis et confrères à Baie-Saint-Paul. Si jamais vous trouvez que son état se détériore, envoyez-le chercher. Hector restera ici avec vous et il est à votre service !

— D'accord, docteur… Je vais la surveiller !

— Merci, ma chère petite ! Soyez courageuse !

Maxell serra le bras de Géraldine, puis il alla retrouver Charles qui était déjà à côté de la carriole d'accompagnement qui avait aussi été décorée de crêpe noir. La jeune femme s'approcha de Mary McTavish. Elle s'était levée quand son gendre s'était approché d'elle et était restée le dos appuyé au mur.

— Venez, madame McTavish ! Nous allons prendre le thé dans le boudoir et si vous le voulez ensuite je vous ferai la lecture.

~

Murray Bay, 15 août 1886

Cher monsieur

Je vous écris pour faire suite à une promesse que j'ai faite à Amelia. J'étais sa dame de compagnie et son âme sœur. C'est avec une grande douleur que je dois vous annoncer qu'elle est décédée en juillet. Elle a pris froid au cours d'une excursion que nous avons faite ensemble sur le fleuve Saint-Laurent et a développé une pneumonie. Cette infection et la tuberculose lui ont enlevé la vie.

Mais elle voulait absolument que je vous dise qu'elle avait pensé à vous jusqu'à la fin et qu'elle avait bon espoir que vous pourriez vous retrouver un jour dans une autre dimension.

Nous avons vous et moi eu la chance de connaître cette grande âme.

Je vous transmets, monsieur, des sentiments courtois et chaleureux.

Géraldine Grant

Chapitre 28

Géraldine était seule dans la maison. Laura était partie avec Gabriel et le petit Louis-Mathieu pour faire quelques commissions et rendre visite aux parents de Gabriel. Ils avaient voulu amener Géraldine avec eux, mais elle ne voulait pas sortir. Elle se sentait si triste qu'elle ne voulait voir personne.

Elle était arrivée depuis quelques jours et était encore ébranlée par les événements des dernières semaines. Au cours des premiers jours d'octobre, Mme McTavish, Géraldine et tous les domestiques étaient revenus à *Rosegarden Court*. La vieille Mary n'était pas bien. Depuis la mort d'Amelia, elle n'avait aucun entrain et manquait d'énergie. Géraldine essayait de lui cacher son chagrin et de la distraire, mais c'était peine perdue ! Charles pour sa part partageait tout son temps entre la banque et son club. Il rentrait très tard et on ne le voyait presque jamais. Deux jours après leur retour, la vieille Mary demanda à Henry de les conduire au cimetière. Elle voulait se recueillir sur la tombe de sa petite-fille et demanda à Géraldine de l'accompagner.

C'était une très belle journée d'automne et elles arrivèrent bientôt dans le magnifique cimetière avec ses arbres aux feuilles rouges et orangées. Mary savait où était la tombe, juste à côté de celle de sa fille bien-aimée. Elles s'arrêtèrent devant le monument où était écrit en anglais :

Ici gît Amelia Catherine Robertson, Juin 1866 – Juillet 1886

Belle enfant, toi qui es maintenant un ange dans le ciel, veille sur nous qui sommes si tristes depuis ton départ.

Charles avait bien fait les choses et la tombe était d'une grande beauté. C'était une stèle en granit rose et de chaque côté, un illustre sculpteur canadien avait ciselé deux beaux anges penchés tendrement sur la tombe. Mary s'agenouilla devant le monument, la main posée sur la tombe de sa fille juste à côté. Mais, au moment de se recueillir, elle éprouva de sérieuses difficultés respiratoires. Géraldine la regarda avec inquiétude. Elle cherchait son souffle, la main sur sa poitrine, et soudain elle s'effondra.

Elle mourut trois jours plus tard dans la nuit. Seule Géraldine était à son chevet, car une fois de plus, Charles s'était réfugié dans sa bibliothèque avec sa bouteille de whisky. Henry Maxell avait passé beaucoup de temps à ses côtés, mais au dernier moment, un accouchement l'avait appelé dans un autre coin de la ville. Avant de partir, il avait averti la jeune femme que c'était la fin et Géraldine avait éclaté en sanglots.

Il l'avait tendrement prise dans ses bras. La jeune fille avait passé la nuit à lire à haute voix des prières et des poèmes pour la vieille dame. Régulièrement, elle vérifiait si Mary respirait encore. À un certain moment, celle-ci ouvrit les yeux et poussa un long soupir. Géraldine se leva et prit sa main dans les siennes. Elle l'observa longuement. Sa poitrine ne se soulevait plus. Elle était morte.

La jeune femme fut très affectée par ce décès. Elle aimait tendrement Mary McTavish, un peu comme elle aurait aimé sa propre grand-mère. Et puis elle n'était pas encore remise de la mort d'Amelia. Après l'enterrement, elle se sentit tellement orpheline ! Elle partit le lendemain après avoir fait le tour des domestiques pour leur serrer la main. Étrangement, celle qui sembla la plus peinée de son départ fut Mme Austin qui avait habituellement une humeur rébarbative. Avant de partir, elle prit son courage à deux mains et alla cogner à la porte de la bibliothèque. Charles ouvrit la porte en coup de vent et une forte odeur d'alcool et de tabac enveloppa la jeune femme.

— Je suis sur le point de partir, monsieur. Je viens vous dire au revoir !

Il la regarda avec surprise.

— Mais où allez-vous ?

— Je vais d'abord chez ma sœur Laura. J'ai besoin de me reposer et de réfléchir à ce que je veux faire.

— Je comprends. Veuillez laisser votre adresse à Mme Austin que je sache où vous faire parvenir vos chèques. Et ce serait important de m'envoyer vos changements d'adresse. Si jamais il m'arrivait quelque chose, il y a eu tant de décès dernièrement, j'ai écrit dans mon testament que vous deviez recevoir cette rente jusqu'à la fin de votre vie.

— Vous n'aviez pas à faire ça, monsieur ! Je ne suis pas une de vos parentes !

— Géraldine, vous avez été un membre de cette famille dans les moments les plus difficiles et puis c'était la volonté d'Amelia, alors ne discutez pas et essayez quand même d'être heureuse !

Sur ce, à sa grande surprise, il saisit Géraldine et la serra dans ses bras.

— Adieu, dit-il en étouffant un sanglot.

Puis, il retourna dans sa bibliothèque en refermant la porte derrière lui. Henry Maxell était venu la saluer après l'enterrement de Mme McTavish. Il lui avait dit qu'il avait envoyé un télégramme à Francis pour le prévenir de la situation et que celui-ci avait promis de lui écrire très bientôt. Elle avait déjà reçu une bouleversante lettre de lui après la mort d'Amelia. Une lettre où il lui faisait part de sa peine, mais aussi de l'admiration qu'elle lui inspirait pour son grand dévouement envers Amelia et la vieille Mary. La jeune femme avait été très touchée par cette lettre et avait pleuré toute la soirée après l'avoir lue.

Géraldine était arrivée chez Laura le vingt octobre et elle n'était sortie qu'une fois depuis pour aller voir les petits chez sa mère. Mais les critiques et les sous-entendus malveillants de Julia lui avaient été si pénibles qu'elle était repartie très vite en lui lançant à la figure :

— Ne t'en fais pas, je continuerai à t'envoyer tes mensualités tout de même, étant donné que c'est la seule chose qui compte pour toi !

Géraldine n'avait parlé à personne de la rente qui lui avait été allouée. Elle détestait parler d'argent et elle était un peu mal à l'aise de recevoir cet argent.

Quand Laura revint ce soir-là, Géraldine était déjà au lit, mais elle ne dormait pas. Elle pleurait sans pouvoir s'arrêter. Sa sœur, en l'entendant, frappa à la porte de la chambre et entra sans attendre de réponse. Elle s'approcha du lit et la prit dans ses bras.

— Ma chère sœur ! Je souffre de te voir en peine ! Comme j'aimerais faire quelque chose !

Géraldine pleura longtemps et sa sœur attendit qu'elle se calme en lui caressant les cheveux.

— Ça va un peu mieux ? Tu devrais sortir, Géraldine ! Pour oublier, tu dois t'activer ! Oh ! Nous avons vu Octave Normandin ce soir ! Il a longuement demandé de tes nouvelles. Il voulait venir te présenter ses respects, mais je lui ai dit qu'il était mieux d'attendre. Tu devrais aller le voir. Au début de l'été, il a emprunté de l'argent à plusieurs membres de sa famille et il a racheté la boutique du photographe Israël Lapierre. Il serait si fier de te montrer ça ! Tu devrais aller le voir. Tu sais, il t'aime tellement qu'il ne peut que te faire du bien !

Chapitre 29

La boutique avait façade sur la rue Richelieu. Géraldine entra, faisant sonner la cloche accrochée au cadre de la porte. Elle regarda autour d'elle. Sur des affiches en devanture, on annonçait plusieurs forfaits pour des photos de diverses grandeurs, encadrées ou non. Aux murs, on retrouvait différentes photos de femmes, d'hommes et d'enfants et sur des tablettes, on exposait des cadres, des bibelots et plusieurs albums de cuir.

Octave sortit de l'arrière-boutique en s'essuyant les mains. Il était habillé d'une chemise propre et d'un pantalon bleu marine. Et, pour protéger sa chemise, il portait un grand tablier de cuir brun et de fausses manches retenues par des élastiques. Quand il vit Géraldine, il resta cloué sur place.

— Géraldine ! Quelle surprise ! Je suis si content de te voir !

— Bonjour, Octave ! Comment vas-tu ?

— C'est plutôt à moi de te demander ça ! J'ai appris que tu avais eu des épreuves !

— Oui ! C'était difficile, mais j'essaie de me remettre. Ta boutique est magnifique ! ajouta-t-elle pour changer le sujet.

— Merci, Géraldine ! Je suis si heureux depuis que je suis propriétaire. Et la photographie, j'aime tellement ça ! Est-ce que tu vas me laisser prendre une photo de toi ?

— Peut-être plus tard, Octave, quand j'aurai meilleure mine !

— Mais tu es si belle ! Tu as perdu un peu de poids, mais tu es toujours la plus belle du comté !

— Merci, Octave ! Tu es trop gentil ! Mais je dois te montrer quelque chose.

La jeune femme sortit l'étui de carton qu'elle tenait sous son bras. C'était un étui cylindrique d'environ 18 pouces de longueur. Elle en tira un rouleau de papier qu'elle déroula sur le comptoir en face d'elle. C'était le dessin qu'Amelia avait fait de l'eider à duvet et de ses petits.

— Quel magnifique dessin ! s'exclama Octave.

— N'est-ce pas ! C'est Amelia qui l'a fait le jour où elle est tombée malade. Je voudrais le faire encadrer.

— Pas de problème ! Tu es au bon endroit ! Si tu veux, regardons ensemble les différents encadrements !

Octave commença à lui montrer des cadres et des passe-partout. Il s'était approché tout près d'elle, et elle sentait bien à quel point il était fébrile. Finalement, elle choisit un encadrement qu'elle trouvait joli. Elle s'apprêtait à partir et elle était en train de remettre ses gants quand Octave lui demanda anxieusement :

— Géraldine, est-ce que je pourrais venir te témoigner mon admiration certains soirs cette semaine ?

— Attends que le cadre soit prêt et viens me le porter quand tu voudras !

— Il sera prêt demain ! Demain matin !

— Alors je t'attendrai demain soir, répondit Géraldine en ouvrant la porte.

À voir la lueur qui s'alluma dans le regard d'Octave, Géraldine fut prise d'un fou rire. Puis, elle se dit qu'il y avait plusieurs semaines qu'elle n'avait pas ri.

Le lendemain, tout de suite après le souper, Octave était à la porte de la maison de Laura et Gabriel. Il avait apporté le dessin d'Amelia magnifiquement encadré et, en le voyant, Géraldine fut si émue qu'elle sauta au cou du jeune homme qui rougit transporté de joie.

Dans les jours qui suivirent, Octave vint présenter ses respects presque tous les soirs et la jeune fille ne le découragea pas. Elle le trouvait très doux et très gentil et cela lui faisait du bien d'être le sujet de tant d'attentions. Le dix-huit novembre au matin, elle reçut la visite du notaire Rosario Deland, de Montréal. Il venait annoncer à la jeune femme que Mme McTavish lui avait légué plusieurs milliers de dollars. Il lui remit aussi une magnifique boîte à bijoux en argent dans laquelle se trouvaient une lettre et un ravissant camé sur broche. Le notaire repartit aussi rapidement qu'il était venu après lui avoir signifié comment prendre possession de cet argent.

Géraldine se réfugia dans sa chambre en larmes et ce soir-là, quand Octave se présenta, elle lui fit dire qu'elle ne se sentait pas bien et qu'elle avait pris le lit.

Toute la soirée, sans relâche, elle relut la lettre de Mary et, chaque fois, elle se remettait à pleurer.

Le 15 septembre 1886

Ma douce Géraldine

Je t'écris cette lettre, car je sais que bientôt j'irai rejoindre Gloria et Amelia. Tu sais, ce sera un grand bonheur de les retrouver, mais je réalise que je te laisserai en peine et j'aimerais tellement soulager tes souffrances. Tu as été une bouffée de fraîcheur dans nos vies. Amelia et moi avons appris à t'aimer comme un membre de notre famille. Je sais qu'en partant je laisserai deux personnes en deuil, toi et Charles et j'en suis très attristée. J'espère qu'Henry saura s'occuper de Charles et l'empêcher de sombrer dans l'alcool. Quant à toi, mon enfant, dis-toi que nous serons toujours à tes côtés, Amelia et moi, et que même quand tu ne le sentiras pas, nous ferons tout en notre pouvoir pour te protéger. Ta présence à mes côtés au cours des dernières semaines a été vraiment salutaire! Tu as su adoucir ces jours si sombres, mais je sais qu'ils prendront fin très bientôt. Tu es toute jeune et tu as beaucoup d'amour à donner. Essaie de voir l'avenir avec confiance et de t'entourer de gens bons et doux.

Tu mérites beaucoup de bonheur et c'est pour cette raison que je te fais ce legs. Notre famille est riche et personne ne sera privé par ce don, alors que de ton côté ça te donnera le loisir de choisir ta vie et les gens avec qui tu veux la passer. Alors, accepte-le sans réserve et sans gêne comme un gage de ma reconnaissance! Je t'en prie, accepte-le.

Je t'embrasse tendrement et j'espère qu'un jour, toi, Amelia et moi nous nous retrouverons dans une autre dimension!

Souris à la vie! Adieu ma douce Géraldine!

Mary McTavish

Après une soirée de larmes et de doutes, Géraldine eut l'impression qu'elle avait une réponse à ses questions. Dès que possible, elle allait demander à Octave s'il voulait l'épouser. Elle savait que c'était ce qu'il souhaitait plus que tout au monde, mais qu'il n'oserait pas lui demander. Elle espérait avoir rapidement des enfants et vivre pour sa famille dans l'amour et la tendresse. Elle avait l'impression qu'elle avait tellement besoin d'amour!

Le lendemain soir, Octave se présenta à la porte. Géraldine enfila son manteau et lui proposa d'aller marcher dans la campagne. Un peu surpris, il sortit avec elle et lui donna son bras. Ils marchèrent en silence pendant quelques minutes. La jeune femme les conduisit jusqu'au bord de la rivière et s'assit sur la branche basse d'un grand hêtre qui s'avançait au-dessus de l'eau. Octave se tenait debout devant elle.

— Octave, il faut que je te parle !

— Je t'écoute, ma tendre amie !

— J'ai beaucoup réfléchi. Beaucoup de gens que j'aimais sont morts très rapidement, les jumeaux, mon père, Amelia, Mme McTavish… Nous sommes peu de choses, et toi et moi nous pourrions mourir demain !

— Géraldine ! Tu dis ça parce que tu es déprimée, mais…

— Laisse-moi parler ! Je ne suis pas dépressive, je suis réaliste ! Les gens meurent de la grippe, de consomption, de la rougeole ! Ils meurent dans des accidents, dans des incendies. Je ne sais pas combien de temps nous vivrons, mais je veux profiter de la vie et je veux avoir des enfants à aimer. Toi et moi, nous nous entendons très bien et tu es cher à mon cœur ! Alors, marions-nous et ayons des enfants au plus vite pendant que nous sommes jeunes !

Octave la regarda abasourdi et pendant quelques secondes, il fut incapable de répondre. Il avala sa salive difficilement et balbutia :

— Géraldine ! Je ne m'attendais jamais à ça ! C'est mon souhait le plus cher ! Je t'aime comme un fou depuis des années !

— Alors, marions-nous à Noël !

Le jeune homme, dans un élan d'amour incontrôlable, la souleva de terre et l'embrassa avec passion.

— Nous allons faire jaser les voisins !

— Je m'en fous des voisins, ma belle ! Je suis si heureux !

— Avant que nos enfants arrivent, je travaillerai avec toi dans la boutique et puis je dois te dire que je suis riche maintenant. Nous pourrons rembourser toutes tes dettes et acheter un nouvel équipement ! Mme McTavish m'a laissé beaucoup d'argent et ce sera pour notre famille !

— Oh ! Géraldine, je suis si heureux ! répondit Octave avant de l'embrasser en la serrant tout contre lui.

Chapitre 30

Saint-Jean-d'Iberville, 15 janvier 1887

La cloche de la porte tinta et Géraldine, qui s'affairait à nettoyer les étagères vitrées, releva la tête. Son sang ne fit qu'un tour. Francis Maxell se tenait devant la porte et la regardait avec tendresse.

— Bonjour, Géraldine! Comment allez-vous?

— Francis!

— J'ai appris que vous vous étiez mariée! Toutes mes félicitations!

La jeune femme sentit son visage rougir terriblement.

— Oui! Vous connaissez Octave?

— Bien sûr! C'est un brave homme!

— Nous avons acheté toute la bâtisse et maintenant nous habitons au-dessus du magasin.

— Je vous avais envoyé une lettre par mon père après la mort de Mary McTavish, mais quand vous avez quitté *Rosegarden Court*, il ne savait plus où vous rejoindre.

— Et que m'écriviez-vous?

— Je vous écrivais que je revenais en décembre et que j'aurais aimé que vous fêtiez Noël avec mon père et moi.

Géraldine rougit davantage et baissa la tête.

— Je me suis mariée à Noël, Francis…

— Je le sais maintenant ! J'espère que vous êtes très heureuse !

— J'avais besoin de tirer un trait sur tous ces malheurs et je voulais avoir une famille à aimer et à chérir !

— Je comprends très bien…

Il y eut un long silence. Géraldine cherchait désespérément quelque chose à dire.

— Vous êtes revenu plus tôt que prévu ?

— Oui ! Mon grand-père a commencé à éprouver des malaises assez sérieux. Je suis revenu pour en prendre soin et pour le remplacer, mais il est décédé juste après Noël.

— Je l'avais entendu dire. Je suis vraiment désolée, Francis !

— Ne le soyez pas ! Il avait quatre-vingt-huit ans… Il a eu une belle vie et une mort sereine. Alors tout est bien !

— Êtes-vous revenu pratiquer à Saint-Jean ?

— Oui ! En fait, j'ai ouvert un bureau pas très loin d'ici sur la rue Richelieu ! Nous serons presque voisins !

— Quelle bonne nouvelle ! marmonna la jeune femme en fixant le sol.

— Mon passage en France m'a beaucoup appris et je pense que je serai un meilleur médecin maintenant. Et je suis convaincu que vous feriez une merveilleuse infirmière, Géraldine. Mon père m'a raconté combien vous aviez été merveilleuse avec Amelia et Mme McTavish.

— Merci, Francis. Mais vous savez, je les aimais tellement !

— Et elles vous aimaient aussi !

— Maintenant, je vais soigner ma famille !

— Et vous ferez certainement une maman fantastique !

À ce moment, Octave, les bras pleins de photos, poussa la porte de l'arrière-boutique. Il regarda tour à tour Francis et Géraldine, car il n'était pas certain de le reconnaître. Soudain, il se rappela.

— Dr Maxell ! Il y a une éternité qu'on ne vous avait pas vu !

— Bonjour, Octave ! Félicitations pour votre mariage !

— Oh si vous saviez docteur ! Je suis le plus heureux des hommes !

Géraldine détourna le regard, très mal à l'aise.

— Est-ce que je peux faire quelque chose pour vous, docteur ? demanda Octave inconscient du malaise de sa femme.

— Bien, je voulais d'abord transmettre à votre femme les salutations de mon père et, puisque je reviens à Saint-Jean, j'aurais besoin d'une photographie pour annoncer la réouverture de mon bureau dans le *Franco-Canadien*.

— Mais, bien sûr, mon cher ami ! Revenez demain matin ! La lumière sera meilleure. Je prends les photos dans la verrière en arrière, mais à cette heure de la journée la lumière commence à baisser.

— Est-ce que demain vers dix heures vous conviendrait ?

— Ce serait parfait ! Géraldine, peux-tu inscrire ça dans le cahier des rendez-vous ?

— Mais bien sûr, Octave. Alors, nous vous attendrons demain matin à dix heures, docteur Maxell.

— Ça a été un grand plaisir de vous revoir, Géraldine ! Au revoir à vous deux !

— Au revoir !

Le lendemain, Géraldine prétexta une visite à Laura qui était enrhumée pour ne pas être à la boutique quand Francis viendrait. Mais, comme son bureau était tout près du magasin, elle le croisa souvent dans les semaines qui suivirent. Elle essayait toujours d'écourter les conversations et faisait un gros effort pour avoir l'air détaché, mais quand Octave eut fini de développer les photos qu'il avait prises du docteur, discrètement la jeune femme en déroba une et la cacha parmi ses dentelles. Parfois, quand elle était seule, elle sortait la photo et la regardait longuement.

Chapitre 31

Octave avait presque terminé de transporter son équipement dans la carriole. Il alla porter un dernier paquet et revint prendre sa femme dans ses bras.

— Je vais revenir le plus vite possible ! Deux ou trois petites semaines et je serai de retour !

— Tu vas beaucoup me manquer, Octave !

— Avec le magasin, tu n'auras pas le temps de t'ennuyer et puis, le soir tu devrais sortir. Va chez ta sœur ! Va visiter tes amies !

— Nous verrons ! En attendant, sois prudent et reviens-moi vite !

— Je t'aime, ma douce !

— Moi aussi je t'aime !

Octave partit sans se retourner et la jeune femme sentit bien que, malgré ses airs joyeux, il était ému. Deux fois par année, il se rendait dans tous les villages le long de la frontière pour faire des photos de familles, des photos des jeunes mariés et de personnes décédées. Les habitants savaient qu'il viendrait et ils se préparaient en conséquence : les mariés et les nouveaux communiants mettaient de côté leur costume pour le remettre devant le photographe et les familles organisaient des réunions spéciales pour prendre des photos de groupe.

Géraldine, qui l'avait regardé partir le cœur gros, rentra dans la boutique. C'est vrai qu'elle l'aimait beaucoup. Elle savait bien sûr qu'elle ne l'aimait pas d'amour, mais elle l'aimait d'affection et de tendresse. Et même si sa vie était plus difficile depuis que Francis était presque leur voisin, la perspective d'attendre un bébé l'occupait complètement en ce moment. Elle n'en était pas encore certaine, mais ses seins avaient beaucoup grossi et étaient aussi très sensibles. Elle avait des nausées importantes presque tous les matins et son ventre s'était arrondi. De plus, il y a deux mois qu'elle n'avait pas eu ses règles. Elle n'en avait encore parlé à personne. C'était son secret, mais elle jubilait !

Elle aurait pu se le faire confirmer en se rendant chez le docteur, mais elle essayait de se tenir le plus loin possible de Francis. Depuis qu'il était revenu à Saint-Jean et qu'il avait ouvert son nouveau bureau sur la rue Richelieu, la jeune femme avait l'impression que Francis Maxell était partout ! D'une part, comme ils habitaient au-dessus de la boutique, elle le croisait très souvent dans la rue ou chez un des commerçants.

De plus, au cours de l'hiver, son oncle Jean-Baptiste, le mari d'Héléna, s'était presque sectionné deux doigts en fendant du bois. Rapidement, le Dr Maxell avait été appelé. Il avait endormi le blessé au chloroforme, puis il lui avait fait une longue opération pour bien rattacher les doigts. Par la suite, il avait apporté des sangsues à Héléna en lui demandant d'en placer deux sur la plaie et de les changer toutes les deux heures. Francis était revenu voir son malade tous les jours et au bout de quatre jours ses doigts étaient redevenus roses et les plaies étaient complètement désenflées. Jean-Baptiste et sa femme étaient soulagés, car s'il avait perdu ses doigts, l'homme n'aurait pu garder son emploi. L'un comme l'autre, ils étaient tellement enchantés des soins et des attentions de Francis qu'ils ne cessaient de chanter ses louanges.

Chaque fois qu'Héléna rencontrait Géraldine, elle lui redisait comme elle trouvait Francis extraordinaire. Elle l'appelait maintenant par son petit nom. Ils avaient passé tellement de temps ensemble pendant les problèmes de santé de Jean-Baptiste qu'ils étaient devenus bons amis.

Géraldine était heureuse que leur mésaventure ait eu un heureux dénouement et elle s'accordait à dire que Francis était un excellent médecin et un homme très humain, mais sa présence aussi rapprochée dans sa vie la mettait très mal à l'aise. Elle avait toujours peur que les sentiments qu'elle entretenait pour Francis Maxell depuis les premiers jours où elle l'avait rencontré, ne finissent par transparaître dans son visage ou dans ses propos.

Les journées passèrent vite. À quelques reprises, elle s'était rendue chez les Côté. Elle leur avait rendue visite une première fois, un soir après le souper. Alice et Isabelle étaient si heureuses de la revoir qu'Athanase l'avait invitée à souper avec eux deux jours plus tard. Elle avait accepté à condition que M. Côté la laisse préparer le repas. Il avait consenti en riant et la veille, elle avait préparé un pain de viande qu'elle leur servit le lendemain avec des asperges et des pommes de terre en robe des champs. Ils avaient passé une soirée très agréable et, avant de partir, Géraldine avait lu une histoire aux deux fillettes.

~

26 mai 1887

Ma chère Amelia

Je te retrouve sur papier, mais tu sais que je pense à toi tous les jours ! Je t'écris avant de me coucher, mais bientôt j'éteindrai la lampe, car je suis très fatiguée. J'arrive de souper avec les Côté qui m'avaient invitée. J'étais très contente de revoir Alice et Isabelle. Si tu les voyais ! Elles ont bien grandi et, depuis la mort de leur mère, Alice joue vraiment à la petite maman. Athanase m'a l'air plutôt en forme, d'ailleurs les filles m'ont dit qu'il avait commencé à fréquenter une jeune femme.

Elles ne l'ont rencontrée qu'une fois et elles sont inquiètes. Elles n'ont pas envie que cette femme remplace leur mère. J'espère qu'elle aura l'intelligence de les approcher doucement pour gagner leur confiance. Je n'ai pu leur dire qu'une chose, c'est qu'elles devaient attendre de mieux la connaître avant de juger. J'avais vraiment envie d'annoncer aux filles que j'attendais un bébé, mais je me suis retenue. J'en suis presque certaine, mais on ne sait jamais. Et puis, il y a souvent des fausses couches avec les premiers bébés. Alors, pour l'instant, ce sera notre secret ma tendre amie !

En revenant, j'ai croisé Francis qui sortait de son bureau. Quand il m'a vue, il s'est approché tout de suite. Il a toujours l'air content de me voir. Moi aussi j'ai beaucoup de plaisir à le rencontrer… beaucoup de plaisir, mais aussi un grand malaise, j'ai donc écourté la conversation. Toi, tu connais bien mes sentiments pour le beau docteur, mais maintenant que je suis mariée, j'ai vraiment honte de me laisser troubler par sa présence ! J'ai hâte qu'Octave revienne ! Quand il n'est pas là, je me sens plus vulnérable et plus indécise avec Francis. Heureusement, il sera là bientôt !

Bonne nuit ma tendre amie !

J'espère que tu es bien et heureuse dans ton paradis !

Je t'embrasse tendrement !

Géraldine

~

Étant seule à tenir boutique, la jeune femme était très occupée au magasin et le soir comme elle était épuisée, elle se couchait généralement très tôt. C'est une autre raison qui lui donnait à penser qu'elle était enceinte, car elle était si fatiguée qu'elle aurait pu dormir vingt heures par jour ! Il y avait maintenant douze jours qu'Octave était parti. Cet après-midi-là, Géraldine préparait l'album de photos de mariage de Claude et Lucienne Payette qui s'étaient épousés au début du mois de mai.

Octave avait pris les photos et il avait fini de les développer juste avant de partir. Le couple devait venir les chercher le lendemain, et Géraldine était occupée à les disposer le plus joliment possible. Elle se rendit dans l'arrière-boutique pour chercher des pétales de roses séchés qu'elle voulait coller sur la première page. Elle entendit alors la cloche de la porte sonner, puis le bruit d'une lourde chute. Elle revint rapidement dans la boutique. Octave était étendu par terre presque inconscient. Elle se précipita vers lui.

— Octave! Octave! Que se passe-t-il? Mon Dieu, tu es brûlant!

Au même moment, Onésine Lacroix, l'homme qui tenait la cordonnerie en face, entra dans le magasin.

— Mon Dieu! Je l'ai vu arrivé! Il avait de la difficulté à marcher! Que lui arrive-t-il?

— Je ne sais pas, monsieur Lacroix! Pourriez-vous m'aider à le monter dans l'appartement? Je veux le coucher sur notre lit.

— Bien sûr, mais attendez je vais appeler mon fils Lucien. Il est dans notre magasin en face. Ça prend absolument deux hommes pour le porter jusqu'en haut!

Onésine sortit la tête par la porte et fit de grands signes. Rapidement, son fils vint le rejoindre. Octave était à peine conscient et il gémissait doucement. Son corps était comme désarticulé. Les deux hommes le prirent chacun sous un bras et le traînèrent dans l'escalier jusqu'au deuxième étage. Puis, ils le couchèrent dans son lit. Géraldine s'adressa au jeune Lucien.

— Lucien, pourrais-tu aller chercher le Dr Maxell? Il doit être à son bureau en ce moment.

— Bien sûr, madame ! J'y vais tout de suite !

— Moi je vais retourner à la boutique, ma bonne dame ! Si vous avez besoin de quoi que ce soit, ne vous gênez pas !

— Merci beaucoup pour votre aide, monsieur Lacroix. Je vous tiens au courant.

Une fois les deux hommes partis, Géraldine commença à déshabiller Octave. Il était brûlant de fièvre et il avait beaucoup transpiré.

— Géraldine… Géraldine, où es-tu ?

— Je suis ici, Octave ! Le docteur s'en vient ! Il va te guérir !

Quelques minutes plus tard, la jeune femme entendit la cloche de la boutique et les appels de Francis.

— Géraldine ! C'est moi, Francis !

Elle s'avança vers l'escalier et lui cria :

— Je suis en haut avec Octave ! Montez vite, Francis !

Il entra dans la chambre en coup de vent. Il tenait sa trousse de médecin en cuir à la main.

— Oh Francis ! Comme je suis contente de vous voir ! Octave s'est écroulé en entrant dans la boutique et il est brûlant de fièvre.

— Je vais l'examiner tout de suite. Je pense que vous feriez mieux de sortir.

— D'accord !

Géraldine attendit en faisant les cent pas dans le corridor. Elle était morte d'inquiétude. Elle entendit quelques bruits étouffés ainsi que Francis qui parlait à Octave. Celui-ci donnait de faibles réponses, entrecoupées de longues pauses. Après d'interminables minutes d'attente, le jeune médecin vint la rejoindre.

— Géraldine! Venez, allons nous asseoir au salon.

La jeune femme se sentit encore plus inquiète. Ils entrèrent dans la pièce, et elle s'assit sur le bout d'une chaise, pressant Francis de lui dire ce qui se passait.

— Ma douce amie, je crois qu'Octave a attrapé les fièvres typhoïdes. Vous savez, c'est ce qu'on appelle en anglais *Bilious fevers*.

— Oh mon Dieu!

— C'est très grave, mais des gens s'en sont sortis! Il faut l'hydrater fréquemment. Essayez de lui faire manger des choses légères comme des soupes, faites-le boire beaucoup et laissez-le se reposer. Il m'a dit aussi avoir eu de fréquentes diarrhées. Les fièvres typhoïdes sont contagieuses et se transmettent par les selles et les sécrétions. Vous devez me promettre de porter un masque quand vous aurez à le nettoyer. N'oubliez pas de bien vous laver les mains après l'avoir touché. C'est très important! Je vous laisse un liquide désinfectant avec lequel vous devez vous rincer quand vous aurez fini. Je reviendrai demain matin en commençant ma journée, mais si les choses évoluent, venez me chercher tout de suite!

— Mais comment a-t-il attrapé cela?

— Il m'a dit que, pendant son voyage, à plusieurs endroits il a bu de l'eau dans des ruisseaux et dans des fontaines. Les gens attrapent souvent les fièvres typhoïdes dans de l'eau contaminée. Soyez courageuse et faites attention à vous aussi!

— Je vais fermer le magasin pour cause de maladie. L'école vient de se terminer, en descendant pourriez-vous m'envoyer un des enfants de la veuve Dorion? Ils sont toujours à jouer aux billes sur le trottoir. Je vais les envoyer prévenir ma famille et la famille d'Octave.

— Très bien! Alors à demain!

— À demain, Francis, et merci beaucoup!

Chapitre 32

Francis était assis sur une chaise droite juste à côté de Géraldine. Ils portaient tous deux des masques. Silencieusement, ils regardaient Octave qui affrontait la mort. Il était maintenant inconscient, mais régulièrement il était secoué par des soubresauts violents et parfois, pendant quelques secondes, il convulsait. Géraldine se levait alors et essayait de le calmer en caressant son visage et en lui parlant doucement. Francis lui avait fait enfiler des gants de coton et lui avait interdit de toucher Octave quand elle ne portait pas ses gants.

La jeune femme était épuisée. Elle était restée à ses côtés jour et nuit pour en prendre soin. Presque personne n'était venu les visiter, car les gens avaient tous peur de la contagion et en dehors de Francis, elle n'avait eu aucune aide. Soudain, Octave poussa un grand cri et la jeune femme s'élança vers lui. Mais elle se leva trop vite et soudain tout devint noir devant ses yeux. Ses jambes ne la supportèrent plus et elle perdit connaissance. Elle se sentit alors soulevée par des bras vigoureux, puis déposée sur un lit. Quand elle revint à elle, au bout de quelques minutes, elle constata qu'elle était couchée sur le lit dans la chambre d'amis et que Francis, l'air inquiet, était assis à ses côtés.

— Vous m'avez fait bien peur, mon amie ! Je vous ai fait un examen superficiel et vous ne semblez pas avoir les symptômes de la maladie, mais votre pouls est très faible et vous êtes si pâle !

— Ce n'est rien. Un peu de fatigue. Je n'ai pas beaucoup dormi ces derniers temps.

— Mais j'aimerais vous faire d'autres examens, Géraldine. Vous n'avez pas l'air bien !

La jeune femme hésita quelques secondes, puis reprit :

— Francis, je ne suis pas malade, mais je crois que je suis enceinte !

— Je vois…

— Je ne l'ai encore dit à personne. J'attendais d'être certaine !

— Je vais vous examiner, je pourrais ainsi vous le confirmer !

— Non ! Non, Francis ! Je serais trop gênée de me faire examiner par vous !

— Ordre du médecin, ma très chère amie ! Déshabillez-vous ! Pendant ce temps, je vais voir comment va Octave, puis je vais me laver les mains !

Il sortit de la pièce et se rendit dans la chambre principale. Rougissante et tremblante, Géraldine commença à se déshabiller. Puis, elle se recoucha dans le lit et se cacha avec les couvertures. Francis frappa à la porte et entra.

— Je lui ai redonné du laudanum et il s'est calmé un peu… Voyons maintenant comment vous vous portez.

Il retira la couverture. Géraldine ferma les yeux et serra les poings. Elle avait enlevé son corset, mais gardé une chemise légère et un jupon. Francis commença par prendre son pouls, puis il déboutonna la chemise et écouta son cœur avec un stéthoscope métallique. Il ouvrit ensuite la chemise plus largement et très doucement palpa les seins de la jeune femme.

— Est-ce que ça vous fait mal quand je les touche ?

— Oui, en effet, marmonna la jeune femme.

— Je vais y aller doucement.

Il releva ensuite le jupon. Géraldine n'avait rien en dessous et elle poussa un petit gémissement.

— Géraldine, j'espère que vous savez que c'est avec un immense respect que je fais cet examen. S'il vous plaît, maintenant, écartez vos jambes et essayez de vous détendre.

Lentement elle obéit. Très délicatement, Francis ouvrit les lèvres de son sexe. Il frotta d'abord doucement l'ouverture de son vagin pour dilater la muqueuse, puis y inséra les doigts. Géraldine cacha son visage dans l'oreiller. Jamais un homme ne l'avait touchée et regardée d'aussi près. Octave et elle faisaient toujours l'amour en dessous des couvertures et Géraldine n'en tirait aucun plaisir. Octave essayait d'être doux, mais la jeune femme restait tendue et avait toujours hâte que ce soit terminé. Mais en ce moment, malgré l'immense embarras qu'elle éprouvait, comme le jeune docteur entrait profondément sa main en elle, elle ressentit un trouble qui lui était inconnu. C'était une infamie, mais elle en fut profondément émue et elle était rouge de honte en pensant à Octave mourant dans l'autre pièce!

Quand ce fut terminé, elle se demanda si, malgré le grand professionnalisme dont il avait fait preuve, Francis en avait lui aussi ressenti un certain plaisir, car l'examen avait duré longtemps et ses gestes ressemblaient presque à des caresses. Après un moment, il avait retiré sa main et redescendu le jupon sur les jambes de la jeune femme. Il avait aussi pris le temps de reboutonner la chemise, puis il posa sa main sur le ventre de Géraldine.

— Il y a bien un petit être qui vit en vous. Vous êtes enceinte de deux mois environ… Je vous félicite Géraldine!

Sa voix était éteinte, et la jeune femme releva la tête pour le regarder. Il semblait ému et bouleversé. Mais, soudain, ils entendirent un cri d'Octave. Francis sortit de la pièce en catastrophe et Géraldine s'habilla en vitesse.

Octave mourut ce soir-là. Quand il eut poussé son dernier soupir, Géraldine gémit de douleur. Francis la prit dans ses bras et elle pleura longtemps dans le creux de son épaule. Il lui caressait les cheveux et lui chuchotait des mots tendres à l'oreille. Le lendemain matin, Francis revint très tôt pour épauler Géraldine.

Il avait amené Héléna et Jean-Baptiste avec lui. Il savait que son amie était anéantie, alors il avait essayé de s'occuper de tout. Il lui expliqua d'abord que, comme Octave était mort de maladie contagieuse, en tant que médecin, il exigeait qu'on l'enterre rapidement et qu'il n'y ait pas de veillée, ni de service à l'église. Il avait demandé au curé de venir faire une courte cérémonie dans la chambre du défunt et il avait déjà loué le corbillard pour son transport au cimetière.

Héléna s'était chargée de prévenir la famille. Le curé avait rechigné un peu, mais Francis s'était montré très ferme et lui avait souligné que les personnes mortes de maladie contagieuse ne devaient jamais rentrer dans l'église, car elles pouvaient la contaminer et provoquer des épidémies. Le jeune docteur avait aussi demandé à Jean-Baptiste de brûler les draps et tous les vêtements qui étaient entrés en contact avec le mort.

L'inhumation se fit donc dans l'après-midi. Toute la famille de Géraldine était là sauf Julia, qui fit transmettre un message à sa fille pour lui dire qu'elle était bien triste pour elle, mais que, comme son arthrite la faisait trop souffrir, elle n'assisterait pas à l'enterrement. Il y avait aussi la famille d'Octave, ses parents, son frère et sa femme. Au moment où on venait de descendre le cercueil et que les gens s'avançaient pour jeter une poignée de terre dans la fosse, Géraldine eut la surprise de voir le Dr Henry Maxell venir vers elle. Elle lui tendit les mains. Sans rien dire, il la prit dans ses bras, et elle éclata en sanglots. Il l'entraîna avec lui et l'amena s'asseoir sur un banc un peu plus loin. Elle pleura un bon moment et il attendit sans rien dire.

— Docteur Maxell ! Je suis si contente de vous voir !

— Je suis content, moi aussi, mais j'aurais préféré que ce soit dans une occasion plus heureuse…

— Oh docteur ! Je suis tellement accablée par tous ces décès ! Depuis un an, tant de gens que j'aime sont morts !

— Je sais, ma belle enfant, je sais… Vous ne devez pas oublier les morts, mais pour l'instant, vous devez penser aux vivants et à ce petit bébé que vous préparez… Francis m'a annoncé la nouvelle. J'espère que vous ne lui en voudrez pas !

— Non, bien sûr…

— Géraldine, laissez-le vous aider ! Il était tellement malheureux de ne pas avoir été là pour vous à la mort d'Amelia et de la vieille Mary. Laissez-le vous venir en aide !

— Vous savez, docteur, pour l'instant, tout ce que j'ai envie de faire, c'est de me cacher dans un coin et de pleurer !

— Ne faites pas ça, Géraldine ! Il y a beaucoup de gens qui vous aiment ! Allez vers eux !

À ce moment, Laura s'approcha.

— Géraldine, Gabriel et moi nous avons organisé un petit repas à la maison pour les invités. Le Dr Francis est en train de faire désinfecter ta maison avec du soufre. Il s'est occupé de tout et il nous a expliqué qu'il faudra aérer pendant plusieurs heures, alors ce soir tu resteras à la maison.

— Oh Laura ! C'est si gentil !

— Veux-tu venir dans notre carriole ? Et vous, docteur Maxell, nous aimerions beaucoup que vous vous joigniez à nous. Vous montez avec nous ? Votre fils viendra nous rejoindre un peu plus tard.

— Ce sera avec grand plaisir, madame !

Chapitre 33

Géraldine avait déménagé dans une nouvelle maison. Elle avait rapidement vendu le commerce et l'immeuble de la rue Richelieu. Elle voulait quitter ces lieux et recommencer une nouvelle vie ailleurs. Elle avait même vendu tout le mobilier.

Après être restée quelques semaines chez Laura, elle avait acheté une coquette maison sur la rue Saint-Charles. Elle l'avait meublée sobrement avec de bons meubles en érable et avait préparé la chambre du bébé. Elle s'était aussi acheté un piano! Maintenant qu'elle ne travaillait plus, elle avait beaucoup de temps et à cause de la période de deuil, elle ne sortait presque pas.

Elle avait donc commencé des cours avec Mlle Labrie, une vieille fille qui habitait dans le village et qui était une très bonne musicienne. Géraldine se souvenait avec émotion des premières leçons que lui avait données Amelia et c'était aussi une façon de s'approcher d'elle. Quand le bébé s'agitait et bougeait trop la nuit, la jeune femme se levait et lui jouait des berceuses. Dès les premières notes, il se calmait. Avec son ventre qui était maintenant assez gros, c'était plus fatigant de jouer, mais malgré tout, Géraldine passait chaque jour de nombreuses heures au piano. Cela mettait un peu de joie dans une vie de tristesse et de solitude.

Francis, pour sa part, venait la voir souvent, mais il ne pouvait pas venir sans chaperon et il devait être accompagné d'une autre personne, habituellement une femme.

Il était venu avec Héléna à deux reprises, une fois avec Mme Lacroix et une autre fois avec l'infirmière qui travaillait à son bureau deux après-midi par semaine.

Mais, en présence d'une tierce partie, ils n'étaient pas à l'aise ni l'un ni l'autre. Ils parlaient de la pluie et du beau temps, de la récolte de pommes ou de l'hiver qui arrivait. Maintenant que Francis l'avait vue presque nue, Géraldine rougissait toujours quand il la regardait. Elle repensait souvent aux sensations qu'elle avait ressenties sous ses mains, et elle en était à la fois honteuse et troublée. Jamais elle n'avait connu de telles émotions dans les bras d'Octave. Avec son mari, elle faisait son devoir conjugal et supportait la douloureuse pénétration en espérant tomber enceinte. Mais jamais Octave ne l'avait vue sans ses vêtements.

Elle avait l'impression que Francis l'avait regardé longuement et presque amoureusement, mais elle n'en était pas certaine. Ce trouble dans ses yeux, la douceur de ses mains, sa voix qui tremblait, avait-elle imaginé tout cela ? Souvent, elle se laissait aller à rêver de lui, mais soudainement elle se rappelait qu'elle était en deuil et que ces pensées n'étaient pas chrétiennes. Elle repoussait alors honteusement ces images.

～

20 novembre 1887

Ma tendre Amelia

J'ai été longue avant de t'écrire et j'en suis désolée, mais tu étais toujours dans mes pensées ! J'ai été très prise par le déménagement et puis je savais que dès que je commencerais à parler de la situation actuelle, je me mettrais à pleurer ! La mort d'Octave a été une tempête dont j'ai eu beaucoup de mal à me remettre. Après t'avoir perdue toi ma chère amie, après avoir vu mourir Mme McTavish, cette nouvelle mort m'a complètement bouleversée ! Et c'est tellement triste de penser qu'il ne connaîtra jamais son enfant et que celui-ci naîtra sans père !

Pendant la maladie d'Octave et après son décès, Francis a été d'une très grande aide. Je lui en suis infiniment reconnaissante, mais je me sens très mal quand je pense à lui. Bien sûr, tu sais à quel point mes sentiments pour lui sont profonds et tendres, mais si jamais Octave pouvait de l'au-delà lire dans mon cœur, j'aurais si honte! Et puis, je repense à ses mains sur ma peau avec un grand embarras et beaucoup de scrupules. Je repousse ces pensées, car elles sont impures! A-t-il pu ressentir mon trouble? Dis-moi, Amelia, trouves-tu que je suis une pécheresse? J'essaie d'avoir des pensées chastes, mais je suis si bouleversée par mes sentiments à son égard!

Je me sens très seule en ce moment. Il me semble que le deuil a créé un mur autour de moi! Heureusement que j'ai mon piano. Et quand je joue, je pense à toi ma tendre amie qui, la première, m'a montré les gammes. Ma chère Amelia, comme j'aimerais que tu sois auprès de moi!

Je me dis que je dois trouver réconfort dans la prière. Je prie souvent, mais il me semble que Dieu n'est pas à l'écoute. Je sais bien que si le pasteur m'entendait, il me fustigerait, mais je n'y peux rien. C'est comme ça que je me sens. Pourtant j'essaie d'être pieuse et je prie longuement tous les jours. J'espère que le Seigneur pardonne toutes les mauvaises pensées qui traversent mon esprit quand je pense à Francis!

Je lui demande de me pardonner et j'essaie de ne jamais m'attarder sur ces pensées de luxure, mais elles reviennent toujours! Je sais que je ne devrais pas le revoir! Je devrais le fuir! Oh mon Dieu! Aidez-moi!

Amelia, sois mon guide et aide-moi toi qui étais si bonne!

Géraldine

Un soir, alors que Géraldine était au piano, on frappa à la porte. Elle fut très surprise, car il était plus de onze heures. Prudemment, elle se pencha à la fenêtre pour voir qui se présentait chez elle si tard le soir. À son grand étonnement, elle fut très surprise de voir Francis qui lui sourit tendrement. Elle ouvrit la porte et en s'approchant de lui, elle sentit tout de suite une odeur d'alcool.

— Entrez vite ! Je ne veux pas qu'on vous voie !

Francis entra en titubant légèrement.

— Que faites-vous ici, Francis ? Vous savez bien que je suis en deuil et que je ne peux pas recevoir de personne du sexe fort !

— Il fallait que je vous voie, Géraldine ! J'avais tellement envie de vous voir ! Je viens de mettre au monde les jumeaux de Mᵐᵉ Latendresse. Ils ont été longs à venir, mais ça s'est très bien passé. Et c'était merveilleux ! Pour célébrer la naissance de ses fils, son mari m'a fait trinquer avec lui et comme j'étais à jeun depuis ce matin, le caribou m'est un peu tombé dans les jambes. C'est probablement ce qui m'a donné le courage de venir vous voir.

— Je suis contente de vous voir, Francis, mais vous ne devez pas rester !

— Tout le monde est déjà couché, Géraldine ! Laissez-moi rester un peu ! Tiens, offrez-moi un café ! S'il vous plaît !

— Bon ! Je vous fais un café et après l'avoir bu, vous rentrez chez vous tout de suite !

— Promis !

— Alors, venez dans la cuisine.

La jeune femme se dirigea vers sa cuisine et l'homme la suivit en se tenant aux murs. Elle sortit son percolateur de l'armoire et commença à préparer le café. Quand il entra dans la pièce, Francis s'approcha derrière elle et glissa ses mains sur son ventre.

— Quel beau ventre vous avez, Géraldine ! Vous êtes encore plus belle !

Au contact de ses mains, la jeune femme frissonna et se dégagea doucement.

— Allez vous asseoir ! Vous me dérangez !

La jeune femme s'activait à la préparation, mais ses mains tremblaient et elle était maladroite. Elle sentait le regard de Francis dans son dos et elle sentait ses jambes molles. Désespérément, elle essayait de trouver un sujet de conversation neutre et non compromettant.

— Avez-vous entendu ? J'ai commencé à apprendre le piano !

— Oui, je vous ai entendu à travers la porte ! Vous jouez très bien !

— J'ai toujours voulu apprendre la musique. Je joue pour ma chère Amelia et puis, ce qui est bien, c'est que ça calme le bébé.

— Vous ne voulez pas jouer pour moi ?

— Pas ce soir, Francis. Nous sommes seuls, et je suis encore en deuil.

En attendant que le café bouille, la jeune femme vint s'asseoir en face de lui à la table.

— Ces traditions sont stupides, Géraldine. Vous ne pouvez pas arrêter de vivre pendant deux ans ! Vous ne sortez plus ! Vous ne riez jamais ! Vous êtes l'ombre de vous-même !

Des larmes montèrent aux yeux de la jeune femme et elle baissa la tête en silence. Francis, soudain touché jusqu'au fond de lui-même, se leva et s'avança vers elle. Il lui prit la main, la fit lever et la serra dans ses bras. La jeune femme, hypnotisée par son contact, le laissa faire.

— Géraldine ! Je vous aime tellement ! Je vous aime depuis très longtemps !

La jeune femme le regarda, rougissante. Elle ne savait plus quoi dire. Elle avait tellement envie de se laisser aller dans ses bras. Soudain, il la serra plus fort. Il se pencha vers elle et l'embrassa avec passion. Ce baiser la prit par surprise, mais fit monter des centaines de papillons au creux de son ventre. Elle voulait oublier les gens, oublier les racontars et tout le reste et se laisser saouler des baisers de Francis. Ils s'embrassèrent longuement et le jeune médecin devenait de plus en plus enflammé. À un moment, il glissa une main dans le corsage de Géraldine et commença à lui caresser les seins. La jeune femme recula brusquement.

— Francis! C'est vrai que je suis bien entre vos bras, mais tout cela va trop loin. Et puis vous avez bu et peut-être que demain vous regretterez tout ce que vous avez fait!

Le jeune homme passa sa main sur son visage et replaça ses vêtements.

— Vous avez raison, ma belle Géraldine. Je ne me conduis pas comme un *gentleman*. Je suis désolé! C'est qu'il y a tellement longtemps que j'ai envie de vous embrasser. Et je ne regretterai absolument rien demain matin! Je vais plutôt rêver de ces instants. Mais je vais vous laisser terminer cette grossesse et nous reparlerons ensuite de notre avenir à tous les deux. Maintenant, je vais vous souhaiter bonne nuit et je vais retourner chez moi. Je reviendrai une autre fois pour le café. Dormez bien, ma chère Géraldine!

Le jeune médecin s'approcha et embrassa tendrement Géraldine sur le front, puis il quitta la maison.

La jeune femme le regarda partir comme au ralenti. Lentement, elle enleva le percolateur du poêle et le mit dans l'évier, puis elle monta dans sa chambre pour se déshabiller. Elle se coucha encore sous le choc en se demandant ce que Francis avait voulu dire par « nous reparlerons ensuite de notre avenir à tous les deux ».

Soudain, elle se releva et s'agenouilla au pied de son lit. Elle était encore ébranlée par la douceur du baiser que Francis lui avait donné, par sa main sur son sein qui avait rempli son ventre de papillons… Elle avait tellement envie qu'il la prenne dans ses bras, qu'il la touche et elle se sentait sale et honteuse. Son mari n'était décédé que depuis quelques mois et elle était profondément troublée par les caresses d'un autre homme, hors mariage! Elle pria longuement, supplia Dieu de lui pardonner et demanda à Amelia de l'aider.

Chapitre 34

Saint-Jean-d'Iberville, 1er décembre 1887

Géraldine s'était réveillée avant le lever du soleil. Avec son ventre maintenant très gros, elle avait beaucoup de difficultés à dormir. Habituellement, au petit matin, elle se réveillait pour aller à la salle de bain et ne se rendormait pas. Elle se levait, se préparait une tasse de thé et se mettait au piano.

Elle n'avait pas revu Francis depuis la visite nocturne qu'il lui avait faite, mais depuis cette soirée, il occupait constamment ses pensées. Elle doutait même de ses propres souvenirs et se demandait si cette soirée avait vraiment eu lieu ! Peut-être qu'une fois dessoûlé, il avait regretté ses baisers et ses caresses. Peut-être voulait-il la garder à distance ? Elle aurait bien aimé le rencontrer et le regarder en face, car elle savait que ses yeux ne mentaient jamais. Mais, dans ses prières, elle avait promis à Dieu qu'elle essaierait d'éviter Francis Maxell.

Géraldine se sentait triste et trouvait les journées longues. Dans son état, elle ne sortait presque plus. Héléna était venue la voir quelquefois, mais Iberville était loin et le plus souvent Jean-Baptiste partait travailler avec la carriole. Laura, pour sa part, était enceinte de deux mois et n'était pas tellement bien. Elle vomissait plusieurs fois par jour et ne sortait presque plus. Henri et Émérencienne lui avaient fait une visite un soir et Constance était venue avec Rosa un après-midi. Elles avaient profité du fait que Gustave descendait en ville. La jeune femme avait été très contente de les voir, car, comme elle ne voulait plus voir Julia, elle n'avait pas fait de visite à la maison familiale depuis la mort d'Octave.

À quelques reprises, Alice et Isabelle Côté étaient passées la voir en revenant de l'école. Leur père leur avait récemment annoncé qu'il allait se marier à Noël avec Rosalie Lemieux qu'il fréquentait depuis quelques mois. Les relations des deux fillettes avec l'amoureuse de leur père allaient maintenant beaucoup mieux et elles semblaient plus heureuses. Elles transmirent à Géraldine une invitation au mariage. La jeune femme fut très heureuse que les choses s'arrangent pour la famille Côté, mais elle leur dit qu'à Noël son bébé serait trop petit pour assister au mariage. Toutefois, elle leur promit qu'elle irait leur montrer le poupon dès qu'il serait un peu plus vieux.

Mme Wilson, la sage-femme, venait maintenant la voir une fois par semaine. Sa dernière visite remontait à deux jours. Elle avait alors annoncé à la jeune femme que le bébé était beaucoup descendu au cours de la semaine et que l'accouchement devrait se faire dans les huit jours. Elles avaient convenu que, le moment venu, Géraldine demanderait à un des enfants de ses voisins, les Tremblay, de venir la chercher.

Avant son déménagement, Géraldine connaissait déjà leur père, Gaston Tremblay, qui était apothicaire. C'est de lui qu'Octave achetait les produits chimiques qu'il utilisait en photographie. Quand elle avait emménagé, Gaston était venu lui souhaiter la bienvenue et lui présenter toute sa famille. Par la suite, elle avait développé une très bonne relation avec les Tremblay.

Ils avaient cinq enfants, les trois plus vieux allaient déjà à l'école, alors que les plus jeunes âgés d'un et trois ans restaient à la maison avec leur mère. C'étaient des enfants heureux et Géraldine avait plaisir à les regarder jouer autour de la maison. Gaston Tremblay, leur père, tenait boutique sur la rue Saint-Jacques. Mme Tremblay et Géraldine s'étaient échangé quelques services et, à deux occasions, Géraldine avait gardé les aînés

Alphonse, Émile et Émilie à leur retour de l'école. À quelques reprises, elle avait aussi invité les enfants à manger un carré de sucre à la crème et leur avait joué du piano.

À l'invitation de Géraldine, la veille au soir, Marie-Rose Tremblay avait laissé les enfants à son mari et était venue prendre le thé. Elle lui avait apporté deux paires de petits chaussons qu'elle avait tricotés elle-même et la jeune femme en avait été très touchée. En partant, elle avait répété à Géraldine que, lorsque les douleurs commenceraient, elle devait lui faire signe et tout de suite quelqu'un irait chercher Mme Wilson.

À midi, la jeune femme s'était forcée à manger un peu, mais elle n'avait pas faim. Après avoir avalé quelques bouchées d'une omelette, elle se remit au piano. Mais, bientôt, on cogna à la porte. Surprise, Géraldine regarda par la fenêtre qui se présentait chez elle. Elle constata stupéfaite que c'était Henry Maxell et que Charles Robertson l'accompagnait. Elle se dépêcha d'aller ouvrir. Quand il se trouva devant elle, Robertson sembla très ému. Il ouvrit la bouche, mais fut incapable de parler. C'est Maxell qui prit la parole.

— Bonjour, Géraldine ! Nous sommes désolés de venir à l'improviste, mais Charles voulait vous parler.

— Mais entrez, messieurs. Donnez-moi vos manteaux !

Dès que les deux hommes furent entrés, Géraldine s'approcha de Robertson.

— Je suis très contente de vous voir, monsieur Robertson ! Comment allez-vous ?

— Je suis content de vous voir moi aussi, Géraldine. Il y a longtemps que je voulais venir, mais j'en étais incapable ! J'ai appris que vous aviez perdu votre mari et j'en ai été vraiment attristé. Je voulais vous offrir mes condoléances et je suis désolé d'avoir autant tardé!

— Ne vous inquiétez pas! Je suis très touchée que vous ayez pensé à moi! Est-ce que je peux vous offrir un thé?

— Ce serait avec plaisir, répondit Henry Maxell.

— Ça ne prendra que quelques minutes. Asseyez-vous en attendant, répondit la jeune femme.

Les mains un peu tremblantes, Géraldine se rendit à la cuisine et commença à faire chauffer l'eau. Elle sortit son plus beau service à thé, plaça des petits biscuits au beurre dans une assiette et déposa le tout sur un plateau. Puis, elle versa l'eau chaude dans la théière et se rendit au salon.

— Votre bébé arrivera bientôt, n'est-ce pas Géraldine? demanda le docteur.

Géraldine fut surprise par cette question, car on ne parlait pas de ces choses-là en société. Mais elle se dit que le Dr Maxell était médecin et que ce n'était pas la même chose. Lentement, comme si elle prenait le temps de réfléchir, elle servit trois tasses de thé et en tendit une à chacun des messieurs.

— Il devrait arriver d'un jour à l'autre, finit-elle par répondre.

— Francis m'a dit que c'est une sage-femme qui prenait soin de vous, pourquoi n'êtes-vous pas allée le voir?

Géraldine se sentit rougir terriblement. Elle regarda par terre et prit une gorgée de thé.

— Je me sentais plus à l'aise avec Mme Wilson.

— Francis veut prendre soin de vous. Si vous en avez besoin, il est toujours là !

— Merci, docteur Maxell, mais je suis certaine que tout va bien aller ! Aviez-vous affaire dans la région monsieur Robertson ? demanda la jeune femme pour changer de sujet.

— Non, Géraldine, je suis venue pour vous voir. Je voulais vous remettre ceci.

Il fouilla dans sa poche et lui tendit le petit médaillon d'or qui appartenait à Amelia.

— Son médaillon ! s'exclama la jeune femme au bord des larmes.

— Sur son lit de mort, elle m'avait demandé deux choses et les deux choses vous concernaient. La première était de vous constituer une rente. Ce que je fis. Et puis elle m'avait demandé de vous faire don de son médaillon, le médaillon qui lui venait de sa mère. Je suis désolé si j'ai tant tardé, mais au début j'en étais incapable.

— Je vous remercie infiniment, monsieur Robertson, mais je comprendrais très bien que vous vouliez le garder !

— Non ! Non ! C'était ce qu'elle désirait et maintenant je suis en paix avec ça. J'ai mis à l'intérieur une photo de vous deux que j'avais prise le jour de la fête d'Amelia. L'autre photo en est une de la vieille Mary que ma femme y avait mise pour notre fille. J'ai pensé que cela vous plairait.

Géraldine passa le médaillon à son cou. Elle était très émue. Elle sortit un mouchoir brodé de sa manche et s'essuya les yeux, puis elle dit :

— Monsieur Robertson, je suis extrêmement touchée par votre geste. Je vous remercie infiniment ! Je porterai ce médaillon toute ma vie et je sais qu'Amelia me protégera et protégera mon bébé. Et je tiens à vous dire que si j'ai une fille je l'appellerai Amelia. C'est décidé depuis longtemps!

— Vous savez, Géraldine, vous étiez son âme sœur et je sais qu'elle aurait adoré connaître vos enfants. Quand votre bébé sera un peu plus vieux, demandez à Francis de vous conduire à Montréal et venez me le présenter!

— Ce sera avec un grand plaisir monsieur Robertson!

~

1ᵉʳ décembre 1887

Ma tendre Amelia

Quel plaisir que cette visite! Le geste de ton père m'a tellement touchée, si tu savais! Et je suis très surprise, car il a toujours été si froid avec moi! J'ai passé des mois dans votre maison et j'avais l'impression qu'il ne s'apercevait même pas de ma présence. Mais les hommes sont si peu démonstratifs qu'il est toujours difficile de connaître leurs sentiments! J'étais heureuse aussi de revoir le Dʳ Maxell. Il est toujours tellement gentil avec moi! Il voudrait que Francis s'occupe de moi, mais en voilà un autre que j'ai beaucoup de difficultés à saisir.

Je me demande constamment quels sont ses sentiments pour moi, la petite dame de compagnie… la domestique… Est-ce de la pitié… de l'amitié… peut-être plus? Comment en être sûre? Tu me disais toujours qu'il avait beaucoup de tendresse pour moi, mais je n'en ai jamais été sûre! De toute façon, je suis en deuil et je ne devrais pas avoir de telles idées! J'ai promis à Dieu que je le repousserais de mes pensées.

J'ai mis ton médaillon ma chère Amelia et je te sens plus proche de moi maintenant. Je regarde souvent les photos et je pense beaucoup à toi, ma tendre amie. Je me sens si seule!

Oh mon Dieu ! Je suis une impie ! Il faut que j'arrête de me plaindre et que je prie beaucoup plus. Je devrais me remettre entre vos mains et accepter les événements que vous m'envoyez. Je suis déjà beaucoup plus chanceuse que bien des pauvres gens ! J'ai un toit au-dessus de ma tête, du beurre sur la table et je suis en santé. Aide-moi Amelia ! Aide-moi à devenir meilleure !

Merci mon Dieu, et pardonnez-moi !

Je t'embrasse Amelia.

Géraldine

Chapitre 35

Saint-Jean-d'Iberville, 8 décembre 1887

La douleur était terrible. Quand la contraction montait comme une vague, Géraldine se mordait la lèvre jusqu'au sang. Cela faisait maintenant vingt heures que le travail était commencé. Pendant tout ce temps, Mme Wilson, la sage femme était restée à ses côtés lui tamponnant le front et plaçant des compresses d'eau très chaude entre ses jambes pour aider les tissus à se dilater. Mais au cours de la dernière heure, Géraldine était devenue extrêmement souffrante et s'était mise à saigner.

Mme Wilson avait alors annoncé à la jeune femme qu'elle allait demander à M. Tremblay de quérir le Dr Maxell tout de suite, le plus vite possible. Géraldine s'était alors redressée dans son lit.

— Non! Non! Pas le Dr Maxell!

— Le bébé se présente mal, je ne suis plus capable de rien faire. Vous avez besoin d'un médecin sinon vous allez mourir et votre bébé aussi! Il ne faut pas perdre de temps, je vais chercher Gaston Tremblay. À cette heure-là, il est déjà rentré à la maison.

Géraldine aurait voulu répondre, mais une autre contraction l'avait prise d'assaut et elle poussa un long cri. Elle saisit le petit médaillon à son cou et le serra très fort dans sa main.

Francis Maxell arriva une quinzaine de minutes plus tard. Il entra dans la maison en coup de vent et se dirigea tout de suite vers la chambre.

— Géraldine! Je suis là! Tout ira bien!

— Je ne veux pas que vous me voyiez comme ça, Francis ! Je suis si gênée !

— Chut ! Chut ! Je suis là pour sauver votre bébé. Mais j'ai besoin de votre aide. Laissez-moi vous examiner.

Sans attendre la réponse, le médecin versa de l'acide carbonique sur ses mains avant de commencer son examen. Comme une nouvelle contraction commençait, il plaça sa main sur le ventre de Géraldine et attendit qu'elle soit passée. Pendant l'accalmie qui suivit, il lui ouvrit les jambes et entra doucement sa main en elle pour évaluer la position du bébé. La jeune femme détourna la tête en gémissant de honte et de douleur. Avec son autre main, Francis caressait doucement le gros ventre de son amie. Cela dura un moment et il ne sortit sa main que quand il sentit une nouvelle contraction se former. Il attendit que la douleur s'apaise, puis il expliqua le problème à la jeune maman.

— Géraldine, le bébé est mal placé et le travail n'avance plus. Je dois entrer mes mains en vous pour le replacer. Ce sera doulou-reux, alors je vais vous donner du chloroforme. Le chloroforme bloquera la douleur et comme vous serez plus détendue, votre col se dilatera plus facilement.

— Mais le bébé, Francis, est-ce que c'est dangereux pour le bébé ?

— Pas du tout ! Je dois vous endormir, car vous êtes tellement souffrante et tendue que je serai incapable de rejoindre le bébé. Faites-moi confiance. Vous savez, la reine Victoria a utilisé du chloroforme pour ses deux derniers accouchements et elle en a été très satisfaite !

— Je vous fais confiance, Francis, mais je suis si fatiguée, telle-ment fatiguée !

— Justement, laissez-vous aller et tout va bien se passer !

Pendant qu'il lui parlait, le jeune docteur avait sorti de son sac de cuir un masque de coton blanc entouré d'une ceinture de métal. Il déposa d'abord un long baiser sur le front de la jeune femme, puis il plaça le masque sur le nez et la bouche de Géraldine. Ensuite, il versa du chloroforme liquide sur le coton. La jeune femme ferma les yeux et son dernier souvenir fut la main de Francis qui serrait la sienne.

Géraldine ouvrit les yeux. Il faisait maintenant soleil dans sa chambre. Se souvenant tout à coup des derniers événements, elle mit ses deux mains sur son ventre. Le bébé n'était plus là, la jeune femme le sentit immédiatement. Elle releva la tête et vit, à côté de son lit, Francis assis dans la chaise berçante tenant le bébé dans le creux de son bras. Il n'avait pas encore remarqué qu'elle était réveillée. Tout souriant, il parlait tout bas au poupon qui le fixait avec de grands yeux.

— Francis !

— Oh ma douce ! Vous êtes réveillée ! Vous étiez tellement épuisée que vous avez dormi des heures, dit le jeune médecin en s'approchant du lit. Je vous présente votre petit garçon, un beau bébé en pleine santé !

Le jeune médecin déposa le bébé dans les bras de sa mère et Géraldine regarda celui-ci avec émerveillement.

— Depuis quelques minutes, il a commencé à grogner un peu, je pense qu'il commence à avoir faim.

— Je vais lui donner le sein tout de suite !

— Est-ce que vous préférez que je sorte ?

— Non ! Restez Francis ! Je n'ai plus rien à vous cacher !

— Et vous savez, ma belle amie, rien ne pourrait m'émouvoir autant que de vous voir donner le sein à votre enfant.

— Maintenant, c'est un peu votre enfant aussi ! Vous nous avez sauvé la vie !

Francis approcha sa chaise tout contre le lit et prit la main de Géraldine.

— Vous savez, Géraldine, si vous voulez, j'aimerais tellement élever cet enfant comme le mien. Je suis amoureux de sa maman, alors j'aimerais bien devenir son papa !

Géraldine le regarda, d'abord incrédule. Ses yeux se remplirent de larmes. Elle hésita un moment, puis elle lui dit :

— Francis, venez m'embrasser s'il vous plaît !

— Avec le plus grand des plaisirs, ma douce !

Chapitre 36

Saint-Jean-d'Iberville, 14 octobre 1890

Géraldine donnait le sein à sa fille et admirait sa beauté. La petite Amelia n'avait que quelques heures et était déjà éveillée et curieuse. Parfois, elle arrêtait même de téter pour fixer le visage de sa mère. La jeune femme entendit une porte qui se fermait.

— C'est nous! annonça Francis depuis l'entrée. Nous avons acheté toutes sortes de bonnes choses et, ce soir, c'est Jules et moi qui faisons le souper! Nous allons te gâter!

— Maman! cria Jules en entrant dans la chambre de sa mère. Papa a acheté un beau gâteau.

— C'est bien, mon cœur!

— Est-ce que je peux prendre le bébé, maman?

— Tantôt, quand elle aura fini de boire, tu la prendras. D'accord?

— Oui, d'accord!

— Tu es un grand frère maintenant, dit Francis.

Puis, il s'approcha de sa femme. Il déposa un long baiser sur son front et lui annonça :

— J'ai appelé mon père pour lui annoncer la naissance d'Amelia sur le téléphone du bureau. Il était fou de joie! Il m'a dit qu'il va te laisser te reposer un peu et dans quelques jours, il viendra nous voir et amènera Charles Robertson avec lui.

— Je serai très contente de les voir. Tu sais, je suis si heureuse et je nous trouve tellement chanceux ! Et toi Francis, es-tu heureux ?

— Je suis le plus heureux des hommes, ma douce. J'ai deux enfants magnifiques et une femme que j'adore ! Merci, la vie !

— Oui ! Tu as raison ! Merci, la vie !